CRIA

Editora Appris Ltda.
1.ª Edição - Copyright© 2024 do autor
Direitos de Edição Reservados à Editora Appris Ltda.

Nenhuma parte desta obra poderá ser utilizada indevidamente, sem estar de acordo com a Lei nº 9.610/98. Se incorreções forem encontradas, serão de exclusiva responsabilidade de seus organizadores. Foi realizado o Depósito Legal na Fundação Biblioteca Nacional, de acordo com as Leis nos 10.994, de 14/12/2004, e 12.192, de 14/01/2010.

Catalogação na Fonte
Elaborado por: Josefina A. S. Guedes
Bibliotecária CRB 9/870

S729c 2024	Souza, Paulo
	    Cria / Paulo Souza. – 1. ed. – Curitiba: Appris, 2024.
	    283 p. ; 23 cm.
	
	    ISBN 978-65-250-5523-7
	
	    1. Ficção brasileira. 2. Visão. I. Título.
	
	                                                         CDD – B869.3

Livro de acordo com a normalização técnica da ABNT

Appris editora

Editora e Livraria Appris Ltda.
Av. Manoel Ribas, 2265 – Mercês
Curitiba/PR – CEP: 80810-002
Tel. (41) 3156 - 4731
www.editoraappris.com.br

Printed in Brazil
Impresso no Brasil

PAULO SOUZA

CRIA

Appris
editora

FICHA TÉCNICA

EDITORIAL	Augusto V. de A. Coelho
	Sara C. de Andrade Coelho
COMITÊ EDITORIAL	Marli Caetano
	Andréa Barbosa Gouveia (UFPR)
	Jacques de Lima Ferreira (UP)
	Marilda Aparecida Behrens (PUCPR)
	Ana El Achkar (UNIVERSO/RJ)
	Conrado Moreira Mendes (PUC-MG)
	Eliete Correia dos Santos (UEPB)
	Fabiano Santos (UERJ/IESP)
	Francinete Fernandes de Sousa (UEPB)
	Francisco Carlos Duarte (PUCPR)
	Francisco de Assis (Fiam-Faam, SP, Brasil)
	Juliana Reichert Assunção Tonelli (UEL)
	Maria Aparecida Barbosa (USP)
	Maria Helena Zamora (PUC-Rio)
	Maria Margarida de Andrade (Umack)
	Roque Ismael da Costa Güllich (UFFS)
	Toni Reis (UFPR)
	Valdomiro de Oliveira (UFPR)
	Valério Brusamolin (IFPR)
SUPERVISOR DA PRODUÇÃO	Renata Cristina Lopes Miccelli
ASSESSORIA EDITORIAL	Sabrina Costa
REVISÃO	Katine Walmrath
PRODUÇÃO EDITORIAL	Sabrina Costa
DIAGRAMAÇÃO	Maria Vitória Ribeiro Kosake
CAPA	Kananda Ferreira
REVISÃO DE PROVA	Sabrina Costa da Silva

A meu pai, Luis Marques da Costa.

À minha mãe, Francisca Maria da Costa.

SUMÁRIO

PESADELO 9

    ESTORIETA I 11

    ESTORIETA II 44

ASSOBIADOR 81

    ESTORIETA III 83

    ESTORIETA IV 115

VISAGEM 147

    ESTORIETA V 149

    ESTORIETA VI 187

MALINO 219

    ESTORIETA VII 221

    ESTORIETA VIII 252

PESADELO

*Ninguém controla a própria mente
Nem tem o sonho que deseja.
O Pesadelo impõe a toda gente
O pensamento que seja.
Se o Visão do sono sente,
Escapar é uma peleja.*

ESTORIETA I

Medonho

As gracinhas dos Visões não se acabam nunca. A criancice predomina dentro daqueles que detêm o poder em suas mãos. A infantilidade faz parte da natureza dos deuses. Os Visões sobrevivem do medo que induzem na cabeça do homem, apertando e sufocando a mente de cada criatura humana. Quando os seres viventes estão alegres, mesmo que seja um contentamento dos mais ínfimos, aqueles se enfurecem e ficam cheios de cólera. Quando suas criações se esbarram e atolam no sofrimento, os Visões se deleitam com as preces e súplicas que, sabem eles, vão receber. O poder no mundo deveria ser repartido com rígida equidade entre todos os seres, deuses e homens, jovens e velhos, humanos e animais, plantas e rochas. Só assim a balança das vaidades nunca precisaria pender para nenhum dos lados.

No entanto, nesse quesito, o mundo foi feito com total discrepância, ficando poucos com muito, tantos com pouco e muitos com nada. Porém, não é somente a sua criação assimétrica que deixa o mundo tão injusto, mas o que se pensa dele. Os que têm mais vivem convencendo os que têm menos de que não há nada mais normal do que os menos favorecidos terem pouco. Os que têm pouco vivem se iludindo com as palavras bonitas, embora vagas e falsas, dos que têm muito. E tudo fica ainda pior quando os que não têm nada convencem a si mesmos que é assim que tem que ser. Que a miséria deles é divina e, do mesmo modo, a bonança de seus opressores é uma lei instituída pelos deuses. A barbaridade não está somente no ato de infligir o sofrimento sobre o outro, mas também no engano de se aferrar à credulidade cega de que é preciso sofrer ou de que o padecimento faz parte da vida.

Quiçá tenha sido assim que Tabuvale foi erguido. Em caso afirmativo, o tabuvaleno também foi criado dessa maneira. É nessa mesmice que os Visões querem manter estes tabuleiros e capões de mato.

É essa sonolência deificada que esses indivíduos acreditam que se deve manter para todo o sempre. Criadores poderosos e criaturas consoladas. De um lado, opressores bem-vistos e, de outro, oprimidos conformados. A mistura certa para a submissão divina. Contudo, talvez a culpa não seja dos deuses, mas de quem os criou. O homem se habituou a ser servo dos grilhões de suas divindades.

Sabendo dessa verdade, os Visões perceberam a fraqueza do homem, constatando que poderiam consolar ou castigar, trazer a chuva ou a sequidão, tornar uma mata verde ou acinzentada, encher um córrego com lama ou com areia, proporcionar a coragem ou, na mesma medida, deitar o medo na mente dessas criaturas crédulas. Pois eles são assim, quando não conseguem trazer o sofrimento corporal, escolhem um alvo diferente, o pensamento.

—

Há muito se sabe que a cabeça do homem é a parte preferida do Pesadelo, o Visão do sono e protetor da mente. Às vezes, ele aprisiona os pensamentos de um indivíduo para propagar o ódio e a perversidade. Outras vezes, almeja apenas brincar com o sentimento da pessoa. No primeiro caso, o dominado fica irreconhecível no modo de agir e acaba por cometer atrocidades incompreensíveis até para ele mesmo. No segundo, o subjugado mentalmente fica refém dos seus próprios sentimentos, os mais promíscuos, mesmo aqueles guardados na parte mais profunda do cérebro.

Seja para disseminar a barbárie ou para aflorar a obscenidade, quando quer realizar seu intento, o Pesadelo não precisa vir em pessoa. Enviar uma de suas crias é o bastante, da mesma forma como fazem os outros três Visões. Os deuses são como gente preguiçosa, não vivem sem mandar recado. São coisas de divindade.

Então, quando calha de isso acontecer, o Pesadelo empurra um de seus filhos sobre essas terras inóspitas para tirar o sossego de alguém. O escolhido, ou desafortunado, mesmo tendo cada olho e ouvido funcionando dentro da normalidade, às vezes resiste em ouvir ou ver os sinais que lhe são enviados. Em tal ocasião, o homem ou mulher, jovem ou velho, pode ser o mais saudável do mundo ou não ter se ferido com algo, nem é mesmo necessária qualquer chaga para que o pior aconteça. Quando o Visão do sono manda uma de suas crias, ele só tem um objetivo: fazer o medo adentrar por cada sítio da cabeça de uma pessoa.

Quando a missão a ser cumprida é bagunçar os sonhos apaixonados ou os sentimentos obscenos de alguém, o Pesadelo escolhe um filho que seja tão bizarro quanto horrendo. Sendo assim, quando o Medonho aparece, o pavor também não demora. Sua chegada é o prenúncio dos momentos de aperreio, quando ficar para vê-lo se torna um erro e fugir para evitar sua figura estranha não parece ser a melhor solução.

— Bom dia!

A saudação chegou aos ouvidos do rapaz como uma brisa gelada que adentra por uma porta aberta, fazendo o seu corpo se enrijecer e cada fio de pelo nos braços e pernas se eriçar. O arrepio lhe proporcionou um susto inevitável. No entanto, o seu estremecer não foi tanto pelo cumprimento repentino que ouviu, mas pela certeza de que estava sozinho e de que ninguém mais poderia estar ali com ele, nem mesmo pelas redondezas. Ele sabia que tinha vindo ao poço só e não havia visto qualquer indicação de pessoa nenhuma por perto. Por isso, para ele, receber um bom-dia assim tão de repente era tão inesperado quanto ver em sua frente a figura de um demônio. Escutar algum som estranho, um cantar de pássaro raro ou o ronco de um bicho feroz não teria lhe afetado com demasiado espanto. Portanto, não é coisa para se surpreender o fato dele ter petrificado ao ouvir aquela voz diferente, a qual, ele sabia com certeza, partira da cerca às suas costas. Então, de modo involuntário, como se algo lhe estivesse imprimindo um esforço maior do que ele podia desprender, ele respondeu:

— Bom dia.

Foi um bom-dia bastante diferente daquele que ouvira. O bom-dia que ele escutara não era apenas uma saudação normal, como aquelas que as pessoas usam para serem cordiais entre si. O que bateu nos seus ouvidos foi um cumprimento carregado de outras tonalidades. Era uma mistura de sinais como, por exemplo, um "olha, estou aqui!", "acorde, eu já cheguei!", "olhe para mim!" ou "vire de costas e me veja!". Pelo contrário, o bom-dia que ele devolveu era um simples "não quero te ver na minha frente nem nas minhas costas!". Foram dois cumprimentos contendo as mesmas palavras, mas com sentidos diametralmente opostos, um querendo iniciar uma conversa, o outro evitando o começo de um diálogo.

As palavras são apenas máscaras da linguagem. Elas vivem mudando constantemente e apresentando novos significados. Aquele que fala é o responsável por escolher o disfarce que pretende usar. Pinte a boca conforme o nível de seu ouvinte.

Mesmo sem saber o verdadeiro motivo, o jovem não quis olhar para trás, pois, bem lá dentro da sua cabeça, uma voz amiudada estava a lhe dizer que não seria bom encarar a fonte daquela saudação. É verdade que ele não tinha se interessado, ao longo da sua ainda curta vida, em escutar as estórias dos mais velhos sobre cada peça que o Pesadelo costuma pregar na cabeça das pessoas. Nunca foi do seu feitio dar ouvido aos ditos sobre o mundo, os quais os mais entendidos, queira-se dizer, os mais vividos, desejam passar para os mais novatos acerca desta hercúlea arte que é viver. No entanto, há muito se sabe que a vida é o melhor mestre, desde o gerar até a morte do indivíduo. Quem não ouve os avisos da tragédia padece com a catástrofe iminente.

Não foi por falta de advertência que o rapaz não conseguiu se prevenir das artimanhas que as crias dos Visões escolhem para bagunçar a vida das criaturas viventes. Ele nasceu e se criou nos tabuleiros e capões de mato da Vargem, ao sul da Ribeira Juassu e a leste do Regato Cavo. Seu pai, um carpinteiro competente, sabia tirar magníficas obras de arte de um pedaço de madeira. O velho trabalhava com a macia imburana, construindo gamela e cocho de todo tipo; lavrava o duro pau-d'arco para ser usado como linha em teto de casa; polia o amarelo-pereira para fazer cadeira e mesa; curvava a resistente acende-candeia quando precisava de um caneco de madeira para buscar água.

O filho, porém, não conseguira aprender o ofício do pai, mesmo lhe observando fazer a arte se desenrolar todos os dias. Para ser mais correto, ele não conseguira se identificar com nenhum trabalho, fosse por falta de interesse, por pouca atenção ou por simples preguiça de usar sua inteligência. Alguns diziam que era por falta de coragem nos músculos, resultado de ter sido mimado quando criança. Outros eram mais ásperos, não se esquivando de dizer que era apenas manhoso mesmo. Obviamente, chamá-lo assim não passava de um eufemismo desgastado, para não lhe tachar de preguiçoso. Tudo isso saía da boca do povo da redondeza, às vezes de forma maldosa, outras vezes somente para fazer troça do rapaz. As más línguas, quando não trazem a maldade, mandam a vergonha.

O coitado do manhoso talvez não tivesse culpa de parecer molenga para qualquer tipo de serviço. Escorão ele era, sem sombra de dúvida. Até ele mesmo, em momentos de devaneio, quando se pegava pensando na vida que levava, achava que tinha uma certa falta de coragem para pegar no pesado. Mas isso só acontecia naqueles instantes de fraqueza mental, quando uma pessoa se encontra imaginativa e percebe, decepcionada, que não vive a dar o melhor de si. Quando a consciência bate às portas da autoavaliação, todas as desculpas parecem esfarrapadas. Quando isso dava em aparecer na mente dele, tratava logo de pensar em outras coisas para não ter que admitir sua preguiça.

— Vá buscar um molho de lenha seca para cozinhar o almoço. — Sua mãe, a pisar o milho para o mucunzá no terreiro da cozinha, pedia de maneira educada e sem insistência.

— Ainda tem muitos paus debaixo do fogão. — O jovem manhoso respondia, sem nenhum sinal de vontade de ir ao capão de mato mais próximo. O que ele queria dizer com "muitos paus" eram apenas duas achas de sabiá, as quais não eram suficientes para cozer uma única panela de feijão envelhecido do ano anterior. — Mais tarde eu vou ao mato com a foice e o machado para cortar um feixe de lenha bem grande para você passar muitos dias sem precisar se preocupar com madeira para fazer todo tipo de fogo e cozinhar o que quiser.

Dito isso, o rapaz saía de perto da cozinha e se dirigia para o alpendre da frente, tentando evitar que sua mãe lhe pedisse para fazer algo mais. Se afastar é uma forma de não encarar os problemas. A indiferença aumenta quando se olha as dificuldades alheias à distância. No entanto, fugir de um obstáculo pode levar a uma queda maior em um precipício. Quando o jovem se aproximava do alpendre, satisfeito por não mais ficar ao alcance dos chamados da mãe, um pedido pior, para ele, aparecia.

— Vamos comigo tirar umas toras de imburana do mato e carregar um tronco de pau-d'arco para casa? — O pai intentava aproveitar alguma pitada de coragem que pudesse existir no corpo do filho descansado.

— Acho que nem vou poder ir com você. — O rapaz declarava ao pai, não dando esperança ao seu velho, o qual precisava muito de uma ajuda.

— Por que não? Vai fazer alguma outra coisa?

— A mãe me pediu para ir buscar lenha no mato.

— Mas podemos ir primeiro tirar as toras de madeira e mais tarde você pode ir cortar a lenha.

— Tenho que ir atrás de lenha cedo, pois a mãe já está sem nenhuma lasca de sabiá seco debaixo do fogão.

Assim ele conseguia tirar o corpo de banda sempre que aparecia algum serviço para fazer. Se tinha um animal para se dar de comer ou de beber, ele argumentava que estava com dor na cabeça ou com a barriga doendo. Se o pai o chamava para descascar uma tora roliça de madeira, ele dizia que não estava podendo porque tinha que botar milho para as galinhas. Quando era preciso buscar água na cacimba ou no poço, lamentava-se que não tinha uma vasilha boa, pois cabaça era fácil de quebrar e ruim de apoiar no ombro. Sempre que saía para pegar água, voltava com a cabaça quebrada. Foi então que seu pai um dia o deixou sem escapatória. Com suas habilidades de marceneiro, pegou algumas pontas de tábuas de acende-candeia que sobravam da carpintaria e construiu um caneco de madeira em tamanho menor. Por ser mais difícil de quebrar, o filho nunca mais voltou para casa sem um caneco de água no ombro.

— Como foi o seu sono ontem à noite? — A voz partindo da cerca atrás do jovem retornou aos seus ouvidos, martelando como uma tentação que pede algo insistentemente. — Dormiu bem? Teve sonhos agradáveis? Sentiu prazer na dormida?

— A noite foi boa. — O rapaz respondeu timidamente, ainda sem coragem para encarar quem lhe falava às costas.

— Por que não se vira e me conta tudo o que sonhou, se gostou, se ficou animado, se quer repetir tudo de novo?

Quando a tentação nos encontra, nossa resistência se põe à prova. Quando o Medonho nos visita, nossa mente vulnerável se deteriora. Não tem como escapar.

O dia anterior tinha começado como qualquer outro, como se nada de novo pudesse aparecer. Entretanto, para quem se desvia da vida normal, para quem evita pegar no pesado, para quem não se conforma com a labuta destes tabuleiros e capões de mato de Tabuvale, para quem esquece que os Visões são traquinos como menino arteiro, o que parece regular, de repente pode mudar de direção, sem nenhum aviso prévio. E quando o Pesadelo encontra uma mente que habita um corpo manhoso é como a erva daninha descobrindo um solo fértil, toma conta de cada palmo esfiapado de pensamento.

O jovem, sem querer executar quaisquer tarefas domésticas, logo que acordara tinha se arrumado para realizar suas andanças infrutíferas pelos arredores de sua moradia, assim como fazia em todos os dias em que era abocanhado pelas garras da preguiça. Em outros termos, o que fazia sempre que o sol lançava sua luz pelas costas de Tabuvale, pois não tinha uma só manhã em que acordasse disposto a realizar qualquer serviço, por mais simples que fosse.

Tomou o café da manhã, acompanhado de um pedaço de cuscuz que sua mãe havia cortado e colocado dentro de um prato sobre a mesa. A pobre mulher, toda atarefada nas coisas da cozinha e nos serviços dos terreiros, ainda perguntou se ele poderia lhe dar uma ajuda com as galinhas e os porcos. Ele simplesmente disse que não teria como, pois havia prometido que iria auxiliar o vizinho na procura de batata-de-purga. Com auxiliar, ele queria dizer que o acompanharia pelos matos, mas não carregaria nenhuma ferramenta, não cavaria nenhum buraco e nem mesmo levaria no ombro a cabaça de água. Apenas serviria de companhia, mas daquelas companhias inúteis e sem nenhuma responsabilidade.

A mãe sabia há muito que não poderia contar com uma única ajuda do filho. Perguntava apenas maquinalmente, conhecendo previamente a resposta, pois ela o havia criado sem nenhum tipo de exigência. A coitada tinha plena consciência de que carregava uma culpa nas costas, uma vez que realmente o tinha mimado em demasia quando pequeno. No entanto, não sentia remorsos por isso. Uma mãe nunca foge aos pesos maternos, não importa o quanto são onerosos. Toda mãe traz no peito o saco dos perdões. Para quando um filho se perder no caminho da vida, ela ter guardado para ele uma absolvição. E cada uma delas sempre abre o saco para retirar um indulto que oferece àquele que um dia saiu de suas entranhas, mas que não soube ou não conseguiu seguir nas varedas do bem. Dessa forma, quando o mundo condena um filho perdido, sua mãe chora e se desespera, mas sempre o perdoa. Nenhum homem um dia conseguirá explicar esse nível de afetividade materna.

Depois que comeu o cuscuz e bebeu o café, o manhoso vestiu uma blusa e apoiou na cabeça um chapéu feito de palha de carnaubeira, já bastante surrado por ter sido usado por muito tempo por seu pai. Quando ele já se afastava do terreiro, seu velho ainda perguntou se chegaria a tempo de descascar uns troncos de pereira. Outra indagação maquinal, pois o pai também conhecia a peça que havia ajudado a criar.

— Vamos demorar para encontrar as batatas. — Fora a resposta que saíra da boca do rapaz. — Além do mais, temos que raspar e depois serrar as mandiocas. Vou voltar somente à noite. Mas não se preocupe. Se você começar a descascar e não terminar até lá, amanhã eu descasco o resto. Mas eu sei como você é rápido nesses trabalhos. Por isso, creio que não restará nenhum tronco com casca quando o breu se aproximar.

Com tal desculpa descarada, ele saiu pelo caminho afora para se juntar ao homem da purga.

No entanto, o que o jovem tinha dito para seus pais não era exatamente o que tinha sido combinado. Seu vizinho não havia acertado com ele para ir atrás de batata-de-purga. Os dois nem mesmo tinham se visto nos dias anteriores. Quando falara aos pais, tinha simplesmente jogado para fora, em forma de palavras, o que sua cabeça lhe oferecera como pretexto. Ele não havia arquitetado aquela resposta para aquele momento. Somente deixara sua língua à vontade para gerar qualquer discurso que parecesse convincente. Não se decepcionara. A verdade necessita de uma busca longa e cansativa, com tentativas e erros, testes e comprovações. A mentira, pelo contrário, vem de supetão, não exigindo que ninguém vá ao seu encontro. Ela mesma vem de intromissão. A procura pelo que é verdadeiro se torna cansativa e desgastante. Por isso, poucos querem a verdade, enquanto muitos preferem a facilidade do que é puramente enganação. Para completar, o mentiroso parece adivinhar o que vem pela frente. Quanto à verdade, mesmo contendo apenas uma ínfima falha, sua parte falsa logo é desmascarada. O embuste, mesmo que seja perverso, cresce como um organismo autossustentável. Cedo ou tarde a mentira ganha adeptos.

Então, mesmo mentindo, deu certo o rapaz encontrar o seu dito vizinho logo que caminhou certa distância, descendo no rumo do Regato Cavo.

— Vai aonde? — O preguiçoso indagou ao homem que morava não tão longe de sua casa.

— Vou ver se arranco umas batatas para fazer purga. — O homem respondeu sem parar à beira do caminho, pois já conhecia de muito tempo a moleza e folgança do rapaz.

— Posso ir contigo também? Lá em casa não tinha nada para fazer. Então, saí para procurar algo que me aliviasse o tédio.

— Se está mesmo desocupado, vamos. Pode levar a minha picareta ou a minha cabaça de água?

— Bem que eu gostaria, mas estou atacado da minha coluna. Hoje eu acordei com uma dor miserável nas costas. Não sei o que eu fiz de tanto esforço para a minha espinha sofrer dessa maneira. Pode ser que tenha sido de muito levantar aqueles troncos de imburana e pau-d'arco que o papai me pede para trazer para casa.

O homem soltou apenas um risinho, pois já sabia o que receberia como resposta. Ele levava uma picareta no ombro direito, uma cabacinha com água no esquerdo e segurava com a mão esquerda um pequeno surrão enrolado cilindricamente debaixo do braço. O manhoso o acompanhou, seguindo atrás do companheiro com ambas as mãos abanando. Então, os dois homens, o corajoso na frente e o preguiçoso atrás, continuaram a andar pela vareda que leva aos tabuleiros do Lombo, a oeste da Vargem.

Não caminharam muito até encontrarem uma pequena várzea à esquerda da estrada. Uma pequena extensão de terreno plano coberto por capim rasteiro. Nessa época em que se inicia o *cinzento ressequido*, o período sem chuva que transforma o chão em poeira, as finas palhas do capinzal já estão quase todas secas. O *virente molhado*, o período das águas, não deixou a desejar, pois trouxe chuvas abundantes, com nuvens pesadas e regulares. Os arroios e córregos se encheram até as bordas e o chão se irrigou por cada entranha de terra. O período das águas se estendeu por um intervalo de tempo maior do que aquele que as pessoas costumam esperar. Por isso, o *interstício medial*, o período que transita entre a lama e a poeira, também se demorou mais a chegar para trazer o fim d'águas.

Consequentemente, o *cinzento ressequido* teve o seu início bem recente, o que permitiu às ervas mais resistentes não secarem por completo. Por isso, também, nos regatos e nos riachos maiores, conservaram-se alguns poços com água.

Assim como o seu próprio nome sugere, as terras da Vargem têm em proporção uma maior quantidade de várzea do que em outras partes de Tabuvale. Por essas paragens, o que não faltam são planícies, algumas bem extensas, outras tantas com extensão mediana e muitas de tamanho menor, espalhadas por entre tabuleiros e capões de mato. São várzeas cobertas com capim com menos de um palmo de comprimento e outros tipos de erva rasteira. A maior parte dessas vargens não tem nenhuma árvore no meio do terreno. Quando se olha para elas é como se visse uma grande área coberta por um enorme lençol feito de mato baixo. Em algumas delas, aparece um pé de pereira, um pau-d'arco, uma moita de mofumbo ou uma carnaubeira isolada e perdida no meio de uma imensidão plana.

Deixando a vareda, o purgador atravessou toda a área da pequena vargem e parou à beira do capão de mato que se estende ao redor da planície. Calmamente, colocou as ferramentas no chão, analisou com acurácia o mato, observou bem as plantas e então começou a cavar com a picareta. Ele não cavou os buracos de forma aleatória. Procurou cavar nos pontos onde sabia ter um pé da rama desejada. O homem não poderia errar o alvo e nem conseguiria, uma vez que já realizou esse trabalho inúmeras vezes. Sempre que o fim d'águas se finda e o *cinzento ressequido* principia, ele sai em busca dos tubérculos para tirar a substância purgante. Aprendeu tal ofício com o seu velho pai, o qual aprendera com o pai dele, que também não nasceu sabendo dessa atividade, tendo que obter tal conhecimento com seu ascendente, cuja aprendizagem de maneira nenhuma fora nata. Ninguém consegue dizer com certeza em que geração passada essa habilidade teve início, o processo se estendendo até um tempo muito antigo e remoto.

O homem levantava a picareta para o alto e a deixava cair com o próprio peso sobre o arisco esbranquiçado. A lâmina de metal escuro, forjada por um bom ferreiro, descia com violência e penetrava a argila até ser freada pelo cabo de madeira atravessado na argola oval que forma o olho da picareta. Quando percebia que as grossas raízes estavam à mostra, o mineiro de batatas largava a ferramenta por um instante e começava a afastar a terra para o lado com ambas as mãos. Ao trazer à luz a mandioca, retomava o trabalho com a lâmina metálica para perfurar outro buraco. Em seguida, puxava o barro branco para longe, usando as mãos como duas pequenas enxadas e recolhia os pedaços enormes de batata. Assim, a sua labuta prosseguia sem intervalo nem pausa. Continuando no mesmo ritmo, fazia o metal escuro penetrar na terra, forçava suas mãos a arredar a argila, como as garras de um peba furando uma toca, e puxava uma raiz curta, porém grossa como uma tora de imburana.

Enquanto isso, o manhoso apenas observava o vizinho trabalhar, em nenhum momento oferecendo uma ajuda sequer, por mais leve que fosse. No entanto, se seu corpo cultivava a preguiça, sua língua fazia hora extra. O jovem falava de tudo e sobre tudo. O homem que não trabalha se especializa em conversar. A preguiça inabilita o corpo ao mesmo tempo em que confere liberdade à boca. Ele jogava palavras ao vento assim como um pé de sabiá lança suas sementes em todas as direções e por toda parte. Este arremessa uma grande quantidade de sementes com o objetivo de permitir que seus filhos tenham maior possibilidade de brotar quando pousarem sobre a terra. Aquele cuspia suas tantas palavras objetivando que elas atingissem os ouvidos do seu companheiro de conversa.

Depois de escutar por um tempo bem demorado, sem parar seu serviço, o homem aproveitou uma breve pausa na voz do rapaz e ensaiou uma fala, iniciando por um comentário sobre o que lhe havia acontecido na noite passada:

— Se eu te disser que ontem à noite tive um sonho encabulado...

— Sonhou com o quê? — O rapaz indagou, pronto para menosprezar a superstição do vizinho, da mesma forma que era acostumado a fazer com as outras pessoas quando elas mencionavam algo relacionado a crendices ou seres assombrados.

— Não sei muito bem com o que sonhei. Só consigo lembrar que uma coisa me sufocava. Como se estivesse amarrado por cordas grossas e apertadas. Tentava me desvencilhar, mas não conseguia, mesmo fazendo um esforço tremendo. Procurava abrir a boca para gritar, mas o som não saía. Quando acordei, após um tempo muito longo, estava com o suor pingando. Tenho quase certeza de que tive a cabeça visitada pelos caprichos do Pesadelo na noite passada.

— Que conversa é essa! — O manhoso respondeu com uma gargalhada longa e estridente, mais por excesso de desprezo do que por abundância de graça. — Esse negócio de ser tomado pelo poder dos Visões é somente estória que o povo mais velho conta. Essas coisas não existem de verdade, apenas na imaginação das pessoas. Só porque teve um sonho pesado, o povo já diz que foi uma visita do Pesadelo.

— Mas o pessoal fala que isso é uma coisa séria, que a mente da gente só funciona bem quando não tem interferência do Visão dos sonhos. Quando ele vem à noite, somos sufocados pelo seu abraço, apertando nossa mente e pensamentos.

O purgador não teve realmente o sonho que contara. Mas como sabia sobre a forma de pensar do jovem, ele fantasiou toda uma conversa para ver o que seu companheiro de vareda tinha para dizer. O vizinho conhecia o desprezo do preguiçoso por quaisquer tipos de crenças e superstições. Por isso, queria lhe pregar uma peça, simplesmente para ver como ele reagiria àquilo tudo.

O rapaz já era conhecido de todos os moradores das redondezas, por todos os tabuleiros da Vargem. Sua fama de malandro não era o único atributo que o povo há muito havia percebido. Ele também tinha passado a ser visto como um descrente implicante, contrário a qualquer pensamento que recorresse a fenômenos misteriosos. Na verdade, o jovem não era um incrédulo pleno, apenas duvidava de algumas coisas. Na forma dele pensar, somente existiam os Visões e pouco mais. Acreditava no poder do Pesadelo, do Assobiador, da Visagem e do Malino, as quatro divindades supremas que, segundo o povo conta, mandam e desmandam todos os acontecimentos sobre Tabuvale. No entanto, era totalmente cético de que essas deidades fossem atuantes em tudo que acontecia sobre as terras áridas destes tabuleiros e capões de mato. Temia aos Visões, bem como às suas crias, mas não conseguia aceitar as conversas que o povo contava sobre a constante interferência dos deuses sobre a vida cotidiana dos homens. Ouvia todas as estórias sobre criaturas mal-assombradas, sabia todas elas nos mínimos detalhes e tinha conhecimento minucioso acerca de cada divindade. Isso tudo era resultado de sua moleza para qualquer serviço e do gosto por conversas. Quem não derrama suor no labor, cobre a língua de saliva.

No fim das contas, o manhoso era apenas um crédulo diferente dos demais. Por não se ocupar com nenhum trabalho, sobrava-lhe tempo suficiente para ouvir todo tipo de conversa, escutar muitas estórias e opinar sobre cada uma delas. Obviamente, ele apenas discordava das crenças que eram contrárias à sua maneira de ver o mundo. No que era conveniente para sua vida folgada ele simplesmente acreditava sem pestanejar. Se alguém lhe dizia que não trabalhar era uma afronta aos bons modos dos Visões e que estes castigariam quem fizesse tal ofensa, o jovem respondia que os deuses espalharam nesses torrões encruados pelo sol os homens trabalhadores e os pensadores. Estes para conhecerem sobre as coisas do mundo, aqueles para alimentarem os demais. Mas se alguma pessoa declarava que os Visões necessitavam de gente conversadeira para espalhar os saberes por entre tabuleiros e capões de mato, o rapaz logo concordava. O desocupado veste a roupa conforme a circunstância.

— Então, esse negócio de se ter um sonho perturbado pelo Pesadelo ou por uma de suas crias não é verdade? — O homem da purga o interrogou, enrolando como um cigarro as bordas da boca do seu surrão, já com uma quantidade generosa de batatas.

— O povo, quando não sabe exatamente sobre algo, sempre exagera na conversa. — O rapaz descansado respondeu, observando o companheiro arrumar suas ferramentas.

— Quer dizer que não consegue acreditar no poder dos Visões nem na existência de seus filhos?

— Claro que eles existem. Tanto os pais como os filhos. Mas não vivem por aí aparecendo para as pessoas ou atrapalhando o sono de ninguém.

— E se um dia tiver um sonho com o Pesadelo ou com o Medonho, o que vai fazer?

— Na verdade, estou doido para sonhar com um deles, para saber se é como todo mundo diz.

O homem das batatas não fizera mais nenhuma outra pergunta. Acabava de comprovar o que todos achavam daquele jovem. Mesmo sabendo que não receberia, ainda pediu, por impulso, uma ajuda ao companheiro para colocar o surrão pesado sobre o ombro direito. Sem o auxílio, fez tudo sozinho, apoiando a picareta por cima do saco e a segurando pelo cabo com a mão direita. Na esquerda, levava a cabaça de água. Depois de tudo pronto, rumou de volta para casa. As batatas-de-purga precisariam ser descascadas, lavadas, raladas e transformadas em goma fina e alva. Quando algumas doenças atacam as criaturas de Tabuvale, sejam pessoas ou animais, é sempre bom tomar um pouco de goma de batata para livrar o corpo das mais diversas enfermidades.

O rapaz, novamente alegando suas dores nas costas, para não dizer preguiça encaliçada, fingira que estava ajudando o homem a levantar o enorme saco trançado com palha de carnaubeira. Quando viu o purgador caminhar pela várzea, fazendo o caminho de volta, seguiu atrás, num contínuo cuspir de suas opiniões sobre cada coisa que compõe o mundo. Como seu companheiro não o interrogava nem falava mais nada, ele aproveitou a ocasião para conversar o tanto que podia. O melhor momento para um falador é ter um ouvinte calado e sem apresentar contestação. Nessas horas, um sabichão vomita suas verdades enviesadas acreditando que sempre está com a razão. Quem quiser ver esse tipo de gente se enfurecer, apresente-lhe um fato contrário às suas opiniões.

Quando os dois já se aproximavam da moradia do preguiçoso, o homem da purga virou para a direita, no rumo de sua residência, localizada mais à frente. O manhoso virou para a esquerda, tomando o caminho que leva à sua casa. Antes de se afastar por uma distância maior, o purgador ainda se virou, parando por um instante, e emitiu um aviso:

— Toma cuidado com o sonho de hoje à noite, caso seja visitado pelo Pesadelo ou por qualquer uma de suas crias. Se tiver esse azar, não tente se prolongar no sono. E se amanhã o Medonho aparecer para lhe tentar, não caia na falácia dele. Você deve saber como ele é e como sua voz é singular. Mesmo nunca a tendo ouvido, saberá que é ele falando. Também não caia no erro de contrariá-lo. Concorde com tudo que ele lhe disser sem demonstrar nenhuma contestação. Se falar algo que ele não goste, vai ser perseguido com certeza.

Depois de uma breve pausa, e de um surpreendente calar do rapaz, o homem das batatas continuou:

— Se, por um acaso, o Medonho lhe perseguir, corra como se estivesse numa competição. Corra com todas as suas forças, sem querer parar. Não deixe ele lhe tocar. E não se esqueça, ele só não irá lhe pegar se não conseguir lhe alcançar ou se você estiver com a proteção certa.

O homem disse isso e se calou. Então, virou para seguir em frente e voltou a caminhar, dando passos cadenciados e com o corpo um pouco curvado para a esquerda devido ao peso do surrão cheio de batatas no lado direito. Um bom purgador também sabe sobre as artes dos Visões e suas crias, pois na substância purgante predomina a mão invisível das criaturas divinas.

O manhoso, por sua vez, escutara tudo calado e calado permanecera. Embora sempre tivesse uma resposta pronta para cada comentário que ouvia, daquela vez não conseguira encontrar nenhuma. Não é possível dizer com certeza se fora por realmente não ter o que dizer ou por ter ficado impressionado com o que saíra da boca do homem purgador. De qualquer forma, virou-se sobre os calcanhares e se dirigiu para a sua casa, pois já se aproximava o horário do almoço. Embora um tardo não sinta vontade de trabalhar, percebe o estômago reclamar por comida. A fome também bate à porta de quem não faz nada.

As traquinarias dos Visões não têm momento marcado para se manifestarem. Elas nunca avisam antes de sua chegada. Do mesmo modo, a turbulência na mente do jovem não lhe fora notificada previamente, principiando abruptamente logo no sono depois do almoço. Quando voltara do serviço de colher batata-de-purga, como havia dito aos pais, a comida já estava pronta nas panelas. Feijão-de-corda, arroz da terra, farinha de mandioca e uma galinha frita. Ele colocou no prato uma conchada de feijão, acrescentou uma outra do caldo da carne e uma mancheia de farinha. Depois que misturou tudo, cobriu com duas conchadas de arroz e três dos melhores pedaços da ave, duas coxas e um pedaço enorme e carnudo do peito da galinha. Comeu como se estivesse há dias sem forrar a barriga.

Quando terminou de almoçar, procurou logo se deitar numa rede, armada perto da porta de fora para receber o vento que sopra, vindo das bandas do Morro Torto ou do Morro Jatobá. Ele não queria sentir calor quando pegasse no sono. A mãe e o pai, ao contrário, não descansaram muito, em instantes retornando aos seus afazeres. A primeira foi pisar arroz no pilão. O segundo ocupou-se com o talhar de madeira. O repouso é garantido apenas ao descansado.

É a balança da desigualdade sempre pendendo para o lado dos que não contribuem com nada, mas que usufruem de tudo. As engrenagens do mundo já foram forjadas com dentes vesgos.

  O manhoso não demorou para pegar no sono. Uma boa comida satisfaz o estômago e entorpece o corpo, principalmente aquele que não tem o costume de se esforçar tanto. Também não custou muito para o primeiro sonho estranho aparecer e turvar com negrume a apreciada dormida do jovem.

  O sonho até que não fora de tudo ruim. Ele estava a andar por uma vareda, mas não sabia dizer qual, embora conseguisse reconhecer alguns pontos misturados. Como se fossem lugares de diferentes caminhos enxertados numa única estrada. Distinguia uma grota aqui, uma pedra maior em destaque ali e uma ou duas árvores pontuando a beira do caminho acolá. Era como se estivesse tudo claro, mas suas vistas fossem muito estreitas para divisar os detalhes. Mesmo assim, algo lhe dizia para seguir pela estrada sem hesitar nem olhar para trás. Foi o que ele fez, sem resistir, uma vez que nunca se consegue controlar o andamento de um sonho. Quando já andara uma boa distância, avistou uma cerca de madeira deitada que passava à beira da vareda. Reconhecia aquela cerca, porém não sabia dizer onde ela ficava. Por um brevíssimo instante virou a vista para a sua esquerda, sem saber o real motivo. Quando voltou os olhos para a direita novamente, avistou uma figura magnífica, a qual não estava ali no momento imediatamente anterior.

  Sentada tranquilamente sobre a cerca estava uma moça, tão bonita e elegante, cujo rosto e corpo o manhoso nunca havia visto na sua vida, nem perto de onde morava nem longe. Uma vez postos os olhos nela, ele não conseguiu mais olhar para outro lado. Fascinado pela figura esbelta à sua frente, o corpo do jovem se enrijeceu e estacionou como uma pedra fincada no chão. A garota sobre a cerca, por sua vez, abria-lhe um sorriso delicado e chamativo. Da forma como ela o olhava, ele imaginou e compreendeu que a menina estava a pedir que ele se aproximasse um pouco mais. Deslumbrado, ele não se fez de surdo nem cego e seu primeiro pensamento foi correr para perto daquela mulher, linda como o céu depois de uma chuva torrencial.

  No entanto, quando tentou iniciar uma passada, o pé não respondeu ao movimento, como se estivesse pregado com cola sobre a terra. Por mais que ele tentasse levantar uma perna, não conseguia.

Sentia seu corpo pesar como uma gigante rocha imóvel e enterrada no solo. O manhoso reagiu com um esforço ainda maior, dirigindo todas as suas forças para mover o corpo para a frente. Contudo, não teve êxito. As pernas não levantaram nem os pés se moveram. O desejo de se aproximar da moça bonita aumentou, enquanto o peso do corpo se tornou infinito. Ele tentou andar e se contorceu, como se quisesse se livrar de cordas enroladas sobre si. Ainda assim, por mais que tenha insistido, não conseguiu se desvencilhar daquela prisão.

Depois de tanto se debater num esforço inútil, já se sentindo por demais cansado, parecia que estava a travar aquela luta há horas, algo ficou ainda pior. Suas vistas começaram a se estreitar ainda mais e a cerca iniciou um movimento de afastamento, levando consigo aquela mulher. Desesperado de desejo pela moça, redobrou suas tentativas de correr, ou pelo menos andar a passos normais. No entanto, por mais que se esforçasse, seu cansaço apenas aumentava e a cerca fugia com o seu prêmio. Suas vistas se estreitaram cada vez mais, ao passo que a cerca e a mulher sobre ela se afastaram até se transformarem em algo tão pequeno que não era mais possível de se avistar.

O jovem agora resfolegava como um cavalo depois de disputar uma corrida. Esgotara todas as suas energias sem conseguir sair do lugar onde estava. Seus olhos se anuviaram até ele não conseguir distinguir mais nada à sua frente.

Acordou com um sobressalto e assustado. Sentou-se na beira da rede e descobriu que estava demasiadamente cansado e com suor escorrendo por todo o corpo, como uma torrente de água descendo por uma grota durante uma chuva demorada. No estado precário em que se encontrava, pensou ter dormido por um longo tempo. Porém, seu sono tinha sido apenas durante poucos instantes. Sua mãe agora que iniciava as primeiras batidas com a mão de pilão sobre o arroz e seu pai ainda não tinha findado o primeiro talho num tronco de pereira. Quando o Pesadelo bate à porta da mente, faz um piscar de olho se transformar numa eternidade.

O manhoso não mais dormiu durante todo o resto da tarde, preferindo sair de casa com o intuito de esquecer o sonho estranho, embora gostoso, que tivera. O que ele ainda não podia saber, e não desconfiou de nada, era que o Pesadelo acabara de visitar o cerne de sua mente e o marcara definitivamente. As portas do seu pensamento foram abertas e violadas pelo poder do Visão do sono.

Tudo estava preparado e nos conformes para a chegada do Medonho.

E ele não se demorou na viagem.

-

A tarde de sol abrasador se foi embora e a noite fria mostrou sua cara, transformando o semblante de Tabuvale numa infinitude de negrume, um lençol de negror espalhado por todo lado. Iniciou-se o horário das criaturas noturnas, dos seres mal-assombrados, dos domínios do Assobiador, o Visão protetor das trevas, e de suas crias. Entretanto, nessa área restrita da Vargem, a noite se tornou um reduto da cria que mais gosta de fazer presepada. O Medonho veio atrás da encomenda manchada pela marca de seu pai durante o sono da tarde. E ele é como um menino malcriado; quando vem para chafurdar a cabeça de um pobre coitado, fica aborrecido se não bagunça cada sítio dos miolos de sua vítima.

O manhoso passeou pelas casas vizinhas por todo o resto do dia em claro, tomando café numa, conversando sobre tudo em outra e desviando de qualquer coisa que lhe pediam para fazer. Quando o anoitecer principiou, ele voltou para o aconchego de sua casa e de seus pais. Encontrou a janta pronta, a comida sendo uma repetição do que comera pela manhã, embora com uma pequena diferença, pois os melhores pedaços da galinha não estavam mais disponíveis dentro da panela. O jovem não reclamou, consciente de que ele mesmo tinha comido as partes mais carnudas da ave durante o almoço.

Depois do jantar, o rapaz não demorou muito para se acomodar na sua rede, estendida entre duas paredes na sala de fora. Como se estivesse dopado com um poderoso alucinógeno, ele nem mesmo sentiu os olhos pesarem antes de adormecer. Caiu num sono tão profundo como as águas fundas de um cacimbão. Então, o jovem sonhou de novo. Mas dessa vez foi um sonho dominado pelas artimanhas do Medonho, colocando sob rédeas curtas a mente frágil do manhoso.

— *Olhe para mim!* — A voz que chegou aos seus ouvidos durante o sonho era diferente, mas muito peculiar. Era como se ele já a tivesse ouvido em outra ocasião, embora também tivesse certeza de que não conhecia ninguém que falasse naquele tom.

— *Onde você está?* — O jovem respondeu mentalmente, sem conseguir abrir a boca para falar. Sabia que um som saíra de sua boca, porém não tinha sido articulado a partir do movimento de seus lábios. Como se tivesse se comunicando apenas com o pensamento.

— *Por que você não vira? Estou aqui atrás de você.* — A voz respondeu de imediato.

Foi então que o manhoso se virou e deu de cara com a mesma figura deslumbrante do sonho da tarde. A moça estava parada a uma pequena distância, no meio do caminho. Porém, agora não existia mais nenhuma cerca por perto. O coração do jovem se acelerou sob o peito como um trovão ribombando entre duas nuvens carregadas.

— *Por que você não vem até aqui para me ver de mais perto?* — A moça do sonho perguntou, fazendo gestos delicados com os dedos das mãos num chamado irrecusável.

O rapaz sentiu uma vontade incontrolável de se aproximar daquela figura, embora alguma voz racional interior lhe martelasse a cabeça dizendo que tudo aquilo era apenas um sonho. Ao mesmo tempo em que seu corpo desejou caminhar em direção à mulher, sua mente intentou uma resistência à tentação. Entretanto, o domínio do Pesadelo corrói cada filamento que encontra pela frente quando invade o sistema racional de uma criatura. Quando se está sob o domínio do Medonho, não há espaço para a racionalidade. Tentar resistir é somente uma forma de arrochar ainda mais o nó do ataque violento executado pelo filho do Visão protetor da mente. Por isso, o rapaz esqueceu o pouco de razão que ainda poderia existir na sua cabeça e correu para os braços daquela moça bonita. O Medonho, por sua vez, apertou ainda mais o cabresto ao redor dos pensamentos do manhoso e o segurou sem piedade.

Então o jovem descobriu, num piscar de pestanas, que os braços delicados e o rosto elegante não estavam mais ali à sua frente. A mulher sumiu repentinamente, como um clarão se extingue de repente para dar espaço à escuridão. O rapaz procurou por todos os lados, correu para ver mais longe na vareda, virou no sentido contrário para olhar às suas costas, mas não encontrou nenhum vestígio da figura que estava há pouco sob o alcance de seus olhos. Por fim, suas vistas voltaram a se estreitar, seu corpo a se agitar sem controle e sua cabeça começou a perceber que saía da claridade do sonho para a escuridão da realidade. O jovem acordou numa inquietação frenética, ainda pensando na moça bela cuja pele delicada quase conseguira tocar. Ficou desanimado ao ouvir sua consciência lhe gritar que tinha sido apenas um sonho.

Quando o manhoso acordou, alguns raios de sol já despontavam sobre os contornos sinuosos do Morro Torto. Ao contrário do sono da tarde, em que tinha dormido pouco, porém o sonho lhe parecera longo, durante a noite ele dormira por um longo tempo, embora o sonho lhe tivesse dado a falsa impressão de que durara apenas um ínfimo instante. Quando o Medonho tem o controle de uma mente vulnerável, ele faz o eterno virar uma brevidade, não sendo possível distinguir com clareza o longo do curto, nem o demorado do efêmero. Tudo se mistura na mente, como as enchentes da Ribeira Juassu quando todas as grotas e córregos lhe entregam suas águas após uma pancada de chuva forte.

Ao se levantar, o rapaz não se animou com nada. Nem mesmo com o café da manhã que sua mãe há muito havia preparado, reunindo sobre a mesa café preto, leite cozido e tapioca com manteiga da terra. O sonho havia deixado o jovem bastante impressionado. No entanto, ele tinha ficado encabulado mesmo era com o fato de ter sonhado com a mesma mulher duas vezes seguidas, uma moça que ele nunca conhecera. Algo muito errado estava acontecendo, ele pensou desamparado. Ou tinha certeza? Ainda não sabia dizer.

—

O manhoso não resistiu, nem inventou uma desculpa, quando sua mãe lhe pediu para que ele fosse ao poço do Regato Cavo buscar um caneco de água para colocar no cocho das galinhas.

— O cocho das galinhas está quase seco. — A mãe havia dito, como se estivesse falando para si mesma. — Não queria ir ao riacho pegar mais água? — Ela perguntou apenas por hábito, já sabendo qual seria a resposta do filho.

— Vou sim, mãe. — O filho respondeu imediatamente, de uma forma um tanto involuntária, como se não fosse ele mesmo falando.

— Mas pode terminar de tomar seu café, pois o cocho ainda não secou de vez nem o poço vai secar de hoje para amanhã. — A mulher o tranquilizou, meio assustada pela estranha mudança na maneira de agir do filho.

— Pode deixar que vou logo. Já terminei.

Após dizer isso, o rapaz se levantou do tamborete onde estivera sentado, colocou o caneco de madeira no ombro direito e saiu pela porta de fora. Quando atravessava o alpendre, ainda escutou a voz do pai que lhe dizia:

— Daqui a pouco vou descascar umas toras de pau-d'arco.

— Pois pode me esperar que já volto para lhe ajudar. — O jovem falou, convicto e entusiasmado, ao mesmo tempo em que descia a vareda no rumo do Regato Cavo, o caneco feito de acende-candeia apoiado sobre o ombro e, na mão esquerda, uma pequena cuia de cabaça.

— Esse menino não está no seu juízo normal. — A mãe disse para o marido, segura sobre as palavras que saíam de sua boca.

— O Medonho deve ter sentado à beira da rede dele durante a noite. Só espero que não tenha se encabulado com qualquer que tenha sido a figura que teve em sonho sob suas vistas. — O pai acrescentou, acendendo seu pé-duro e se dirigindo ao trabalho de descascar as grossas toras de pau-d'arco.

—

Agora, ainda um pouco paralisado pelo choque que sofrera ao ouvir aquela voz, o moço estava se demorando de propósito em encher o caneco para não ter que olhar para quem lhe observava pelas costas. Ele tinha certeza de que a voz de agora era a mesma que ouvira nos dois sonhos, tanto no da tarde anterior como naquele durante a noite. Também seria capaz de apostar que, ao olhar para trás, veria a figura daquela moça. Ou não? Nos sonhos, ele sabia, ela era somente uma ilusão a toldar seus pensamentos. Mesmo assim, gostara do que vira quando dormia. A ilusão é uma boa maneira de remediar aquilo que não se tem de verdade. O iludido sempre acha que tem o que realmente deseja. Quando ressonava no fundo da rede, o jovem poderia estar sob negras garras imaginárias. Porém, neste momento, ele não estava em nenhum sonho, não com o sol da manhã a clarear sua cabeça.

Contudo, apesar do temor e fosse o que fosse que estivesse a lhe provocar, ele resolveu arriscar e ver quem emitia aquela voz conhecida desde o sono da tarde passada. Então, ele tampou o caneco com o pedaço de sabugo e o deixou descansar, preso entre as pernas, na água tranquila do poço. Levantou o corpo para ficar ereto e virou. Logo descobriria que nunca deveria ter se virado para ver aquilo, aquela aberração enviesada de criatura feiosa e grotesca.

Pois o que ele avistou sobre a cerca que passava ao seu lado não tinha nada que pudesse se parecer com a figura magnífica da moça que vira nos seus sonhos. O ser que estava à sua frente, sentado sobre o último pau da cerca, com as pernas cruzadas, a esquerda sobre a direita, cheio de pose e com um sorriso debochado na face, causou-lhe reboliços no estômago e uma sensação intensa de repugnância. Se arrependimento matasse, pensou o rapaz, ele teria caído duro ali mesmo dentro da água.

·

O Medonho brinca com as ilusões da pessoa que tem o azar de se tornar sua vítima. Ele pode se apresentar de diversas formas, dependendo da circunstância e que tipo de mente penetra e toma conta, como uma erva daninha a se alastrar por um campo abarrotado de terra fértil. Às vezes, ele vem na forma de uma linda mulher, quando quer iludir um jovem viril. Ou como um moço muito bonito, quando se trata de uma jovem mulher cheia de vulnerabilidade para uma paixão passageira. Outras vezes, ele é apenas um homem qualquer que surge de repente à beira de uma estrada. Pode ser também um menino que aparece em um quarto escuro, sem explicação plausível, para conversar com uma criança solitária. Ou então, uma figura qualquer se intrometendo no sonho de alguém. Quando ele caça uma mente, não se cansa até encontrar o que procura. E quando encontra o que quer, decide qual a melhor forma de se infiltrar na cabeça selecionada, penetrando até mesmo pelas entranhas mais escondidas e profundas do pensamento.

No entanto, sua forma real, o projeto original gerado pelo Pesadelo, é realmente algo repugnante para algumas pessoas. Depois que o Medonho invade a mente de alguém, perturbando o sono com sonhos desvairados, assumindo as formas mais ilusórias que um vivente possa imaginar, ele se materializa na sua figura verdadeira. E ninguém, na sua mais sã consciência, deseja ter sob os olhos a imagem autêntica dessa cria do Pesadelo.

·

Ainda assim, o manhoso foi obrigado a observar aquela criatura de perto. Se até mesmo a voz o havia petrificado, agora aquele ser deplorável lhe enrijecia por completo cada músculo de seu corpo.

A figura nos sonhos era agradável por demasia. Acordado, o Medonho lhe causava arrepios.

— Gostou?

A pergunta que saiu da boca do ser mal-assombrado, sentado sobre a cerca, veio carregada de deboche. Se realmente é correto denominar tal coisa de *boca*, uma cavidade rústica com lábios aflorados em sentidos contrários, o superior muito afastado para cima e o inferior longamente estirado para baixo. No interior, uma gengiva totalmente nua de dentes e encardida como tisna no fundo de uma panela depois de ser muito usada num fogão à lenha, fazendo a boca parecer tão funda e mole quanto um saco velho vazio. A repugnância não admite valor quebrado. Quando ela vem, vem por completo. As narinas, parecendo mais duas fossas escuras postas lado a lado, formando um nariz grosso e cheio de inchações, algumas avermelhadas, outras roxas. A testa completamente carregada de rugas, como a fronte de uma criatura senil no fim de uma longa vida. A superfície rugada da testa se prologando cabeça acima, somente parando para dar espaço a uma careca grotesca, com um único tufo de cabelos velhos esbranquiçados no centro da fronte. Os olhos, parecendo duas covas abandonadas, não estavam livres dos sulcos estriados nem dos montículos exagerados de remela acumulada, como se fossem montes de pus solidificado.

Quando se tem algo horripilante sob as vistas, os olhos forçam a cabeça a ver tudo, de cima a baixo. Mesmo não querendo, o rapaz moveu involuntariamente o olhar para baixo, para observar o resto do corpo, como se um fio invisível puxasse seus olhos naquele rumo. O que viu não era menos horrível. Tudo na criatura gerava uma impressão de que fosse demasiadamente velho e antigo, como uma carcaça inutilizável e deteriorada pelo tempo. O pescoço estruturado com couro ressequido e repuxado, numa aparência de pele que fora queimada e não tivera como voltar ao normal. Os ombros eram caídos, como se um grande peso lhes forçasse para baixo. Os braços cobertos de couro antigo, tão flácidos quanto o fato de um bode com as fezes removidas. As coxas e pernas parecendo dois cambitos tortos de mofumbo, não sendo possível saber onde a estrutura de cima termina nem em que ponto a perna tem início. As duas partes formadas com o mesmo couro velho e com a mesma espessura, ambas finas como os membros de uma cabra magra.

Somente olhando o joelho, uma coisa grossa, inchada e arredondada, para poder encontrar o ponto de separação entre a coxa e a perna da criatura. E levando a vista até o final, o rapaz viu os dois pés, cada um deles bem grande, largo, farto, com dedos curtos e grossos, tendo na ponta unhas deformadas e deterioradas. Os pés realmente eram enormes, no limite superior da anormalidade, como se precisassem carregar um corpo de gigante. No entanto, posto de pé, o ser horripilante talvez não passasse da altura de um anão. Um anão com estatura atrofiada.

    O Medonho realmente possui a estatura diminuta de um moleque. Um moleque idoso, feio, barrigudo e nojento. Quem tem a má sorte de o ver não consegue eufemizar tais características. O manhoso não tinha, inicialmente, visto a parte da barriga do ser à sua frente. Só veio a perceber o grande barrigão abaulado quando retornou o olhar, sem muita vontade, para a parte superior. A pança avantajada é a única parte do corpo na qual as rugas estão ausentes, o que pode causar uma falsa ilusão de que ela não faz parte do resto da estrutura deformada sobre a qual está colada, como uma peça fora do projeto. Ela é lisa e larga como a superfície de uma grande cabaça crescida num monturo fértil. E no meio, projetando-se para fora como um pequeno morro redondo, um umbigo saliente e pontuado por diversas crateras cheias de tecido necrosado.

    Como o rapaz não conseguiu responder nada, pois as palavras não lhe vieram, como se estivessem interrompidas por um entalo, a criatura repetiu a pergunta:

— Gostou ou não gostou?

O engasgo com as palavras não poderia demorar por todo o resto da eternidade. Usar o começo dos infinitos já basta, suas partes finais são irrelevantes. O manhoso forçou a garganta, mesmo sem vontade, e os lábios conseguiram emitir algo no limite inferior da audição:

— Gostei. Gostei muito.

Ele não tinha gostado. Nem um pouco. Entretanto, não queria encompridar a conversa com aquela criatura ridícula. Gostaria mesmo era de não ter sonhado nada e não ter que ver nada. Por um instante, ele pensou que tudo não devia passar de uma coisa da sua cabeça e que, se fechasse os olhos, quando os abrisse novamente só veria a cerca à sua frente. Na verdade, até tentou fazer isso, piscando rapidamente algumas vezes e demorando um pouco mais no último fechar e abrir de olhos. Não funcionou. Por mais que se esforçasse para se esconder debaixo da opacidade pacata das pestanas, o ser mal-assombrado continuava ali. Olhos fechados não removem nenhum obstáculo do meio do caminho. Para enfrentar a vida dura é preciso ver o quanto ela tem de dificuldades a serem vencidas.

Não pode ser ilusão da minha cabeça, o manhoso pensou. Não é ilusão da minha cabeça, ele concluiu decidamente com os pensamentos. Estava agora a lembrar do que o seu vizinho purgador lhe avisara na manhã anterior quando arrancava batatas e conversava sobre coisas de Visões. O que era mesmo que ele tinha dito?

... se amanhã o Medonho aparecer para lhe tentar, não caia na falácia dele. Você deve saber como ele é e como sua voz é singular. Mesmo nunca a tendo ouvido, saberá que é ele falando. Também não caia no erro de contrariá-lo, concorde com tudo que ele lhe disser sem demonstrar nenhuma contestação. Se falar algo que ele não goste, vai ser perseguido com certeza.

Então, o jovem atormentado também lembrou dos sonhos que tivera. A voz daquele moleque feio sentado sobre a cerca à sua frente era a mesma da moça que lhe veio alegrar o sono. Reconhecendo que estava realmente de cara com o Medonho, a cria zombeteira do Pesadelo, o rapaz não se permitiu contrariar nenhuma palavra que saísse daquela fossa suja.

— Tem certeza de que gostou mesmo? — O Medonho voltou a perguntar com um risinho zombeteiro aflorando nos lábios crescidos e deformados.

— Com toda certeza. — Mentiu o manhoso, tentando afastar um pouco as vistas para o lado e não ter que encarar um maldito filho do Pesadelo.

— Não se decepcionou com nada? Não esperava algo mais? Alguma coisa melhor e mais bonita?

— Não. — O jovem se abaixou para levantar o caneco com água. — Mas tenho que ir agora porque minha mãe está há um bom tempo esperando por água para o cocho dos bichos.

O manhoso apoiou o caneco sobre o ombro direito e segurou a cuia com a mão esquerda, usando a direita para segurar a alça metálica presa à madeira de acende-candeia. Saiu às pressas de dentro do poço do riacho, sentindo as pernas bambas como se estivesse embriagado, e rumou para casa sem querer olhar para trás por nenhum momento. Não queria ver mais aquela figura horripilante a lhe perguntar se tinha gostado, a todo momento debochando de si. No entanto, quando acabou de subir a ribanceira do regato, a curiosidade (ou foi o medo?) o forçou a torcer um pouco o pescoço e ele ainda deu uma última mirada com o rabo do olho. Para sua surpresa e alívio, não havia mais nada além da cerca vazia fincada à beira da água. O Medonho havia desaparecido.

Na cabeça perturbada do rapaz, a viagem entre o Regato Cavo e sua casa fora vencida de maneira tão rápida quanto um trovão percorrendo nuvens carregadas no céu de Tabuvale. Mesmo com as pernas ainda tremendo como cipó ao vento, o rapaz nem ao menos percebeu o trajeto ou o que ocorria ao seu redor. Somente ao chegar em casa ele conseguiu ver que devia ter algo muito errado com sua percepção. O dia já tinha avançado muito e a tarde já se aproximava. A cria debochada do Pesadelo faz o tempo virar fumaça na mente e o espaço perder a consistência.

— Por onde andou tanto? — A mãe indagou de maneira preocupada, mas sem se alarmar em demasia, uma vez que seu filho já era conhecido por abandonar um serviço e seguir para a casa dos vizinhos. — Pensei que tivesse se mandado para algum outro lugar ou tivesse passado direto para buscar água na Grota do Rebo.

— Não foi nada. — O filho respondeu de forma vaga, quase se afogando por estar demasiadamente mergulhado nos seus próprios pensamentos. — Só demorei porque achei muito bom o banho no poço.

— Pois vá almoçar. A comida já está até fria.

— Não estou com fome. Vou me deitar um instante e ver se durmo. Estou bastante enfadado do banho. Daqui a pouco chega a hora do almoço, aí eu como alguma coisa.

Disse isso e se dirigiu à rede, cada vez mais inconsciente do que fazia e por que fazia. Alguma coisa lhe dizia que não estava agindo segundo sua vontade, como se alguém dentro dele estivesse lhe controlando cada ação. Ele não saberia dizer se realmente não estava com fome. Também não tinha certeza se queria se deitar ou se estava com sono. Deitou, mas não dormiu. Não pregou nem o olho.

Estava até se confundindo com a ordem temporal, achando que era de manhã e que o momento do almoço se aproximava. Entretanto, já era tarde avançada e o que estaria perto era a janta.

    O manhoso estava confuso e perdera o controle da mente. Quando toma conta dos pensamentos de um condenado, o Medonho dilacera a mente do indivíduo como um raio destrói uma moita numa área descampada. O rapaz estava ficando cada vez mais lesado. Uma pessoa estranha que o visse em tal estado não conseguiria perceber a diferença, pela sua fama de desanimado para fazer qualquer coisa que demandasse um pouco de esforço. No entanto, sua mãe e seu pai sabiam, com certeza quase plena, que o filho estava mudado de alguma forma. Mas, como nas outras vezes em que não quiseram interferir na maneira de agir do rapaz, não se alvoroçaram. Os dois estavam convictos de que o Pesadelo abrira as comportas frágeis da mente do filho e que o Medonho lhe tomara conta da cabeça. Lutar contra o poder dos Visões ou de suas crias é perda de tempo, todos sabem desde muito. Então, deixaram tudo quieto e apenas esperaram para ver no que daria. Bater de cara com uma enchente é assobiar cedo para a morte.

    O jovem passou todo o resto da tarde deitado, embora não tenha nem mesmo cochilado. Quando sua mãe o chamou para jantar, em plena boquinha da noite, o rapaz se levantou, dirigiu-se para o alpendre de fora e emitiu apenas um aviso:

    — Vou logo lá no poço tomar um banho para tirar o suor da tarde.

    — Já está escuro. — A mãe respondeu de dentro da cozinha, achando estranha aquela atitude esquisita do filho em querer tomar banho àquele horário.

    — Mas vou rápido. Só vou dar uns dois mergulhos e volto.

    Pai e mãe não chegaram a contestar, apenas se entreolharam, ambos confusos. Contanto que o filho não se machucasse ou se ferisse, pensaram, não haveria nenhum problema. Talvez os dois não estivessem tão cientes do nível de domínio do Medonho sobre os pensamentos do menino.

    De modo impensado, o manhoso rumou para o poço, fora de si, caminhando como se uma corda invisível o puxasse e o fizesse se movimentar. Há muito o sol havia se escondido atrás do Morro Moreno, banhando as costas de Tabuvale com um negrume que se adensava cada vez mais, fazendo a noite se fechar sobre cada tabuleiro e capão de mato. O horário de domínio da Visagem ficando para trás e o do Assobiador se iniciando. E quando a escuridão se esparrama sobre essas terras áridas, alguns seres viventes dormem, enquanto muitos seres mal-assombrados acordam. É nesse momento que as crias mais perversas dos Visões ganham mais força e poder.

E o Medonho se anima com a vinda das trevas.

O jovem chegou à beira do poço e, sem esperar por nada e sem hesitar, foi entrando na água. Nem mesmo tirou a camisa. Mergulhou com tudo. Uma mente sem o controle do dono não pode ter dúvida de nada. Assim também é aquele que se deixa enganar por uma ideia falsa e mentirosa propagada por qualquer indivíduo demagogo ou charlatão. No final, morre apenas por acreditar, pois fica cego até ao mais evidente argumento que lhe prova o quanto está errado.

Quando o rapaz emergiu depois do terceiro mergulho, após passar a mão no rosto para limpar as vistas e olhar para a frente, ele viu, consternado, o vulto postado de pé à beira da água, no lado oposto do poço. Mesmo no escuro, não havia como se confundir. O moleque barrigudo e velho o observava, sorrindo com deboche e escárnio.

— O banho está bom? — O Medonho indagou com sua voz delicada e sarcástica.

Foi então que o jovem voltou a si, depois de um dia inteiro fazendo tudo sob o comando de uma força invisível. Percebeu que estava a tomar banho sem vontade, que já era noite, que tinha entrado na água com toda a roupa e que não estava mergulhando no poço do Regato Cavo, mas sim em outra grota ou córrego, provavelmente muito mais longe de casa. Reconheceu também que havia estado sendo controlado o tempo todo pelo poder do Medonho, o qual agora estava ali, de pé à sua frente, com um sorriso zombeteiro no rosto deformado. Além do mais, o rapaz constatou, desalentado, não se dera conta de tal fato em nenhum momento. Então, ele se lembrou novamente das palavras do purgador:

... não caia no erro de contrariá-lo, concorde com tudo que ele lhe disser sem demonstrar nenhuma contestação. Se falar algo que ele não goste, vai ser perseguido com certeza.

— O banho está ótimo. — O rapaz respondeu, mentindo o máximo que conseguia. Estava desconfortável com toda a roupa molhada a pregar no seu corpo, fazendo aumentar o frio sobre a pele.

Quando tinha visto o Medonho sentado de pernas cruzadas sobre a cerca durante sua aparição anterior, o jovem havia ficado enojado com a figura desagradável da criatura. Agora, a imagem era ainda mais surreal. Sem poder saber o motivo, mesmo com o escuro da noite, o manhoso conseguia ver com muitos detalhes o moleque de pé à beira do poço, ainda que algumas braças separassem os dois. A cabeça com poucos cabelos brancos, o rosto carregado de rugas envelhecidas, os lábios aflorados grotescamente, a barriga grande e lisa com a protuberância do umbigo no centro, as pernas e braços finos, cada pé largo como um enorme malho feito de pau-d'arco para compactar um piso de terra batida. E a região púbica...

Ó Visões!

Que os olhos do jovem condenado não ceguem ao presenciarem tamanha bizarrice.

O manhoso segurou, com muito esforço, uma onda de vômito que já avançava até o meio da garganta. Sem outra opção melhor, ele virou as vistas rapidamente para não olhar o monte de pelos repugnantes que cobriam a região pubiana da criatura.

— Gostou? — O Medonho perguntou outra vez e ensaiou uma pose de sedução feminina, colocando as mãos na cintura e virando de costas. — E agora, ficou melhor?

Tudo no mundo pode piorar.

Quando o moleque barrigudo virou de costas, o manhoso se livrou de enxergar muitas coisas nojentas, mas deu de cara com outras terrivelmente mais nauseantes. A parte de trás não era menos horrível do que o lado da frente. Ainda assim, as vistas do rapaz foram sugadas com força para a região mais abjeta, as ancas daquela cria promíscua e indecente. As nádegas eram engelhadas como dois pedaços de casca de imburana envelhecida postos lado a lado. A onda de vômito subiu novamente pela goela do manhoso e ele teve uma dificuldade gigantesca de forçá-la para baixo outra vez.

Contudo, o pior não consegue parar de piorar.

E o escárnio do Medonho é um cavalo apressado em busca de alcançar o infinito. E o moleque barrigudo é uma cria do Pesadelo que não tem pudor. Ainda de costas, ele abaixou a parte do corpo da cintura para cima desavergonhadamente, mantendo as pernas abertas e esticadas. Então, meteu a testa entre os joelhos e falou com os olhos de cabeça para baixo, nunca perdendo o risinho de zombaria:

— Meu traseiro é bonito?

Um entalo comprimiu a garganta do jovem como uma cilha aperta a barriga de um jumento. Nada disso aí é bonito, ele pensou em gritar. Queria dizer que nunca havia visto coisa mais horrorosa em toda a sua vida. No entanto...

... não caia no erro de contrariá-lo.

As palavras do homem das batatas zumbiram na sua mente e seus lábios tremeram como folhas ao vento.

— É sim. — A voz saiu tão baixa como o resmungo de um *sussurrante* suplicando aos Visões pela cura de um enfermo.

— Meu traseiro é bonito? — Agora o Medonho perguntou com voz mais exaltada, parecendo também querer uma resposta com mais ênfase.

— É bonito. — O manhoso respondeu um pouco mais alto, tentando convencer a criatura de que falava a verdade. Agora ele já estava fora do poço, enrolando a camisa com ambas as mãos para forçar a maior parte da água a descer e enxugar mais rápido. Se apressava desesperadamente para ir embora e esquecer toda aquela lenga-lenga.

— Meu traseiro é bonito?! — O moleque barrigudo indagou outra vez, muito mais exaltado, como se ainda não tivesse certeza da resposta anterior. Sua voz delicada se espalhou ao redor e sumiu pela escuridão, perdendo-se em ecos cada vez menos intensos.

— O teu traseiro é horrível, bicho feio! — O jovem se pegou gritando, o som de seu grito correndo pelas trevas e sumindo nos confins da noite, o último eco voltando tão fraco como se tivesse percorrido toda a extensão de Tabuvale até encontrar um obstáculo para se refletir.

Ao ouvir a resposta, o Medonho imediatamente converteu o rosto de riso em uma cara zangada e cheia de ira. Levantou-se bruscamente e iniciou um caminhar ligeiro em direção à beira do poço. Vendo a reação inesperada do ser mal-assombrado, o manhoso se virou rapidamente e começou a correr para se afastar da criatura. Na corrida, ainda olhou por cima do ombro esquerdo e viu o Medonho atravessar toda a extensão da água com um único pulo. Então, sem esperar por nada, aumentou o movimento das pernas para impulsionar sua fuga.

Os pés pesados do Medonho bateram no chão após o pulo por cima da água, deixando marcas profundas na areia molhada. A aterrissagem foi seguida por uma carreira desajeitada atrás do rapaz, os braços finos como gravetos se agitando para a frente e para trás, as pernas como cambitos mirrados se alternando no baixar e levantar dos pés pesados, a barriga abaulada balançando como um grande saco cheio de água e, no rosto, uma expressão raivosa de sair filetes de fumaça das narinas escuras. Da forma como corria, não havia nenhuma dúvida de que realmente estava querendo abocanhar a criatura humana que corria à sua frente.

O rapaz, sentindo que aquele ser nojento se aproximava cada vez mais das suas costas, tentava mandar mais energia para as pernas num esforço brutal de ter êxito na sua retirada. Intensificou a corrida até suas forças se esgotarem, pois não queria ter as mãos do moleque barrigudo tocadas sobre o seu corpo.

Se falar algo que ele não goste, vai ser perseguido com certeza. O aviso do vizinho das batatas martelava nas entranhas da cabeça do jovem em fuga. Agora ele sabia que o homem não estava brincando nem mentindo. O medo o fazia perceber o quanto era sério todo aquele negócio de sonho estranho, do Pesadelo dominando a mente de uma pessoa, do Medonho correndo atrás de você como um cachorro perseguindo um tejo, de um moleque com pança enorme, riso com desdenho, perguntando sobre seu...

As mãos do moleque pançudo roçaram sobre as costas do manhoso, fazendo um arrepio estremecedor subir pelo seu espinhaço, como uma rachadura subindo por uma parede que quer ceder e cair. O rapaz, ao sentir aquele toque entre suas pás, abaixo da nuca, sobressaltou-se e conseguiu aumentar um pouco mais a velocidade, deixando o ser mal-assombrado só um pouquinho mais para trás. Entretanto, não conteve um grito estridente de desespero e um choro descontrolado, as lágrimas rolando pelos dois lados do rosto como uma torrente descendo a ladeira de um morro.

Na pressa de sair correndo do poço, somado com a invisibilidade da noite, o jovem não teve a paciência de discernir para qual lado saíra, se na direção de sua casa ou para outro rumo. Quando se está em fuga, todo caminho é uma boa trilha. E agora, ele não tinha certeza de que se aproximava da sua moradia. O medo aumentava, o cansaço nas pernas se multiplicava, o choro se intensificava, as lágrimas rolavam cada vez mais, o Medonho se aproximava...

Tomado pelo desespero, o rapaz já estava se decidindo por se entregar, deixar-se abocanhar por aquela criatura nauseabunda, pois o chão já parecia desaparecer debaixo de seus pés. Não sabia o que aconteceria se aquele bicho horripilante o tivesse sob domínio. Não havia se dado ao trabalho de perguntar sobre isso ao homem purgador. No entanto, qualquer coisa poderia ser melhor do que aquele medo invernal que agora o apertava como uma corda de laçar.

Foi então que o manhoso avistou um vulto no escuro, quando já estava decidido a se entregar de vez. Era uma cerca? Poderia chegar até ela? E se chegasse, poderia pular? Nada disso importava mais. Tudo que viesse pela frente, ou pelos lados, e o ajudasse a se livrar daquele bicho que o perseguia, ele agradeceria.

Era uma porteira, ele reconheceu. A porteira do curral do gado, pois era feita com os paus na horizontal, espaçados cerca de palmo e meio um do outro. Mas seu pai não tinha gado. Isso também não tinha importância. Não agora.

No exato instante em que as mãos do moleque barrigudo desciam determinadas sobre os ombros do jovem, ele conseguiu um impulso extra nos pés e um salto o jogou para a frente e para cima, numa direção diagonal. Foi mais um mergulho do que um pulo, como se estivesse mergulhando de ponta numa água funda. Sem saber como, o seu corpo passou entre dois paus horizontais da porteira, entre o penúltimo e o último, contando de baixo para cima. Após atravessar o portal de madeira, seu corpo se chocou contra a barriga de uma vaca, voltou, bateu novamente, dessa vez nas ancas de um touro, quicou e se estatelou no chão, estacionando entre os dois animais. O boi apenas se assustou e abanou o rabo. A vaca, despertada pela dor repentina nas costelas, ainda soltou um mugido que fez as trevas da madrugada se estremecerem.

Quando se recompôs momentaneamente do susto e da queda, o rapaz olhou para cima, na direção da porteira, e viu o moleque, de pé, fora do curral, a observá-lo por entre os paus.

— Foi isso que te salvou! — A criatura disse com uma expressão indescritível na cara, uma mistura de zanga e sorriso desdenhoso. Sem pressa, o Medonho se virou no sentido contrário da porteira, deu alguns passos e sumiu na escuridão.

O manhoso, ainda se tremendo e em estado de choque, olhou ao seu redor e reconheceu que estava no meio do gado. Foi então que se lembrou das palavras do purgador:

... ele só não irá lhe pegar se não conseguir lhe alcançar ou se você estiver com a proteção certa.

O jovem começou a se perguntar se aqueles animais o teriam protegido. Em pouco tempo, ele estava quase convencido de que sim. Tentou se levantar, mas uma dor aguda surgiu nas suas costelas, uma mais latejante apareceu no ombro que impactou contra a vaca e outra rugiu na sua fronte. Melhor esperar o dia clarear para verificar o estrago que o corpo sofrera, ele pensou. Então, o jovem continuou deitado naquele chão com cheiro de estrume de gado, agora parecendo tão agradável, resolvido a esperar o sol raiar para ir embora.

O manhoso só ainda não sabia que sua carreira em fuga o tinha levado para tão longe de casa, para o lado oeste da Grota do Rebo, no rumo dos tabuleiros e capões de mato do Lombo.

O Medonho faz o tempo se derreter e o espaço se esticar.

ESTORIETA II

Bafejo

Quantas mortes são inexplicáveis?

Quantos morrem por pouca coisa, às vezes por engano, insensibilidade ou falta de bom senso? Por outro lado, quantos continuam vivendo mesmo cometendo a mais terrível atrocidade? Quantos são obrigados a verem, impotentes, suas vidas ou a de um ente querido se extinguir? E ainda, quantos deixam de existir sem ao menos saber que sua vida se findou?

Para um simples cômputo, os algarismos são uma dádiva, um recurso, uma bênção. Para alguns cálculos, os números são insuficientes, sem sentido, inúteis. Computar o número de criaturas viventes que perambulam por estes tabuleiros e capões de mato de Tabuvale, mesmo sendo uma quantia enorme, é tão fácil quanto uma cabeça desvairada acreditar em cada um dos quatro Visões que disputam estas terras áridas. Saber com certeza quantas mentes são dominadas pelas traquinarias do Pesadelo e suas crias é uma tarefa tão notável quanto um louco estimar a quantidade exata de contornos sinuosos no lombo do Morro Torto.

Quando estão de bom humor, os crédulos garantem, os Visões podem mandar todas as bonanças com as quais suas criaturas possam se deleitar. Quando ficam zangados, o que ocorre com muita frequência, segundo ameaçam seus devotos mais fervorosos, Eles lançam todo tipo de calamidade sobre as costas desses viventes indefesos. No entanto, quando se encontram no meio entre a serenidade e a cólera, os deuses poderosos de Tabuvale não se importam em atender a qualquer tipo de pedido, por mais bizarro, extravagante ou vil que possa parecer. Em tal estado de letargia, Eles são como máquinas desprovidas de mecanismo de prestação de conta ou botão de desligamento, produzem e dão o que lhes rogam.

Para pedir algo a um deus, espere ele dormir. Na sonolência dos Visões, todo pedinte pode ser atendido, seja alguém querendo um bom sono, outro ansiando por uma brisa numa tarde quente ou até mesmo um indivíduo insensato desejando a morte de quem cometeu o mais banal dos delitos.

Como não conseguir evitar o latido de um pobre cachorro.

Ninguém saberia dizer o real motivo do animal, tão estimado por todos de casa, ter recebido tantas furadas, no pescoço, nas costelas, nos olhos, na parte de baixo da barriga e até mesmo nas pernas. Quem o matou ou estava com muita raiva do cão ou não queria deixar nenhuma gota de sangue nas suas veias, fazendo com que ele escorresse todo para fora do corpo do condenado. O cachorro, depois de morto, ficou tão ensanguentado que só foi possível reconhecê-lo pelas manchas pretas na testa, duas arredondadas pintas escuras, cada uma ao lado de cada um dos olhos agora mortos. O resto do corpo branco estava totalmente escurecido pelo líquido viscoso avermelhado que coagulara ao sair pelos buracos abertos pela lâmina afiada.

O homem da casa, e dono do animal, olhando para o cachorro desfalecido no meio do terreiro, estava mais triste do que amedrontado, embora ainda estivesse lembrando dos latidos lastimosos e do aviso que quebraram o silêncio da noite fechada:

— Comecei pelo miserável do cachorro malcriado. Depois será o dono sem moral.

Aparentemente, quem assassinou violentamente o cão, queria também fazer o mesmo com o dono. Mas não poderia ser possível, ele pensou, pois não guardava rancor de ninguém nem agravara nenhuma outra pessoa. Quem fizera tamanha desgraça devia morar em tabuleiros distantes, não poderia ser daqui. Mas e a voz do assassino? Ele tinha reconhecido ou era somente uma impressão de sua cabeça? Não, não era coisa da sua mente. Ele realmente sabia de quem era aquela voz, pois soara muito familiar para seus ouvidos. Mesmo assim, ainda não conseguia acreditar que fosse de quem estava pensando ser. Seu trabalhador mais assíduo, vizinho e companheiro de enxada, não teria coragem de realizar tamanha brutalidade como essa que ele agora era obrigado a ter que tragar.

Reconhecer a voz no meio da noite poderia ter sido apenas um engano. Além do mais, ele não tinha certeza e não contava com mais nada para que pudesse afirmar algo categórico e indubitavelmente. Antes esperar pela verdade do que ferir um vivente por engano.

    O melhor mesmo seria esquecer tudo e deixar para lá. Não valeria a pena encompridar uma conversa pela morte de um animal.

    Pensando assim, o homem foi à cerca baixa de faxina que cercava a frente da casa, pegou uma corda velha, voltou até onde o cachorro jazia inanimado, à beira da estrada, no limite com o terreiro de fora, levantou a pata traseira ensanguentada e a enlaçou com um nó arrochado. Depois de se certificar de que o cordame estava bem firme, andou transversalmente ao caminho e arrastou o corpo morto em direção ao mato fechado. Ao avançar por algum tempo no rumo do sul, depois um tanto para oeste da casa, o homem parou, desamarrou a corda e voltou, sem vontade de olhar mais uma vez para a carcaça do que fora um cão muito esperto quando vivo. Agora, porém, ele seria apenas comida farta para um carcará, um camiranga ou um tinga. Quando apodrecesse, do lugar em que estava, o mau cheiro não chegaria até seu chalé porque o vento o levaria para outra direção.

    — Disseram que alguém matou o seu cachorro ontem à noite. — O seu vizinho mais próximo se achegou da cerca e perguntou entristecido.

    — Foi mesmo. — O homem respondeu com mais tristeza ainda. — Acabei de jogar ele no mato. Alguém passou pelo caminho tarde da noite, o pobre latiu, talvez pensando que fosse alguma coisa má, então recebeu um bocado de furadas. Foram facadas por todo o corpo.

    — Não deu tempo de sair para ver quem poderia ser?

    — Não. — O homem mentiu, não querendo falar sobre o aviso do esfaqueador. — Ouvi um barulho, como se fosse alguém correndo na estrada, como se viesse das bandas da Grota do Rebo. Então, o cachorro latiu algumas vezes, ainda de dentro do alpendre, e a correria parou de repente, como se a pessoa que estivesse a correr tivesse parado aqui na frente de casa. Quando o cão conseguiu pular a cancela, querendo avançar para o que quer que fosse que estivesse passando, os latidos cessaram de repente e se transformaram em lamúrias agonizantes. Em seguida, calou-se tudo, ladrar e lamúria, o correr recomeçou e depois desapareceu no silêncio da noite, rumando para o lado dos tabuleiros e capões de mato do Lombo. Quando saí pela manhã, o cachorro estava estendido aqui no terreiro, morto a facadas. Muitas facadas.

— Agora de manhã apareceu uma conversa que aquele nosso vizinho que mora ali na frente, no sentido de quem vai para os torrões do Lombo, sumiu de casa durante toda a noite passada. Estão dizendo que ele não está bem da cabeça, que ficou girado de repente. Saiu de casa muito antes da noite chegar dizendo que ia caçar, sem levar nenhum mantimento. Não sei como alguém sai para caçar, mas não leva nenhuma ferramenta. Quando voltou, já era de manhãzinha. Assim como saiu, não trazia coisa alguma, nem caça nem nada.

— Que estória é essa? — O dono do cachorro perguntou, alarmado e surpreso ao mesmo tempo. — Até antes de ontem ele trabalhou para mim roçando os pés de cerca. Não reparei em nada estranho nele.

— Isso parece esquisito mesmo. — O vizinho concluiu sem demora. — Eu até estava dizendo que ele lhe ajuda na labuta com frequência, que nunca agiu de forma diferente, é muito trabalhador e não aparenta ter qualquer falha com a gente.

— E alguém sabe dizer a razão dele estar perturbado da cabeça? — O homem perguntou quase sem interesse.

— Olhe, aqui para nós... — O vizinho se achegou para mais perto e falou com voz mais baixa, como se não quisesse que outro ouvido, mesmo sem nenhum outro por perto, o escutasse. — O homem que me disse isso mora depois do nosso vizinho. Ele parou ali em casa quando ia passando de manhãzinha para o trabalho, o qual fica na direção das bandas do Velado. Segundo a conversa dele, o problema é influência dos Visões.

— Do Pesadelo? — O dono do cão indagou apressado, não esperando o outro concluir.

— Dele mesmo, o Visão dos sonhos e protetor da mente. — O convizinho confirmou amedrontado. — E claro, da sua cria mais maléfica e louca por carnificina.

— O Bafejo!

— É. Fico até arrepiado com isso. Tenho medo até de falar em voz alta.

— Não, não pode ser. — O dono da casa duvidou. — Quem poderia ter desejado o sopro do Visão do sono para um homem tão calmo e trabalhador?

— Até agora estou sem acreditar na conversa que ouvi. — O vizinho confessou, balançando a cabeça num gesto de incredulidade. — Mas a gente já deve saber que pessoas más existem por todo lugar e que os Visões não se importam com a vida miserável de nenhuma de suas criaturas. Quando quer distorcer uma mente, o Pesadelo não olha quem é quem. Pode ser homem ou mulher, menino ou velho, rico ou pobre, esperto ou preguiçoso.

— Foi alguém da família dele mesmo que começou a espalhar essa estória?

— A própria mulher dele. Quando a pobre perguntou por onde ele estivera e o que tinha feito durante toda a noite, ele simplesmente disse que tinha ido caçar e que ela não o incomodasse mais. Então ela saiu para contar para a vizinhança, toda alarmada, a coitada.

— Se isso for realmente verdade, o que eu, sinceramente, não acho que seja, todo mundo da redondeza precisa abrir o olho e tomar muito cuidado. O Bafejo não brinca em serviço. Quando ele entra na cabeça de um indivíduo, só o abandona quando o faz deixar um rastro lamacento de sangue e matança por onde passa.

— Então, fique de olho também. Se o rapaz aparecer por aqui e demonstrar qualquer coisa estranha ou um comportamento fora do comum, tente se afastar para não cair vítima de alguma desgraça que possa acontecer.

— Pois é. Vou ficar observando. Qualquer coisa estranha que ocorrer vou saber de imediato. É do conhecimento da gente que todo subjugado do Bafejo se torna réu confesso. Se é mesmo o que dizem, e se ele já cometeu alguma atrocidade, num instante ou noutro ele irá confessar para alguém.

— Isso mesmo. — O vizinho concordou e se virou para o lado do caminho que leva à sua casa. — E eu já vou indo porque ainda tenho muita coisa para fazer. Ainda tenho que ir deixar umas criações que me encomendaram lá na frente, subindo no sentido do Velado. Até logo! Que os Visões tenham pena de nós! — Ele rogou e saiu pela trilha que leva à estrada maior, a qual corre quase paralela à Grota do Rebo, rumando para a vareda que passa pelo Lombo e vai em direção à Vargem.

— Até mais. — O homem da casa respondeu e acenou com um levantar do braço direito. Ele agora estava encabulado. Não poderia ter recebido uma notícia mais devastadora do que aquela. Em silêncio, ele entrou em casa, pensando em tudo que ouvira, do vizinho durante a noite e do outro vizinho agora de manhã. Se fosse verdade, se realmente o Bafejo estivesse manipulando a mente do seu melhor ajudante, a tempestade estaria perto. Pensando bem, agora tudo fazia mais sentido. O aviso na madrugada, seu cachorro esfaqueado, a estória sobre o Pesadelo. Parecia que cada coisa podia se encaixar com perfeição. Ou não? Ele ainda estava com dúvida sobre tudo, mas também com mais certeza. A convicção e a incerteza costumam andar de braços dados, numa mistura caótica e indecisa, como água e areia, pedregulhos e lama.

No entanto, quando o Visão da mente manda um recado por seu filho mais malévolo é porque não pretende deixar dúvida sobre nada. Quando seu filhote cheio de ira desce para estas terras áridas, traz consigo um único objetivo, varrer alguma vida para satisfazer algum desejo nefasto de alguém que não atribui nenhum valor aos homens e mulheres destes tabuleiros e capões de mato de Tabuvale.

Quando o marido entrou na cozinha, mergulhado em pensamentos, taciturno e melancólico como nunca havia estado, a esposa não esperou por nada e quis logo saber o que estava se passando com ele:

— O que foi que houve? Viu algum bicho no mato quando foi deixar o cadáver do cachorro?

— Parece que o Pesadelo esteve a rondar estas paragens. Se é que a estória que nosso vizinho acabou de me contar tem algum ponto de verdade.

— Que estória? Qual vizinho?

— Nosso vizinho que mora ali na beira do caminho que vai para os tabuleiros do Velado disse que o outro convizinho, o que reside para as bandas do Lombo, está perturbado da cabeça.

— Aquele rapaz que trabalha para nós?

— Ele mesmo. Dizem, a própria mulher dele espalhou a conversa, que é bem provável que o Pesadelo tenha lhe soprado nos ouvidos. Porque ele saiu de casa muito antes do cair da noite e só voltou de manhã, cheio de esquisitice e impaciência. Disse que tinha ido caçar, mas não levou nenhuma ferramenta nem chegou com caça alguma.

— No dia em que ele veio roçar mato não parecia apresentar nada de diferente. Mas nosso vizinho mais próximo também não espalha uma conversa se vir que ela não tem cabimento.

Então o marido lhe contou sobre o que ouvira durante a noite, a ameaça feita pelo assassino do cachorro e que havia reconhecido de quem era a voz. Entretanto, ela não conseguiu acreditar, não achou que uma coisa dessa seria possível.

— Isso é tolice. — A mulher afirmou com indiferença, sem querer contrariar veementemente o marido. — Pode ser que ele estivesse embriagado ou alucinado com alguma coisa. Talvez não soubesse direito por qual caminho estava passando. Quando o cachorro lhe avançou, ele o matou e soltou alguma ameaça involuntária pensando que fosse outra casa.

— Mas matar um cachorro com tantas facadas, depois ameaçar o dono?

— A embriaguez sempre turva as vistas de um indivíduo. Quando alguém se embriaga perde o senso do discernimento. Pode ser embriaguez por substâncias alucinógenas ou por demagogia barata. O segundo tipo ainda sendo pior, pois o entorpecimento é mais demorado, às vezes não se extinguindo antes da morte bater à porta.

— E quanto à estória do vizinho? Não parece ser conversa fiada.

— Não parece e não deve ser mesmo. Mas as pessoas costumam distorcer o que ouvem, acrescentam o que não ouviram ou omitem algo que escutaram. No fim das contas, uma verdade passada por muitas bocas e ouvidos se torna um molambo esfiapado, um corpo esquartejado. Pode ser que a mulher tenha falado uma coisa e o resto do pessoal tenha adulterado ao bel-prazer, chegando ao nosso vizinho mais próximo com tantos acréscimos e cortes. Algo assim não fará dele um mentiroso, uma vez que contou apenas o que lhe disseram.

— Pode ser que seja assim mesmo. — O marido exclamou, conformado. — Talvez não tenha nem sido ele quem matou o nosso cachorro e pode ser que eu não tenha ouvido nenhuma voz ameaçadora. Talvez tenha sido apenas uma impressão na minha cabeça, coisa que a gente pensa ter escutado nos momentos altos e silenciosos da noite.

Os dois se calaram e por aquele momento não mais tocaram no assunto, como se estivessem colocando uma pedra muito pesada sobre tudo aquilo, selando uma passagem secreta. A mulher se aproximou do fogão à lenha, construído num canto da cozinha, e o homem saiu pelo terreiro de trás, em direção ao quintal. Enquanto ela dava continuidade ao almoço, ele objetivava terminar de roçar os pés de cerca que ainda estavam cobertos por mata-pasto e relógios. As chuvas dominantes do *virente molhado* tinham ido embora, deixando o sol clarear os ares na entrada do *interstício medial* e as ervas daninhas ainda verdes nos terreiros e afogando as cercas por todo lado. Logo o *cinzento ressequido* irá mandar seus tentáculos para cobrir cada mata ou torrão de Tabuvale, trazendo consigo a estiagem ou as agruras da seca sem misericórdia.

Não fazia muito tempo que marido e esposa moravam por estas bandas. Os dois eram sozinhos. Apesar de há muito estarem juntos, nunca tiveram filhos. Na verdade, desde que vieram morar por aqui, em momento algum nenhum dos dois disse para outra pessoa se algum dia tiveram ou não um filho. Simplesmente nunca tocaram no assunto e os outros moradores vizinhos também nunca perguntaram nada, apenas presumiram que os dois não tinham mais ninguém além da companhia um do outro. E se era o caso de nunca terem tido descendentes, não parecia que quisessem ter agora, ambos com a idade já um pouco avançada. Alguém poderia dizer que um dos dois deveria ser infértil, ou até mesmo os dois ao mesmo tempo, enquanto outros maldariam que a mulher devia tomar algum tipo de veneno para matar qualquer filho que viesse a se gerar em sua barriga. Ninguém sabia dizer nada com certeza. Quando não se tem a posse da verdade sobre algo, tudo que se fala acerca dele é somente um pensamento enviesado, uma distorção daquilo que nem mesmo chegou a acontecer.

Ninguém sabia nem mesmo por que o casal viera morar por estes tabuleiros e capões de mato. Quando apareceram procurando moradia para se estabelecerem, disseram que vinham da banda mais a leste do Cavado, muito depois da Vargem. Afirmaram que moravam já quase na beira oeste do Regato Cavado, criando cabras e porcos, além de outros animais. Foram atacados muitas vezes por alguns ladrões de criação que se diziam fazer parte dos bandos *demure*, os dois relataram quando da chegada. Não mais suportando tamanho desaforo, resolveram se mudar para outros lugarejos, ambos justificaram a mudança. No fim das contas, decidiram-se em viver por estes torrões.

A estória de criarem bichos não pareceu inverossímil, pois o casal tinha habilidades incontestáveis nesse quesito. Embora não tivessem muitas criações, como diziam já terem possuído um dia, eles sabiam lidar com todo tipo de animal, desde vacas e ovelhas até patos e capotes. Conheciam a arte de fazer coalhada e aprontar o leite para o queijo. Sabiam espichar o couro de um novilho e usá-lo para cobrir cadeiras e tamboretes ou construir malas para carregar mantimentos nas costas de um jumento. Tinham sabedoria para tratar diversas doenças em ovelhas, cabras, galinhas e porcos. Capavam, com maestria e sem tantos danos físicos, qualquer animal macho. E os dois sabiam tirar com rapidez o couro de um bode como mais ninguém. Eram realmente exímios tratadores de animais.

Entretanto, dizer que eram perturbados pelos bandoleiros *demure* era algo que tinha uma certa quantia de estranheza. O povo *demure* realmente é mais conhecido por andarem em bandos, roubando e saqueando residências e fazendas. Mas não há consenso de que eles atravessam a Ribeira Juassu para praticarem seus furtos na margem sul do rio. Dizem que são pessoas perigosas e andarilhas, porém atuam mais no nordeste de Tabuvale, entre o Regato Jorrante e o Regato Doce. Pouquíssimas vezes são vistos pequenos bandos de três ou quatro perambulando por outras regiões. Provavelmente, nunca foram vistos pelas bandas do Cavado. No entanto, ninguém se importou em questionar esse detalhe ao casal, preferindo acreditar no que eles contaram ao chegarem por aqui.

Um dia o casal apareceu a pé, carregando poucas coisas dentro de bolsas feitas de palha de carnaubeira, atrepadas às costas. Falaram que vinham de longe e que pretendiam arranjar uma casa qualquer para poderem morar. Indicaram, sem perguntar o motivo de tamanho desejo inexplicável, uma cabana a certa distância da beira oeste da Grota do Rebo, um tanto ao sul dos tabuleiros e capões de mato do Lombo e do Velado. A casa era de taipa, sustentada por forquilhas de aroeira, rebocada com barro roxo dos riachos e coberta com telhas velhas e quebradas. Homem e mulher se dirigiram a ela e fecharam negócio com o dono, um senhor já idoso do distante Lombo que morreria pouco tempo depois. Após a negociação ter sido concluída, uma limpeza geral fez o chalé parecer agradável e aconchegante. O retoque nas cercas evitou a entrada ou saída dos bichos. Uma cerca de faxina na frente foi suficiente para impedir que porcos e cabras ficassem atentando na porta do alpendre. Os dois se fixaram na moradia e ninguém mais teve que tocar no assunto sobre o motivo deles terem se mudado da longínqua terra natal para outro lugarejo. Depois de um tempo, o casal nem mesmo parecia ser visitante, todos os vizinhos convivendo como se o homem e a mulher já estivessem ali desde sempre. Um mistério que não acrescenta nada de útil na vida é melhor continuar sendo sigiloso. Uma lição que cada mexeriqueiro já deveria ter aprendido há bastante tempo.

 O casal conseguiu firmar como vizinhos mais próximos duas outras famílias, uma morando mais para oeste, no rumo do Lombo, e outra residindo mais para leste, na saída para a beira oeste da Grota do Rebo. Esta era composta pelo homem que lhe havia contado a estória sobre o Pesadelo e o Bafejo, a esposa dele, uma filha mulher e dois filhos homens. Aquela era constituída pelo jovem vizinho supostamente dominado pelos poderes do Bafejo, o trabalhador mais assíduo do casal, e a sua também jovem mulher.

 O pai de família do leste já estava avançado na idade e morava em seu casebre muito humilde há bastante tempo. Embora já um pouco idoso, ele só tinha criado três filhos, uma menina e dois meninos. Sua mulher estivera grávida várias vezes, mas a maioria delas fora cheia de complicações. Algumas foram interrompidas brevemente, resultando em aborto precoce, colocando o filho para fora do corpo ainda em processo de formação, como um filhote miúdo expelido das entranhas de uma cabra. Ela jogara no mato várias bolotas de massa humana que não conseguiram sobreviver na profundeza de seu corpo. Outras vezes, a mulher engravidara, o embrião se desenvolvera, porém, antes de findar o tempo completo necessário, o filho viera ao mundo. Foi o caso dos dois meninos, o mais velho e o mais novo. Somente uma única vez ela conseguiu segurar a semente na barriga até o final, dando como produto a filha do meio. Em todas as gestações, pai e mãe sofreram e viram o tempo se passar mais rápido. Após o último filho nascer, a mulher já não estava mais com capacidade de gerar descendentes e o marido também já tinha a idade suficiente para parar sua reprodução.

 Por outro lado, os vizinhos do oeste ainda eram muito jovens e estavam juntos há pouco tempo. Ele era de uma família que morava a oeste do remoto Regato Fundão, o córrego que desce da parede norte do Morro Jatobá e encontra a margem sul da Ribeira Juassu muito abaixo dos canaviais do Lagoão, num ponto muito profundo, o Fundão. Diz-se que os homens mais antigos da região começaram a cavar uma cacimba no local para extrair a água escondida nas entranhas do Juassu na época seca do *cinzento ressequido*. Quando as enxurradas desceram do Jatobá, foram cavando mais aquele ponto, assim como as garras afiadas e incansáveis de um bicho rasgam a terra para construir uma toca. Depois os homens aprofundaram ainda mais o buraco para encontrar o líquido vital. As enchentes seguintes vieram com mais violência e tornaram o local ainda mais fundo, o que facilitou o trabalho dos homens em aprofundar o poço. O processo continuou por eras e ciclos repetidamente, com criaturas humanas buscando água e as enchentes auxiliando na escavação. No final de tudo, o rombo estava feito e, então, recebeu o nome emblemático de Fundão. Como forma de poupar palavras, o povo resolveu chamar o regato também com o mesmo nome.

    A mulher do vizinho do oeste era natural dos tabuleiros e capões de mato do Lombo, uma parte de Tabuvale que não se parece em nada com algo que tenha lombada. Na verdade, essa região se parece mais com os lugarejos da Vargem, com a diferença que não tem os espaços abertos como naquela. Apesar de conter algumas matas fechadas, o chão é na maior parte composto de argila branca, com baixa fertilidade, seco durante o *cinzento ressequido* e muito encharcado na época do *virente molhado*. Quando as chuvas são abundantes, as varedas do Lombo são praticamente intransitáveis devido à grande quantidade de lama. Embora seja uma região sem muitos altos ou colinas, recebeu o nome de Lombo. O motivo? Poucos sabem dizer com certeza, sendo necessário um estudo mais aprofundado sobre o tempo remoto de Tabuvale para esclarecer tal questão. No entanto, sem dúvida, deve ter uma razão clara para essa região ter recebido essa denominação, pois todos os nomes aparecem com alguma causa enrabichada atrás. Eles nunca surgem do nada. Um nome é sempre uma consequência.

    Quando os dois jovens se juntaram, foram morar um tanto distante de suas famílias, numa casa de taipa coberta com palha de carnaubeira, ao sul do Lombo e a leste do Regato Fundão. Os dois ainda não tiveram a graça de conceber um filho para aumentar a família, embora isso seja algo que logo aparecerá, muitos conhecidos seus gostam de dizer por aí. Ela, muito esperta para os afazeres de casa, nunca dorme no ponto, cuidando de tudo na cozinha, no quintal e algumas vezes até mesmo na roça. Ele, muito disposto, também nunca cochila em serviço, tratando dos poucos animais que criam, zelando os roçados e ainda com tempo para trabalhar para outras pessoas, uma forma de aumentar os escassos mantimentos de casa.

Por isso, desde que o casal visitante havia aparecido por estas bandas e se estabelecido na cabana, o jovem começou a lhes servir como ajudante na labuta diária. Ele se acostumou a fazer todo tipo de serviço. Nunca houve uma atividade que ele dissesse que não poderia realizar. Podia cuidar de qualquer tipo de animal, fosse para dar água ao gado ou buscar capim na beira dos regatos; fosse preparar roçado para plantar ou capinar o legume já nascido; fosse limpar um terreiro ou roçar o mato num pé de cerca. Nunca existiu nada que o casal lhe pedisse para fazer que ele lhes desse uma negativa. Sempre esteve à disposição quando o vizinho de tabuleiros distantes precisou dele.

E por prestar-lhes tanto auxílio, o casal acabou por adquirir uma relação mais próxima com o rapaz e com sua esposa. E por isso mesmo, o homem não conseguiu entender o motivo de ter ouvido aquela ameaça e parecer reconhecer de quem era a voz na alta madrugada. Portanto, ele resolveu esperar mais um pouco para ver o que aconteceria. Iria seguir o conselho de sua esposa e tentar esquecer aquilo por enquanto, pois talvez sua cabeça pudesse mesmo estar inventando coisas que não existiam. Às vezes, a mente da pessoa começa a projetar algo que foge léguas do que é real. Alguns dizem que é uma forma do Pesadelo manter controle sobre o pensamento dos homens, para que eles façam somente o que o Visão dos sonhos deseja. Outros dizem que é apenas fraqueza das mentes despreparadas, como falhas grosseiras no projeto original da cabeça que, como não se libertam das amarras alienantes, passam a acreditar em qualquer coisa que ouvem, mesmo sem ver nada. E ainda tem aqueles que afirmam ser pura ilusão da mente ociosa, quando um indivíduo cultiva tanto a preguiça que acaba por ser dominado pelos pensamentos deteriorantes. Os primeiros dizem que o Pesadelo se apodera das cabeças vazias. Os segundos garantem que aqueles que não pensam por si só, outros pensarão por eles. E os terceiros afirmam que os preguiçosos são máquinas enferrujadas precocemente, e que não trabalham nem mesmo para encher a mente com coisas boas. Nos três casos, se a cabeça fica desocupada, a sujeira mental invade cada um de seus espaços vazios, como a lama da chuva que encharca cada poça que não contém uma única pedra rígida. No fim das contas, só existem duas alternativas. Ou se ocupa a mente para que ela funcione a seu favor, ou a mente o escraviza. Cada indivíduo precisa fazer tal escolha com sabedoria. Senão a decadência mental, e física, chega mais cedo do que se espera.

No entanto, quando a cria do Pesadelo mais cheia de ira se esparrama pelos pensamentos de uma criatura, não há sabedoria, nem tamanha disposição, que evite um cerco apertado da mente. O Bafejo é como matéria urticante, quando se está sob seu domínio não há escapatória para se livrar de seu efeito degradante. E a mulher dona do cachorro esfaqueado teve a má sorte de presenciar, mesmo ainda não sabendo, a chegada do terror.

A mulher não era daquelas pessoas que tentam desacreditar todo o discurso sobre Visões e seres mal-assombrados. No entanto, também não é do tipo que fica remetendo cada detalhe da vida ao poder divino. Talvez se encaixe mais na classificação das gentes que preferem esperar encontrar mais detalhes para tirar uma conclusão sobre determinado acontecimento. Nesse quesito, ela se parece muito com o seu esposo, pois acredita que não é certo concluir nada precipitadamente. E quando ouviu a estória do marido, primeiramente não quis aceitar que fosse verdade, uma vez que conhecia o jovem que costumava ajudar o seu companheiro. Por isso, garantira ao esposo que aquilo poderia ser conversa sem fundamento e que deveria ser deixada para se averiguar depois.

Mas algo a corroía por dentro, como se um ser invisível lhe estivesse dizendo que não deveria duvidar de tudo que ouvira. Não era uma certeza, era apenas uma suspeita. Seu marido não era homem de se enganar facilmente, mesmo nos horários mais estranhos da madrugada, quando o Assobiador, o Visão protetor das trevas, tem domínio sobre os tabuleiros e capões de mato de Tabuvale. Ao colocar mais lenha debaixo da panela de feijão para aumentar o fogo, a mulher conseguiu perceber que alguma coisa realmente estava errada. Muito errada.

Agora ela estava a se lembrar do que pensava ter visto dias atrás, quando seu marido havia saído para buscar água no poço mais próximo e deixado o jovem vizinho trabalhando no quintal da casa. Naquele momento, ela não tinha atentado para algo estranho, e muito estranho, que observara quando fora levar o desjejum para o trabalhador. Quando se ouve alguma coisa esquisita, a mente remete logo a algo também esquisito que não parecera ser quando acontecera. O marido havia falado com o vizinho da banda do oeste para limpar o pé da cerca do quintal atrás da casa. Instantes depois deles se encaminharem para os fundos do quintal, já tão estendido no rumo norte pelos diversos ciclos de roçar, plantar e afastar a cerca para tornar o cercado maior, o marido voltara sozinho dizendo que precisava ir ao poço para pegar mais água.

— Eu deixei o vizinho roçando sozinho lá no final do cercado porque preciso ir buscar mais água na cacimba, tanto para os potes como para os animais. — O marido havia explicado. — Não vou demorar tanto, a não ser que necessite limpar o poço, caso esteja cheio de lama e folhas secas, ou se as veias estiverem muito entupidas que seja necessário esgotar e esperar criar mais água. Mas se eu não voltar logo, leve o desjejum para o vizinho. No retorno, vou para lá, ajudar na limpeza. Pode levar a farinha de mandioca com a rapadura que depois eu levo a água.

O companheiro havia saído e ela se encaminhou para levar a primeira comida para o jovem obreiro. Depois de percorrer toda a extensão do cercado, quando já se aproximava da última cerca, não conseguiu avistar ninguém, por mais que procurasse. No pé da cerca, fincada num tronco de marmeleiro com a lâmina completamente dentro da madeira verde e mole, estava a foice com o cabo na horizontal. A mulher se acercou para mais perto da moita já cortada, pousou o vasilhame de comida em cima de uma pedra mais larga e caminhou até as estacas. Olhou para ambos os lados, tanto para dentro como para fora do cercado, mas ainda assim não teve êxito em ver o vizinho. Pensando que ele havia se afastado por um momento para fazer alguma necessidade básica do intestino ou da bexiga, a mulher esperou por uns instantes. No entanto, os breves instantes cresceram e se transformaram em momentos longos, sem que o homem surgisse de algum lugar por perto. Então, já quase em estado de leve preocupação, a mulher levantou o pé direito e o apoiou sobre um pau mais grosso e firme da cerca, segurou com uma mão na estaca mais próxima, esticou um pouco o corpo e levantou as vistas para mais longe da beira do cercado, já para dentro do capão de mato. Com um tanto de discernimento nos olhos, a mulher conseguiu divisar um vulto a se mexer por entre as moitas e paus mais altos.

    Talvez em outra circunstância ela não tivesse se preocupado tanto com o que vira, pois qualquer animal poderia estar a se mexer dentro do mato ao se alimentar de alguma forragem. No entanto, ela tinha vindo trazer a comida para seu trabalhador e, no momento, não o estava encontrando. Fosse um animal ou o jovem vizinho, ela precisava saber. Sem querer esperar mais tanto tempo, numa atitude decidida, a mulher apoiou o outro pé sobre o meio da cerca, depois o outro mais para cima e escalou a parede de madeira até o alto. Passou uma perna para o lado de fora, depois a outra e se preparou para descer pelo lado oposto. Com uma agilidade ainda em bom estado, apesar da idade um tanto avançada, ela firmou ambos os pés sobre a curva de um pau de sabiá grosso e firme, largou as mãos que seguravam as duas estacas e projetou um pulo para baixo. Ao cair no chão, desequilibrou-se um pouco e acabou por se curvar para a frente, num movimento que a levou a ficar quase de cócoras e olhando para as pedras sobre o chão. Então, quando se firmou novamente com ambas as pernas e se levantou para olhar para a frente, deu de cara com o rosto imperturbável do seu ajudante.

    Ele estava parado à sua frente, de pé, com a mente tão distante quanto o Espigão, olhando para lugar nenhum, com os olhos vidrados no além como uma rocha que sempre fica no mesmo lugar. Era como se ele não estivesse vendo ninguém na sua frente, como se um frio extremo lhe houvesse congelado todo o corpo e lhe tornado uma massa inamovível. Nada parecia mais estranho do que aquela figura ali parada, sem falar palavra nenhuma nem mover sequer uma pestana. Naquele estado, nem mesmo parecia com o jovem trabalhador que há pouco havia entrado pela porta da frente e seguido o marido para os fundos do quintal. Quando as pessoas perdem a consciência, transformam-se em seres mortos, convertem-se em estruturas cadavéricas. As ações decididas, características das criaturas humanas, perdem-se no além da mente sem autonomia.

    — Trouxe o seu desjejum, vizinho. — A mulher conseguiu dizer, mais chamando a atenção do que avisando, necessitando elevar a voz para ser ouvida.

— O que foi?! — O vizinho respondeu num ímpeto, levemente assustado, como se estivesse acabando de acordar de um sono muito profundo.

Ele havia estado tão desligado do mundo que repentinamente olhou para a mulher à sua frente e para todos os outros lados, como se procurasse algo invisível ao seu redor. O mais estranho foi ele ter percebido que não saberia dizer por qual motivo estava ali do lado de fora do cercado. O que o levou a atravessar a cerca e desaparecer no mato mais fechado nem ele mesmo saberia explicar direito.

— Eu trouxe sua comida. — A vizinha repetiu, intrigada com o que via, mas ainda sem coragem de perguntar o que estava acontecendo. Se é que estava acontecendo algo. — O homem precisou ir buscar água no poço lá de baixo, então pediu para eu vir deixar o seu desjejum.

— Ah, sim. — O jovem trabalhador respondeu de imediato, já mais desperto e procurando não parecer esquisito. — Tinha um bicho fazendo um barulho ali para dentro do mato. Então, fui ver o que era. — Por fim, ele conseguiu dar um passo normalizado e se dirigiu para a cerca.

— Que tipo de barulho?

— Como se fosse a voz de uma pessoa. — O jovem segurou em duas estacas, apoiou os dois pés num pau grosso de sabiá e se ergueu para pular a cerca de volta para dentro do cercado. — Mas quando cheguei lá era só um galho de mofumbo roscando de leve num tronco de catingueira.

— E dava para ouvir parecido com uma voz de gente? — A vizinha perguntou, ainda intrigada com tudo aquilo, porém seguindo o outro para dentro do quintal. Após ela subir a cerca, quando foi descer, teve um maior cuidado e fez toda a descida com mais calma e mais devagar.

— Não parecia tanto com uma voz. — O ajudante tentou desconversar, retirando a foice da madeira e procurando pela vasilha de comida. — Foi só na minha cabeça. Talvez eu tenha pensado que era como se fosse uma voz de gente, mas era apenas o movimento dos paus. Às vezes, a gente parece ouvir coisas que não produzem nenhum som. É só coisa da cabeça da gente mesmo.

— É mesmo. — A mulher concordou, já esquecendo o que havia presenciado momentos antes. — A gente acha que viu o que não existe, pensa ter sentido o que não nos tocou e acredita ouvir o que não soa. Por isso, eu sempre digo para o meu marido que é preciso ouvir o silêncio, porque o barulho é apenas ruído.

— Ainda nem estou com fome. Vou colocar a comida aqui no pé da moita para comer depois.

O vizinho acomodou a vasilha de comida no pé de uma moita de mofumbo, tomou a foice com ambas as mãos e voltou a roçar os matos, cipós-de-marmeleiro, mata-pasto, relógio, bamburral, finos pés de sabiá, ramas densas de jitirana e algumas de malícia, urtiga ramosa e cansanção. Uma erva daninha é como uma crença que, quando finca suas raízes numa mente despreparada, torna-se difícil de ser eliminada. Assim são os matos rasteiros, quando suas sementes germinam num solo descuidado, o seu controle se torna uma tarefa colossal.

— Depois eu trago a água ou, então, o homem vem trazer quando chegar do poço. — A vizinha se virou no rumo da casa e se encaminhou para voltar. Ela ainda tinha muita coisa para fazer.

O ajudante, por sua vez, ficou entretido com o roçar do mato, levantar a foice numa diagonal para a direita, baixar num giro para a esquerda contra as ervas, levantar novamente e descer outra vez. Não dissera mais nada naquele momento, permanecendo tão calado quanto a pastagem que derrubava. O silêncio faz o trabalho ficar melhor, ele pensava.

•

Naquele fatídico dia, a mulher não tinha se importado tanto com a estranheza do seu ajudante, pois não percebera muita coisa esquisita no fato dele sumir por um instante, ter ficado lá parado olhando para o vazio e alegar que teria confundido o ruído entre paus com uma voz de gente. Agora, no entanto, ao ouvir toda a conversa sobre Pesadelo, Bafejo e ameaça no meio da noite, parecia estar um pouco abalada. Desde que chegara por estes tabuleiros e capões de mato era a primeira vez que achava algo com tamanha esquisitice. De qualquer modo, entretanto, ela decidiu que não iria se preocupar tanto com o que parecia estar acontecendo. Esperaria para ver no que toda aquela estória iria se tornar.

Porém, seu vizinho e ajudante, pelo jeito e horário em que chegou na sua porta, parecia não querer esperar. Ela estava a colocar o arroz na panela quando alguém chamou no alpendre de fora:

— Seu marido está em casa?

A forma como ele falou foi diferente das outras vezes em que veio à sua casa, ela percebeu de imediato. Nas outras ocasiões, ele não chamava por ninguém, a não ser que se demorassem um longo tempo para lhe atenderem. No máximo, batia palmas uma ou duas vezes. Na maior parte das vezes em que aparecia, ele ficava esperando um pouco no alpendre e deixava que alguém o visse para depois falar. Dificilmente ele vinha sem que fosse esperado, isso acontecendo somente em circunstâncias extremas. Dessa vez, ao contrário, nem era esperado nem ficou aguardando em silêncio debaixo do alpendre.

— Ele saiu lá para o fundo do quintal. — A mulher respondeu de onde estava, perto do fogão atopetado de lenha, ao mesmo tempo em que olhava para a porta da frente para averiguar quem era realmente que estava a falar. — Foi terminar de limpar aquele canto de cerca que está quase arriando. Precisa roçar o mato para fazer o conserto depois. Pode entrar e ir lá onde ele está.

— Vou pular aqui pela cerca do lado da casa. — Ele disse de dentro do alpendre, consciente de que sua interlocutora lhe ouvia às claras.

— Não precisa, vizinho. — A dona da casa emendou, não olhando para fora por já saber com quem conversava. — Pode passar por dentro de casa mesmo. É mais rápido.

Ela nem mesmo tinha acabado de completar sua fala quando, de repente, avistou o jovem aparecendo no terreiro da cozinha. Ele só poderia ter sido muito ágil e rápido no pular da cerca, pensou ela, pois conseguiu vencer sem demora toda a distância que separa a parte da frente da casa do terreiro de trás. Ela se assustou um pouco, talvez por puro instinto ou mesmo pelo momento, mas não falou nada em voz alta, embora um questionamento a corroesse por dentro. Ele também não lhe dirigiu mais a palavra, pegou a direção do quintal e seguiu adiante, tão rápido quanto alguém que esteja fugindo de uma coisa má.

No fundo do quintal, o marido estava a afastar uns galhos secos do pé da cerca, concentrado e cônscio de que estava sozinho. O susto foi de perder as forças nas pernas quando ouviu um leve pisar nas folhas secas. Num sobressalto, ele levantou as vistas e seu sangue quase congelou quando viu que seu vizinho estava postado de pé às suas costas, imóvel, calado e o observando. O espanto o deixou sem voz por um longo momento, sem nem mesmo conseguir deixar escapar dos lábios um "tudo bem?".

Ele calado e o outro em silêncio como pedra. O primeiro por ainda estar sob efeito do susto que tomou. O segundo por parecer estar com a mente totalmente fora da cabeça. O medo instintivo nos torna mudos, mas a perda da consciência nos costura a boca com cordame de metal. O primeiro acaba por se deteriorar e nos fazer voltar à voz. O segundo só termina quando um grito de fora alcança as entranhas mais profundas da mente.

— Como estão as coisas, vizinho? — O homem da foice conseguiu mexer os lábios e perguntar. — Nem tinha percebido sua chegada. Acho que até levei um tremendo de um susto, tão entretido que estava a limpar aqui o pé da cerca.

— Não estão boas, não. — O vizinho ajudante respondeu de imediato, voltando à realidade e saindo do seu estado de dormência e torpor. — Eu acho que fiz uma besteira ontem à noite. Estou até com vergonha de falar e também preocupado com o que aconteceu. Ou com o que poderá acontecer daqui para a frente.

O homem se ajeitou numa postura de pé, usando o cabo da foice para se apoiar melhor, como se estivesse sustentando o corpo numa bengala, com a lâmina de aço fincada no chão. Ele ainda pensou em perguntar o que o outro havia feito, para não parecer desinteressado, mas não precisou. Quem quer contar algo não necessita de incentivo. Não demorou muito para que o seu mais assíduo ajudante lhe despejasse uma vasilha grande cheia de confissões. Para uma confissão brotar, basta ter uma testemunha. Nesse momento, mesmo sem querer, o homem de tabuleiros remotos estava prestes a testemunhar o que não queria. Não era da sua vontade. Porém, parecia que não teria escolha. Então, calado estava, calado ficou. Descansar a língua ajuda a desentupir os ouvidos.

— Ontem à noite, em alta madrugada, eu voltava de uma caçada. — O ajudante começou a dizer, um pouco agitado, sem conseguir ficar parado em um único lugar e olhando de vez em quando para os lados, como se estivesse sendo observado por alguém invisível. As mãos não se acalmavam, até estavam tremendo um pouco. Ele falava com voz baixa, assim como não querendo que fosse ouvido por mais ninguém além de seu patrão ali perto dele.

A testa suava, surgindo pequenas bolhas de líquido transparente por cada um dos poros de sua fronte. Sua inquietação era visível até mesmo para quem nunca o houvesse conhecido. Estava realmente se comportando muito diferente do seu feitio habitual.

 — Eu vinha da caçada que comecei desde cedo da tarde. — O ajudante continuou, tão nervoso quanto alguém que se percebe perseguido por um bicho feroz. — Nem mesmo sei por que fui caçar àquele horário, pois não estava precisando de mistura. Saí de casa quase sem destino definido, levado pela mata apenas por uma coisa me chamando na cabeça, como se estivesse dizendo que eu teria que caminhar mato adentro. Não era minha vontade. Era como se eu estivesse sendo controlado por algo, por uma força invisível. Quando saí de casa, nem mesmo levei ferramenta de caça, nem uma enxada, foice ou picareta. Nada. Somente uma faca na cintura. Então, sem me sentir, perambulei por várias varedas, tabuleiros e capões de mato sem atinar por nada. Nem sei dizer com certeza por onde realmente andei. Só sei que devo ter andado por muitos lugares, pois dei de voltar já muito tarde da noite. Quando voltava, ninguém mais estava acordado. Naquele horário do Assobiador, todos deviam dormir tranquilamente em suas casas.

 O vizinho confesso deu uma breve pausa em seu discurso, a inquietude aumentando a galopes e o suor a cair como gotas gordas de chuva. O vizinho testemunha o ouvia com desconforto, o medo subindo pelos membros inferiores, como se viesse do chão, atingindo a parte superior do corpo, fazendo a espinha enrijecer e os buracos da pele germinar água salgada. Ele não queria, de forma alguma, estar ali ouvindo aquelas palavras. Era desconfortável e amedrontador ao mesmo tempo. Quando avistara o seu trabalhador parado às suas costas, já sentira que sabia o que ele tinha vindo lhe contar. No mesmo momento em que ouvira suas primeiras palavras, ficara claro que não gostaria de ouvir o resto. Tinha consciência de que, mais cedo ou mais tarde, teria que ficar sabendo algo sobre toda aquela estória. No entanto, agora que a confissão começara, daria tudo para seus ouvidos se inutilizarem. O desconforto o oprimia por não ter certeza de prever as ações do outro, não conseguir vislumbrar algo desagradável que poderia advir no instante seguinte. Junto com tudo isso, o medo de ficar sob a mira do nervosismo que seu auxiliar de labuta estava a lhe demonstrar.

— Quando já estava por estas proximidades, fui surpreendido pelo ladrar de um cachorro. — O confesso voltou a liberar os lábios e colocar a língua para trabalhar, remexendo as mãos, andando de um lado para outro e olhando para todos os rumos. — Não sei bem como tudo aconteceu naquele momento, mas parece que o cão partiu para cima de mim cheio de ira, como se eu fosse uma fera enraivecida. Talvez sem me sentir ou sem noção do que estava acontecendo, puxei a faca da bainha e recebi o animal na ponta da lâmina de aço. A primeira furada foi o bastante para tirar a vida dele, pois fincou profundamente no pescoço, como uma estaca perfurando um brejo. Ele caiu desfalecido aos meus pés imediatamente, não conseguindo emitir mais nenhum ruído além daquele baque contra a terra no fim da queda. Entretanto, sem saber o que estava a fazer, meu corpo se abaixou e minhas mãos aplicaram outras tantas facadas no corpo que, àquela altura, já jazia sem vida no chão. Não contei quantas vezes, mas foram muitas. Talvez não necessitasse de nenhuma delas, muito menos de todas elas. Mas quando a nossa mente se transforma e sai de nosso controle, nem mesmo sabemos a quantidade do que é necessário.

O homem sentiu as pernas bambas e um embrulho no estômago ao ouvir sobre a morte de seu animal de estimação. Quando encontrara o cachorro sem vida no terreiro pela manhã, tinha sido difícil aguentar a emoção, porém escutar aquela confissão sem rodeios lhe causou mais dano sentimental do que qualquer coisa que lhe tenha acontecido antes. Ainda assim, ele tentou segurar cada parte de seu corpo para não ir ao chão num desmaio descontrolado.

— Depois de furar o cachorro várias vezes, limpei o sangue da faca na camisa e a guardei. — O ajudante continuou de forma fria. — Mas naquele momento, algo me deixou perturbado e reconheci que alguma coisa estava errada comigo e com tudo que eu estava a fazer. Percebi que havia assassinado covardemente um pobre animal inocente. Fiquei desorientado ainda mais por ver o horror que acabara de causar. Era como se estivesse voltando de um longo sono, despertando de um sonho cheio de tormentos. Então, corri desesperado para casa, amedrontado e sem coragem de verificar de quem era o cachorro ou por qual motivo tinha feito tamanha desgraça. Quando cheguei em casa, a minha mulher já estava preocupada e desconfiada. Entrei sem falar nada para ela, pois nem mesmo sabia explicar o que estava se passando com minhas ações.

Deitei para dormir e só acordei com o sol alto. A mulher tinha saído, talvez para a casa de algum vizinho. Então me bateu uma vontade grande de vir aqui lhe contar tudo que se passara. Uma determinação tão intensa quanto uma dor física quando aperta nossos músculos. Não resisti e dei no pé. Mas tive o cuidado de andar por dentro dos matos até chegar aqui, com medo de alguém estar sabendo dessa coisa toda, talvez o dono do cachorro, e ficar me esperando pelos caminhos.

 O dono do cachorro assassinado estava pasmo. Além do corpo dormente, prestes a cair sem força, tinha agora a certeza de que aquele seu ajudante, tão eficiente e disposto para o trabalho, já não era o mesmo. E provavelmente nunca voltaria a ser o mesmo, caso ninguém tomasse a medida certa, terrível e desumana, mas a única capaz de resolver o problema daquela criatura. Ao homem já não restava nenhuma dúvida, nunca mais poderia contar com o jovem vizinho para auxiliá-lo na labuta diária. O Bafejo o tinha lhe roubado. O fim de um companheirismo chegava ao fim. Ele conhecia todo o desenrolar dessas situações nos mínimos detalhes, uma vez que fora testemunha e participante de um caso semelhante em todos os aspectos. Sabia também que desse ponto em diante, quando a cria mais maléfica do Pesadelo toma para si a mente de uma criatura vivente, não tem mais volta. Quando uma queda começa, só resta esperar pelo baque ensurdecedor que está para ocorrer.

 Mesmo ficando as coisas claras, sem nenhum equívoco, o homem não teve como manifestar nenhuma opinião, não conseguiu deixar a boca se abrir para falar qualquer palavra. O assassino de seu cachorro estava ali na sua frente, confessando o crime terrível que cometera sem nem mesmo ter consciência de que estava falando com o dono do cão que esfaqueara. Estava lhe dizendo que não sabia o motivo de ter matado um animal indefeso ou por que saíra para uma caçada inconscientemente. Tudo aquilo fizera lhe vir à cabeça as lembranças de fatos passados que há muito tempo tentava esquecer. Por isso, ele não foi capaz de abrir a boca nem mexer os lábios. Antes disso, sua garganta se fechou como as mandíbulas de uma cascavel sufocando o corpo frágil de um dócil preá.

 Sem esperar por qualquer palavra do seu patrão, o jovem trabalhador, dando por finalizada sua confissão, decidiu-se por ir embora. Sua inquietude diminuíra um pouco, mas ainda parecia alerta a algo invisível que poderia estar ao seu redor. Virou as costas para o homem e começou a caminhar em direção ao lado oeste da cerca, pois pretendia ir embora por dentro do mato para não se arriscar a ser visto por outras pessoas. De repente, como se estivesse esquecendo de uma última fala, parou por um instante, sentado no alto da cerca, e pediu ao outro homem:

— Só peço que você não conte nada disso para ninguém. O povo pode ficar alarmado e com raiva de mim. Até mesmo o dono do cachorro pode querer vir tirar satisfação ou procurar se vingar. Vou para casa por dentro dos capões de mato para não ser visto por alguém passando pela vareda.

— Pode ficar tranquilo. — O homem da foice respondeu, de forma quase involuntária, sem se sentir. — Não vou dizer nada dessa conversa toda para mais ninguém. Também não acho que irão querer vingar a morte do cachorro. O que aconteceu foi apenas uma fatalidade inevitável.

O vizinho mentalmente descontrolado desceu para o lado de fora do cercado com um pulo ágil, adentrou-se por entre moitas e ervas e desapareceu num piscar de olhos. O outro, num esforço terrível para se recompor de tudo aquilo, colocou a foice no ombro e se encaminhou para casa. Esqueceu cerca, mato e capina. A sua cabeça estava mais agitada do que os turbilhões no Fundão durante uma violenta enchente da Ribeira Juassu.

Quando o homem chegou em casa, encontrou sua mulher tentando consolar e acalmar a mulher do vizinho atormentado.

— O vizinho foi aonde você estava? — A esposa indagou, ansiosa e parecendo preocupada. — A mulher chegou aqui pouco depois dele passar e se encaminhar para o quintal. Ele estava a lhe procurar.

— Foi sim. — O homem respondeu sem entender o motivo da mulher do vizinho estar ali na sua casa. — Chegou lá, a gente conversou um pouco, aí ele foi embora por dentro do mato. Estava com medo de alguém lhe ver pela estrada. Está acontecendo alguma coisa com ela?

— A pobre chegou aqui em lágrimas de tão assustada. — A esposa tentou explicar. — Disse que viu uma coisa muito esquisita acontecer com o marido dela quando ele saiu ontem dizendo que iria caçar.

Disse que no momento não estava acreditando no que vira, mas ficou desesperada quando o marido voltou para casa. Segundo ela, ele não era mais o mesmo, que saiu uma pessoa e voltou outra completamente diferente. E que a mudança aconteceu no mato. Ela disse que viu tudo, mas ainda não consegue acreditar completamente nos seus olhos.

O marido não precisou ouvir mais nada. Estava tudo claro. Ele somente necessitava saber os detalhes de como tudo se havia passado com o seu vizinho. Sem esperar por mais nada, ele se acercou da mulher chorosa e lhe indagou, procurando ser o mais compreensível possível:

— Você realmente viu o que aconteceu?

A pobre mulher assustada tirou as mãos dos olhos, diminuiu os soluços, limpou as abundantes lágrimas que molhavam o rosto jovem e olhou desamparada para o homem que a acolhera e ao seu marido desde quando se conheceram. Apesar de serem amigos próximos, os dois casais dificilmente tinham uma conversa mais demorada. A labuta era muito intensa para que se demorassem conversando sobre coisas mais banais. Mas neste momento complicado, era preciso ele e sua esposa escutarem com atenção, enquanto a outra se esforçava para narrar o que tinha certeza de ter visto ou o que imaginara ter presenciado.

— Eu acho que vi. — A mulher do vizinho exclamou, meio duvidosa, tentando se acalmar e enxugar as últimas lágrimas que desciam dos olhos. — Ou pelo menos alguma coisa na minha mente diz que eu vi. Não tenho tanta certeza, porém não temos certeza de nada neste mundo. Se o que eu penso ter visto for somente uma ilusão da minha cabeça, preciso ser chamada de louca. Pois a mudança no meu marido é nítida como a água calma de uma cacimba que acabou de ser esgotada. Portanto, sendo ilusão ou realidade, necessito contar.

Então, a mulher contou o que estava a martelar sua cabeça e deteriorar suas estruturas emocionais, além de mudar a natureza pacata de seu marido. Começou por relembrar que seu esposo nunca havia se comportado como passou a se comportar na tarde anterior.

— Ele sempre foi uma pessoa sem nenhuma agitação. — Ela disse com confiança. — Sempre foi uma criatura calma e sensata, sem falar que nunca fez nada sem dizer o que iria fazer ou por que estava fazendo.

Mas agora, desde ontem pela manhã, ele mudou como lama se transformando numa pedra. Está taciturno e desorientado. Parece que o silêncio tomou conta do corpo dele. Percebi o início da mudança quando ele acordou ontem de manhã sem saber o que deveria fazer, sendo que na tarde anterior tinha planejado tudo para consertar o chiqueiro das galinhas. Depois lembrei que tinha tido um sono muito agitado no decorrer da noite, remexendo-se a todo instante, como se tivesse algo lhe perturbando enquanto dormia. No momento de tomar café, disse que não queria nada, pois estava sem vontade de comer. No almoço, recusou a comida por não estar com fome, ele disse. E, à medida que o dia corria e o sol se levantava no céu, o silêncio somente crescia na boca dele. Não respondia nada quando eu perguntava alguma coisa. Então, comecei a ficar preocupada e assustada com aquele estado sóbrio em que ele se havia metido. Concluí que meu marido não poderia estar bem, que algo lhe estava corroendo as entranhas da mente.

  A mulher desconsolada interrompeu sua fala por um instante para engolir a saliva que se acumulara na boca enquanto ela narrava sua estória. Os outros dois, marido e esposa, a ouviam com bastante atenção, tentando absorver cada palavra solta ao ar livre e sem nenhuma interrupção à conversa da vizinha. Ambos se esforçavam para não demonstrar qualquer conhecimento que pudesse interromper aquele relato. Os dois estavam sentados cada um num tamborete de pernas triplas, todo feito em madeira de pau-d'arco, como se fossem duas testemunhas esperando ouvir um réu se declarar culpado. À frente deles, a mulher resmungava sentada numa cadeira arquitetada em pereira, um pouco mais calma e disposta a relatar do início ao fim o que sabia.

  — Quando o sol descambou para o lado oeste, num sobressalto ele se levantou de repente de onde estava sentado e disse que iria fazer uma caçada. — A mulher narradora voltou a contar, agora olhando para o chão, como se estivesse tentando lembrar com mais clareza o que vira. — Desconfiei do horário para ele sair para uma caçada, mas quando perguntei para qual lado estava pensando em caçar, ele não me respondeu. Nenhuma palavra. Não disse por qual motivo queria caçar nem para quais tabuleiros ou capões de mato iria se dirigir. Mas o que achei mais estranho foi o fato dele não pegar nenhuma ferramenta para levar. Apenas vestiu a camisa, colocou a faca na cintura e saiu sem falar comigo. Descontrolada, deixei o que estava fazendo e saí atrás dele para tentar descobrir alguma coisa. Pelo menos ver por onde ele andaria ou se estava com algum problema que eu pudesse ajudar. Então o segui de vareda adentro, olhando suas costas de longe, sempre mantendo uma distância considerável e segura para que ele não me avistasse. Ora andava mais devagar, ora mais rápido, ora mais lento ainda. Algumas vezes se escondendo atrás das moitas, outras vezes usando as curvas do caminho para uma melhor ocultação. Ele, pelo contrário, caminhava sempre em frente, sem nunca olhar para os lados ou para trás. Seguia cabisbaixo pelo caminho sem se dar conta do mundo ao seu redor. O descontrolado perde o senso daquilo que o cerca. Andava mesmo como alguém sem destino, dirigindo-se sempre na direção sul. Depois de muito se adentrar pelo mato, quando a vareda ficou apertada e começou a desaparecer, ele parou sobre um lajeiro à beira de uma grota, debaixo de um pé de pereira envelhecido.

A mulher desconsolada parou de narrar por um instante, enxugando as lágrimas que retornavam aos olhos já úmidos por outras que vieram antes. Os seus dois ouvintes continuavam parados e em silêncio à sua frente, esperando-a se recompor para continuar a narrativa. Passados alguns instantes, a mulher do vizinho voltou a abrir a boca para terminar o que tinha a lhes dizer. Fez um tremendo esforço para controlar as gotas de água que insistiam em descer pelo rosto e tentou se lembrar de como assistiu seu marido ser consumido por algo estranho e inexplicável sobre a grande pedra, à beira de uma grota.

A mulher tinha seguido o marido desde sua casa até aquela grota, sem ele ao menos perceber nem ela interromper o que quer que ele pretendesse fazer. A vareda se estreitou e se afunilou cada vez mais, conforme os dois seguiam mata adentro. O homem sem tino caminhando na frente e a mulher muito atenta atrás, a acompanhá-lo como uma espiã. Quando ele chegou no lajedo, parou abruptamente, mas ainda sem olhar para nenhum lado. Era como se não tivesse nenhuma preocupação em ser seguido ou observado por alguém. Como se estivesse a adormecer num sono muito profundo ou esquecido completamente do mundo ao seu redor.

Enquanto isso, sua esposa, alerta e se tremendo sob a tensão dos nervos, acomodava-se por trás de uma moita de mofumbo para se esconder como podia, ao mesmo tempo em que observava tudo. O silêncio dos dois era um par de absolutos congruentes, objeto e imagem refletida numa face espelhada.

Como se estivesse em estado de sonambulismo, o jovem marido se abaixou e se deitou de costas sobre o plano da laje, encostou a cabeça na pedra dura e cerrou os olhos. Não demorou muito para que a mulher visse um vulto fantasmagórico se aproximar do marido, deitado como um morto, um cadáver ainda respirando. O que ela viu não parecia ser algo sólido, mas uma forma indistinta de fumaça muito tênue que se aproximava num movimento que simulava o andar de uma pessoa. Mesmo parecendo ser um amontoado de bruma, sem forma bem definida, o vulto se acercou da cabeça do homem e, num piscar de sobrancelhas, infiltrou-se pelo ouvido direito do corpo que jazia imóvel. A névoa penetrou pela orelha vulnerável de maneira tão violenta que parecia haver uma grande boca misteriosa na cabeça inconsciente, sugando tudo para dentro. Tudo aconteceu muito rápido. Quando a mulher acabou de passar as mãos pelos olhos para se certificar de que não estava sonhando ou ficando louca, já não havia mais fumaça nenhuma. O vulto havia desaparecido completamente sem deixar nenhum vestígio.

Um brevíssimo instante após sorver o vulto fantasmagórico, o homem levantou a cabeça num movimento brusco, abriu os olhos repentinamente e se levantou.

Depois de ver tamanha esquisitice, algo amedrontador e aterrorizante, a jovem esposa não conseguiu mais se segurar onde estava. Mesmo com as pernas fracas de tanto nervosismo e o coração pulando violentamente sob o peito, ela não esperou para ver mais nada. Correu desesperada de volta por onde tinha vindo, percebendo com espanto que já era muito tarde do dia e a noite também já se deitava sobre as costelas de Tabuvale.

— Quando cheguei de volta em casa, estava morta de cansada e sem entender o que estava a acontecer. — A mulher consternada completou, agora com os olhos ainda úmidos, mas sem mais permitir que as lágrimas descessem descontroladas. — Por já ser noite, fui me deitar para ver se me acalmava um pouco. Não consegui dormir. Meu marido só chegou em alta madrugada, tão taciturno quanto uma pedra. Deitou-se e adormeceu como um defunto. Quanto a mim, fiquei de olhos abertos na escuridão, pensando em qualquer hora o ver fazendo alguma coisa estranha. Esperei acordada pelo resto da noite, mas ele não acordou. Dormia num sono tão profundo que nem mesmo me viu sair de casa cedinho da manhã. Andei pelas casas dos vizinhos mais próximos contando o que vira e querendo saber o que poderia estar acontecendo com o meu marido. Quando me disseram que poderia ser ação do Pesadelo e sua cria, o Bafejo, não acreditei no início. Não achava que esse tipo de coisa fosse possível. Pensava que eram apenas estórias que os mais velhos nos contavam para nos colocarem medo. No entanto, o que penso ter visto, ainda não sei se foi real, não posso explicar em termos de algo que conhecemos. Então, estou aqui para saber mais sobre o que presenciei e o que realmente aconteceu com meu querido companheiro.

    Quando a mulher chorosa terminou, mais consolada por ter contado o que lhe apertava o peito, marido e esposa se entreolharam entristecidos e calados. Os dois sabiam exatamente o que estava se passando. Já tinham passado por cada ponto daquela estória. Entretanto, agora era diferente, pois seus vizinhos queridos estavam envolvidos. O homem soltou um suspiro consternado, levantou-se e começou a andar pelo cômodo da casa em que estavam, com a mão direita a coçar a testa, como se procurasse encontrar uma forma melhor de falar o que tinha que ser dito à mulher do vizinho. Ao mesmo tempo, sua esposa segurava as mãos da amiga entre as suas e a olhava nos olhos para informar:

    — Minha querida… Minha pobre menina querida. Seu marido teve o ouvido soprado pelo bico sujo do Pesadelo. Infelizmente. A partir de agora, ele é um objeto do Bafejo, a cria maléfica do Visão dos sonhos e protetor da mente. Tudo que ele fará será sob o controle do vulto que lhe dominou a cabeça. Quando o Bafejo se infiltra no pensamento de uma pessoa, passa a exercer um controle absoluto. Essa criatura assombrada não possui substância, sendo formada apenas por uma bruma da maldade de alguém que pede ao Pesadelo a realização de uma desgraça contra outra pessoa. Seu marido não mais lhe pertence. Agora ele é propriedade do Bafejo.

— Mas isso não é possível. — A jovem vizinha retrucou, algumas lágrimas retornando a germinar nos olhos. — Ele é uma pessoa tão boa, nunca fez nada de ruim contra ninguém. Como isso pode acontecer logo com ele?

— A maldade dos homens não escolhe vítima, minha filha. — A mulher mais velha respondeu, apertando ainda mais as mãos da outra. — Aqueles de pensamento mau não se importam a quem levam suas catástrofes. Eles só se interessam em se dar bem sobre o resto das pessoas. Quando querem alcançar algo, nada os impede de fechar negócio com qualquer criatura maligna. Por isso, chegam até a pedir ao Pesadelo a desgraça que traz o Bafejo.

— Mas por quanto tempo meu marido vai ficar sob esse controle perverso? — A esposa do condenado interrogou a mais velha, agora deixando as lágrimas rolarem à vontade.

— Esqueça o tempo, pois ele se estica e se contrai. O Bafejo não devolve sua colheita. Quando ele se apossa de uma mente, nunca mais a solta. Seu marido está condenado a ser servo da maldade desejada por alguém ao Pesadelo. Quando alguma pessoa quer a desgraça contra um inimigo qualquer, pede ao Visão dos sonhos. Este, por sua vez, num sopro destruidor, manda o Bafejo usurpar a cabeça de um indivíduo qualquer para realizar a atrocidade desejada.

— Quer dizer que nunca mais vou ter meu esposo de volta? — A jovem mulher indagou, dominada por uma melancolia extrema.

— Nunca mais. — A mulher mais velha confessou, também cheia de tristeza a lhe apertar o peito. — O domínio do Bafejo é uma curva sem retorno. Quando começa, apenas aumenta, nunca mais volta ao ponto de partida.

— E não há nada neste mundo que se possa fazer para libertar a mente de meu companheiro das garras dessa criatura maligna? Tomar seus pensamentos do domínio do Bafejo?

Ao ouvir a última pergunta da jovem vizinha, a mulher mais velha olhou em direção ao marido que, naquele momento, tinha parado de andar pelo cômodo e se aprumava de pé, de frente para as duas mulheres. A mais idosa bateu as pestanas para o esposo, balançando um pouco a cabeça para cima e para baixo, largou as mãos da outra e se levantou para se afastar para o lado. A mais nova, chocada, mas se esforçando para aceitar o que ouvia, mudou as vistas da mulher que lhe consolava para o homem à sua frente e esperou.

— O Bafejo é a cria mais poderosa do Pesadelo. — O homem começou a explicar. O desconforto na revelação parecia lhe segurar os lábios, mas a clareza na exposição lhe denunciava algum conhecimento de causa. — O domínio dele é sólido como pedra. Até mesmo os *sussurrantes* lavam as mãos quando o assunto é um homem controlado pelo Bafejo. Poucos tentaram libertar a mente de pessoas que estavam infestadas pelo poder dessa cria do Pesadelo. E aqueles que tentaram não acabaram bem. Por esse motivo, quando ele vem, não há nada que uma pessoa comum, como nós, possa fazer. Sabendo disso, um homem sob os mandos do Bafejo não pode ficar por aí, pois a qualquer momento poderá cometer uma atrocidade contra outra pessoa, independentemente de ser inocente ou não. Os dominados por essa cria maléfica não enxergam quem é bom ou quem é mau. Um homem sem controle voluntário da própria mente não avista o que tem no coração dos outros.

— E o que isso significa? — A jovem vizinha se apressou em perguntar.

— Significa que enquanto seu marido estiver vivo, ninguém mais estará seguro. — A mulher mais velha respondeu, antecipando-se ao marido.

— Em outras palavras, seu marido está condenado a passar o resto de sua existência tirando a vida de qualquer miserável que ele encontrar pelas varedas, pelos capões de mato, pelos tabuleiros, dormindo tranquilo numa rede ou caído embriagado no terreiro ou até mesmo dentro de casa. — O homem de pé complementou para a esposa. — Pode parecer desumano, mas alguém tem que barrar seu marido, antes que ele possa causar mais danos às outras pessoas. A esta altura, ele é uma bomba prestes a explodir, solta por aí, sem controle e sem vontade própria.

— Quer dizer que meu marido deve ser morto? — A mulher do descontrolado perguntou, chocada e sem acreditar no que ouvia. — Mas ele, até agora, matou somente um cachorro. Será que ele é capaz mesmo de assassinar uma pessoa?

— O homem é capaz de cometer qualquer que seja a atrocidade. — A mulher mais idosa falou, agora se achegando para perto da outra novamente, esforçando-se para oferecer consolo à sua vizinha querida. — Sob o domínio do Bafejo, o homem é capaz de cometer qualquer atrocidade. Além do mais, você mesmo está sob perigo a partir de agora. Não poderá mais ficar a sós com seu marido, pois ele não lhe reconhecerá mais. Ele não reconhecerá mais ninguém.

— Mas o que vou fazer agora? — As lágrimas se acumularam nos olhos da jovem vizinha, ela não conseguindo interromper a cachoeira que descia pelo rosto. — Não posso aceitar isso, ele é meu marido, não posso abandoná-lo assim, desse jeito. É muita crueldade. — Agora ela chorava cheia de prantos, soluçando e falando ao mesmo tempo.

— O ruim não é aceitar a verdade. — A vizinha idosa duplicou ou quintuplicou seu esforço para consolar a outra e fazer com que ela entendesse aquela situação complicada e irreversível. — Difícil mesmo é conviver com a mentira. Você precisa compreender que teve sua vida normal, e a de seu marido, roubada pelo Bafejo. E quando somos roubados, o que temos que fazer é aceitar a continuar vivendo com a falta daquilo que nos foi tirado.

Os soluços da mulher mais nova diminuíam gradualmente à medida que ela ouvia as palavras de sua vizinha. Aquela criatura que lhe falava era mais vivida, pensou ela, sabia o que estava dizendo. Tudo indicava que seu marido realmente estava perdido, que ele não mais lhe pertencia. O que seus outros vizinhos lhe contaram, o que ela ouvia agora, a forma tão diferente pela qual o seu homem estava agindo e, mais surpreendente, o que ela vira acontecer no mato. Tudo aquilo deveria ser um sinal de que sua vida não era e não seria mais a mesma. Ela estava perdida em confusão, desorientada, sem um norte para onde se direcionar. No entanto, parecia mesmo que deveria aceitar a circunstância presente. Só precisava de alguma ajuda para poder continuar daquele ponto em diante. Por isso, ela se acalmou como podia, enxugou como pôde as lágrimas com as costas das mãos e se dirigiu aos seus vizinhos, ao homem e à mulher ao mesmo tempo:

— Então, o que devo fazer a partir de agora?

A mulher mais velha olhou primeiro para o marido, esperou pela confirmação dele, dada por um leve balançar da cabeça de cima para baixo, e depois disse:

— Volte para casa, pegue suas coisas e se mude ainda hoje para a casa de algum vizinho mais próximo. Amanhã de manhãzinha se mude para o seio de sua família. É onde poderá ter mais segurança. Se o seu marido estiver em casa, saia sem ele ver. Para não parecer suspeita. Se não for possível ir embora ainda hoje, tenha muito cuidado.

Durma quando ele estiver dormindo e acorde quando ele acordar. Qualquer coisa estranha que presenciar, afaste-se dele como puder. Não tente enfrentar uma mente controlada pelo Bafejo. Não terá êxito em tal empreitada.

    Dado o recado, a mulher mais idosa largou as mãos da mais nova e se afastou para o lado. A outra, ainda enxugando as últimas lágrimas que brotavam atrasadas e expirando os derradeiros soluços, levantou-se e se encaminhou para ir embora. Já atravessando o terreiro de fora, voltou-se para o homem e a mulher a acompanharem-na com as vistas da porta de fora e lhes indagou:

    — Não me entendam mal, mas como sabem detalhadamente sobre essas coisas de Pesadelo e Bafejo, sobre o que está acontecendo com o meu companheiro?

    — Tivemos que fugir dos tabuleiros do Cavado onde morávamos porque tirei a vida miserável de um indivíduo sob o domínio do Bafejo. — O homem na porta explicou sem hesitar, de forma direta e objetiva. — Tínhamos uma vida sossegada por lá até que alguém desejou ao Pesadelo a vinda da sua cria mais cruel. Um homem daquelas bandas, até então uma pessoa pacata e trabalhadeira, sem nenhuma explicação plausível cometeu um assassinato com extrema crueldade. Embora chocados, no início ninguém se importou tanto porque qualquer um pode se exaltar em determinado momento e acabar por cometer um ato de loucura. No entanto, o mesmo homem matou mais um sem motivo aparente, depois mais outro, mais outro e, quando se deram conta, ele já tinha tirado a vida de cinco pessoas, todas inocentes aos olhos do mundo. Não havia outra explicação, exceto que estava com a mente dominada pelo Bafejo. Então, numa noite fechada, quando ele surgiu de repente em nosso terreiro e tentou levar consigo a vida desta aqui que está ao meu lado, não tive outra escolha a não ser fincar profundamente a lâmina de um facão na testa dominada pela cria do Pesadelo. Entretanto, excluindo o controle do Bafejo, ele também era uma criatura inocente, assim como todas aquelas de que ele foi obrigado a tirar a vida. Tivemos que largar tudo que tínhamos construído, nossos amigos, nossa casa, nossos animais, nossas raízes, e fugir para outro lugar. Depois de perambularmos por diversos tabuleiros e capões de mato destas vastas terras de Tabuvale, resolvemos por se estabelecer nestas paragens e esquecer o que havia acontecido.

Quando o homem terminou de falar, sua esposa completou:

— Minha querida, escute-nos com toda a atenção. O tempo nunca volta para pegar algo que esqueceu. Por isso, presumo que esta seja a última vez que vamos nos ver. Desejamos-lhe tudo de bom e que possa encontrar um lugar de refúgio. Até ter a mente usurpada por essa criatura maligna, seu marido foi um grande homem e agradecemos por tudo que ele nos fez. Agora vá e tome muito cuidado. Os Visões e suas crias não têm misericórdia por suas criaturas.

— Também agradeço por tudo que fizeram por mim e por meu marido. — A mulher no terreiro conseguiu balbuciar, os lábios a tremerem em soluços chorosos. — É uma pena que tudo isso tenha terminado dessa maneira. Não se preocupem com a minha pessoa nem com a de meu marido. Não vou abandoná-lo ao gosto do Pesadelo. Para onde eu for, levarei ele comigo. Mesmo que seja somente uma lembrança. Até mais.

Quando se calou, não por falta de palavras, mas por demonstração de quem compreendeu o que está a se passar, a mulher reprimiu severamente o choro, virou-se e se encaminhou para a vareda que a levaria até sua residência.

— Ela vai conseguir fazer o que deve ser feito? — O homem na porta perguntou, melancólico.

— Não tenho dúvida de que sim. — A esposa respondeu, com um suspiro triste.

O Bafejo, quando é chamado, nunca sela a vida de uma só criatura. Ele traz a catástrofe em forma de atrocidades sem sentido, sem explicação. Nunca se satisfaz com o fim de uma única existência. Enquanto tem o domínio de uma mente, ele não deixa a carnificina se findar até que um rastro de horror se estenda por todo lado. Quando ele vem, sempre quer levar mais de uma vida.

A jovem esposa percorre toda a extensão da vareda com o peito transbordando de tristeza e angústia. Ao mesmo tempo em que se lastima por dentro, tenta externar compreensão e discernimento. O coração se inunda de melancolia e desgosto pela vida que agora necessita carregar. A cabeça, porém, esforça-se para aceitar que é simplesmente mais uma criatura abandonada pelos Visões, sozinha a caminhar pelas desoladas terras de Tabuvale. Seu peito não quer, de forma alguma, executar o que sua cabeça lhe pede e implora. Mas o coração não gerencia nem controla o corpo. A mente, sim, é a dona suprema de cada músculo, osso e nervo da carcaça humana. Por isso, ela já se decidiu sobre o seu destino e o de seu marido. Falta somente esquecer tudo e se deixar cair pela cachoeira da desgraça com a qual foi presenteada.

 Ao entrar em casa, a esposa viu que estava com sorte. Com muita sorte. Não esperava encontrar seu companheiro deitado no pé da parede da sala, com os pensamentos viajando num sono tão profundo quanto as águas mais fundas assentadas no assoalho do Fundão. Então, ela não se fez de desentendida. Soube de imediato que o momento certo estava em suas mãos. Os Visões são bons em proporcionar às suas ovelhas uma oportunidade única, a qual nunca deve ser desperdiçada.

 Uma atrocidade não deve demorar. Precisa ser rápida, súbita, ocorrer num instante ínfimo. Porque se se alongar, alguma coisa inesperada pode surgir e evitar sua ocorrência e, por isso mesmo, deixar de ser algo atroz.

 E a jovem mulher sabia disso. Agora ela sabia. Tinha ficado claro, transparente, evidente. Então, sem esperar por mais nada, ela deu início ao desumano processo. Correu silenciosamente à despensa da casa, agarrou com ambas as mãos a cabaça de óleo combustível, retirou o pedaço de sabugo que fechava a boca da vasilha e percorreu todo o perímetro interno da moradia, derramando o líquido inflamável por cada canto e objeto que conseguiu encontrar. Foi ao fogão de lenha, assoprou uma brasa ainda acesa, aproximou a ponta do pavio da lamparina e viu uma chama avermelhada tremeluzir. Quando voltou para a sala, passou pelo canto onde estava a faquinha de riscar palha e a segurou firme. Agora estava tudo pronto. O Bafejo teria o que sempre deseja, sempre uma morte a mais na conta.

 A mulher se aproximou da cabeça do marido que jazia adormecido no chão, abaixou-se, ficou de joelhos no piso duro de terra batida, colocou a lamparina acesa no solo e se preparou com um suspiro carregado de desgosto e tristeza. Segurou firmemente a faquinha com a mão direita e aproximou a esquerda do rosto do homem. Num átimo, baixou a mão sobre nariz e boca do corpo adormecido, ao mesmo tempo em que cravava a lâmina fina e afiada no ouvido do companheiro. Tudo ocorreu muito rápido, como ela tinha pensado que deveria ser. A carcaça humana à sua frente ainda sacolejou por um instante, como querendo resistir à perda da vida, mas logo se acalmou, desfalecida. Nesse momento, a pobre mulher não conseguiu evitar que duas lágrimas, uma em cada olho, descessem pelo rosto jovem.

A esposa ainda demorou alguns instantes a entupir o nariz e a boca do marido com a mão e manter a faca fincada, como para ter certeza de que o processo tinha sido eficiente. Verificando que tudo estava acabado, ela enxugou o rosto, puxou a lâmina de volta e liberou as fossas nasais do homem defunto, ambas agora tão inúteis quanto uma chama apagada. Jogou a faca para o lado, tomou a lamparina e se levantou. Caminhou lentamente para a porta de fora e, ao sair, jogou o pavio aceso sobre o óleo inflamável derramado sobre o chão. As labaredas começaram timidamente, mas logo cresceram, agigantaram-se e tomaram conta de toda a casa. A mulher deu uma última olhada para o marido morto no meio das chamas e pensou consigo mesma:

— O Bafejo tem agora o que sempre quis, mais de uma morte, a de um pobre cachorro inocente e a de meu marido indefeso.

Terminado o serviço, a jovem mulher repeliu o pensamento para as profundezas mais ocultas da sua mente e saiu pela vareda afora. Foi em busca de outros tabuleiros e capões de mato por onde possa se estabelecer e tentar reconstruir uma nova vida.

Longe das atrocidades perpetradas pelo poder do Bafejo.

ASSOBIADOR

*Quando o dia se vai embora
E a noite cai sobre o mundo,
O Assobiador não demora
Com o negror feroz e fundo.
Quem anda de estrada afora
Corre um risco tão profundo.*

ESTORIETA III

Viloso

A espera pelo *sussurrante* estrangula cada homem, mulher e criança dentro do casebre. Já esperam pelas palavras abençoadas do homem dos resmungos há várias e penosas noites seguidas. E mesmo se encaminhando para mais uma, ainda não têm a certeza da ajuda necessária. Há dias que só conseguem um pouco de paz durante os horários claros. É quando o bicho feio dá uma trégua ao sumir junto com as trevas que se diluem com a chegada da luz do sol banhando a face sonolenta de Tabuvale. No entanto, quando a Grande Lamparina descamba para o lado do Morro Moreno e põe estas terras áridas sob a tutela do negrume implacável, o terror bate à porta novamente. A escuridão é sempre mais áspera que a claridade. Então, quando o dia chega ao fim e a noite se inicia, é necessário ser forte e corajoso para não sucumbir à ameaça da fera faminta. Quando o escuro abocanha o mundo, o Viloso chega com vontade insaciável.

Deixar uma criança recém-nascida sem receber o *múrmur*, as palavras confortadoras de encaminhamento da vida aos Visões, pode ser um erro irreparável e incorrigível. Além do mais, o pagamento por tamanho descuido pode custar muito caro para os pais e também para o próprio filho pequeno. Os Visões não se satisfazem apenas com agradecimentos e as lamentações humilhantes de cada dia. Os deuses são insaciáveis de preces e súplicas. Querem sempre ouvir suas criaturas pedindo e rogando piedade, como se a humilhação fosse um alimento sagrado. Quando Tabuvale ganha mais uma criaturinha, os Visões exigem que a vida dela lhes seja oferecida para que mantenham o controle sobre cada um de seus atos, tanto os mais importantes quanto os mais banais. E na mente vulnerável dessa gente supersticiosa e crédula, não oferendar a vida miserável de uma criança aos Visões é pedir para ser acometida pelas diversas desgraças que podem ser fustigadas das alturas dos ares.

Todo mundo destes tabuleiros e capões de mato sabe disso e segue as tais normas fielmente, sem contestar nenhuma regra, mesmo que esteja toldada de incoerência e falta de bom senso. Por isso, logo que nasce uma criança é preciso chamar um *sussurrante* para que ele lhe faça um discurso de oferenda aos gostos do Assobiador, o Visão da noite e protetor das trevas, da Visagem, o Visão do dia e protetor da luz, e do Pesadelo, o Visão do sono e protetor da mente. Só não oferecem ao Malino, o Visão de todos os ares e protetor dos seres mal-assombrados. Não vale a pena oferecer uma vida à deidade que sempre traz a tristeza e a desgraça aos torrões de Tabuvale. Oferendar uma criança ao mais raivoso dos Visões significa condenar uma criatura às agruras mais terríveis do mundo. Se o que o povo conta é verdade, isso somente acontece quando os pais chegam a um nível muito elevado de devassidão. Quando precisam pagar suas dívidas diante do tribunal divino usando o sacrifício da própria semente que geraram. Quem preza pelo sossego da consciência não entrega o destino de um descendente nas mãos pútridas do Malino. A não ser, claro, que ele mande uma de suas crias vir pegar sua encomenda ou ele mesmo venha buscar em pessoa.

Obviamente, tudo isso são estórias antigas, contadas e espalhadas pelo mundo através da boca de pessoas mais velhas, muitas delas nunca tendo sido testemunhas dos pretensos fatos que relatam. Às vezes, a partir de um acontecimento misterioso, surge um relato sofisticado, parte verídico, parte imaginado. Construído e pronto, ele se propaga em todas as direções, alcançando um ouvido mais seletivo aqui e um mais ingênuo acolá. O primeiro preocupado em se manter dentro da verossimilhança, peneira a estória com rigor e passa para a frente somente o que parece mais real, retendo e eliminando as falhas e erros. O segundo, pelo contrário, sem usar de filtro ou impermeabilidade, passa adiante tudo que recebe e até remodela uma falha injustificável para melhorar o discurso. Um ouvido criterioso trabalha em companhia de uma boca escrupulosa. Uma orelha desleixada se associa com lábios negligentes. Assim, sempre a mentira chega antes da verdade. Assim também são algumas estórias que correm pela boca das pessoas. No entanto, não é preciso se acreditar piamente em todas as estórias que o povo vomita aos ares. Uma crença cega é uma enchente desaguando incoerência.

— Atravanque bem todas as portas e janelas. — A mulher que deu à luz recomenda ao marido. — Parece que o *sussurrante* não vai chegar hoje e talvez tenhamos que aguentar por mais uma noite inteira com esse bicho feio rondando a casa lá fora. Se não podemos sair, também não vamos permitir que a criatura faminta entre para abocanhar nosso filhinho.

— Pode ficar tranquila que já coloquei a tramela em tudo que é porta ou janela desta casa. — O marido tenta tranquilizar a mulher, mesmo sabendo que as tramelas podem não ter segurança suficiente para manter a criatura noturna do lado de fora, caso ela esteja realmente querendo entrar. — E vamos ter esperança e aguentar firmes. Pode até ser que o homem dos resmungos chegue antes da noite amadurecer. Não é tarefa fácil encontrar um *sussurrante* andando por qualquer vareda.

O casebre é pequeno. Um chalé erguido sem fundação sofisticada, tendo como colunas troncos roliços de sabiá em forma de forquilha. Cada parede foi construída com varas finas de marmeleiro, trançadas e amarradas com embiras da casca de mororó. Depois veio o reboco feito à mão. O barro roxo, cavado e amassado num barreiro próximo do terreiro da cozinha, sendo usado como argamassa. Tem o teto baixo, por pouco cabendo um homem de pé na parte de menor altura. Foi feito também com linhas de sabiá, caibros de pereira e mais ripas de marmeleiro. Na falta de telha mais nobre, teve a coberta concluída com palhas de carnaubeira. Sobre as costelas de Tabuvale, a simplicidade resolve as questões mais problemáticas.

Mesmo há muito construído, o casebre ainda mantém um estado relativamente firme e serve como moradia para um casal que, há pouco, começou a colocar no mundo seus inevitáveis descendentes. Os dois são jovens, unidos sob as leis dos Visões há não muito tempo e tendo filho há menos tempo ainda. Se relacionaram durante um período muito maior do que o dobro que levaram para terem a primeira cria depois de juntos pelas palavras ditosas de um *sussurrante*, o qual veio de muito longe para enaltecer o enlace dos dois jovens enamorados. Provenientes de famílias com poucas posses, não puderam se acomodar numa casa mais confortável e maior. No entanto, com a ajuda dos pais, parentes e amigos mais chegados, conseguiram levantar uma cabana de forquilha, barro e palha. O amparo é sempre mais fértil entre os que pouco possuem.

Durante o pouco tempo em que moraram apenas os dois, a cabana serviu muito bem contra as intempéries inclementes que se abatem sobre estas paragens. Seja um vento fustigante com redemoinho endiabrado, quebrando galho seco e levantando poeira; seja uma eventual chuva torrencial, cavando regos e corroendo o barro pouco aderente nas paredes nuas; ou mesmo qualquer espécie de bicho do mato, procurando o que comer nos horários mais estranhos do dia ou da noite. O chalé resistiu com valentia contra tudo que apareceu furiosamente para violentá-lo. Obviamente, de vez em quando um torvelinho mais atrevido entrou pela porta da frente, atravessou a sala para bagunçar tudo, depois saindo uma parte pela porta de trás e outra por cima, levantando e levando embora para muito longe uma ou duas palhas. Por leve descuido do homem da casa, alguma greta não recebeu conserto antes da chegada do *virente molhado*, o período fértil em que as águas costumam se abater sobre Tabuvale. Portanto, os buracos deixados pelo vento foram crescendo e viraram goteiras que muito incomodam durante as chuvas. Mas nada drástico que o casal não tenha conseguido superar. Para poucos problemas, parcas soluções.

No entanto, após o primeiro filho nascer, não foi suficiente se proteger somente contra os fenômenos enviados pelos ares. Também foi necessário se guardar contra as traquinarias mandadas pelos Visões, as quais aparecem nas mais variadas formas. Às vezes, é uma inesperada rajada de vento em período inapropriado, quando não se espera nem mesmo uma brisa leve. Outras vezes, aparece uma chuva misteriosa e repentina em pleno *cinzento ressequido*, a época sofrível em que Tabuvale esturrica seus torrões. Muitas vezes, é uma cobra preta buscando leite no peito da mulher que está a amamentar o filho recém-nascido, levando a coitada a tamanho estado de espanto e correndo o risco de quebrar o período de resguardo. Numa ou noutra ocasião, um redemoinho possesso surge de forma repentina, desejando revirar tudo que é objeto e levar para o alto cada coisa que não esteja segura no chão. Sem falar nas fatídicas vezes em que aparece um malfeitor para roubar ou furtar algo de mais valioso que se guarda em casa, no terreiro ou no chiqueiro, que se encontra um pouco mais afastado da moradia. Os Visões não se cansam de enviar padecimentos às criaturas de Tabuvale e se divertem com as ruínas que eles causam. Os deuses são pastores perversos que se alimentam do sofrimento de suas ovelhas.

Mas nenhum Visão se contenta apenas em fazer descer fenômenos aperiódicos sobre estas terras áridas. Cada um deles dispara contra estes tabuleiros e capões de mato as suas crias mais abomináveis, concebidas com o único objetivo de aterrorizar cada criatura humana, seja homem ou mulher, pode ser ainda menino ou já um velho decrépito. Alguns dizem que os seres mal-assombrados, jogados pelos Visões sobre estas várzeas e matas, foram criados para limpar a sujeira moral dos homens de mentes vulneráveis. Outros afirmam que eles têm a função de evitar a degradação desses habitantes pelo efeito destruidor das conversas mentirosas. E ainda há aqueles que garantem que tais seres são apenas a forma que os Visões encontraram para saciar suas maldades, mostrando a face horrenda do medo às criaturas viventes que dependem do poder divino para permanecerem de pé.

Por serem conversas que se espalham entre bocas e ouvidos, não é possível se afirmar com certeza qual parte delas é verdadeira ou se são falsas por completo. O homem costuma enviesar a veracidade de uma estória e aplainar o exagero de um dito mentiroso. Se os seres mal-assombrados foram feitos para uma limpeza moral ou simplesmente por traquinaria divina, não se pode declarar com segurança. O que se pode dizer com relativa convicção, segundo o relato de muitas pessoas, é que tais seres podem ser vistos por aí, amedrontando quem quer que tenha a má sorte de os encontrar por uma vareda, uma várzea ou uma mata fechada. Ou até mesmo sitiado dentro de um casebre qualquer.

— O sol logo vai sumir, sugado para dentro das entranhas do Moreno. — A mulher se lamenta para o marido, consciente do perigo que poderá vir com a chegada da noite. — Quando escurecer de vez, a presença do *sussurrante* talvez já seja inútil.

— Depois que o sol se puser, ainda restarão alguns instantes de claridade. — O homem da casa tenta não deixar o desespero dominar a mente da sua jovem esposa. — As palavras de um *sussurrante* são poderosas o suficiente para espantar qualquer criatura, por mais maligna que ela seja. Não vamos perder a esperança, pois ela sempre nos mantém de pé no crepúsculo de uma luta.

Ó Visões!

Suas criaturas esperançosas são sempre sonhadoras em demasia.

Embora Tabuvale tenha diversos *sussurrantes*, não é tão fácil encontrar um quando uma situação emergencial pede os seus resmungos. Por residirem quase sempre em lugares muito inacessíveis, chegar às suas moradias é uma aventura e tanto. Por outro lado, mesmo indo à cabana de um deles, ainda se corre o risco de empreender uma viagem sem resultado positivo, pois ele pode ter saído ao socorro de outra pessoa. Quando isso acontece, é preciso esperar por sua volta ou fazer outra grande viagem à procura de um que se encontre disponível. De qualquer forma, nos dois casos, é preciso ter paciência, coragem e disposição. Além do mais, deve-se saber que a demora ampliará a angústia daqueles que ficaram em casa à espera de um amparo.

Viver em um casebre de forquilhas fincadas sobre um tabuleiro do Jorro, não tão distante das margens do Regato Jorrante, é ter a certeza de não poder encontrar um homem dos resmungos quando a necessidade clamar por seus serviços. Todo mundo já deve saber que os morros e montes são os lugares preferidos das criaturas humanas que nasceram portando o dom de conversar com os Visões. Para um morador desses arredores do Jorrante, os quais não foram agraciados com nenhum morro ou monte imponente, a vida se torna uma luta árdua quando se necessita de uma bênção dos céus. Se não puder contar com as palavras confortadoras de um *sussurrante* andarilho, precisa empreender uma penosa jornada até os sopés do Monte Cupim, ao norte, caso se queira ser amparado pelas benesses dos Visões. A não ser que o responsável por buscar a ajuda queira ir um pouco mais longe, empreendendo uma viagem bem mais longa e arriscada até o Monte Virente ou mesmo o Monte Gêmeo, na parte oeste of Tabuvale. Seja como for, o auxílio pode demorar e, sem dúvida, deve vir de longe.

Para um habitante do Jorro sair em busca de um homem que murmura nas cercanias do Monte Cupim é com a certeza de ter que passar pelas terras do Borbotão. Provavelmente, não há nada mais embaraçoso para um homem do Jorro do que atravessar os tabuleiros e capões de mato daquele lugarejo. Desde que se iniciou, ninguém sabe afirmar com certeza quando ou por qual motivo a disputa das águas do Regato Jorrante também começou uma zanga inconsequente entre os moradores desses dois arraiais. Desde então, um jorrense que atravessa as varedas do Borbotão durante as horas claras ouve os mais reles insultos quando passa pelas proximidades de uma habitação. Um borbota não consegue aceitar dividir suas águas, as quais descem a maior parte do Cupim, com um jorrense que mora mais embaixo nas margens do Jorrante. Da mesma forma, quando algum borbota precisa descer para essas bandas do Jorro, deve saber que irá ouvir os mais ordinários xingamentos por parte dos moradores dessas paragens. Um jorrense também não suporta ter que consumir uma água que passa primeiro pelas terras de um borbota.

 A intriga entre os dois lugarejos só se ameniza quando o sol se cansa de percorrer o céu e passa todo o período escuro sem emanar sua luz sobre as costas de Tabuvale. É quando todo mundo descansa no fundo de uma rede e esquece de maldar quem quer que passe pela frente de sua casa. Quando um homem dorme, a mentira descansa em paz. Quando um homem abre os olhos, a verdade é levada à forca. Segundo algumas estórias do povo mais velho, a desavença começou quando uma grande e antiga família residente no Borbotão se envolveu em brigas e se separou em dois ramos. Um deles permaneceu dominando as velhas terras, enquanto o outro foi obrigado a migrar, descendo ao longo das margens do Jorrante para se estabelecer onde hoje é o Jorro. No entanto, segundo outras estórias, contadas pelas pessoas mais velhas que moram por essas bandas, ocorreu exatamente o contrário. No dizer delas, a família pioneira vivia no Jorro quando da briga. Então, uma parte da linhagem ficou por aqui e o restante subiu o Jorrante para se apossar de novos tabuleiros e capões de mato.

 São dois relatos diferentes com o mesmo conteúdo. A intriga realmente existe entre os dois lugarejos. Isso é um fato. Ninguém que um dia já andou por estas varedas pode duvidar. Ela é visível, palpável até. Basta se parar durante um instante para uma breve prosa com um morador de qualquer um dos dois torrões para se perceber como a conversa sempre se encaminha para a rixa. Os de cá se sentido injustiçados pelos que moram na parte mais de cima do córrego; os de lá se ofendendo com qualquer palavra de agravo dita pelo povo que deseja dominar todo o regato. Por outro lado, pela semelhança das duas estórias, é possível se deduzir que cada um dos dois territórios tenta se impor como o correto. Ambas as regiões constroem seu respectivo relato de maneira a se sobrepor sobre a outra parte. Uma forma ótima para não se chegar ao cerne da verdade sobre a questão. O homem sempre conta sobre si mesmo somente seus supostos acertos. Os erros evidentes, que os outros os apontem.

    No fim das contas, colocando tudo a limpo, ninguém consegue informar a verdadeira estória, o que se passou realmente durante a desavença nem como ela se iniciou. O mais provável é que cada uma das duas partes tenha um pouquinho de razão e um montão de desrazão. Ninguém quer ser o vilão numa peleja, muito menos quando se trata de ideias. Mas o fato é que uma família tem dessas coisas, se une e se separa, se ama e se odeia. Os Visões as fazem propositadamente para serem como são, aliadas e inimigas. É dessa forma que as gentes crescem em número e em variedade. O sangue se misturando com uma pitada de afeto e um excesso de raiva. O que se passou em tempos remotos entre borbotas e jorrenses não é possível saber com clareza, sendo preciso uma averiguação mais rígida e paciente sobre tais acontecimentos. O que não se pode fazer no momento, pela urgência das circunstâncias em que estão os habitantes do casebre, à espera de palavras que lhes aliviem os seus medos.

    — A gente devia ter mandado chamar um *sussurrante* no Monte Virente. — A mulher é a pessoa mais preocupada dentro da cabana. Talvez seja pelo fato de ser a mãe, carregando consigo o temor de perder seu filhote, uma parte de si que pretende proteger contra qualquer perigo. Até mesmo contra a sede insaciável de uma cria enviada pelos malditos Visões para levar consigo uma criancinha indefesa. — Pelo menos o caminho seria outro e não haveria a necessidade de se retardar com os xingamentos do povo do Borbotão. Já estamos cansados de saber que todo mundo se empalha por aquela vareda ouvindo as asneiras daquela gente de má índole. E tempo é algo que não estamos tendo de sobra.

    — Seu pai não é homem para se ocupar com este tipo de coisa. — O jovem marido insiste em tranquilizar a, ainda mais jovem, esposa. Ele percebeu o quanto ela se tornou refém do terror que se abateu sobre a casa durante os dias e noites anteriores. — Pode ser que ele tenha saído de casa num período mais conveniente. Talvez tenha passado pela vareda do Borbotão quando os moradores de lá já estavam passando o horário da janta ou se aprontando para dormir. E mesmo que eles o tenham visto e lhe jogado desaforos, ele não terá se atrasado dando cabimento a conversa fiada. Além do mais, ele mandou dizer que, quando voltasse, tomaria o outro caminho, que passa pela Pedra Alva, pois é mais calmo e adianta o caminhar.

— Pode ser que tudo isso que você acaba de falar seja verdade. — A companheira responde de maneira delicada, querendo acreditar que tudo que ouve do esposo possa ter realmente acontecido. — Mas, mesmo assim, estou a cada momento mais preocupada, tanto com ele como com a fúria do bicho que nos cerca a casa lá fora. — A mulher volta a se lamentar, não conseguindo evitar um choro abafado e deixando algumas lágrimas caírem e rolarem pelo rosto, jovem de pele, mas envelhecido pelo medo.

— Não vamos perder a esperança. — O homem encara a companheira com um olhar mais duro, tentando convencer a si mesmo de que está seguro de sua afirmação e que realmente continua disposto a esperar pelo necessário socorro. — Daqui a pouco seu pai vai bater à nossa porta trazendo a ajuda indispensável que almejamos.

O homem da casa se esforça para demonstrar para sua companheira uma coragem que já não a tem dentro de si mesmo. Desde a primeira noite sob o cerco empreendido pelo Viloso, vencida com grande sufoco, o jovem marido perdeu tudo que tinha guardado como sendo ousadia. Até mesmo a falta de medo, característica da juventude, ele já não tem mais sob controle. Um jovem costuma ser ousado e afoito perante as revelias da vida, deixando de ouvir o que os mais velhos lhe recomendam e lhe avisam. A juventude teima em ignorar os conselhos de seus pais para, depois, quando crescerem e tiverem seus próprios filhos, serem ignorados por eles e por tudo que é gente mais nova. O homem sempre refina sua habilidade em recair num mesmo erro. É uma coisa irreparável nessas criaturas que se dizem sábias.

Mas nenhuma bravura dos tempos de jovialidade é suficiente para resistir à intrepidez de uma criatura enviada pelos Visões. O pai de primeira viagem se tornou refugiado em sua própria casa, tentando proteger sua prole das garras furiosas do Viloso. Por fora, ele mantém um discurso impávido com o objetivo de evitar o desmoronamento das estruturas emocional e física da esposa. Por dentro, já se encontra como se tivesse sido sacudido por um abalo sísmico devastador, o medo terrível diluindo seus nervos e uma severa apreensão revirando suas entranhas. O que ele garante em palavras para sua companheira é o que ele espera acontecer, mas não o que ele realmente acredita que lhes possa suceder. Ele não pode fugir às regras rígidas dos homens, pois estes, mesmo conhecendo como é a chegada, caminham determinados em sua direção com a esperança de encontrá-la de outra forma.

Tendo os pais morando um pouco afastado, nem sempre o casal consegue contar com a presença da mãe ou do pai de qualquer um dos dois logo que necessitam. Muito ocupada com os afazeres de casa, a mulher não pode ir correndo pedir para alguém chamar sua mãe ou seu pai, mesmo eles residindo nos próprios torrões do Jorro. Mais difícil ainda é pedir ajuda aos pais do marido, os quais moram em tabuleiros e capões de mato mais distantes, já nas proximidades da Vila Moreno. Viver nos domínios de Tabuvale é ter que cultivar a paciência, mesmo num momento em que se depende de um auxílio imediato. Como quando o Viloso quer, com insistência inabalável, levar sob suas presas uma criança que ainda não foi oferecida aos seus criadores, os Visões.

—

Tabuvale é cortado por muitos regatos, grotas e arroios, os quais colhem águas dos mais distantes tabuleiros e capões de mato e as entregam à Ribeira Juassu. Com suas nascentes germinando água nas matas fechadas do Monte Cupim, o grande Regato Jorrante desce, seguindo o sentido norte-sul, até encontrar a margem norte do Juassu. Este, por sua vez, nasce no Morro Talhossu, a oeste, serpenteia vagarosamente pelas terras de Tabuvale e sai para o Mundo de Fora pela estreita passagem entre o Monte Miúdo e o Monte Fenda, a leste. O Regato Jorrante, no seu serpentear por entre matas e serrotes, passa apenas por dois lugarejos, Borbotão e Jorro. Mais ao norte e com suas casas mais próximas umas das outras, o Borbotão se localiza na altura em que o Jorrante é cortado pela vareda do Moreno, cujo início fica nos sopés do Morro Moreno. Mais para o sul e com as moradias um pouco mais afastadas entre si, o Jorro se assenta no encontro entre o Jorrante e a vareda que vem de Asco, a vila nojenta, e segue para as Escalvas, a leste. Um morador de qualquer um desses dois lugarejos se considera vivendo no centro de Tabuvale. Quem não consegue se enxergar de fora acha-se sempre o centro de tudo.

Vivendo na parte central ou nas regiões periféricas, não importa, todas essas criaturas estão sob as normas e regras de Tabuvale. Desde o Espigão, a parte mais alta do Morro Moreno, ao norte, até o Poleiro, o ponto mais elevado do Morro Jatobá, ao sul; desde a Furna, encravada nas costelas do Morro Talhossu, a oeste, até a Sentinela, o pico proeminente do Morro Torto, a leste. Tudo isso são os domínios dos torrões tabuvalenos, os quais estão sob as leis determinadas pelos Visões desde tempos imemoriais. Quanto aos homens, antigos e desconhecidos, viventes que há muito não existem mais, nem mesmo suas lembranças, estabeleceram preceitos sociais para não sucumbirem aos instintos selvagens que ainda sobrevivem na parte mais profunda da mente dessas criaturas. No entanto, em épocas ainda mais arcaicas, quando os homens não eram nem sequer projetos imaginados na cabeça louca das divindades, normas muito mais primevas foram instituídas sobre estes tabuleiros e capões de mato. E como as leis biológicas sempre prevalecem sobre as sociais, quem realmente tem o domínio de Tabuvale são os Visões, segundo diz o povo. Sendo assim, as criaturas humanas são apenas bonecos manipuláveis.

Todos os deuses usam seus poderes para criar leis que lhes favoreçam. Sendo assim, os Visões não se preocuparam com suas criaturas quando da definição das normas rígidas que escolheram para predominar sobre estas terras áridas. Por isso, pensaram em evitar balbúrdia entre os homens estabelecendo preceitos rigorosos a serem, queriam eles, seguidos à risca. No entanto, o homem é perito na arte de quebrar regras, coisa que os deuses de Tabuvale talvez não tenham levado em consideração no início dos tempos. O desejo dos Visões seria que cada habitante destes torrões fizesse uma oferenda aos céus quando da vinda de um recém-nascido para aumentar a família. Como se fosse um pagamento pelo presente recebido. Os deuses sempre querem algo em troca. Não liberam nada de forma gratuita.

No início, como sempre acontece quando se finca um estatuto, todo casal oferendava bonitas palavras para os Visões toda vez que nascia um filho. A mãe dedicava palavras, enquanto o pai mandava preparar uma festa. O resto da família vinha até mesmo de distâncias longínquas para celebrar a chegada de mais um membro no grupo sanguíneo. Os vizinhos e moradores mais afastados também apareciam para prestar ajuda nos preparativos festivos e nos agradecimentos aos céus.

Todos se reuniam de forma amigável para comemorar a vinda de mais um ente querido e oferecer palavras bonitas em agradecimento aos Visões. A alegria durava um bom tempo, período no qual se bebia e se comia com sede insaciável e apetite voraz.

Depois que a embriaguez assolava os ânimos e a comilança chafurdava no estômago, todos voltavam para suas casas, felizes e agradecidos. Os pais, gratos pela vinda do filho, não mediam esforços para se mostrarem gratos pelo que haviam recebido. Quando os amigos e parentes iam embora, restava a pai e mãe cuidar do novo ser que deveria, todos desejavam, fazer a alegria da casa. Quanto aos Visões, estes se esbaldavam com as palavras de gratidão recebidas tanto dos homens como pela boca sábia de um *sussurrante*. As primeiras eram apenas palavras de agradecimento, emitidas por indivíduos submissos aos poderes dos deuses. As segundas tinham um objetivo mais sagrado, oferecer a vida de um vivente aos mandos dos Visões. Aquelas poderiam até faltar, dependendo da circunstância em que todo mundo se encontrava, por um motivo ou outro. Estas, porém, eram obrigatórias, sendo imperdoável sua falta ou qualquer que fosse o descuido.

No entanto, numa ou noutra feita, alguém mais descuidado ou desleixado acabou por esquecer o ensinamento primevo, não se preocupando em chamar um homem que sussurra para proferir os ditos sagrados aos deuses. Às vezes, era um casal muito ocupado nos afazeres de casa e labuta diária. Outras vezes, eram pais que não tinham condições de oferecer uma festa para muitas pessoas ou não conseguiam encontrar um homem dos resmungos por perto. Em algumas situações eram somente gente negligente mesmo. Em outras ocasiões, porém, eram somente progenitores céticos e aversos às estórias do povo mais antigo, esquecendo ou ignorando qualquer dito popular sobre a necessidade de se oferecer a vida de um filho às sempre ambiciosas divindades.

Talvez por falta de interesse ou mesmo desleixo, os deuses também são descuidados, os Visões não quiseram castigar esses casais negligentes. Porém, como o costume nasce de um simples e ínfimo hábito, outros pais seguiram a mesma falta de cuidado e também não realizaram a oferta venerável. Sem ainda conhecer bem a manha do homem, os deuses nunca sabem exatamente como pensam suas criaturas, os Visões novamente não deram tanta importância a qualquer pequena falha. Então, outra vez outros progenitores não ofereceram às divindades o que lhes pertencia por direito. E outra vez os Visões não os castigaram. Vendo que nenhum outro faltoso era penalizado, outros tantos pais não deram muita atenção aos mandos divinos, incorrendo todos no mesmo erro. A falta de castigo fertiliza o terreno da desobediência e clama a uma multidão para a desordem.

Então, sem a devida punição a qualquer que fosse o desregrado, outros tantos deixaram de lado o que era norma, o que era exigido desde tempos imemoriais. Mais algum isento de reprimendas apareceu e levou muitos outros consigo em direção ao mesmo delito, à mesma prática de desobediência. A cada dia aumentaram cada vez mais os devedores de palavras de agradecimento, enquanto também cresceu a quantidade de indivíduos não ofertados aos deuses. Dessa maneira, à medida que o tempo passou, o homem foi esquecendo as leis divinas e não mais se preocupou em fazer o ofertório devido. A baderna de transgressão aos bons costumes estava anunciada. Mais algum tempo sem punição pela falta de gratidão e essas criaturas viventes estariam exigindo oferenda dos Visões em vez de lhes oferecerem. O homem se acostuma fácil ao erro.

Os homens só não sabiam, ou faziam de conta que não sabiam, que a falta de oferenda atingia como um projétil venenoso a vaidade dos Visões. Estes, agora sabedores de que suas criações humanas não eram perfeitas, perceberam que estavam sendo ignorados ou até mesmo tapeados por suas criaturas. Alguma coisa deveria ser feita para acabar com tamanha desobediência. Algo que pudesse sanar de uma vez por todas o erro dos homens indisciplinados.

Por isso, os Visões resolveram mandar uma de suas crias, uma bem faminta, para cobrar as dívidas acumuladas dos homens destes tabuleiros e capões de mato. E o trabalho ficou a cargo do Assobiador, o Visão da noite e protetor das trevas.

Então, foi aí que o Viloso entrou em cena.

Depois que o Viloso fora mandado para castigar o povo pecante, vindo buscar cada criança sem a graça do *múrmur* que vivia sobre estas várzeas ressequidas, as pessoas começaram a perceber que aquilo era um aviso divino. Os Visões não estavam brincando, reconheceram as gentes. A cria que eles haviam enviado executou uma verdadeira devastação, tanto nas carnes moles dos bebês inocentes como no coração dos pais faltosos para com seus deveres celestiais.

Enquanto crianças choravam ao serem levadas pelo bicho noturno, mães se desesperavam com a perda do filho querido e pais se despencavam para as profundezas do desalento. As primeiras nunca mais voltavam de seu desaparecimento, ninguém sabendo para onde eram levadas ou o que acontecia com elas. As segundas diminuíam o sofrimento por fora gradualmente, mas continuavam com uma incurável ferida nas entranhas de seus sentimentos. Enquanto os últimos, fortes em ossos e músculos, porém frágeis na mente, deixavam-se colocar um laço apertado no pescoço ou injetavam uma substância venenosa nos arroios sanguíneos. A perda de um filho traz o cansaço à vida.

Com a ruína deixada pelo Viloso e o exemplo de tantas famílias devastadas por tal prática, as pessoas também reduziram seus pecados e voltaram a zelar pela integridade de seus filhos amados. A partir de então, logo que uma criança nascia, o pai, muito preocupado, corria por varedas e vencia grandes distâncias para encontrar um *sussurrante* disponível. Nenhum progenitor queria mais deixar um recém-nascido sem receber o sagrado *múrmur*, o ritual que garantia uma vida longa e virtuosa a qualquer indivíduo.

Então, quando a regra voltou a ser cumprida com rigor, a vida das pessoas, e das crianças, voltou à normalidade. Todo mundo passou a entender que o nascimento era algo maravilhoso e que devia realmente ser festejado, sendo justo um agradecimento por sua vinda. O homem percebeu que não lhe estava sendo cobrado tanto, somente o necessário para manter o contentamento dos deuses. O processo não era tão dispendioso: crianças devidamente oferendadas aos Visões, Viloso sumido por um tempo. Parecia algo muito simples.

À medida que o rito de agradecimento voltou ao habitual, o Assobiador se contentou e ninguém mais ouviu dizer que aquele ser mal-assombrado e esfomeado tinha vindo buscar um bebê sem *múrmur*, pois não havia mais criança sem o sinal feito por um *sussurrante*. Também parecia não haver mais pais negligentes em relação às normas divinas. Isso deixava o Visão da noite satisfeito, mantinha o Viloso distante e permitia que cada criatura humana pudesse nascer e crescer sem correr o risco de ser levada entre dentes ainda pequena.

Tudo corria bem, assim como desejavam os homens e os Visões.

Porém, como uma nova geração sempre esquece de ouvir a mais velha, aqui ou acolá, de vez em quando começou a surgir uma estória de aparição do Viloso. Alguém devia estar transgredindo as regras outra vez.

— Os cachorros já estão começando a rosnar outra vez. — A mãe preocupada fala para o marido ao ouvir o barulho da agitação que os cães iniciaram fora da pequena casa. — Quando um cachorro rosna com gente viva, alardeia de forma diferente. Com certeza eles estão sentindo a presença estranha da criatura que talvez já se aproxime do terreno, em nossa direção. O homem dos sussurros não vai chegar a tempo de nos salvar dessa enrascada.

— Pode ser que os cachorros estejam ladrando para algum outro bicho do mato, um cassaco ou uma raposa, que chegou perto demais do terreno. — O pai desestruturado por dentro e inabalável por fora continua com o jogo de encorajar a esposa visivelmente amedrontada. Ele sabe exatamente que o latido de cachorro contra animal selvagem tem um tom diferente daquele que acaba de ouvir. Mas precisa de um pretexto como forma de desviar a atenção da companheira, caso queira que sua mulher se mantenha emocionalmente intacta. Algo bem difícil a esta altura. — Ou pode ser que estejam sentindo a presença do seu pai ainda longe. Por isso estão com um ladrar diferente.

O casal que agora se encontra sob cerco dentro do casebre é um daqueles que esqueceu de oferendar a vida de seu filhinho aos caprichos dos Visões. Se isso aconteceu por pura falta de aviso, por serem pais de primeira viagem, ou simplesmente porque não quiseram fazer o que deviam ter feito, não se pode afirmar com certeza. Algumas certezas por estes torrões são sempre muito tênues e pouco palpáveis. Embora os pais da mulher tenham alertado o casal desde o nascimento da criança, os dois jovens não empreenderam o esforço necessário para encontrar um *sussurrante* que resmungasse as palavras preventivas. Foi então que, algumas noites atrás, eles receberam um alerta, não mais vindo da boca dos avós maternos da criança, mas diretamente dos Visões.

O casal se aprontava para se agasalhar, a mulher ainda ajeitando as coisas desarrumadas durante o jantar e o homem segurando a criança antes que esta fosse ninada pela mãe para dormir. O sol já havia se posto atrás do Morro Moreno e as brenhas noturnas se esparramavam sobre Tabuvale, preenchendo cada brecha e vazio que encontravam pela frente. Foi então que os cachorros no terreiro começaram a latir descontroladamente contra algo que, num primeiro momento, não estava muito bem visível, nem aos cães nem às pessoas dentro de casa. O homem só conseguiu divisar um vulto escurecido, não sabendo ele dizer se seria pela ação da noite ou por ser realmente uma criatura escura. O jovem havia chamado a atenção da esposa para aquela aparição na beira do capão de mato, direção na qual os cães ladravam euforicamente.

— Vamos entrar e trancar todas as portas e janelas. — O homem havia dito cautelosamente para a mulher. — Pelo tamanho, aquilo que os cachorros estão acoando não é nenhum bicho do mato nem pode ser coisa boa. Este horário do Assobiador é sempre propício ao aparecimento de coisas que não prestam. Não vamos sair de dentro de casa nem fazer qualquer tipo de barulho.

Os dois haviam entrado e atravancado cada porta e janela. A criança, como num aviso agourento, havia começado a choramingar quando a mãe a pegara dos braços do marido. Enquanto a jovem esposa tentava ninar o filho para que ele dormisse, o homem olhava para fora da casa por uma greta formada entre duas tábuas de uma das janelas. O que ele enxergara à beira do terreiro não poderia ter deixado de estremecer sua espinha e arrepiar cada pelo da sua nuca. Um vulto escuro, como se tivesse o formato de um cachorro imenso ou de qualquer outro grande animal quadrúpede, caminhava lentamente a passos cadenciados, rodeando a casa, como se a estivesse vigiando ou farejando. O mais assustador era que carregava no lugar de cada um dos olhos uma faísca brilhante e ardente, como duas brasas acesas a queimar os ares.

O Viloso acabava de chegar para lhes colocar sob cerco, pronto para levar consigo uma criança sem a bênção do *múrmur*.

Segundo as estórias do povo mais velho, o Viloso é um ser mal-assombrado que aparece às pessoas como tendo a forma de um cachorro grande, peludo e de cor parda. A parte do pelo ou da cor sempre aparece com maior frequência nos relatos. Embora em alguns deles um ou outro seja omitido, tal constância sugere que, pelo menos nesses dois pontos, as pessoas concordam sobre essa criatura. Quanto à parte de ter o formato de um cachorro, sempre surge uma pequena, às vezes grande, divergência entre uma estória e outra. Quem diz ter visto o Viloso, quando narra o acontecido, gosta de afirmar:

— Parecia muito com um cachorro grande.

Então, a provável semelhança fica por isso mesmo, vaga e sem consistência, tornando muito difícil uma comprovação mais evidente. Tamanho fator indeterminado abre espaço para todo tipo de especulação. Portanto, cada um fica tentado a insinuar e imaginar a forma do bicho conforme sua própria cabeça. Quem viu conta o que seus olhos conseguiram divisar, algo que, às vezes, não é muita coisa. Quem apenas ouve a conversa fantasia como pode e como deseja. Tudo isso coloca em dúvida a real forma da criatura, dificilmente sendo parecida com a de um cachorro. Talvez o fato de ter quatro pernas, pelos, cabeça e estatura de um cão force a mente das pessoas a logo se lembrar do seu principal animal de estimação. Os detalhes, no entanto, com certeza são mais complicados do que se possa imaginar.

O Viloso é uma cria do Assobiador, o Visão da noite e protetor das trevas. Segundo a estória do povo mais velho, ele foi criado com a função específica de castigar aqueles que não oferecem a vida miserável de seus filhos aos Visões. Por isso, ele sempre vem buscar uma criança recém-nascida que ainda não recebeu o *múrmur* pronunciado pela boca de um *sussurrante*. Para fazer o quê, ninguém até hoje soube explicar com certeza. Dizem que há registros de casos muito raros em que o Viloso apareceu durante as horas claras, em pleno domínio da Visagem, o Visão do dia e protetor da luz. No entanto, o habitual é que ele venha nos horários noturnos, quando tudo fica mais vulnerável e seu pai é quem dita as regras.

Às vezes, segundo os relatos, o Viloso chega de forma furtiva, sem avisar nem fazer barulho, com um pisar manso e paciente. Nessas ocasiões, o bicho de cor parda surge à beira do terreiro, na calada da noite, rodeia a casa onde se encontra a criança sem *múrmur* e aterroriza os pais com uma paciência inabalável. Quando a noite se torna um breu, a visibilidade do Viloso se destaca somente pela presença dos dois olhos brilhantes como fogo. Alguns afirmam que é o fogo para a purificação da barbaridade humana. Outros, porém, dizem que são as chamas para queimar cada pedacinho de carne mole de um filho que não foi oferecido aos Visões. Quem está certo ou errado? Ninguém pode saber com certeza.

No entanto, embora tenha o hábito de aparecer para assombrar essas criaturas ao cair da noite, parece que o Viloso não se esquece de vir buscar um ou dois filhotes humanos nas horas claras do dia, quando a Visagem se torna senhor de todos os tabuleiros e capões de mato de Tabuvale. O povo mais velho conta que uma determinada família, ninguém sabe dizer onde ou quando isso aconteceu, demorou muito tempo para realizar o *múrmur* para o filho recém-nascido. Então, em um dia qualquer, o Viloso surgiu para reclamar seu prêmio com o sol ainda a pino. Diz-se que o ser pardacento simplesmente saiu do mato de repente, atravessou o terreiro sem nenhum receio, entrou furtivamente na camarinha da casa, pegou e segurou a criança pela boca. Quando os pais se deram conta e foram ver o neném na rede, o Viloso acabava de pular a janela, tão rápido quanto um relâmpago, carregando o ofertório por entre os dentes enormes, e desaparecia no capão de mato. Mesmo depois de uma busca minuciosa por todas as redondezas, empreendida por todos os moradores próximos, amigos, parentes e conhecidos, não foi encontrado nenhum vestígio da criança ou do ser mal-assombrado. Não se viu osso nem sangue. Não ficou nem pelo nem cheiro. O bicho havia desaparecido como se nunca houvesse existido.

O recém-nascido também.

— Faz o menino parar de choramingar. — O jovem marido havia pedido para a jovem esposa na primeira noite de aparição da criatura de olhos ardentes. — O povo mais velho diz que o choro é um doce chamado para o Viloso, o filho do Assobiador. E pelo que estou a observar, se não me engano e se as estórias antigas estão certas sobre a cria do Visão da noite, é ela que ali caminha vagarosamente bem no nosso rumo.

Foi então que começou o aperreio dentro e fora do casebre.

A mulher tentava embalar a criança para não denunciar a sua existência. Como se o Viloso não soubesse o que tinha vindo buscar. Pobre mente humana, tão perturbada sob as asas do medo. O homem verificava se toda tramela de cada porta e janela estava devidamente trancada. Como se um simples pedaço de madeira fosse forte o bastante para deter a força de uma fera esfomeada do tamanho de um garrote crescido. Eram corações frágeis dentro de uma cabana frágil, atravancada por fechaduras também frágeis.

Enquanto isso, no terreiro, os pobres cachorros latiam penosamente e, de vez em quando, um ou outro empreendia uma arremetida feroz contra o ser diabólico, no intuito de espantar para longe aqueles dois olhos cheios de fúria infernal. Os cães eram valentes e destemidos, mostrando os dentes afiados em cada investida em direção ao bicho. Porém, as duas brasas incandescentes não se afugentavam com os latidos e recusavam-se a recuar para longe. Não podiam sentir medo algum, pois eram elas mesmas que traziam o pavor.

Embora a luta tivesse sido asfixiante, aquela noite havia chegado ao fim. A escuridão violenta havia sido dissipada pelos raios vivos do sol que surgiram cedo, no fim da madrugada, sobre os contornos do Morro Torto. Com a chegada da luz, a criatura maligna desapareceu das redondezas da cabana. Os moradores, então um pouco aliviados, não sabiam dizer se os cães haviam sido bravos o bastante para espantar a fera ou se o Viloso apenas resolvera esperar pela noite seguinte.

Fosse artimanha do bicho pardacento ou a ferocidade dos cachorros, o jovem marido não se fez de desentendido. Logo de manhã, sem esperar por mais nada, ele correu para a casa do vizinho mais próximo e pediu para que este levasse um recado aos pais de sua esposa. Orientou que lhes contasse tudo sobre o ocorrido durante a noite e pedisse que eles viessem a seu socorro.

O recado foi entregue, embora as distâncias tenham forçado uma demora. O tempo se rasteja quando se precisa de rapidez. Além do mais, os pais da mulher, não se sabe bem o motivo, não puderam vir de imediato. A avó da criança mandara dizer à filha que não demoraria para que o marido estivesse a caminho, depois de resolver algumas coisas que estavam com pendência em casa.

Sabendo do que se tratava e da gravidade do problema, o sogro do rapaz mandara dizer que logo traria o auxílio necessário, pois sairia pela vareda do Borbotão em busca de um *sussurrante* disponível.

Dissera que no mesmo momento em que encontrasse um homem que celebra o *múrmur*, faria o caminho de volta pela vareda da Pedra Alva. Ele sabia com toda a clareza, e os outros também, que era um caminho muito longo a ser vencido em tão pouco tempo. A não ser que encontrasse, por acaso, um homem dos resmungos pelo meio da estrada. Algo difícil de se concretizar.

Sem a ajuda necessária que tanto se almejava, o casal não teve outra opção senão aguentar as pontas, e os nós, sozinhos. Resistiriam até onde fosse possível, até o limite de suas forças físicas e mentais. Não poderiam se entregar facilmente, sem mostrar que estavam dispostos a lutar e defender seu filho querido.

Inexoravelmente, o sol subiu pelo céu, demorou pouco no ponto mais alto dos ares e desceu tão rápido quanto ascendeu. De repente, seus derradeiros raios luminosos se diluíam e o dia se findava. A partir de então, todos no casebre sabiam o que viria em seguida. A noite retornava e com ela também regressavam os olhos esfomeados do filho do Assobiador. Agora, porém, ainda mais sedento pela carne mole de um recém-nascido.

Quando a escuridão se abateu sobre os tabuleiros e capões de mato de Tabuvale, transformando o Jorro num breu só, o Viloso surgiu imponente à beira do extenso terreiro. A denúncia de sua chegada foi oferecida pelo ladrar agitado dos cachorros, esses animais tão amigos e protetores do homem. Dentro de casa, a criança voltava a chorar, a mãe começava a se lastimar e o pai trancava tudo que era de portas e outra vez observava pelas frestas de uma janela o que estava a se passar no lado de fora da residência.

A segunda noite de peleja contra a cria peluda e parda se iniciava.

E outra vez o Viloso sufocou os habitantes do casebre, acuando os três viventes como um cão determinado acua um peba dentro de uma toca.

Ó Visões!

Suas crias nunca se cansam?

Então, felizmente, outra vez as réstias de luz solar apareceram para as bandas do nascente e outra noite de terror se esvaneceu. O ladrar dos cães sumiu para dar lugar ao sono a que cada um deles tinha direito e necessidade. A luz brilhante e pavorosa dos olhos do

Viloso se perdeu nas brenhas dos capões de mato próximos. O jovem casal e o filho pequeno eram sobreviventes de mais uma noite de perseguição. Um pouco de descanso, por mais ínfimo que fosse, era bem-vindo à saúde física e mental.

No entanto, os Visões nunca deram descanso à grande lamparina que passeia pelos ares durante o dia. Eles a forçam a subir e descer pela abóbada celeste sem atraso nem avanço imprevisto, mantendo as engrenagens do mundo funcionando com perfeição.

Então, quando os moradores do casebre se deram por conta o sol já não mais brilhava e as brumas negras traziam o medo para as suas redondezas. Todos eles estavam exaustos daquela labuta que parecia nunca ter fim. Porém, o filho pardacento do Assobiador nunca se cansa. Ele não abandona sua tarefa nunca. Não antes de levar consigo uma criança devedora de um *múrmur*.

Outra noite, outra lida contra a aparição maligna. O rosnar frenético dos cães, as tramelas sendo postas, o recém-nascido a choramingar, a mãe a se desesperar, o pai a observar por uma greta e os olhos ardentes da criatura a brilhar no escuro. A aflição regressava sem misericórdia dentro e fora do casebre.

No entanto, outra fatigante noite foi vencida, mais por inércia do que por algo de novo no páreo. O homem se acostuma à guerra. O sofrimento molda a resistência. O Viloso, por sua vez, apenas sondou as redondezas do casebre, tão paciente quanto um felino a preparar o bote contra uma presa. Ele não é como o homem, não tem pressa. O seu cansaço é insignificante diante do esgotamento que imprime aos seus sitiados. Quando se pensa que ele se foi, seus olhos faiscantes reaparecem para trazer de volta medo e apreensão a quem está sob sua vigilância.

No entanto, ao contrário da cria peluda do Assobiador, todo mundo já se cansa deste cerco enfadonho, seja cada indivíduo dentro da cabana, seja cada pobre cachorro a guardar o terreiro. Após mais uma noite superada com sofreguidão, depois que o sol voltou com toda a sua claridade e há tanto tempo a se esperar ajuda, não é possível garantir que estes condenados consigam suportar mais um período de sítio fatigante. O homem é forte e persistente, mas não tanto quanto são as crias dos Visões. Não tanto quanto um Viloso há várias noites esperando levar o que lhe foi dado por direito. Ou por falta de um *múrmur*.

— Não acredito mais que o papai consiga trazer um *sussurrante* para nos ajudar a esta hora. — A mulher parece perder os últimos fiapos de esperança que lhe restavam. E ela não é a única. — É muito difícil se esbarrar com um deles por aí pelos caminhos. Um homem que resmunga para os Visões não é algo que se encontra por toda parte. Somente um acaso muito feliz para isso acontecer.

— O acaso nunca decepciona. — O marido se pega dizendo, sem nenhum vestígio de reflexão ou pensamento profundo. Apenas diz a primeira coisa que lhe vem à cabeça no momento. — Se coisas ruins ocorrem por acaso, outras tantas boas também devem acontecer. Vamos esperar mais um pouco para ver o que nos resta como opções. E talvez só tenhamos mesmo uma opção, esperar.

Toda espera é maçante.

Ninguém consegue esperar por um período tão longo, além de um limite no qual a paciência se converte imediatamente em tédio. Assim também são os Visões. Assim também é o Viloso. Ele deve ter percebido que sua vigília precisa terminar, que sua paciência também tem limite. Uma missão não pode durar para toda a eternidade. E uma criança sem a bênção do *múrmur* não deve ficar intacta para sempre. É contra as normas dos Visões. E quem é responsável por manter as regras sem violações não pode fraquejar diante dos transgressores. É urgente que se ponha um fim à negligência do homem.

A criatura peluda e de olhos cintilantes deixa a beira do capão de mato e caminha em direção ao casebre, cada passo executado com extrema objetividade, sem nenhum sinal visível de hesitação. Parece que ela agora está determinada em pôr um fim a esta monótona sondagem na qual se meteu nas últimas noites. Ela se aproxima a passos cadenciados da porta que sai para o quintal. Os cães elevam o nível e a agressividade do rosnado, avançando no rumo da criatura. Porém, por esperteza ou por cautela, não se aproximam tanto do bicho feroz. Quando um ou outro tenta chegar mais perto é repelido e mantido afastado do Viloso, ou por medo da fera noturna ou por alguma força invisível por ela emanada.

Apesar da ferocidade canina a ameaçá-la, a cria do Assobiador não perde seu caminhar inabalável. Ela mantém constantemente o ritmo dos passos, sem mudar o rumo nem a velocidade, não vira o olhar para os lados nem para trás, como se não houvesse nada a lhe perturbar. O Viloso avança em frente parecendo ter um único objetivo, tomar seu prêmio e ir embora. As duas brasas incandescentes se aproximam da casa sem hesitação, indiferentes a qualquer latido ou rosnado.

— Ouviu aquilo?! — A esposa, sobressaltada, indaga ao marido.

— O quê? — O marido pergunta, afastando-se por um momento da janela de observação. — Um ganido de cão com dor?

— Não! A batida na porta de fora. Alguém bateu na porta agorinha mesmo.

O homem não havia escutado batida alguma em porta, tão distraído estava em acompanhar com os olhos a aproximação da criatura pardacenta. A fixação no perigo à frente veda os sentidos para o que vem atrás ou dos lados. Às vezes, a ajuda chega, mas não é percebida de imediato. Outras vezes, a catástrofe se aproxima, mas não se ouve o seu estalar. Quantos homens já não se desestruturaram por não olharem para todos os lados? Ao olhar somente para a frente, perde-se a visão do todo.

Realmente, alguma coisa ou alguém havia batido na porta do lado do terreiro da frente. Ao ouvir o chamado e alerta da esposa, o homem deixou seu posto de observação na janela e se voltou para o outro lado da casa. Precisava saber o que estava lá fora, na frente do casebre, se era gente, animal ou o inimigo das noites anteriores. A não ser que fosse simplesmente imaginação da sua e da cabeça da esposa. Fosse o que fosse, seria melhor averiguar.

Ao se acercar da porta, quase colando o ouvido na madeira rústica, o jovem pai indagou com a voz mais baixa, embora audível, que conseguiu emitir, muito próximo do limite sonoro inferior:

— Quem está aí?

Uma pergunta desnecessária, típica de quem está sob a pressão do medo. Se fosse gente amiga, não havia a necessidade de resposta. Caso contrário, se fosse o inimigo, ele não responderia ao chamado. Estaria mais interessado em surpreender sua presa do que alarmar sua chegada. Mas o homem não consegue se calar diante do pânico.

— Sou eu, o seu sogro. — Uma voz do outro lado da porta respondeu de imediato, tão familiar quanto desejada. Quando o som daquelas palavras bateu no ouvido do jovem pai, algo se acendeu dentro dele. Aquilo significava que eles já não estavam mais sozinhos e acuados na solidão de três. A ajuda estava bem ali, do outro lado daquela madeira toscamente acabada como porta. — Consegui encontrar o homem dos sussurros. Ele está aqui comigo. Viemos o mais depressa que conseguimos.

Talvez seja verdade que o acaso nunca decepciona. No entanto, o fato mais indubitável é que ele sempre carrega consigo uma surpresa, boa ou ruim. Quem um dia, afortunadamente, compreender os preceitos do acaso compreenderá o mundo e suas mais complexas nuances, pois ele é outro mundo cujas leis ainda não se conhece.

O pai da mulher se esbarrara com um *sussurrante* andarilho quando atravessava a vareda entre o Borbotão e a Pedra Alva. Aquele que conversa com os Visões se dirigia a outras paragens, para socorrer outras gentes com tantos outros problemas. Para esses indivíduos sábios e conhecedores do mundo, não há horário que impeça suas viagens, por mais tenebroso que seja. Eles nasceram para servirem às criaturas viventes com necessidades. Toda vez que são solicitados, estão sempre prontos e dispostos a percorrerem distâncias imensas para socorrerem um vivente em carência de algo, seja uma doença do corpo ou uma dívida para com as normas divinas. Então, no final de seus cuidadosos trabalhos, resta-lhes uma única recompensa, o cansaço físico e mental.

— Aonde vai, companheiro, a este horário impróprio ao homem mortal, desde muito dedicado ao Assobiador, o Visão da noite e protetor das trevas? — O *sussurrante* havia indagado ao estranho que acabava de encontrar na estrada, parando seu cavalo negro muito próximo do homem cuja visibilidade era mínima no meio da escuridão que se espalhava por todo lado, escondendo matas e descampados.

— Em busca de suas palavras benditas. — O homem tinha respondido prontamente, após quase ser pisoteado pelo imenso cavalo da cor do breu que parara a poucos palmos de distância. Sua fisionomia era uma mistura caótica de espanto, cansaço e alívio.

Espanto pelo encontro inesperado com alguém àquele horário tardio e naquela parte desolada da vareda. Cansaço pelo esforço físico que teve que empreender ao percorrer as estradas com pressa exagerada em busca de auxílio à família de sua filha. Alívio por ter se encontrado justamente com quem estava a procurar. — Estou há muito à procura de um *sussurrante* e me alegro ao lhe achar por estes caminhos.

Não é difícil se reconhecer um homem que conversa com os Visões, embora suas aparições não sejam tão comuns. Eles somente aparecem quando são solicitados. Esbarrar com um deles por qualquer lugar não é coisa trivial. No entanto, todo mundo de Tabuvale cresce aprendendo a reconhecer o cavalo grande e muito preto, a roupa grossa e longa, o capuz a esconder a cabeça lisa. Apetrechos singulares de um homem dos sussurros.

— Estou neste momento a caminho de um serviço para o qual fui chamado a outras paragens. — O homem sobre o cavalo disse de forma educada, tentando ser claro e compreendido. — Mas diga o que deseja de mim e logo após resolver o outro problema vou estar à sua disposição, seja onde você queira minhas funções.

— A família de meu neto, cuja vida ainda não foi oferecida aos Visões, encontra-se sitiada dentro da própria casa. — O outro homem respondeu, tentando fornecer o maior número de informações no menor tempo possível.

— Encurralados pelo Viloso. — Aquele que resmunga concluiu com tranquilidade na voz, parecendo compreender a aflição do companheiro de escuro.

— Isso mesmo. Há dias que o bicho atormenta minha filha, meu genro e meu neto. Não sei nem mesmo se ainda resistem intactos ou se já sucumbiram ao terror da fera faminta. Por isso, estou lhe pedindo encarecidamente que corra lá o mais rápido possível e salve meus estimados descendentes.

— E onde eles residem, companheiro?

— Nos tabuleiros e capões de mato do Jorro. — O homem falou com urgência na voz, preocupado em não se alongar na conversa. — Sei que é uma distância considerável daqui até lá e um horário inapropriado para viagem. Porém, eles não têm outra alternativa a não ser o socorro que emana de suas palavras.

— O tempo é maleável e o espaço flexível. — Foi a resposta do *sussurrante*.

Ao saber da urgência de uma criança em receber o *múrmur* e da aflição dos respectivos pais, o homem que resmunga voltou seu cavalão negro como a noite para o rumo destes tabuleiros e capões de mato. Fez seu informante pular na garupa do animal e galopou com pressa pela estrada há muito escurecida pela noite fechada. Não existe obstáculo que impeça a ajuda oferecida por um homem que conversa com os Visões, nem estrada inóspita nem tempo fechado. Ele vai aonde a urgência clama por seus resmungos consoladores.

—

Todo mundo é de acordo que os *sussurrantes* são pessoas de poucas palavras, mas de muitas e generosas ações.

Logo que passou pela porta, cuja tramela foi imediatamente trancada após a entrada dos dois visitantes benquistos, o homem dos sussurros cumprimentou com brevidade o jovem pai e adentrou a casa. Sem demora, com pressa nos passos e na saudação, ele foi direto ao quarto onde estava a criança a ser ninada pela mãe. Não havia necessidade de nenhuma explicação, nem por parte dos pais nem por parte do visitante. Todos ali estavam cientes da situação em que todos se achavam envolvidos. Pai e mãe ansiavam por auxílio há dias e o auxílio chegara. Não era cômodo se alongarem em conversa que poderia ter espaço em outro momento. Era mais sábio tratar da única e fundamental urgência, oferecer um recém-nascido aos deuses de Tabuvale, os ambiciosos Visões.

Sem esperar por mais nada, no instante em que entrou no quarto que servia como refúgio a mãe e filho, o *sussurrante* estendeu ambas as mãos para a jovem mulher. Esta, com o coração se enchendo de esperança e alegria, entendeu o gesto de imediato. Sem querer reprimir as lágrimas que desciam pelo rosto cansado, ao contrário de antes, agora eram lágrimas de contentamento, não de pavor, ela entregou sua cria ao visitante, cuja presença lhe aliviava a tensão. Em todos os momentos em que passou sob a ameaça do bicho peludo e pardo, a mulher foi refém da apreensão e do medo de perder seu primogênito. Agora, colocava seu filhote nas mãos abençoadas de um homem que resmunga e traz a paz à mente de quem sofre à beira de uma perda terrível. Por isso, brotavam dos seus olhos lágrimas de júbilo.

CRIA

O *sussurrante* tomou a pequena criança nos braços, consolou-a por um breve instante e começou seu difícil trabalho. Com muita delicadeza, ele a colocou deitada de costas sobre o piso de terra batida da camarinha, tendo como almofada apenas um pedaço de pano com o qual a mãe enrolara o filho. O homem afastou para trás o capuz do seu casaco longo e escuro, deixando à mostra sua cabeça desguarnecida de cabelos, lisa como o casco de um coité. Mesmo com a escuridão do quarto, iluminado apenas pela chama tremulante de uma pequena lamparina posta sobre um tamborete, foi possível ver marcadas na testa do homem duas linhas negras e retas, convergentes para baixo, formando uma letra vê, tendo o vértice exatamente na altura da glabela. A verdadeira marca de um genuíno *sussurrante*.

O visitante de cabeça lisa ajoelhou-se de frente para a criança, meteu a mão direita dentro do roupão e retirou uma pequena cabacinha de delgado colo, a qual continha uma reduzida quantidade de um certo tipo de óleo. O pouco conteúdo da vasilha sugeria a realização de outros trabalhos anteriores. Quem fala com os deuses não pode ter descanso. Usando a mão esquerda, a direita segurava a cabacinha, o homem retirou a rolha de madeira, inclinou o vasilhame, derramou uma pitada da substância viscosa na palma da mão que segurava a tampa e depois colocou o recipiente no chão, ao seu lado. Após pôr de volta a tampa na boca do potinho, usou o óleo na mão esquerda para umedecer o dedo indicador direito.

O *sussurrante* deu início, então, ao ritual do *múrmur*.

Inclinando-se um pouco para a frente, o homem que murmura dispôs a mão esquerda aberta sobre o rosto da criança, os dedos daquele quase tocando a face desta. Com calmos e delicados movimentos, ele escondeu o polegar esquerdo abaixo da palma da mão, afastou o anelar para a esquerda, juntando-o com o mindinho e, por fim, moveu o dedo médio para a direita, encostando-o no indicador. Com tal disposição, os dois pares de dedos formaram um vê bem aberto. Para continuar o rito, o homem que fala com os Visões fechou a mão direita, deixando em riste apenas o dedo indicador, molhado com óleo, o qual ele aproximou da testa do recém-nascido. Então, moveu a ponta do indicador direito sobre a fronte da criança, acompanhando as paredes internas dos dedos anelar e médio esquerdos, começando na esquerda superior, descendo até a glabela e terminando à direita, na altura da ponta do dedo médio. Quando finalizou o movimento, o indicador direito tinha marcado, com o azeite, um delicado vê na testa do menino.

Mantendo a disposição da mão esquerda, o *sussurrante* começou a repetir o mesmo gesto e percurso com o dedo indicador direito. Ele traçou um outro vê por cima do primeiro, depois outro e mais outro, ao mesmo tempo em que iniciava seus resmungos, ininteligíveis para quem quer que estivesse ao seu redor, indivíduos não conhecedores do ritual do *múrmur* e leigos à língua dos Visões.

Aquele rito começou a provocar algo estranho no homem a resmungar. Sua concentração aumentou e se direcionou apenas ao recém-nascido deitado no chão à sua frente. O roupão se agitou um pouco, como se uma leve brisa o sacudisse com delicadeza. A marca em vê na testa pareceu se avivar, tomando a aparência de uma ferida cicatrizada há pouco. Os músculos dos braços ficaram mais pronunciados, como se ele estivesse colocando uma força extrema para segurar algo muito pesado. Os lábios começaram a trabalhar com maior rapidez, ao mesmo tempo em que o dedo continuava a escrever outros vês na testa da criança.

Os resmungos e a gesticulação repetitiva, a cada momento o ritual se intensificava cada vez mais, passavam a exigir um maior esforço do homem. As pestanas começaram a pesar como rocha sobre os seus olhos, como se ele estivesse sendo apanhado por um sono profundo. Se alguém ali presente já tivesse assistido a um rito de *múrmur* alguma vez na vida saberia que o homem em instantes iria se desligar de tudo externo a si, com exceção da criatura recém-nascida a olhá-lo fixamente. Esta, que não chorava nem sorria, estava ligada ao homem através da cerimônia divina a ser executada. Era como se os dois fossem uma única criatura, ligados com óleo e palavras.

Sentindo a sonolência aumentar cada vez mais, resultado da própria prática a que dava prosseguimento, o *sussurrante* soube que não demoraria para que sua mente se implodisse sobre si mesma. Porém, antes de entrar em transe absoluto, quando ainda era cônscio do mundo ao seu redor, tendo ainda os olhos abertos, o homem gritou para os que o observavam:

— Mantenham a criatura distante! Não deixem o Viloso se aproximar de nós!

Bradou esses avisos e esqueceu de tudo e de todos que tinha por perto.

—

Tamanha fora a distração com a chegada dos dois visitantes para auxiliarem naquela luta que o homem da casa se esquecera completamente de voltar à vigília ao pé da janela, abandonando a observação, pela greta das tábuas, do que ocorria fora do casebre. No breve desenrolar da prévia para a execução do *múrmur*, o faminto Viloso não hesitou em concluir sua tarefa. Ao caminhar em direção à casa, mesmo com um bando de cachorros a ladrar no seu encalço, a criatura assombrada não demonstrou nenhum sinal de que estivesse amedrontada. Quem foi gerado para espalhar o terror não conhece o sabor do medo.

Quando se aproximou um tanto da porta dos fundos, os cães lhe avançaram ainda com mais cólera. O bicho pardacento, contudo, também respondeu com maior fúria. A sua primeira patada acertou em cheio o cão que estava mais próximo, talvez o mais ousado, porém o mais vulnerável ao ataque do inimigo. O pobre animal caiu longe, ganindo e se contorcendo de dor. Talvez tivesse quebrado umas costelas ou ferido seriamente algum osso. Os outros cachorros, ainda sem se intimidarem com os ferimentos do companheiro, partiram para cima do Viloso, arreganhando os dentes, numa tentativa inútil de proteger a porta. Mais duas patadas, mais dois ganidos. Menos dois obstáculos para o filho do Assobiador ter seu caminho livre para abocanhar sua apetitosa recompensa.

Agora a porta estava vulnerável.

O fim se aproximava.

—

Despertados da inércia momentânea pelos avisos do *sussurrante*, ou até mais pelos gritos lastimosos dos cães, os dois outros homens dentro de casa e a mulher atentaram para a porta da cozinha. Seu marido e seu pai avançaram à frente, ficando a mulher a guardar a entrada da camarinha, ainda acompanhando o ritual a se concretizar. No entanto, antes que os dois conseguissem fazer algo para defender a entrada da cabana, o Viloso aplicou uma potente marrada sobre a rústica porta, assim como um boi bravo arrebenta uma porteira com uma única testada.

Tudo virou um caos e o pânico tomou conta daqueles frágeis corações humanos. O medo, o pavor, a apreensão. Tudo que lhes estrangulara durante as noites e dias anteriores voltou com força total para lhes tirar o sossego outra vez. Observar a fera de longe, a margear a beira do terreno, era terrível. Porém, não poderia haver algo mais amedrontador do que ficar de frente para o Viloso a poucas braças de distância, sendo encarado por aquelas duas brasas incandescentes e ameaçadoras.

A catástrofe batia à porta. Ou melhor, quebrava a porta.

A mulher, antes de desmaiar com o choque de terror que teve ao ver tamanha fúria em sua frente, ainda viu a porta se estilhaçar, espalhando pedaços de madeira para todos os lados, grandes e pequenos. Um deles, voando como um projétil invisível no escuro, acertou com violência a fronte de seu pai, deixando-o caído e desfalecido no pé da parede. O jovem marido, tirando coragem ninguém sabe de onde, pôs-se de pé na frente da fera cinzenta, numa tentativa desesperada de defender sua esposa, seu sogro, o homem a sussurrar, seu lar e sua cria. Não teve mais sorte do que os outros. O Viloso, cuja fúria não distinguia quem era quem, no escuro todos são iguais, deu-lhe um encontrão com o pescoço, jogando-o para o lado, lançando o seu corpo a duas braças de distância. Com a violência do baque, perdeu os sentidos.

Caiu o último combatente.

O caminho para o prêmio ficou livre e a porta da camarinha estava aberta.

Então, com calma e paciência, o Viloso se aproximou.

Com seu porte grande e forte, o Viloso conseguia tampar todo o vão da porta. Ao estacar na entrada do quarto, arreganhou os beiços, deixando à mostra os dentes alvos e as presas enormes, fez os olhos arderem cada vez mais e emitiu um rosnado amedrontador de arrepiar qualquer criatura vivente. No entanto, os dois ocupantes daquele cômodo da casa não se intimidaram com a sua presença. O recém-nascido, por ainda não ter consciência de tudo o que acontecia por ali.

O homem crescido, por não mais resmungar, pois já voltara do seu mundo de transe no qual mergulhara há pouco.

O Viloso chegara atrasado para o banquete.

— Sinto muito lhe dizer, mas agora já é tarde. — O *sussurrante* exclamou para a criatura às suas costas, mantendo-se na mesma posição em que estava quando da execução do *múrmur*. Contudo, agora estava com cada olho novamente bem aberto e acordado. — A criança já não lhe pertence mais, pois acabou de ter a vida oferecida aos Visões, mais especificamente ao Assobiador, o seu pai. Já tem o grande vê marcado sobre a testa e as palavras veneráveis foram ditas. O *múrmur* foi consumado.

As palavras do homem que resmunga caíram sobre o bicho peludo como lenha seca cai sobre uma fogueira. Fizeram-lhe crescer a fúria, intensificar o rosnado e aquecer o fogo dos olhos. Ele não consegue aceitar a derrota, não suporta ter perdido a viagem. Porém, o espólio desta guerra de muitas e longas noites ininterruptas não mais lhe pertence. Ele teve paciência demais. Esperou em demasia. Deveria ter invadido o casebre logo na primeira patrulha, quando havia sido chamado. Agora, realmente já é tarde, pois não deve contrariar as regras estabelecidas entre homens e Visões para o bom funcionamento de Tabuvale. Tem mesmo que ir embora. A consciência dos deuses também pesa, às vezes.

O *sussurrante*, sem abandonar o seu posto, ainda resmunga algumas palavras para o ser mal-assombrado à porta, num linguajar que somente os dois conhecem, o dialeto dos Visões e do povo antigo de Tabuvale. O seu breve discurso, porém, sai em um tom de repreensão e desaba sobre o Viloso como uma chuva torrencial cai sobre uma coivara a queimar, alagando-lhe toda a zanga.

Parece que a criatura cinzenta entendeu a repreenda vinda do homem, pois murcha as orelhas, afrouxa os músculos tensionados e enfraquece o rosnar. Embora ainda com os olhos em brasa, pois eles não se apagam nunca, o Viloso vira as costas para o *sussurrante* e abandona a cabana pela porta aberta, destruída há pouco como resultado de sua cólera. Ele caminha sem nenhum remorso pelo terreiro da cozinha e logo desaparece no capão de mato próximo, desta vez sem levar na boca um brinde em carne e osso. O cerco que empreendeu sobre o casebre durante as últimas noites não lhe rendeu bons frutos. As guerras têm destas coisas, batalhas travadas sem triunfo.

Dentro de casa, o homem que fala com os Visões espera até que os desfalecidos acordem. Passados alguns instantes, quando a criança já se encontra em segurança nas mãos de seus pais e avô, acalentada no colo da mãe, o visitante de cabeça lisa monta em seu cavalo negro como breu e toma a vareda que segue para o Borbotão. O seu cavalgar ainda prosseguirá pela noite adentro, percorrendo varedas e tendo a escuridão como companhia. Um genuíno *sussurrante* não tem descanso. Em outros tabuleiros e capões de mato, talvez tenha um recém-nascido necessitando da consumação de um *múrmur*, carecendo de um vê ungido sobre a testa para evitar a fúria do Viloso.

Uma vida ofertada aos Visões é uma vida assegurada.

ESTORIETA IV

Flagelo

A noite esconde o mundo.

E o Flagelo oculta o pecado reparado.

Fora isso que o *sussurrante* lhe havia dito quando o encontrara perdido em desespero na subida da Grota dos Aluados. O breu vinha chegando, arrastado com violência sobre Tabuvale pelo Assobiador, o Visão da noite e protetor das trevas. No estado em que se achava, a culpa lhe corroendo as entranhas e o desalento lhe esmagando a mente, o homem não sabia estimar há quanto tempo caminhava à deriva ou que distância percorrera com seus passos desvairados. Se alguém lhe perguntasse, como o homem dos sussurros havia realmente feito, ele nem mesmo saberia precisar de que tabuleiro ou capão de mato estava vindo. Quando se apercebeu do erro que havia cometido, não teve juízo para pensar com cautela, tomando o primeiro rumo que lhe viera nos pensamentos. Se alguém quisesse mesmo saber sua trajetória, ele tinha apenas uma resposta:

— Segui subindo o curso da Grota dos Aluados.

Quando o homem em desespero virava sobre uma curva do córrego, tentando desviar de uma touceira de ramos e galhos secos, dera com as vistas em um vulto à beira da grota. Ele estacou bruscamente, porém não era mais possível se desvencilhar para não ser visto. O vulto também o avistara por completo, dos pés à cabeça. O homem dos resmungos estava tranquilamente a colher argila na ribanceira, matéria-prima para medicamentos e preparados. Por estar de cócoras, com o capuz do roupão posto sobre a cabeça recém-raspada e a parca luz do entardecer dificultar a visibilidade, não era difícil alguém confundi-lo com outra coisa. Parecia simplesmente um vulto estacionado no meio do mato.

Acostumado a ver pessoas em diversos estados de perturbação, o homem do capuz não se abalou com seu visitante inesperado. Percebeu que o pobre coitado estava abalado até o estômago, pois sua fisionomia bastante alterada denunciava sua condição de abatimento. Além disso, o condenado parecia sofrer ainda mais só pelo fato de ter sido visto por alguém. Com certeza, pensou o homem da argila, estaria fugindo de algo ou de alguém. Ou até de si mesmo. O homem é um animal que, às vezes, foge até de sua própria sombra ou reflexo. Por isso, a figura de cócoras achou que o mais correto seria deixar o fugitivo continuar indo em frente, não lhe interrompendo a caminhada. Quem foge não deseja interromper a fuga a que já deu início.

O homem em desespero não pensara da mesma forma. Ele havia percebido que o vulto era na verdade um homem que fala com os Visões, mesmo sendo ainda novo, pequena estatura e vestimenta pouco surrada. Quando o avistou, de repente, o homem em fuga logo percebeu que o outro poderia lhe aliviar um pouco o fardo que estava a carregar. Sem receio, fez um esforço para remodelar sua fisionomia, numa tentativa séria para esconder sua perturbação emocional, e se aproximou com cautela. Conseguiu sentar discretamente sobre uma pedra e começou a observar aqueles dedos ágeis, embora jovens, a escavar e selecionar os punhados de barro. O homem que esgravatava a terra não manifestou nenhuma reação àquela sua aproximação. No entanto, ele se sentia melhor somente pelo fato de ter parado e ter sentado perto daquele com vestes construídas em tecido grosso. Inexplicavelmente, algo lhe gritava dentro da cabeça que devia confessar ao outro o que estava a fazer. Ele não sabia dizer o motivo de tal vontade, mas tinha certeza de que não conseguiria segurar seu segredo. Por isso, não se demorou para iniciar sua estória:

— Sou um fugitivo.

Duas lágrimas, uma de cada olho, desceram pelo rosto sujo e abatido do homem fugitivo. Ele não teve vergonha e não se esforçou para enxugá-las, embora não desejasse que outras viessem a desabrochar atrás daquelas duas. O homem não é bom em molhar os olhos. Parecia esquisito, mas ele não sentira dificuldade nenhuma em revelar para aquele homem estranho o que estava fazendo. Era como se fosse uma sua obrigação. Nem mesmo sabia que resposta receberia. Poderia ser uma total indiferença, uma repulsa extremada ou uma justa reprovação. No entanto, nenhuma das três coisas esperadas veio como resposta.

— Todo mundo foge de alguma coisa. — O jovem na ribanceira do riacho disse tranquilamente, ao mesmo tempo em que dava uma pausa em seu trabalho de coletar e se virava para encarar seu companheiro, alinhando o próprio rosto com a linha dos olhos do outro. Era visivelmente jovem na fisionomia, porém com um brilho bastante esmaecido nos olhos, como se suas vistas já estivessem muito calejadas de tanto ver as agruras da vida. Provavelmente era novo no corpo, mas velho na vivência, característica marcante dos que nasceram para sussurrar aos ouvidos dos Visões. — Mas diga o que está a perturbar sua mente e pensamentos.

— Cometi um erro terrível em minha casa. — O homem na pedra exclamou de imediato, esforçando-se ao extremo para evitar molhar novamente as vistas.

— O homem vive de erros, pois os acertos logo somem de nossa lembrança. Porém, enxergar a própria falha é o primeiro passo para não cometer outras em seguida.

— Pratiquei um delito muito grave e queria saber o que seria necessário para corrigi-lo. Sei que você é um homem dos sussurros e que entende dessas coisas. Não sei há quanto tempo estou em fuga nem o quanto longe estou de minha casa. Estou perdido e sem saber que rumo tomar ou o que fazer da minha vida.

— Quando se perde o rumo, o melhor a fazer é parar, tentar lembrar de onde veio e o que o trouxe até aquele ponto. Por isso, coloque sua mente para seguir seus passos, de volta ao ponto de onde partiu.

Então, sentado sobre a pedra, o homem em fuga relatou o que havia feito, desde o início. Em nenhum momento ele sentiu vergonha em contar tudo ao seu companheiro estranho. O jovem dos resmungos, por sua vez, mesmo tendo que interromper sua tarefa, escutou com presteza cada palavra do seu visitante inesperado. Pelo que ouviu, aquele homem que chegara e sentara perto de si sem nenhum acanhamento estava a carregar um fardo tão pesado quanto uma imensa rocha.

A Grota dos Aluados colhe suas águas nos tabuleiros e capões de mato que ficam a nordeste do Monte Cupim. Provavelmente, algumas de suas veias talvez recebam água até mesmo dos sopés do Morro Moreno, nas proximidades do Espigão, seu ponto mais alto.

Os níveis do mundo são misteriosos, ninguém sabendo com certeza para qual lado o declive aumenta ou diminui. Após reduzir o número de pequenos córregos, os quais vão se juntando e formando vales maiores, a grota maior desce no sentido sudeste. No seu caminho, passa entre os lugarejos da Lagoa das Matas, a leste, e as Escalvas, a oeste. Então, continua seu curso até encontrar a grande Ribeira Juassu. Desse ponto em diante, suas águas se misturam com as águas de outros regatos e riachos que também são alimentados por outras grotas e regos.

 O nome Grota dos Aluados é uma referência pejorativa a determinados membros de uma família que desde tempos imemoriais reside nas suas margens. Tal família, segundo diz o povo, de vez em quando apresenta um homem, ou uma mulher, perturbado da cabeça. Conta-se que a maluquice aparece com mais frequência entre eles do que nas demais pessoas. Quando um de seus filhos nasce, há mais chances de ser adoidado do que sadio dos pensamentos. No primeiro caso, desde pequeno começa a se tornar neurótico, alucinado, com medo das pessoas, sem juízo para pensar direito. Em alguns casos, o indivíduo atacado de tal problema se torna fechado em si mesmo ao extremo, às vezes saindo de casa quando aparece uma visita, outras vezes correndo louco pelo mundo.

 Obviamente, tudo isso segundo as estórias que o povo conta.

 A referida família, no entanto, nunca admitiu o mencionado problema, considerando-se cada um dos parentes como sendo normal e sem nenhum distúrbio na mente. Por isso, são aversos às pessoas que os chamam assim, sendo capazes de iniciarem uma briga à simples menção de uma ligação entre sua família e o nome depreciativo do córrego, o qual eles preferem denominar apenas de Grotão ou Grande Grota. Portanto, o povo que mora por perto, e que conhece a origem do apelido da família, nunca menciona a alcunha em presença de qualquer um de seus membros. Não é difícil de se prever a confusão que pode ocorrer quando alguém de fora, desconhecido ou que não tem conhecimento do fato, descuida-se um pouco e pronuncia Grota dos Aluados.

 Alcunha dita, tumulto iniciado.

Provavelmente, o homem que fugia não havia percorrido uma grande distância, sendo a sua falta de percepção espacial e temporal apenas resultado do desespero que tomara conta de sua mente. Um homem desesperado esquece tudo ao seu redor. Ele poderia residir em qualquer proximidade da Grota dos Aluados, talvez a meio caminho entre a nascente e o encontro com a Ribeira Juassu. Mas também poderia ter sua moradia nas redondezas da nascente ou até mesmo perto da desembocadura do Grotão. No estado em que se encontrava, ele não tinha condições de precisar o local exato de sua habitação.

No entanto, pelo pouco de informações que dera num primeiro momento, era possível inferir que seu casebre estaria situado não tão longe da vareda que liga as Escalvas à Lagoa das Matas. Possivelmente, não seria tão distante do cruzamento entre tal caminho e a Grande Grota. Sem querer, nem necessitar, saber a localização exata, o jovem que o ouvia presumiu que ele morava em um determinado tabuleiro localizado próximo à margem esquerda do riacho. O ponto preciso, porém, não tinha grande importância para o momento. Como se tratava de informações dadas por um homem desnorteado, seria uma dificuldade imensa tentar precisar com refinamento cada uma delas. O próprio homem fugitivo mencionara para o rapaz, quando do início de seu encontro, que havia perdido completamente a noção do dia e da noite. Portanto, ele não sabia dizer nem mesmo há quantos dias saíra em disparada, por onde passara ou se dormira em algum lugar. Sua esperança era que conseguisse se lembrar de cada um desses detalhes quando estivesse menos abalado. Uma tragédia leva embora até mesmo a memória momentânea.

Lembrando ou não por onde passara ou dormira, o homem em desespero sabia contar com precisão o que tinha se passado com ele e o que lhe teria trazido até as proximidades da nascente da Grota dos Aluados. Uma tragédia terrível o tinha obrigado a sair de casa às pressas, levando somente uma roupa surrada sobre o corpo, uma vez que havia se envolvido numa briga com o filho mais velho.

— Eu não queria entrar naquela confusão danada. — O homem disse ao seu amigo estranho, sentado ao seu lado. — Não sei por qual motivo fui levado ao ponto de deixar minha raiva crescer ao extremo e chegar a um nível de completa irracionalidade, não sendo possível conseguir controlar meus nervos. Fui puxado com violência ao conflito, como se estivesse sendo arrastado por uma mão invisível. Nunca fui homem de briga, nem mesmo quando foi necessário participar de uma. Mas naquele momento parece que algo estava me possuindo por dentro, assediando minha mente para colocar um fim naquilo tudo.

— Conte tudo do começo, para que fique mais claro. — O jovem do barro pediu, sabendo que o seu companheiro faria um relato de cada momento, mesmo que ele não o pedisse.

— Estive junto de minha esposa desde muito novo, quando ainda era tão jovem quanto você. — O fugitivo continuou. — No entanto, durante toda a nossa longa vida, os Visões nos deram a graça de nos presentear somente com dois filhos. Dois meninos que nasceram e cresceram com saúde e energia. O primeiro demorou chegar, quando cada um de nós dóis já estava achando que não viria nenhum, pensando que eu ou ela tivesse algum problema em gerar filho. O segundo veio logo em seguida, deixando em mim e nela uma esperança de que viriam tantos outros, a demora sendo apenas no começo. No entanto, os Visões interromperam nossa brotação de forma abrupta, assim como haviam iniciado. Os deuses são imprevisíveis e incertos. Porém, mais incertos do que imprevisíveis. Mesmo assim, nem eu nem ela reclamou da situação. Era isso que se tinha recebido dos Visões e pelo que se devia agradecer, nosso par de meninos crescendo sem aparecer outros filhos e cada um de nós dois envelhecendo junto com eles. Os dois se tornaram jovens e depois adultos, enquanto eu e minha mulher nos conformávamos com o tamanho reduzido de nossa família.

— Presumo que o conflito no qual se meteu não dizia respeito ao fato dos Visões não lhe terem trazido outro filho. — O rapaz na ribanceira voltou a falar, com o intuito de proporcionar uma respirada ao seu visitante confesso.

— Não, de maneira alguma. Eu queria realmente mais filhos, mas estava satisfeito com os dois, pois não devemos pedir aos Visões nada além daquilo que estão dispostos a nos oferecer. Os deuses não querem contrair grandes dívidas. — O homem em fuga limpou lágrimas inexistentes no rosto e continuou. — Nossos dois filhos começaram a trabalhar fora de casa muito cedo, pois não queriam ficar dependentes dos pais por tanto tempo. Encontraram serviço pelas redondezas e se empenharam em satisfazer as ordens de seus patrões e atenderem os pedidos de seus colegas de labuta.

Entre esses pedidos, estava o de se envolverem com coisas estranhas a nossos preceitos.

— Com roubo?

— Não, nunca possuíram tão má índole. Contudo, eles começaram a entrar no mundo sombrio das substâncias que alteram a mente sã e a transformam em escrava da loucura. O mais novo ficou dependente de maneira mais rápida, porém, quando estava sob o domínio do preparado, não se alterava tanto quanto o mais velho. Este, por outro lado, mais corpulento e de estatura avantajada, transformava-se numa fera irascível e sem controle do que dizia ou do que fazia. — O homem forçou uma inspiração profunda antes de prosseguir seu relato. — Quando acontecia dele chegar em casa alterado, a gente levava tal transtorno como podia, tendo a ajuda dos vizinhos e amigos para controlá-lo da maneira que era possível. Ele gritava com a mãe, comigo e com o irmão, muitas vezes soltando desaforos contra alguém que vinha nos ajudar. Somente com muito esforço se conseguia controlar o bicho que tomava conta do corpo e da mente dele. — Outra breve pausa e outra inspiração ainda mais profunda. — Nestes dias, porém, quando ele chegou em casa, estava mais mudado do que nos dias anteriores. Era como se não fosse ele mesmo que estava a comandar o próprio corpo. Como se a sua mente tivesse outro dono. Sua valentia aumentara e sua arrogância estava sem limites. Alterado além do seu normal de outros dias, ele entrou em casa e começou a quebrar tudo que encontrava pela frente, cadeira, pote, vasilhas e portas. Quando seu irmão o tentou segurar para acalmá-lo, ele o sacudiu com tamanha violência e o arremessou contra uma parede, deixando o coitado inconsciente no chão. Sua mãe, a coitadinha já em prantos, pediu que ele parasse com aquilo pelo amor que ele tinha por ela e pelos Visões. Como resposta, ele esbravejou palavras nojentas e a acertou com o punho direito, levando a pobrezinha a se desequilibrar e bater com a cabeça na perna de uma mesa. O sangue escorreu por seus cabelos envelhecidos, misturando-se com as lágrimas que desciam de seu rosto enrugado.

— Então, você tentou impedi-lo de cometer uma loucura maior.

— Sim, eu tentei. Mas não consegui. Em vez de impedir uma loucura maior, acabei por levar a uma maior do que a que estava tentando evitar.

— Às vezes, fazemos mais do que deveríamos.

— Quando ele derrubou a mãe, eu não consegui me controlar. — O homem soltou outro suspiro, uma mistura de melancolia e arrependimento. — Foi como se a ferocidade que estava a manipular meu filho tivesse se transferido para a minha cabeça. Uma raiva subiu pelo meu corpo, dos pés aos olhos, queimando minhas carnes repentinamente, como um fogo avivando minha ira. Sem esperar por nada, parti para cima dele, como se um demônio me carregasse e minhas vistas só enxergassem um animal feroz na minha frente. Cego como estava, ele também não esperava por minha inesperada atitude, em um piscar de olhos eu o alcancei. Segurei seu corpo pesado com ambos os braços e o carreguei com violência na direção de uma parede. Por usar todas as minhas forças, até algumas que eu não sabia que existiam dentro de mim, o choque entre o seu corpo e a parede foi tremendo. Ele se desequilibrou e caiu. — Outro suspiro melancólico e outro lamento arrependido. — Eu esperava que ele não levantasse daquela queda, que ficasse lá deitado, que não reagisse, que não viesse revidar a minha brutalidade. Esperava que tivesse ficado inconsciente, incapaz de se erguer por um momento.

— Mas ele levantou ainda com mais raiva. — O jovem completou, como se soubesse o que tinha acontecido.

— Sim, ele levantou. Com mais raiva, mais agressivo. Seus olhos eram duas brasas incandescentes de zanga acumulada. Ele partiu em minha direção, assim como um touro arremete sobre outro numa briga por uma novilha no cio.

— Então, aconteceu o que não deveria ter acontecido.

— Isso mesmo. — O confesso deixou uma lágrima descer pelo rosto, molhando sua pele sofrida pelo tempo e pelo abatimento. — Quando percebi sua aproximação, não tive escolha. Sem pensar direito, peguei a única arma que estava ao meu alcance, a minha faca que sempre carreguei na cintura para usar nas ocasionais situações de perigo. Não lembro nem mesmo como consegui segurar em seu cabo. Quando me dei conta, percebi que ela já estava fincada no peito esquerdo do meu filho, a lâmina inteira dentro do corpo dele. Uma ferramenta de minha proteção se transformando no instrumento de minha condenação.

— Se proteger requer um preço.

— A fera que dominava a mente do meu filho abandonou seu corpo tão logo a faca perfurou suas carnes. Sua ferocidade se extinguiu repentinamente, seu rosto se empalidecendo à medida que o sangue começava a brotar de dentro do ferimento. Ele me olhou com sofreguidão, cambaleou e caiu como um volume sem vida. Não demorou para que seu coração findasse sua última batida. A estocada foi certeira, o fio da navalha acertando o cerne do seu órgão pulsante. — O homem em desespero deu uma pausa para enxugar com as costas de ambas as mãos duas lágrimas que brotaram sem aviso. — Quando acordei daquele transe de violência, a primeira imagem que meus olhos de espanto encontraram foram os olhos esbugalhados sem vida de meu filho. Ele havia caído de costas e morreu com as duas mãos apoiadas próximo de onde a faca estava enterrada. Não sei se ele queria puxar o aço assassino para fora de seu corpo ou sentir o movimento do coração a se esvair. Foi a cena mais forte e mais terrível que já havia visto em toda a minha existência. Meu primogênito jazia sem vida no piso de minha casa e o culpado por tamanha tragédia havia sido eu, seu pai que tanto o amava. Não foi um fim fácil de se encarar.

— Todo fim é árduo. — O jovem da ribanceira concluiu, quase por impulso.

— Diante daquela situação, fiquei sem saber o que fazer, sem poder reagir com razão. O desespero se abateu sobre mim como um pano de água cai sobre uma croa durante uma enchente, rasgando minha mente e despedaçando meu coração.

— Então, não encontrando uma escolha melhor, você correu pelo mundo afora, tentando dissipar sua tristeza e aplacar sua dor. — O homem da argila comentou, seus dedos voltando a mexer o barro na beira do córrego.

— Tomado pelo pânico, não tive sequer coragem de averiguar se meu outro filho estava vivo ou se minha mulher estava bem. Saí desesperado pela porta de fora, as pernas bambas e a cabeça a latejar. Incapaz de raciocinar direito, busquei a primeira vareda que deu nas minhas vistas. Após correr pelo caminho aberto por certa distância, tomei o rumo do Grotão e subi por sua margem, sem vontade de parar nem retornar. Perturbado como estava, ora acompanhava o curso do riacho, ora me afastava para mais longe. Às vezes, desviava da mata mais fechada, outras vezes preferia o balceiro mais impenetrável. Não sei se o tempo passou ou se parou de vez.

Desconheço o quanto andei ou corri. O que sobrou de mim é o que você vê neste momento...

— ... um homem com uma dor terrível para carregar, mas com o peito cheio de arrependimento. — O jovem completou, recolhendo os últimos nacos de argila selecionada.

— Mais do que isso. — O fugitivo disse com tristeza extrema. — Sou um homem com uma dor terrível a carregar, o peito repleto de arrependimento e sem saber o que fazer daqui para a frente. Não sei se volto ou se sigo adiante, se morro ou desapareço de vez. Sou um homem perdido no meio de infinitas incógnitas.

— Volte para casa. — O rapazote, ficando de pé e parecendo ainda mais jovem e mais velho ao mesmo tempo, aconselhou com a voz cheia de afeto. — Enterre seu filho e leve um pouco de consolo à sua esposa e ao seu outro menino. Isso poderá mitigar um pouco a sua dor.

— A dor de perder um filho e o sentimento de culpa por tal perda poderão nunca serem arrancados de dentro do meu peito. — O homem arrependido contestou, enxugando o resto de lágrimas e também se levantando para ficar à altura do outro.

— Existe dor que é para sempre, como ferida que nunca cicatriza. Quanto ao sentimento de culpa, pode haver uma solução, caso você realmente se arrependa do que fez.

— Sou um homem rude, não entendo muito sobre o mundo. No entanto, se existe algo que possa descarregar um pouco minha mente pesada, tenho interesse em experimentar.

— Somente uma expiação irá amaneirar a carga de seus pensamentos.

— Você está insinuando que devo procurar a companhia do Flagelo?

— A noite esconde o mundo e o Flagelo oculta o pecado reparado.

O homem ficou em silêncio por um momento, tentando digerir as palavras que partiam da boca do jovem à sua frente. Eram simples, mas difíceis de serem assimiladas. Porém, no estado em que se encontrava, ele não tinha outra opção melhor do que aquela. Talvez valesse a pena tentar. Aquele rapaz, tão jovem e tão receptivo, também já deveria compreender muito sobre os assuntos dos Visões e suas crias. Um homem que já resmunga sabe realmente o que diz. Antes que o jovem se fosse de vez, o homem arrependido se decidiu:

— E o que eu devo fazer?

— Procure um lugar isolado, preferencialmente uma vareda deserta. Esteja preparado à meia-noite, o horário preferido do Assobiador, o Visão da noite e protetor das trevas. Opte por ir com uma veste leve e folgada para evitar peso excessivo e o suor da caminhada. Espere pelo *agouro*, o pássaro noturno, cantar pela quarta vez. Depois, só terá que fazer o que lhe for solicitado. No fim de tudo, sua ferida mental poderá estar sarada.

Quando terminou, o jovem da argila virou e sumiu no meio da mata, já muito escurecida pela partida do sol para depois do Morro Moreno. O homem, por sua vez, ficou a gravar na mente as orientações que recebera. Talvez nunca mais encontrasse aquele rapaz outra vez. Porém, estava determinado a seguir todos os seus conselhos. Agora, sabia o que deveria fazer. A situação estava mais clara para ele. Voltaria para enterrar o primogênito e tentar tranquilizar sua esposa e seu outro filho. Em seguida, partiria em busca do *agouro*, a ave noturna que, segundo contam as velhas estórias, anuncia o cortejo do Flagelo ou do Assobiador e cujo canto é um assobio estridente a rasgar a noite cerrada. Depois de tudo decidido, ele também se virou e rumou pela margem da Grota dos Aluados, tentando retornar refazendo o caminho por onde viera.

O enterro do filho não havia sido fácil, mas finalmente terminara e, o melhor, ocorrera de forma discreta e sem muitos questionamentos. Nestes tabuleiros e capões de mato é possível ocultar até o crime mais perverso que se possa cometer. Quanto ao crime do homem, embora trágico, fora compreendido pelos vizinhos e pelos outros dois membros da família, o filho mais novo e a mulher, ambos também carregando feridas físicas e mentais. Mais difícil, porém, foi convencer a esposa de que ele deveria reparar sua falha vergonhosa acompanhando a cria andarilha do Assobiador.

— Todos sabemos que você não queria ter feito nada daquilo que foi simplesmente obrigado a fazer. — A mulher protestou quando ele se arrumava para partir. — Se não tivesse sido parado, ele poderia tê-lo matado e a nós também. Não era meu filho que estava fazendo aquelas coisas terríveis naquele dia. Devia ser outra coisa que tomou conta de seu corpo e de sua mente. Não precisa carregar essa culpa pelo resto da vida. Fatalidades acontecem.

— A mãe está certa, pai. — O filho mais novo entrou na tentativa de convencer o pai a não procurar confusão com coisas misteriosas, coisas de Visões e suas crias. — Aquilo foi um acidente. Embora eu estivesse inconsciente no chão, sei que você não teve culpa em chegar ao ponto em que chegou. Até eu mesmo pretendo mudar de hoje em diante, pois se continuar levando a vida que levava, um momento ou outro poderei chegar em casa tão transtornado quanto meu falecido irmão. — Ele deu uma pausa para tomar fôlego e observar a reação do pai. — Além disso, não vale a pena se meter com os assuntos dos Visões, dos quais não sabemos nada. O canto do *agouro* pressagia coisas ruins e o Flagelo não tem piedade de ninguém. E tem mais, você sabe como o povo enxerga os penitentes, são todos assassinos irreparáveis na boca das pessoas.

Mãe e filho se calaram e esperaram o homem falar. Este, por sua vez, não fora tocado pelas palavras carinhosas que os dois lhe disseram. Ele sabia o que as pessoas falavam sobre quem paga penitência. Para o povo, quem procura andar com o Flagelo é uma pessoa que cometeu o crime mais imperdoável do mundo. Ele também sabia que as estórias antigas pintavam o Flagelo como uma cria cruel e sem dó para com seus flagelados. No entanto, pelo encontro que tivera com aquele rapaz na beira do riacho, ele sentia que devia procurar se redimir de sua falha. Era como se fosse uma obrigação sua.

— Eu compreendo a preocupação de vocês dois. — O homem disse para a esposa e o filho, após colocar todos os seus mantimentos dentro da bolsa de palha de carnaubeira. — Mas não posso continuar a carregar este sentimento ruim dentro de mim. Ele me corrói como dentes a perfurarem minhas entranhas. Se eu não fizer esta penitência, não vou conseguir viver em paz. Saio em busca da remição porque estou com o coração dilacerado e a mente pesada. Enquanto eu estiver fora, pensem que estou bem e que logo voltarei para casa.

Quando terminou de falar, o homem levou a bolsa ao ombro esquerdo, segurou a alça da cabaça de água com a mão direita e caminhou para o rumo da porta de fora. Ele não queria mais ouvir os pedidos da mulher ou do filho para não correr o risco de mudar sua decisão. Estes, parecendo entenderem que não adiantaria pedir para que ele reconsiderasse sua determinação, calaram-se e apenas acompanharam os passos decididos do patriarca. Refrear o desejo do homem não ajuda na sua caminhada. Os dois compreendiam a dor que estrangulava o peito dele. Eles também carregavam dor semelhante, embora não estivessem dispostos a saírem pela noite afora a procurar pelo Flagelo. No final, desejaram apenas boa viagem ao homem, esperando que ele voltasse logo de sua empreitada. Este, por outro lado, ansiava por conseguir bom êxito em sua busca e que pudesse voltar para casa renovado e sem remorsos. Livre da correia que apertava o peito e o pensamento.

    O homem saiu pela porta e se dirigiu para a vareda que o levaria à nascente da Grota dos Aluados. Quando ainda estava no meio do terreiro, voltou-se por um momento para a casa e encarou de longe a esposa e o filho. Os dois lhe acenaram com a mão, não conseguindo esconder a tristeza sob o semblante. O homem levantou e agitou o braço num aceno de volta, o rosto sendo uma miscelânea de padecimento e esperança. Mesmo assim, ele não esmoreceu nem sucumbiu à possibilidade de voltar atrás. Somente baixou a mão, girou sobre os calcanhares e se embrenhou pela vareda afora, mantendo um caminhar cadenciado e determinado. Instantes depois, seu corpo não passava de um vulto a se locomover à distância. O Morro Moreno já engolia a luz do sol e uma penumbra cada vez mais densa se abatia sobre os tabuleiros e capões de mato de Tabuvale.

    A noite se iniciava.

    Logo começaria o horário do Assobiador e com ele viria também o passeio do Flagelo. Quem tivesse seus pecados que se apressasse para o acompanhar.

—

    O homem em busca de redenção ainda caminhou por uma boa distância até ter certeza de que estava longe de casa e de gente. O único rumo que seguiu foi o sentido de subida do Grotão, tentando permanecer próximo à sua margem sinuosa e ao mesmo tempo não tão distante das maiores varedas. A primeira estrada que tomou ao sair de casa não era deserta o suficiente para atender às orientações do jovem dos resmungos. Por isso, o homem buscou os ramos menores e mais estreitos que sempre saem e chegam a uma vareda principal. A noite se fechava e ele tinha pressa. Sabia que não poderia se atrasar, pois corria o risco de perder a passagem do *agouro* e, por sua vez, não alcançar o comboio do Flagelo.

    Então, ele apressou os passos.

Segundo o que lhe recomendara o jovem da argila, o homem deveria encontrar, de preferência, uma vareda deserta e distante. Pelo que ele já andara e pela desolação dos caminhos que percorria, o homem sentiu que era o momento de parar e fazer seus preparativos. Por isso, após encontrar um pequeno descampado à beira da vareda, ele estacou, observou os arredores para se certificar de sua presença solitária, baixou a bolsa e a cabaça e os acomodou no chão. A noite era um breu, mas seus olhos já se habituavam à pouca luz. Não sabia exatamente que tipo de criatura estava à espera nem se realmente teria um encontro com qualquer coisa vivente ou não. O que sabia sobre os Visões e suas crias era produto apenas das estórias que o povo mais velho costuma contar, seja durante as farinhadas ou à noite, no terreiro, ao redor de uma fogueira, de uma lamparina ou simplesmente sob a luz da lua a resplandecer na abóbada celeste.

A bolsa de palha, apesar de pequena, estava abarrotada de mantimentos diversos. Além de um pouco de comida, preparada pela esposa, também trazia no seu interior as vestimentas necessárias, como havia recomendado o rapaz do barro. Não tendo certeza de quando tudo aquilo iria lhe permitir um intervalo de descanso ou quanto tempo sua espera demoraria, ele achou que não seria ruim se preparar com o que tinha. Portanto, comeu com vontade o alimento que tinha à disposição e sorveu goles generosos de água da cabaça.

Quando terminou de se alimentar, o homem se despiu da roupa que trazia ao corpo e vestiu a mortalha, a qual havia improvisado em casa. O sudário não passava de um grosseiro lençol branco cortado e emendado, costurado com linha grossa, um coser de pontos longos e deselegantes. A vestimenta era longa, chegando a cobrir os pés, e solta ao longo do corpo, apertada somente à cintura por um cordão grosso e alvo, embora já encardido pelo uso em outras roupas ou ao servir em outras tarefas que não a de um encontro com o Flagelo. As duas mangas, dois enxertos feitos com pedaços retirados do tecido principal, cobriam os braços completamente, não deixando à mostra nem mesmo as unhas sujas e sofridas pelo trabalho na roça. Sobre a cabeça, também feito com um naco do pano maior, um capuz tinha como objetivo cobrir rusticamente não somente os cabelos, mas também toda a mente perturbada. No fim de tudo, o homem se viu todo coberto com uma longa vestimenta branca, ficando visível apenas o rosto e o solar de ambos os pés a tocarem o chão resfriado pela noite.

Não estava elegante, mas se sentia pronto.

Para finalizar, o homem guardou a roupa normal e as alpargatas dentro da bolsa de palha. Em seguida, tapou bem a cabaça com o restante de água e acomodou ambos os objetos no pé da moita mais fechada que conseguiu encontrar nas proximidades. Se tudo corresse como planejava, suas ferramentas ficariam escondidas ali por um longo tempo. Caso não tivesse êxito, as levaria de volta para casa quando a madrugada chegasse, quando se findasse o turno do Assobiador.

A noite estava cada vez mais escura e a vareda era uma desolação plena. O silêncio noturno era rígido como uma tora seca de pau-d'arco. Não se conseguia ouvir sequer um piado de bicho ou o quebrar de um graveto seco no meio do mato. Se o objetivo era encontrar um lugar isolado, o homem conseguira. Vendo que tudo parecia estar dentro do esperado, ele voltou para a beira escura da estrada. Ainda assim, sentindo-se um tanto sem conforto no modo como estava vestido, ele ajeitou outra vez a vestimenta, puxando aqui, levantando acolá, como se algo não estivesse certo. Verificou as mangas longas descendo pelos braços e o capuz cobrindo a cabeça. Talvez fosse o nervosismo por se achar naquela situação ou o medo do que poderia encontrar. Nada do que ele estava a fazer lhe era de modo algum familiar. Contudo, ele tinha consciência de que não devia continuar com aquela inquietação pelo resto da noite. Precisava se controlar. Então, após se assegurar de que estava tudo pronto, ele soltou um suspiro profundo e prolongado, olhou alternadamente para os dois sentidos do caminho deserto e esperou o comboio do Flagelo.

Segundo as estórias do povo mais velho, o Flagelo foi criado pelo Assobiador, o Visão da noite e protetor das trevas, especialmente para castigar cada indivíduo que peca ao extremo. Por isso, sua função principal seria fazer com que tal indivíduo pagasse ainda em vida por qualquer atrocidade ou falha grave que viesse a cometer. Ainda de acordo com o que se conta, o Flagelo conduz pela noite afora um comboio de facínoras, pedófilos, adúlteros, estupradores, violentadores de criança, homicidas de toda estirpe, invejosos e tantos outros tipos de criminosos. São homens, mulheres e velhos que são pegos em algum momento da existência a realizarem atos fora da conduta dita humana.

À medida que a tropa caminha pela escuridão, a cria castigadora do Assobiador vai punindo seus flagelados. Dessa maneira, a criatura vai proporcionando a cada um deles um instante de sofrimento, para que, no final da penitência, seus crimes cruéis possam ser redimidos de alguma forma ou pelo menos atenuados.

    A expiação, segundo o que se ouve dos contadores de estórias, dura por todo o horário dedicado ao Assobiador, começando após o quarto cantar da ave noturna, o *agouro*, e somente se findando quando a madrugada clama desesperadamente pela luz do dia sobre os tabuleiros e capões de mato de Tabuvale. Quanto ao número de noites de punição, a quantidade depende do tipo e gravidade do crime cometido. Alguns são dispensados após uma única sessão, quando a falha executada não se configura como tão grave. Outros são mantidos sob castigo durante várias noitadas, quando seus pecados são terríveis ou vergonhosos. Porém, alguns indivíduos, transgressores quase incorrigíveis, passam todo o resto da sua vida miserável sofrendo nas mãos do Flagelo. Isso porque, uma vez iniciado o processo de purgação, o pecador só será libertado de suas correntes punitivas quando o seu erro estiver corrigido ou quando os Visões mandarem a morte buscá-lo.

    No entanto, nem todo pecador faz parte da comitiva do Flagelo, uma vez que muitos deles, a maior parte, não procuram a cria do Assobiador para um momento em que possam purgar o coração e a mente perversos. Estes, com os pensamentos e o corpo manchados por uma vida de delitos e violações, não se rebaixam ao nível de confessar suas infrações e simplesmente continuam a caminhar pela estrada contraventora. Para fazer parte da caravana de flagelados, é preciso, em primeiro lugar, ser um culpado confesso, consciente de que praticou uma ação condenável. Além de confessar seu erro, o culpado precisa querer, e, portanto, procurar a companhia do bando de penitentes. Sempre existe o homem mau e o homem bom. O primeiro continua a praticar e até a intensificar seu crime inexoravelmente, cônscio de que está errado e que se sente bem com sua prática inadequada. O segundo, por outro lado, tenta confessar e corrigir o que errou, envergonhando-se pelo engano perpetrado e sofrendo até o fim de sua reparação.

    O homem completamente coberto por uma túnica branca à beira da estrada faz parte da segunda categoria. Ele confessou seu crime, aceitou procurar a remição e agora espera pelo Flagelo. Uma mistura de ansiedade e medo corrói suas entranhas, como garras afiadas desfiando um tecido velho. Ele já sente que a espera é demorada e estranguladora, a incerteza se sobrepondo à tranquilidade. No entanto, se chegou até este ponto, o homem tenta se convencer, não vale a pena desistir e voltar atrás. Mesmo que a noite seja longa, sua espera não poderá ser para sempre. Ele aguentou firme e se manteve em posição.

    Finalmente, antes que o homem desistisse de esperar, a noite lhe trouxe a recompensa. Toda espera tem um fim. Subitamente, o silêncio gélido noturno foi quebrado por um pio estridente, um cantar de pássaro tão agudo e ruidoso quanto o rasgar de um tecido. A espinha do homem vibrou loucamente, sem controle e como se tivesse vontade própria. O som se espalhou pelo negrume afora, provavelmente acordando e pondo medo em cada vivente que se encontrava pelas proximidades e também pelos lugares mais ao longe. No mesmo momento, o homem soube o que aquilo significava. O *agouro*, a ave cujo canto o povo afirma trazer mau presságio, com certeza estaria por perto.

    O bando de condenados estava a caminho.

    Breves instantes se passaram até que o segundo grito fez estremecer os tímpanos do amortalhado. Os ecos do primeiro canto ainda não haviam se extinguido por completo. Outra vez a coluna vertebral não resistiu a uma sacudidela oscilatória. Não era fácil evitar sucumbir àquele sinal sonoro. No entanto, o homem segurou o corpo e fez um esforço tremendo para controlar os nervos. A inquietação e o medo aumentavam de forma alarmante, mas ele não tencionava demonstrar fraqueza. Agora não. Por isso, ele aguardou com pavor e paciência. Mais com o primeiro do que com a segunda. O homem é uma criatura paciente e apavorada.

    O terceiro cantar da ave noturna não demorou a se juntar aos ecos esmaecidos do segundo piado. O som chegou com maior intensidade, assim como o segundo havia sido mais forte do que o primeiro. Ainda assim, o homem vestido com túnica branca não se deixou correr para longe dali nem abandonar seu intento. Não havia dúvida de que o *agouro* se aproximava cada vez mais de onde ele estava a esperar. Era uma conclusão amedrontadora, porém verdadeira. Ele também não tinha dúvida de que o próximo piado sibilante ocorreria nas suas imediações, tão perto quanto a escuridão que lhe envolvia o corpo.

Estava certo mais uma vez.

Quando do quarto piado emitido, o pássaro da noite devia estar postado a poucas braças dali, provavelmente empoleirado em algum galho de árvore ali por perto, ao alcance da vista se houvesse claridade, pois o ruído estourou no ar como o estalar de um trovão seco descendo dos céus carregados. Talvez o *agouro* estivesse até a enxergá-lo no meio daquele manto sombrio, pressagiando coisas terríveis para quem quer que fosse louco o bastante para estar pelas beiras de vareda àquele horário da noite. Embora estivesse apavorado com o ruído do cantar da ave noturna, o homem não esperava presenciar muita coisa diferente a partir daquele momento. O medo que deveria sentir, pensou ele, sem dúvida já havia sentido até aquele ponto de sua estada. O pior já deveria ter passado com o quarto cantar do *agouro*.

Não poderia estar mais enganado.

De repente, sem sinal prévio de aviso, a escuridão começou inexplicavelmente a aquecer, como se um fogo estivesse a incendiar o ar ou uma labareda começasse a chamuscar os ares noturnos. Não poderia ser a aproximação do dia, pois a noite ainda era cerrada e não havia passado tanto tempo, o amortalhado concluiu. Não. Era algo diferente de tudo que o homem já havia presenciado em toda a sua existência. Junto com a quentura, um vento brando, vindo pela direção norte da vareda, enroscou-se ao redor de sua mortalha alva, balançando cada pedaço do tecido rústico. O pelo de todo o seu corpo se eriçou, dos pés ao topo da cabeça. Entretanto, mesmo se arrepiando, o homem se segurou onde estava, apenas virando o rosto para tentar visualizar o que mais se aproximava de seu posto avançado.

Foi então que ele começou a vislumbrar o cortejo tenebroso.

Ao longe, caminhando a passos lentos em sua direção, uma procissão composta de indivíduos a se arrastarem pela vareda se aproximava devagar. Os penitentes estavam vindo. Pelo que viu de imediato, todos estavam vestidos com uma túnica branca, da mesma forma, modelo e costura que a sua. Andavam cabisbaixos, como se estivessem sofrendo com alguma dor nas costas ou algo lhes puxando o pescoço para o chão. Era uma caravana grande, tomando toda a largura da vareda, como se fosse um grande lençol branco a se mover acima do chão.

 Quando o bando noturno se aproximou mais um pouco, foi possível ao homem entender o caminhar torto e sofrível. Cada um dos flagelados carregava um saco branco sobre o ombro, ambas as mãos segurando com dificuldade a parte de cima e o resto estirado sobre as costas. Mas o mais esquisito de se ver foi o fato do tal saco parecer não levar nenhum conteúdo dentro. Era como se estivesse esvaziado por completo, sem nada para preencher seu interior. Mesmo assim, a impressão que o homem teve foi de que a grande bolsa era o motivo do caminhar arrastado que todos mantinham durante aquela viagem sofrida. Sem compreender tamanha estranheza, ele não deu importância para aquele detalhe. Preferiu se concentrar no cortejo em si, seu desenrolar vagaroso e seus componentes melancólicos.

 À medida que a procissão avançava, os penitentes passavam sem nem mesmo olhar para os lados. Era como se caminhassem desligados do mundo, não percebendo nada que estivesse ao redor, atrás ou adiante. Apenas seguiam em frente pelo caminho escuro, inexoráveis, como uma torrente que desce por uma ribeira sem enxergar obstáculo algum. Cada um deles se aproximou pelo leito da estrada, alcançou o ponto onde o homem estava e depois simplesmente seguiu em frente, não virando sequer o rosto para a beira do caminho. Talvez não quisessem perder tempo com outras coisas para não atrasar a viagem. Ou talvez não se sentissem confortados se alguém lhes reconhecesse o rosto. A vergonha que carregavam poderia ser tamanha que não lhes permitia levantar a cabeça para mostrar a cara. Era até possível que no meio daquela gente toda estivesse um amigo, parente ou conhecido do homem. Ele não poderia saber e também não queria tal coisa. Estava ali para expiar sua falha vergonhosa, não para se preocupar com o erro de outros homens.

 Novo naquele modo de viver, o homem esperou outra vez com paciência e ansiedade, mais com a última do que com a primeira. Deveria simplesmente se juntar ao bando ou teria que realizar alguma espécie de ritual, oferenda ou pedido? Não sabendo direito como deveria agir ou como teria que se comportar, ele continuou a olhar o que se passava à sua frente. Observar faz se ver o que está a se passar ao redor. Nada mais impediria que logo estivesse no meio daqueles condenados à punição, tentando mitigar sua culpa. Antes, porém, precisava de um sinal que lhe permitisse enxergar como devia proceder dali em diante.

O sinal esperado não tardou.

Quando a procissão de criminosos confessos estava terminando de atravessar o ponto de espera, a maioria deles já se distanciando pela vareda afora o suficiente para se tornarem invisíveis no meio das trevas, algo no fim da fila chamou a atenção do homem. Um vulto estranhamente diferente dos demais caminhava na retaguarda do cortejo, como se fosse o último membro da caravana. Quando ele se aproximou mais um pouco, no entanto, foi possível perceber que não se tratava de mais um penitente. Não, era muito pior. A criatura que marchava na posição derradeira era o condutor da procissão. Era ele que tangia aquele povo pecador pela estrada afora.

O Flagelo acabava de chegar.

A impressão imediata que o homem teve, enviesada pela invisibilidade da escuridão, foi de que a cria do Assobiador tinha uma estatura mediana, do tamanho de um menino ou mesmo de um anão. A aparência, pelo contrário, não tinha muita coisa que se assemelhasse a homem baixo ou a menino pequeno ou mesmo crescido. Fosse pelo negrume da noite ou pelo pavor daquele aflitivo encontro, não havia como precisar de imediato o real aspecto do condutor dos flagelados. Mas talvez a exatidão não fosse tão necessária em tal circunstância. No escuro, a precisão se torna obsoleta. Então, quando o vulto chegou ainda mais perto, foi possível se pintar pelo menos sua figura mais geral, os detalhes se deixando para depois.

O homem conseguiu ver, mesmo com a pouca clareza oferecida pelo breu noturno, que o corpo do Flagelo se compunha de todos os membros que uma criatura humana tem, embora com drásticas e visíveis diferenças. Ao se olhar com pouca atenção, a cria do Assobiador parecia carregar aspectos semelhantes aos encontrados no corpo de um primata qualquer ou mesmo de uma pessoa. Contudo, observando com mais calma, o vulto tinha uma aparência mais distante de uma pessoa e mais próxima de um sagui, as pernas e patas, a cabeça abaulada e desprovida de pescoço, as orelhas avantajadas, o corpo muito peludo, os dedos terminando em garras. No entanto, para uma comparação mais fiel, teria que ser um sagui enorme, gigante, tão grande quanto um anão.

    Colocando de lado as comparações, sempre ineficazes, o Flagelo se mostrou uma criatura grotesca e repulsiva, porém singular. Tem um rabo muito comprido e fino, como se fosse uma corda, tão flexível e vibrante quanto um delgado cordel a se agitar no ar escuro com vivacidade e elegância. Sem correr o risco de se perder na inexatidão, o rabo pode até ter o dobro do tamanho da criatura. O caminhar também se apresenta bastante diferente do desenvolvido por um sagui, pois se locomove ereto sobre dois pés, como um indivíduo humano. Porém, a semelhança se acaba por aí, pois mantém o corpo um pouco curvado para a frente, como se fosse uma pessoa velha e decrépita com a coluna flexionada pela idade e o esforço de toda uma longa vida. O rosto se resume numa mistura complexa de semblantes, um pouco de sagui e um pouco de gente. Talvez até algo parecido com outra coisa mais estranha ou outro bicho nunca visto por estes tabuleiros e capões de mato de Tabuvale. Nos olhos peludos, carrega uma frieza rígida e amedrontadora, insensível a qualquer tipo de sentimento, bom ou ruim. Na boca, entretanto, de vez em quando brota um sorriso morto e zombeteiro. Às vezes, apenas um mover e repuxar de beiços para mostrar uma careta horripilante no rosto. Com as vistas, o Flagelo enxerga, mas é indiferente ao sofrimento de cada penitente. Com os lábios, ele faz troça do seu bando pecador.

    Não demorou para que o homem à espera de expiação compreendesse o motivo do Flagelo ter tal denominação. Quando o vulto se emparelhou com sua posição, estacou de súbito, levantou e aprumou o braço esquerdo, mantendo a mão para o alto. Com um movimento brusco e veloz, fez a mão fechada descrever um giro e meio no ar, no fim do qual a arremeteu para a frente com violência, forçando-a a se mover numa diagonal decrescente. No mesmo instante, um estalo agudo e intenso, muito mais vibrante do que o cantar do *agouro*, quebrou o silêncio aquecido da noite. Foi então que o homem conseguiu enxergar um imenso chicote a vibrar e sacudir por entre os dedos da mão esquerda do Flagelo. O açoite era tão extenso que parecia cobrir todo o cortejo de penitentes, sua ponta alcançando até o mais distante deles a caminhar na vanguarda do grupo arrependido. Ao ouvir o ruído do chicote, cada compungido se sobressaltou, como se de repente acordasse de um sono profundo. Então, os seus passos se apressaram e a caravana andou com maior rapidez.

O Flagelo é canhoto, mas faz o incorreto andar direito.

Após o som ruidoso do açoite, o cortejo de homens logo sumiu pela escuridão adentro, enquanto a cria do Assobiador se demorava ainda um pouco para receber o seu mais novo servo. Sem mostrar o rosto diretamente para o homem, como se soubesse de tudo que estava à sua volta, o Flagelo simplesmente estendeu o braço, ofereceu-lhe um saco e ordenou, de forma enfática:

— Coloque nas costas e caminhe. A noite é curta e o tempo não gosta do escuro.

O homem, apavorado e tenso, recebeu o sacolão sem objetar. Quando resolvera entrar para a vida de penitente não hesitara em nenhum momento. Agora, também estava disposto a levar tudo até as últimas consequências. Até porque era impossível voltar atrás depois da chegada da procissão. Ele segurou a parte da boca do saco com ambas as mãos e o sacudiu sobre o ombro direito, sentindo o tecido flácido se apoiar sobre as costas. Assim como os demais, aquele seu saco também não parecia carregar nada dentro. Estava tão vazio quanto o ar ao seu redor. Sem saber o motivo, no momento em que colocou o saco sobre o ombro, todo o seu pavor se extinguiu de vez e deixou de sentir qualquer nervosismo, por menor que fosse. Era como se estivesse sem medo nenhum e não sentisse mais os nervos. Além disso, também se achou encorajado a dirigir a palavra à criatura que caminhava logo atrás dele, como se já fossem dois velhos conhecidos.

— O que tem aqui dentro? — O homem perguntou, sem parar a caminhada ou olhar para outro lado senão alternadamente para baixo e para a frente.

— Os pecados do homem. — A resposta do Flagelo veio como um sussurro e parecia conservar a frieza dos olhos e o deboche dos lábios.

— Mas parece tão pouco! — O amortalhado questionou, surpreso, ainda sem entender muito sobre a carga que levava nas costas.

— O homem também pensa assim, na sua ingênua ilusão de se achar perfeito. — A criatura do açoite respondeu, mantendo a indiferença e aumentando o escárnio. — No entanto, quando sua penitência terminar, com certeza vai querer reconsiderar essas palavras. Por isso, as guarde com zelo. Somente o homem bom consegue ter noção do quanto é pesada a carga dos seus erros e falhas. O homem mau, pelo contrário, simplesmente entrega seu fardo para outro carregar, não percebendo o quanto está errado e o quanto foi perverso e prejudicial para com seu semelhante. Reconhecer o próprio erro é um ato de coragem e humanidade. Expiar uma falha é uma forma de lavar os pensamentos e tranquilizar a mente.

 O homem do saco não insistiu com as perguntas, preferindo se concentrar na tarefa para a qual fora designado. Devia carregar aquela carga, ainda leve como uma pena, pela noite adentro, tendo às suas costas a ameaça iminente representada pelo chicote do Flagelo. Ele também apressou os passos com o objetivo de alcançar os demais e se fazer membro do cortejo de indivíduos a expiar falhas incorrigíveis. A cria do Assobiador, por sua vez, caminhava logo atrás, de vez em quando agitando o açoite no ar, a cada momento prestes a fazer um estalido soar no meio da escuridão.

 Não demorou muito para que os dois, homem e cria, alcançassem o restante da caravana, cujos membros estavam outra vez a conservar um caminhar cabisbaixo. O homem logo se juntou aos demais e agora era participante oficial do cortejo. Vestido de branco como os outros e carregando o mesmo conteúdo no ombro, agora ele era comum no meio do bando. Se alguém olhasse de fora, não poderia distingui-lo dos que andavam à sua volta. O homem se tornara invisível aos olhos estranhos àquela comitiva de arrependidos. Então, também sem entender a razão, notou com surpresa que o seu saco começava a adquirir peso, como se algo estivesse sendo acrescido ao seu interior. À medida que continuou a caminhada, a sua sacola foi ficando cada vez menos leve, embora permanecesse tão frouxa quanto um molambo solto ao vento. Após avançar uma certa distância, o homem já andava com a coluna encurvada para a frente, o peso da carga a lhe forçar um movimento vagaroso. Em poucos instantes, ele também só conseguia desenvolver um caminhar ao ritmo dos outros, tão abatido quanto aqueles seus companheiros de noitada.

Então, o açoite estourou ameaçador às suas costas, acima de sua nuca e capuz.

O som sibilante percorreu o ar, o ruído parecendo perturbar cada uma das cabeças encapuzadas. Ninguém deixou de entender o sinal e a ordem, nem mesmo o homem novato. Juntando forças até então inexistentes, os condenados fizeram um esforço tremendo e avançaram com mais vigor, fazendo a procissão ganhar velocidade.

O homem, agora compreendendo o motivo de se usar um roupão folgado naquele sacrifício, sentiu algo a incomodar seu corpo. Gotículas de suor desciam de sua testa, enroscavam-se pelo rosto e alcançavam todo o pescoço, permanecendo por um momento na sua base. Em seguida, umas desciam pelas costas, encontrando alguma reentrância entre a mortalha e a pele, enquanto outras tomavam o caminho do peitoral, não demorando para alcançar o umbigo. No entanto, todas elas se acumulavam na altura da cintura, encharcando o grosso cordel que apertava o roupão. Em pouco tempo, o homem estava com o corpo e a roupa molhados de suor, como se tivesse tomado um banho há pouco.

O caminhar estafante, o saco misteriosamente pesado, a quentura estranha da noite e o medo do flagelo a sibilar faziam cada homem se derreter em suor. O cansaço aumentava e o séquito não parava. Entretanto, ninguém se lamentava do sofrimento nem sequer abria a boca para protestar contra algo. Estava todo mundo mudo, como se a língua tivesse sido arrancada de alguma forma. Cada infeliz apenas caminhava de vareda afora, cruzando a noite com passos sofríveis. Todos eles sabiam o motivo de estarem ali e nenhum fora forçado a entrar na caravana. Vieram por vontade própria e por um desejo comum entre eles, reparar um erro cometido cuja gravidade lhes enchera de desgosto e vergonha. Portanto, ninguém tinha o direito de ficar a reclamar da andança na qual estavam fadados a seguir. A única resistência que poderiam empreitar era forçar o próprio corpo a manter a caminhada, caso não desejassem sucumbir ao estalido do flagelo.

No entanto, o estalo veio mesmo assim, crepitante e ordeiro.

Os veteranos do grupo logo entenderam a mensagem do chiado sonoro, tão intenso quanto os anteriores, pois estavam há dias a seguirem aqueles sinais. O homem, entretanto, ficou imerso na incerteza, não sabendo como devia se portar diante daquele aviso, uma vez que já empreendia toda a sua energia num caminhar o mais veloz que poderia conseguir. Para seu alívio, seus companheiros não lhe deixaram dúvida do que ele devia fazer em seguida. Logo o bando começou a se dispersar pela escuridão, cada um tomando um rumo diferente, embora mantendo o mesmo ritmo do movimento. Individualmente, os homens de branco entravam por caminhos largos e estreitos, uns seguindo para a esquerda, outros para a direita, alguns adentrando por estradas amplas e muito usadas, outros penetrando em trilhas fechadas e de poucos rastros. Breves momentos se passaram e quando o homem se apercebeu já estava solitário na vareda, dirigindo-se ao terreiro de um casebre fincado à beira do caminho. Era como se uma força invisível lhe empurrasse ou puxasse naquela direção, ele não conseguindo resistir à aproximação realizada por passos cadenciados e inevitáveis.

 Não demorou para que vencesse a distância do terreiro e se aproximasse da porta da frente, a qual estava fechada e denunciava que, provavelmente, os habitantes da casa estivessem todos a dormir. Não sabia a razão de estar ali, em frente a uma habitação, no meio do escuro cerrado, durante o horário do Assobiador. Quando olhou para trás, no entanto, avistou a figura do Flagelo ao longe, observando cada passo seu e fazendo sua respiração aumentar aos pulos. Mesmo parecendo distante, o homem entendeu com clareza a ordem que emanou dos lábios da criatura:

 — Bata uma única vez.

 Então, sem se fazer de desentendido e sentindo o saco vazio pesar como pedra sobre as costas, o homem encapuzado se virou de volta para a porta. Com dificuldade, ele trocou a carga para o outro ombro e a segurou somente com a mão esquerda, o que lhe cobrou ainda mais esforço. Após se certificar de que o sacolão estava firmemente apoiado sobre as costas outra vez, ele aproximou o braço da porta e lhe deu uma única batida com o nó do dedo médio direito. A madeira seca emitiu um som afiado, capaz de ser ouvido por qualquer vivente que estivesse dentro de casa, dormindo ou acordado.

 — Prossiga a caminhada. — A ordem veio novamente da cria do Assobiador, postado à distância, vigiando cada bater de coração do amortalhado.

— Quem é? — Uma voz sonolenta partiu do interior da casa, mostrando que alguém realmente ouvira a batida na porta e estava em estado de alerta.

— Sou eu, o...

O homem tentou responder, mas foi bruscamente interrompido pelo ruído agudo do chicote a vibrar na mão do Flagelo. Este, com um olhar ameaçador e cheio de ira, ordenou com mais veemência:

— Prossiga a caminhada!

O amortalhado não hesitou. Segurando firmemente o saco às costas, ele voltou a caminhar, distanciando-se às pressas do terreiro da casa. Mesmo sem olhar para trás, o medo do açoite não permitia, ele ainda conseguiu ouvir o destravar da porta do casebre e uma conversa em voz baixa.

— Não é ninguém. — Uma pessoa afirmou, com espanto, talvez o dono da casa.

— Eu ouvi alguém bater na porta. — Outro habitante garantiu, parecendo uma voz de mulher.

— Alguém falou alguma coisa lá fora. — Uma terceira pessoa disse para as demais, o falar perspicaz de um jovem.

O homem prosseguiu em frente pela vareda. Ao longe, a porta se fechou outra vez e não se ouviu mais conversa alguma. O Flagelo, no entanto, seguia no encalço do infeliz encapuzado, mantendo o chicote à espreita, pronto para esbravejar uma ordem ou disparar um aviso.

Então, o processo cansativo e monótono seguiu pela noite adentro. O homem caminhava pela estrada a carregar sua carga pesada. Quando chegava em algum local que tinha uma habitação, ele era orientado pelo Flagelo a bater uma única vez na porta da frente. No momento em que algum indivíduo respondia do lado de dentro da casa, a cria do Assobiador ordenava que o homem prosseguisse com sua viagem. Este, submisso, seguia em frente, enquanto no interior da residência, seus habitantes indagavam quem era e ficavam sem entender quem havia batido nas suas portas. O encapuzado se distanciava e a rotina continuava quando um casebre se apresentava à frente. Logo ele perdeu a noção do tempo e não conseguia saber direito por onde andava nem se a noite já estaria se findando ou se ainda faltava muito para o dia amanhecer.

— Por que não devo conversar ou ser visto por ninguém? — O homem indagou com humildade e cansaço.

— Para que os outros não vejam o fardo que está a carregar. — A criatura às suas costas respondeu com objetividade.

— O saco pesado que levo sobre o ombro?

— Não. A vergonha que transporta no pensamento e que perturba a mente.

— Mas, então, por que tenho que incomodar as pessoas com uma batida em suas portas?

— Para ignorar e ser ignorado. Para que não possa relatar ou se lamentar de seu sofrimento. O homem gosta de mostrar aos outros seu estado aflitivo, numa ânsia louca de chamar para si qualquer migalha de atenção. Quando partilhada, a dor deixa de ser só sua e passa a ser de mais alguém.

Não houve mais pergunta e, portanto, o passeio forçado continuou.

—

A fraqueza era visível em cada parte do corpo do homem em penitência. O cansaço era alarmante e sua pele parecia se desfazer toda em suor. Os passos estavam cada vez menores e não passavam de um grotesco arrastar de pé. A coluna era agora um arco muito pronunciado, a carga pesada sobre as costas forçando uma postura tão corcunda quanto a de um sagui. Ele caminhava à maneira do Flagelo, como um velho decrépito. Sabia que não iria aguentar por mais tanto tempo, pois aquele esforço estava muito além de suas energias normais. Talvez não tivesse sido uma ideia tão racional ter entrado para o mundo da expiação. Provavelmente, talvez nem tivesse sido necessário. Haveria toda uma vida para se arrepender do que fizera. Bastaria para isso resistir ao peso da consciência e suportar uma mente perturbada até o dia de sua morte.

Não havia dúvida de que o pensamento do homem estava tão confuso quanto um balceiro carregado pelas enchentes da Ribeira Juassu. Medindo a gravidade da situação em que se encontrava, ele sabia que era chegado o momento de abandonar sua árdua peleja. Ele sabia e queria, duas condições necessárias, embora não suficientes. Não tinha certeza se era possível simplesmente renunciar à sua expiação. Por não conhecer as leis seguidas pela criatura do açoite, não sabia se seria liberado ou se permaneceria forçado a continuar até o final do processo. Ainda assim, decidiu-se por interromper sua penitência, mesmo que seu pedido fosse negado e a cria do Assobiador lhe aplicasse uma punição ainda maior.

No entanto, quando se preparava mentalmente para informar ao Flagelo que estaria desistindo daquela tarefa, algo à sua frente lhe chamou a atenção. Desde que anoitecera, não poderia ter avistado coisa mais familiar do que aquela. Embora ainda estivesse distante, o homem não teve dúvida de que se aproximava de sua própria casa.

A cria do Assobiador estacou à beira da estrada e silenciou o seu açoite agressivo. O homem, por sua vez, continuou a sua caminhada lenta, avançando pelo terreiro na direção da sua porta. Esta, feita com tábuas largas e espessas de imburana, selava o silêncio dentro de casa. A este horário, a esposa e o filho deveriam estar em sono profundo, pensou o homem de capuz. Uma vontade louca de estar no seu lar lhe sufocou o lado esquerdo do peito.

— Bata uma única vez. — A ordem partiu dos lábios do Flagelo, postado ao longe, observando cada ação do seu servo.

Quando o homem se virou para encarar a criatura, ele percebeu que o condutor dos penitentes estava acompanhado por todo o seu cortejo novamente. Os condenados haviam voltado de suas andanças e estavam também a observá-lo. Pareciam ainda mais abatidos do que quando haviam se separado.

Sem esperar por mais nada, o homem se virou e bateu na porta, uma única vez, como lhe fora ordenado. Havia aprendido que não necessitava mais do que uma. Após ouvir o som abafado da madeira se propagar casa adentro e pelo ar noturno feito breu, o encapuzado ajeitou o saco no ombro, deu as costas para a porta e começou a caminhar outra vez. Ainda não tinha completado o segundo passo quando ouviu uma voz a lhe chamar:

— Pai.

O homem não tinha nenhuma dúvida sobre de quem era a voz. Por isso, ele não foi capaz de segurar duas lágrimas úmidas que brotaram sem permissão, uma em cada olho. Também não teve força, física ou emocional, para dar continuidade ao caminhar. Suas pernas travaram e os nervos o obrigaram a empacar onde estava, como se tivesse se fixado ao chão através de profundas raízes. Ele esqueceu o peso do fardo que mantinha sobre o ombro e não mais se lembrou de que estava cansado. Eram simplesmente coisas pequenas diante do que tinha agora. Então, o amortalhado permaneceu parado, em silêncio, e esperou o estalido agressivo do chicote no ar.

No entanto, ele não veio.

O Flagelo apenas o observava de longe, junto de sua caravana, com o açoite seguro entre os dedos, mas sem nenhuma agitação. Agora, a cria do Assobiador tinha no rosto um olhar condolente e fizera sumir dos lábios qualquer vestígio de desdém. Quando o homem o encarou, entendeu de imediato o recado. O cortejo podia esperar. E ele podia escutar.

O encapuzado não se permitiu olhar para trás, embora a vontade fosse gritante. Ele sabia que, ao virar, veria na sua frente a figura do filho mais velho. Ou será que não? Filho cuja vida fora levada pelo fio de sua faca. Não entendia nada sobre as coisas dos Visões, o que eles aprovavam ou repudiavam, como agiam ou se agiam, o que queriam dos homens ou se eram apenas criações do homem. Contudo, o fato era que agora mesmo seus ouvidos recebiam o som da voz que um dia o seu primogênito teve. Seus pensamentos não poderiam estar lhe enganando nem lhe pregando uma peça. Porém, ele não suportaria ver o pobre filho outra vez, mesmo que ele realmente estivesse ali, em carne e osso, parado às suas costas a chamá-lo. Por isso, ele não se virou. Apenas escutou.

— Pai. — A voz voltou a soar, muito nítida e reconhecível, como se nunca houvesse sido silenciada. — Você não precisa carregar uma culpa pelo que aconteceu entre nós dois. O que houve naquele fatídico dia foi devido simplesmente à minha incapacidade de manter o bicho dentro de mim sob controle. Qualquer que tenha sido o erro, ele foi somente meu. Sei o quanto você me queria bem e que jamais teria feito aquilo se eu não o tivesse obrigado a agir sob os mandos do desespero. Tire esse fardo pesado da sua mente e limpe seus pensamentos de qualquer sentimento de culpa. Peça perdão à minha mãe e ao meu irmão por mim. Diga que eu sinto muito mesmo pelo que fiz e pela tristeza que levei aos seus peitos sofridos.

A voz se extinguiu subitamente, como uma ínfima chama sendo abafada por um lençol d'água. As lágrimas nos olhos do homem eram agora torrentes inevitáveis. Ele, por sua vez, deixou-se virar para encarar o dono da voz. No entanto, seus olhos encontraram apenas a imagem de um casebre abandonado, o teto desgastado, as paredes deterioradas e a porta principal com a madeira em estado de decrepitude. Se encontrava em frente a uma tapera no estágio profundo de ruína. Não estava mais em frente à sua casa, como havia pensado instantes atrás. E não havia nenhum sinal de que seu filho tivesse estado ali a lhe falar de forma afetuosa. Se tinha sido real ou apenas algo fantasiado por sua cabeça desnorteada, ele não sabia afirmar com certeza. Sua convicção estava por demais abalada.

Contudo, o peito do homem agora estava inexplicavelmente mais leve, a mente sem perturbação e o pensamento livre de qualquer sentimento de culpa. Não compreendia o que estava se passando com ele, porém sentia-se num estado de puro contentamento. Era uma sensação boa e confortante. Há muito não sentia algo similar. Então, ele enxugou as lágrimas com ambas as mãos e se dirigiu ao Flagelo, a lhe esperar à beira da vareda, junto do resto da caravana de pecadores. Quando o homem do capuz se aproximou, não deixou de entender a ordem da cria do Assobiador:

— Devolva sua carga, sua expiação chegou ao fim.

O homem não se fez de desentendido. Sem questionar, puxou o saco das costas e o entregou ao seu antigo dono. Percebeu que estava tão sem peso quanto um molambo velho surrado. O Flagelo tomou o sacolão de volta, encarou o bando sob seu domínio e, então, sacudiu o chicote com força e violência. O Flagelo se contorceu pelos ares escuros acima das cabeças encapuzadas, vibrou como se fosse algo vivo e, em seguida, emitiu um som agudo, tão estridente quanto um quebrar de pedra. Nenhum dos pobres condenados hesitou perante a mensagem, a qual ordenava que a procissão devia continuar imediatamente. O cortejo voltou a seguir em frente, os homens na dianteira, caminhando cabisbaixos, e o Flagelo atrás, conduzindo o agrupamento de confessos pela noite adentro. A cada vez que os passos se tornavam menores e mais lentos, o açoite voltava a se agitar entre os dedos da criatura, vibrava no ar e soltava outro estalido. Os penitentes acordavam do cansaço e passavam a andar com maior ligeireza.

E mantendo um ritmo cadenciado, intercalando em ordem, rapidez, lentidão, som sibilante, rapidez novamente, o cortejo se distanciou e sumiu de vista, deixando o homem solitário à beira da estrada deserta. Instantes depois, quando não era mais possível avistar membro algum da comitiva conduzida pelo Flagelo, ouviu-se ao longe, no rumo em que seguia o cortejo, um cantar afiado de pássaro. A ave noturna, o *agouro*, anunciava a passagem da cria do Assobiador conduzindo seu bando de pecadores pela noite afora.

Depois de um momento, porém, o homem não conseguiu ouvir mais nada além do silêncio da noite que se findava. Quando ele olhou em volta, percebeu que se encontrava exatamente no ponto onde tinha entrado como membro oficial do rebanho de indivíduos arrependidos. Ao se afastar do caminho, ele encontrou a moita sob a qual seus pertences haviam sido guardados. Percebeu, com nítida estranheza, que pareciam estar ali há dias e não somente durante uma noite. Ainda aturdido por tudo que vira e escutara, o arrependido não queria concluir nada precipitadamente. Contudo, tal fato só poderia significar uma coisa, sua penitência não havia demorado apenas uma noitada. Mesmo sem entender aquilo com clareza, o homem trocou de roupa, tomou o resto dos mantimentos e se encaminhou para a vareda, de volta para casa.

Os primeiros raios de sol já despontavam para as bandas do Morro Torto.

VISAGEM

*Agora o sol vem surgindo
E, alegre, o dia amanhece.
Quando a noite vai sumindo
A Visagem se engrandece.
Se a luz vital está vindo
Tabuvale muito agradece.*

CRIA

ESTORIETA V

Fagulha

Quando a Fagulha se agita e sacoleja sua miúda labareda, a quentura acorda e começa a esquentar cada lugarejo de Tabuvale. A Visagem, o Visão do dia e protetor da luz, a criou para iluminar o mundo e queimar qualquer coisa que deseje uma ardência do fogo. Quando o Visão luminoso faz o sol se levantar pelo céu, saindo atrás dos contornos do Morro Torto, é o momento em que as porteiras dos ares se abrem e a Fagulha se espalha em todas as direções, pingos iluminados tão alegres como passarinhos assanhados depois da chuva.

O dia tem início.

Infinitos fachos de luz percorrem as imensas distâncias atmosféricas, tão velozes quanto o clarão de um relâmpago se abrindo no céu. Uma vareda somente se torna comprida para um corpo lento. Para aqueles que são céleres, como o cavalo de um *sussurrante*, os caminhos se encurtam na proporção inversa da rapidez de quem os percorre. Os raios luminosos são muito finos, não havendo fio mais delgado do que eles. Porém, sua quantidade é tão imensa que faz compensar sua falta de espessura.

Cada raio penetra por toda brecha que encontra, caindo sobre os capões de mato, enfiando-se por entre as folhas das árvores ainda sonolentas e troncos de madeira escurecidos. A mata fechada, cheia de trevas durante a noite, agora se converte numa brenha de claridade rala, como se a copa das árvores fosse um ralo, a luz se adentrando pelos pequenos e irregulares furos. Ainda continua um ambiente selvagem e amedrontador, mas a pouca luminosidade ajuda a se encontrar as melhores passagens.

Sem escolher a direção a seguir, pois quando se anda para todos os rumos, nenhum deles é preferível, a Fagulha também dispersa seus raios para os descampados dos tabuleiros e vargens. Ao encontrar a vegetação rasteira e as áreas de terra desnuda, o clarão abrasador revigora cada minúscula planta e tritura a argila esbranquiçada, transmudando-a em pó ressecado. O chão que há pouco estava frio nos horários de escuridão agora não passa de uma zona tórrida repleta de poeira fina e escaldante.

A partir desse momento, e enquanto o sol estiver caminhando vagarosamente pela abóbada celeste, Tabuvale pertence ao Visão do dia e protetor da luz, a Visagem. E sua pequenina cria, a Fagulha, pode fazer todas as suas estripulias, traquinagens e fagulharias.

Com o dia a clarear, também é chegado o momento de se iniciar os trabalhos. Uns vão roçar o mato nos pés de cercas para melhor serem remontadas ou nos roçados a serem cultivados mais adiante, quando as chuvas retornarem a estes torrões. Outros têm que cuidar dos bichos, dando-lhes água e comida, chiqueirar um bezerro, castrar um bacorim, colocar uma galinha para chocar uma ninhada de ovos. Um ou dois tomam o caminho dos regatos para cavarem cacimbas, fazendo as veias úmidas mais profundas jorrarem água barrenta para fora das entranhas do chão. Aqueles poucos que aprenderam um ofício que exige mais habilidade pegam de seus escopos e marretas, martelos e plainas, para lavrarem a madeira e moldar o metal aquecido, construindo tamboretes e canecos de colocar água. Os de mãos mais ágeis amolam suas facas para cortar um couro resistente de novilho e construir uma mala ou cobrir o acento de uma cadeira feita em madeira de pereira. Trabalhos existem aos montes. O trabalhador é quem os escolhe.

No entanto, tem muitos que preferem se especializar em tirar o escasso lucro do trabalho dos outros. E se o dia começa para quem tem um serviço a fazer, também se inicia para aqueles que furtam dos outros planejarem suas retiradas furtivas.

O bando de homens saqueadores se reúne nas proximidades da ponta sul do Monte Fenda, protegido dos raios solares por um paredão quase vertical de pedras escarpadas. Caminharam pelas varedas desertas no aconchego da noite fria, descendo da banda do norte, margeando os limites do Vale Carnaubeira. Seguiram por caminhos não tão trilhados para não correrem o risco de serem surpreendidos por algum viajante noturno. Porém, evitando as trilhas demasiadamente intransitáveis, as quais poderiam retardar a viagem. Passaram pelos torrões que ficam entre a região inóspita do vale de carnaúbas e o sopé praticamente inacessível do Fenda.

    Não é uma turma grande. Para se levar o que já está produzido, não se precisa de tanta gente. A madrugada os viu chegarem numa formação de fileira única, cinco homens adultos e dois jegues. Um carregava um machado sobre o ombro direito, caminhando sempre à frente dos outros, como se fosse um líder e gostasse de indicar a direção aos demais. Dois traziam duas facas na cintura, cada um, uma menor e outra de lâmina mais avantajada, seguindo quase colados um atrás do outro, como dois irmãos inseparáveis. O quarto não carregava nenhuma arma, mas parecia um pouco mais musculoso do que os demais, andando despreocupado e com ar de indiferença. O último da fila, também sem faca ou machado, puxando um dos jegues pelo cabresto, vinha mantendo na cara uma feição serena, indicativa de quem deve ser o mais paciente. O outro jumento vinha preso pelo próprio cabresto amarrado no cabeçote da cangalha do animal conduzido pelo homem. Ambos os animais estavam aparelhados com malas vazias feitas com couro de novilho.

    Quando os homens alcançaram o sombreado do desfiladeiro, estacaram, observaram a redondeza com um passeio de olhos, vistoriando os arredores, e resolveram descansar. Começaram a fazer os derradeiros preparativos para o saque planejado. Afiaram machados e facas, amarraram os jegues e sentaram sobre pedras para esperar o momento de agir novamente.

    A Olho de Espanto gostava de andar pelos tabuleiros e capões de mato durante a madrugada. Tinha uma ânsia intensa por ser a primeira pessoa a ver o sol nascer e iluminar o mundo, clareando cada ponto, como um fogo lambendo um capinzal seco numa vazante. Por isso, sempre que podia, dava um jeito de acordar mais cedo do que os outros para sair de casa e esperar a claridade surgir de manhã. Sentia isso desde que se entendera como gente. Não sabia explicar tal sensação, apenas a sentia. Também não se importava com tal coisa, não precisando falar para ninguém. As pessoas até que achavam estranha uma coisa desse tipo, uma menina percorrer os matos e varedas antes mesmo do dia começar.

Mesmo assim, não se preocupava com o que o povo falava sobre ela. Crescera ouvindo os mais diversos e repugnantes insultos. É preciso se acostumar às ofensas.

Na pouca idade que acumulara, já adquirira muitos nomes, além daquele que recebera primeiro, Grelada. Olho de Espanto era apenas um. Costumavam chamá-la de Espantada, Olho Redondo, Assustada, Olho Arregalado, Filha de Coruja, Olho Grande. Parecia que cada pessoa que a conhecia tinha uma impressão diferente e um nome específico para nomeá-la. Não entendia a razão de tanta nomenclatura, mas não se sentia intimidada por nenhum daqueles chamados. Com relação a isso, já estava calejada. Seu peito já havia enrijecido como rocha, evitando uma queda desnecessária de seu ânimo. Havia reconhecido desde muito cedo algo bastante poderoso: a mágoa que o coração não sente não tem poder para fazer a mente desmoronar.

Mas se tinha algo que a Grelada gostava mais do que ver o nascer sol, era ouvir o tinir forte de uma cigarra quando o meio-dia se aproximava. Era o chamado que mais a deixava satisfeita. Quando sentia aquele som vibrando no seu ouvido, era como se uma força invisível e misteriosa tomasse conta de cada um de seus músculos, algo estranho lhe dominando completamente suas forças e vontades. Ela se deixava levar por aquele canto até chegar cada vez mais próxima da fonte emissora. Ficava absorta, perdida em outra dimensão, sentia-se radiante, disposta e fortalecida. Uma miscelânea de sentimentos bons e reconfortantes. Uma mistura louca de alegria fulgurante e vontade intensa de viver cada momento. Era como se tomasse um banho que lhe levava embora todo cansaço e mal-estar.

E, obviamente, a Espantada também não sabia explicar esse estado de alegre letargia e renovação. No entanto, para ela, isso pouco importava. Ela só queria viver. É imprescindível primeiro saborear a vida. A sua possível e maçante explicação que fique para depois.

Mas é importante que fique claro, a Grelada não nascera grelada. O sangue de sua família nunca dera alguém com os olhos tão abertos e espantados. E o povo de Tabuvale que se acha mais sabido defende ferozmente que o poder do líquido vermelho e viscoso que percorre as veias da gente destas terras pode definir incontestavelmente o destino dos homens. Para essas criaturas, o sangue é o imperador supremo na formação da personalidade ou do que se adquire ao longo de toda uma vida. É a substância sanguínea, garantem eles, que diz se um menino vai nascer para ser um bom trabalhador, uma pessoa boa ou ruim, rica ou pobre, branca ou morena, alta ou baixa. Se uma família tem gente mais clara, todos esperam filhos também sem sinal de morenice. Por outro lado, se os ascendentes são morenos, não deve ser bem-vindo um filho de pele branca. Se os pais são pessoas abastadas, seus descendentes devem, obrigatoriamente, herdar recursos em demasia. Se progenitores apenas sobrevivem na pobreza, ninguém consegue aceitar que seus herdeiros galguem para melhores condições de vida.

Se um pai e uma mãe têm olhos normais, não há como explicar a razão de uma filha ter olhos espantados. Ainda mais quando não nasce grelada, mas adquire olhos arregalados quando já está no mundo. Para o povo que se acha mais entendido, só há uma única explicação, o espanto da Fagulha, a cria alegre da Visagem. Segundo as estórias do povo mais velho, abrir os olhos diretamente para o vento frio do início do dia é adquirir doenças desagradáveis para os olhos. Isso porque, com tal vento, também vêm os primeiros raios de luz emanados pela Fagulha, ainda trazendo consigo toda a sujeira imunda da noite. O baque é forte e violento, pois carrega o que é de mais asqueroso no mundo, reunido pelos ares durante os horários escuros. É o Espanto da Fagulha.

— Meus olhos são assim de nascença? — Indagou a Grelada, certo dia, à mulher que se tornara sua mãe.

— Não, não são. — Foi a resposta imediata que recebeu. — A Fagulha lhe espantou quando ainda era bebê.

— Como foi isso?

— Não sei se você conseguiria compreender tudo de uma vez só. — A mãe da menina lhe falou sem remorso, despejando milho numa cuia para levar ao cocho das galinhas. — Sua verdadeira mãe nunca soube ou não quis me esclarecer direito o que realmente aconteceu. O que sei sobre isso escutei de forma vaga de seu falecido pai, o qual não se encontrava em casa quando o fenômeno ocorreu.

— Mas minhas vistas não poderiam ser dessa forma desde meu nascimento? — A garota indagou sem nenhum sinal de tristeza ou desânimo. — Quero dizer, o que tem como garantia de que meus olhos se tornaram grelados depois de nascida?

— Realmente, seus olhos poderiam ser assim desde que você estava na barriga de sua verdadeira mãe. Porém, todo mundo da vizinhança foi vê-la quando nasceu, nós, nossos vizinhos e até o pessoal que mora um pouco mais afastado. Não vimos nada de diferente em suas vistas, isso podemos garantir. No entanto, depois de um certo tempo, quando você já conseguia até sorrir para o mundo, sua mãe presenciou algo que fez seus olhos se arregalarem. Tal acontecimento marcou tanto a vida dela que só conseguia contar o resultado, nunca tendo força para descrever os detalhes do que realmente aconteceu. Quando o povo voltou a visitá-la novamente, ninguém teve dúvida de que algo muito estranho havia lhe mudado os olhos.

— Esse algo estranho que me ocorreu foi bom para mim ou não?

— Se você consegue conviver com isso sem se desanimar, acredito que não tenha sido ruim. Normalmente, as pessoas enfraquecem quando descobrem seus defeitos. Você, pelo contrário, nunca parece se abalar com esse fato, por mais esquisito e inexplicável que seja.

— Realmente, não me deixo desanimar com tal coisa. Até acho que não me sentiria melhor se minhas vistas fossem de outra forma. Porém, parece que são as pessoas que sentem certo incômodo quando olham para mim. Vejo pelas atitudes delas que não conseguem aceitar a minha anormalidade.

— A anormalidade é feita de surpresa, tanto para quem a possui como para quem a vê. Ela é a marca que define cada um de nós. Somente quem consegue conviver com as próprias anormalidades é capaz de suportar as agruras da vida.

— Ainda assim, não percebo que as pessoas que não me conhecem demonstrem nenhuma surpresa quando olham para mim. Parece que não conseguem enxergar nada de diferente em meus olhos. No entanto, a partir do momento em que outro alguém, meu conhecido, fala que tenho vista espantada, aí sim, a pessoa desconhecida passa a ver que sou mesmo anormal. É justamente isso que não consigo entender direito.

— Talvez o que é diferente necessite ser apontado por alguém que já percebeu e distinguiu a diferença.

Era verdade, a menina não tinha nada de anormal em suas vistas. Seus olhos eram arredondados e grandes, mas dentro da medida dos que poderiam fugir à média. Tinha, porém, um olhar muito vivo e alegre. Fora isso, no entanto, nada havia em seus olhos que a tornasse muito diferente das outras meninas. Talvez o que deixasse o povo da região admirado fosse a força enérgica do olhar da menina quando ela sorria. Nesse momento, seus olhos redondos combinavam com seu sorriso para conferir ao seu rosto um semblante muito expressivo e radiante.

Por outro lado, as pessoas que a viram quando ainda era bebê garantem sem pestanejar que a garota tinha os olhos menos redondos e mais esticados para ambos os lados do rosto. Afirmam que, após alguns dias, depois de um caso enfermiço misterioso que sofrera, a menina se apresentou com um olhar mais alegre e intenso. Ao ser indagada sobre aquilo, sua mãe verdadeira afirmara que algo havia acontecido, porém era uma coisa tão estranha que ela preferia não divulgar. Por esse motivo, todo mundo passou a chamar a menina como Grelada e todos os outros nomes que encontraram para ela.

-

A Grelada avistou o bando de homens desconhecidos por um terrível acaso, algo que não estava em seus planos para a manhã que nascia. Ela costumava andar para a banda do sopé sul do Monte Fenda, pois achava as escarpas dali deslumbrantes. Além disso, tinha a nascente da qual sua família e os outros moradores tiravam água para o consumo de casa, irrigar as plantas durante a época sem chuvas e dar de beber aos animais. Ela mesma precisava se deslocar todos os dias de sua casa ao olho d'água para buscar água numa cabaça. Mas isso era algo que ela fazia em outros horários da manhã ou da tarde, não antes do sol despontar atrás da silhueta do Morro Torto.

Seu passeio pelas cercanias da nascente havia começado ainda com o mundo escuro, muito antes das primeiras luzes do dia. Ela pretendia andar um pouco mais, com o intuito de verificar a floração de um pau-d'arco aqui, outro acolá. A menina se encantava com aquelas flores de cores vivas inundando as matas e capões de mato. Mas também sofria demasiadamente quando via que uma grande árvore de pau-d'arco havia sido derrubada. Não conseguia entender, de forma alguma, como certas pessoas tinham a coragem de abater tão elegante pé de pau, às vezes apenas para tirar uma curta tora ou mesmo abrir algum espaço vazio no meio do mato.

A garota saíra cedo de casa, como de costume. Caminhou na direção norte, no rumo da ponta sul do Monte Fenda, ora andando pela vareda que leva à fonte d'água, ora se adentrando pelos capões de mato. Quando chegou ao olho d'água, sentiu-se ainda inteira e decidiu continuar. Se afastou ainda mais da fonte, subindo um pouco pela primeira escarpa. Sem pausa para descanso, ela conseguiu atingir o topo da escarpa quando o céu já dava sinal de que o sol queria se levantar. Mas a madrugada continuava preguiçosa e ainda se deitava sobre o Vale Carnaubeira, derramando sobre ele uma leve escuridão. Não era um escuro tão fechado, mas também não estava claro o suficiente para se enxergar muita coisa. Assim são as mudanças entre dia e noite ou entre noite e dia, nunca se sabe quando exatamente a escuridão chegou ou quando a claridade foi embora. Da mesma forma, é quase impossível distinguir o fim da madrugada e o início da manhã. O limite de algo é sempre difícil de perceber. As vistas se embaçam nas fronteiras e as linhas divisórias perdem o foco.

Depois de apreciar a miscelânea de preto com laranja que se formava no céu para o lado que o sol se levanta, a Grelada subiu mais uma grande rocha e estendeu suas vistas para o sopé do paredão de pedra sobre o qual se encontrava. Não duvidou por nenhum momento do que via. Cinco pessoas desconhecidas com dois jegues estavam acampadas naquele lado do rochedo. Cinco homens nunca vistos por estas bandas, ela não tinha nenhuma dúvida.

De imediato, a garota de olhos redondos não conseguiu tomar nenhuma atitude com relação ao que acabava de descobrir, a não ser ganhar no rosto uma fisionomia de susto e surpresa ao mesmo tempo. O bando parecia descansar e se abrigar, esperando alguma coisa acontecer ou fazer acontecer. Fosse o que fosse, ela não queria ser vista, mas também não tinha interesse em ir embora sem saber o que estava se passando ou o que intentava aquele grupo. Por isso, usou a pedra como escudo às vistas dos desconhecidos, caso eles pudessem olhar para cima, na direção daquele ponto. Ela se abaixou um pouco mais para ocultar seu corpo e passou a observar seus indesejáveis visitantes.

Os dois jumentos estavam amarrados próximos, um deles com o cabresto fixo a um pé de sabiá, o outro preso ao cabeçote da cangalha do primeiro. Os homens falavam em voz baixa e se mantinham ocupados, uns afiando ferramentas de corte, outros tragando um pé-duro e um deles parecendo manter a vigília do bando, pois, uma vez ou outra, olhava com acurácia em diversas direções.

A vigília empreitada pela menina se arrastou sem nenhum tipo de novidade que pudesse denunciar as pretensões do grupo. Quando percebeu, a Grelada já estava com os primeiros raios do sol batendo em suas costas. O dia começava a amanhecer. Ela precisava voltar para casa, para realizar seus afazeres de todos os dias. Não contaria de imediato o que vira a ninguém, pois ainda não tinha certeza do que se passava. Esperaria um pouco mais para ver se descobriria algo que pudesse esclarecer a presença daqueles homens ali acampados no pé do paredão do Monte Fenda.

Quando do retorno, ao chegar em casa, a menina agiu como havia planejado, nada contando para sua mãe, seu pai, seus irmãos e nem ninguém. Talvez eles não lhe dessem atenção ou não acreditassem no que ela estava a lhes contar. Era melhor não falar nada por enquanto, agir normalmente, como em um dia qualquer, para não lhe fazerem de boba ou a chamarem de mentirosa. Provavelmente, sua família não chegaria ao ponto de lhe desacreditar, pois não tinha esse tipo de pensamento. No entanto, sem tanta certeza de que os homens vistos pudessem significar algo de errado, ela preferia não mencionar o caso por enquanto. Por isso, tentou esquecer aquilo e se concentrar em outros assuntos.

A Garota Espantada viera ao mundo, conhecer os tabuleiros e capões de mato de Tabuvale, num dia de sol ardente como brasa. Sua mãe verdadeira sofrera desde o início da manhã, quando a Fagulha pingava sua luz ainda tênue sobre o Vale Carnaubeira, até o meio-dia, quando a Visagem põe o sol no ponto mais alto do céu e permite que sua cria luminosa espalhe por toda parte o ardor mais escaldante de sua luz. Depois de um parto tão demorado, a menina recebeu a claridade nos olhos quando a cigarra emitia seu som mais intenso e estridente. Enquanto Tabuvale ardia sob a quentura da Fagulha e o barulho vibrante da cigarra, a mãe da garota se desmanchava em lágrimas de felicidade e lhe cochichava ao ouvido ainda destreinado:

— A Visagem lhe concede a luz da existência e a Fagulha lhe oferece o fogo da vida. Quando alguma delas vier lhe reclamar seu prêmio, não hesite em lhe entregar, pois a recompensa será generosa.

Todo mundo que viera em visita naquele dia não tinha dúvida, a menina era saudável e não apresentava nenhuma moléstia. Tinha um semblante muito vivo e revigorante. Cresceria com saúde em abundância, todos falavam, e não perderia a luz que emanava para o mundo.

Talvez estivessem certos.

Porém, poucos dias após o *múrmur*, o ritual de oferecimento da vida aos Visões, a mãe da menina fora obrigada a presenciar algo que a deixou perturbada e sem ânimo para compartilhar o que ocorrera com mais alguém. De fato, a primeira visita após o ocorrido fora categórica ao questionar:

— O que aconteceu com a menina? Seus olhos parecem mais arregalados do que antes.

— É somente impressão sua. — A mãe respondeu de imediato e desejando que a conversa mudasse de rumo. — Ela está do mesmo jeito que estava quando da sua última vinda aqui. Deve ser o sorriso dela que é muito intenso e vivo.

A conversa parara naquele ponto e ninguém mais conseguira arrancar nada da boca da mulher, nem mesmo seu marido. Pelo menos nada com muitos detalhes. O que ela presenciara, se fora coisa boa ou algo muito ruim, nunca ninguém viera a conhecer com toda a verdade. Até onde se pode saber, ela não hesitou em levar tal acontecimento para sua sepultura. O túmulo é a forma mais eficiente de se guardar um segredo.

A partir de então, as especulações começaram. Pois quando se oculta a verdade, a suposição abre espaço para a mentira.

O povo começou a especular e de repente apareceram estórias de todo tipo sobre o que poderia ter acontecido com as vistas daquela pequena e que sua mãe não queria que ninguém soubesse.

— Deve ter pegado alguma doença grave e contagiosa nos olhos e a mãe dela não quer que ninguém saiba. — Uma mulher idosa afirmara.

— A criança deve ter visto alguma coisa aterrorizadora e muito vergonhosa para ser partilhada com todo mundo. — Uma moça faladeira dissera.

— Não faço ideia do que possa ter ocorrido, mas deve ter sido algo bastante sério e alarmante para que a mãe da menina não queira permitir que se espalhe por todas as cabeças. — Uma pessoa mais cautelosa garantiu.

Em pouco tempo após o ocorrido, a quantidade de estórias espalhadas sobre o caso estranho da menina que mudara as vistas era enorme e de considerável diversidade. No entanto, uma delas se destacava por ser mais plausível e mais fácil de ser digerida pelas pessoas destes torrões ressequidos, a visita da Fagulha.

Alguém, não se soube se próximo da família ou apenas desconhecido, cogitou a possibilidade da mudança observada nas vistas da pequena ser o resultado do que a cria luminosa da Visagem, a Fagulha, pode acarretar nas pessoas. Segundo o povo mais velho, de vez em quando a Fagulha visita um bebê para tomá-lo para si e cuidá-lo como se fosse seu filho. Conta-se que ela aparece ainda durante os primeiros momentos do dia, quando a noite se finda e a manhã se levanta. A criança escolhida, até onde se sabe, não é qualquer uma, acorda de repente e seus olhos são ofuscados pela luz intensa da cria da Visagem. A intensidade luminosa faz as vistas do bebê se dilatarem, assim conta o povo mais entendido, tornando os seus olhos mais grelados, parecendo mais redondos e grandes do que o normal. Como tivesse se espantado ou se assustado. O problema é que o suposto espanto fica para o resto da vida do indivíduo, impregnando seu rosto com olhos grelados e arredondados.

Mas, é claro, isso são estórias que o povo mais velho conta.

Se tal estória é verdadeira, ninguém nunca a conseguiu comprovar de forma irrefutável. Mas também nunca foi possível alguém a desmentir de maneira definitiva. Portanto, pelas diversas vezes que apareceram pessoas testemunhando tal coisa, as conversas se espalharam rapidamente, e por toda parte o povo de Tabuvale já as tem como verdadeiras. Se alguém quer uma verdade, conte algo muitas vezes e torça para que ninguém o conteste. A mentira é como um fogaréu em um capinzal seco, espalha-se velozmente e de forma desordeira. A verdade é como a água que sai das veias de uma cacimba, surge de maneira lenta e aos pequenos bocados. O que é falso se dissemina em um piscar de olhos. O verossímil leva uma eternidade para ser aceito. O mundo foi edificado sobre pilares duvidosos.

Outra coisa que o povo não consegue afirmar com certeza é o motivo pelo qual a Fagulha se interessaria em tomar um bebê para si, nem mesmo o que pode acontecer com a criança escolhida. Uns dizem que a Fagulha gosta das criaturas humanas e que deseja ter uma família. Outros afirmam que ela odeia os homens e visita seus filhos apenas como vingança. Os primeiros apresentam como prova o fato de a cria luminosa oferecer a luz aos homens todos os dias. Os segundos tendem a considerar que ela não perde a oportunidade de cuspir fogo numa mata ou em qualquer outro lugar. Discutir quem está certo ou errado não leva a uma compreensão da questão. Que tal problema fique para os pensadores, os quais têm toda uma vida para tentar solucionar o que não tem solução.

Se foi uma visita da Fagulha ou qualquer outra coisa, o fato é que a menina de olhos agora arregalados não teve oportunidade de ouvir da boca de sua mãe verdadeira o que poderia ter lhe ocorrido. Pouco tempo depois do que acontecera com ela, sua família inteira viera a fraquejar de forma trágica e misteriosa. Algo do que ela também não poderia se lembrar porque ainda era bem pequena quando toda a catástrofe se abateu sobre sua casa.

— Por que sou tão diferente de meus irmãos? — A Grelada um dia perguntou para sua segunda mãe.

— Por que se acha diferente deles? — A mãe havia respondido, surpresa.

— Não sei dizer realmente a razão, mas temos fisionomias diferentes e não nos parecemos nem nos cabelos, nem nos olhos, nem em nada. É como se eu não fosse irmã deles, como se fosse de outra família.

A mãe da menina lhe abrira um sorriso sutil, mais pela esperteza da garota do que pelo fato de não poder mais guardar o segredo sobre sua origem. Então, ela falou com sinceridade à Espantada:

— Não sou sua mãe verdadeira, nem meus filhos são seus irmãos, nem meu marido é seu pai. Sua mãe de verdade, seus irmãos e seu pai faleceram quando você ainda era muito pequena e por isso não se lembra de nada de tudo que aconteceu. Tomamos você para criar porque éramos as pessoas mais próximas de sua família e eu era muito conhecida de sua mãe.

— O que aconteceu com eles?

— Pouco tempo depois de você nascer e após o problema que afetou suas vistas, sua mãe, seu pai e seus três irmãos, três meninos fortes e brincalhões, caíram enfermos com uma doença ainda hoje não explicada direito. Todos eles foram atacados por ondas intensas de vômito, febre alta e incontrolável, diarreia e manchas avermelhadas pelo corpo todo. Um *sussurrante* foi chamado para tentar controlar a situação, mas não conseguiu estacar a moléstia, pois era inevitável a decadência que se abatia sobre sua família. Foi algo incompreensível, difícil de se acreditar e que nunca havia sido observado por estas paragens. No entanto, o que mais deixou todo mundo abismado foi o fato de somente você ter sobrevivido e nem mesmo ter contraído aquela doença monstruosa.

— Não terá sido causada por alguma comida estragada ou venenosa?

— Naquela época, essa possibilidade também foi colocada em questão. No entanto, não foi encontrado nada a que pudesse ter sido acrescentado qualquer tipo de veneno ou que estivesse estragado. E o que eles haviam comido, você também comeu. Pelo menos se imagina que você tenha comido. Concluiu-se que a doença não poderia ser causada pelo que vocês ingeriram.

— Não consigo lembrar praticamente nada deles, muito menos do sofrimento que deve ter se abatido sobre meus familiares. — A Garota Espantada lamentou com tristeza.

— Como eu disse, você era muito pequena, não há como se lembrar mesmo de nada. Quando eles adoeceram, tive que cuidar de você, alimentar, banhar e colocar para dormir em um cômodo separado, um canto da casa mais afastado de seus pais e irmãos. Eles não queriam que você pegasse tal moléstia, mesmo sabendo que um afastamento na mesma casa não evitaria a sua contaminação.

— O sofrimento deles deve ter sido demorado, imagino eu.

— Para quem adoece, o sofrimento é sempre demorado, mesmo a morte chegando cedo. Num dia, todos vocês estavam ótimos de saúde. No outro, todos eles já apresentavam os sintomas da doença, primeiro as manchas vermelhas, depois a diarreia e o vômito, acompanhados pela febre alta. Ingeriram todo tipo de remédio, bebidas preparadas com ervas selvagens, com raízes, com banhas e gorduras de todo tipo de animal, mas nada resolveu. Quando o *sussurrante* chegou, já era tarde demais, não conseguiu fazer mais nada para salvá-los. Numa boca de noite tristonha e quente, seus pais e seus irmãos pereceram à enfermidade. Passamos toda a noite preparando os corpos para o enterro, implorando em vão por auxílio, pois as pessoas não estavam com a mínima vontade de permanecer naquela casa, no meio de cinco corpos consumidos por um mal inexplicável. Na manhã seguinte, também tristonha e ainda mais quente, eles foram enterrados com urgência. Ninguém queria ficar em contato com pessoas que haviam morrido de uma doença tão terrível. Eu e meu marido tivemos de cavar cada uma das cinco covas, uma vez que ninguém mais quisera ajudar. Quando terminamos, estávamos exaustos e certos de que estaríamos contaminados.

— Mas não estavam. Nem eu.

— É verdade, não estávamos. Nem você.

— Se eu estivesse tocada pela doença, vocês teriam corrido um grande risco de morrerem também.

— Não pensamos em nada disso naquele momento. Sabíamos que se fosse para pegar a moléstia, você teria pegado junto com eles e morrido também.

— Então, você não ficou preocupada em cuidar de mim, uma vez que eu poderia estar com os sintomas latentes e que a qualquer momento poderia transmitir o mal para vocês?

— Quando terminamos o enterro de sua família, não hesitamos nem por um instante sobre para onde você iria. Tínhamos certeza de que deveria ficar conosco. Éramos as pessoas mais próximas de você. Além do mais, tínhamos quase certeza de que ninguém mais iria querer lhe tomar para criar, as pessoas estavam realmente com medo. Aquele mal foi terrível e amedrontador.

— Mas se foi realmente uma doença, o que a poderia ter causado? E como ela foi tão seletiva ao ponto de atingir uma única casa e entre seis pessoas convivendo juntas se apoderar somente de cinco delas e deixar uma totalmente ilesa?

— Todos nós destas bandas nos fizemos essas mesmas perguntas. Ninguém foi capaz de fornecer uma única resposta plausível. No final, todos acabaram crendo nas artimanhas dos Visões, pois, como você deve saber, eles têm dessas manias. Os deuses são menininhos brincando com uma arma poderosa em punho, são inconsequentes, nunca medindo os efeitos de suas atitudes. Na maior parte das vezes, eles nem mesmo sabem no que resultarão suas tomadas de decisões. Como não há outro jeito de encarar as coisas, o que nos resta é simplesmente aceitar o que eles nos mandam.

A conversa deixara mais dúvidas na cabeça da menina grelada do que respostas. Ela não conseguia entender de forma alguma todas as incoerências da situação relatada por sua segunda mãe. Era mais uma coisa incompreensível para ela. Não sabia por que se tornara grelada, como o povo falava; não compreendia por qual motivo se sentia bem em andar pelos tabuleiros e capões de mato quando a manhã se aproximava; nem entendia a razão de se encantar e se hipnotizar com o tinir agudo da cigarra. Agora, não sabia a causa do mal que abatera sua família e a poupara com vida.

— Nunca fui um obstáculo e incômodo para vocês? — A Grelada voltara a indagar à sua mãe de criação. — Quero dizer, nunca fui motivo de discórdia entre seus filhos ou um fardo para você e seu marido... Quero dizer, meu segundo pai?

— Não... — A mãe da menina a olhou com uma lágrima tímida a descer dos olhos ressecados pela idade. — Não, de forma alguma. Nunca você foi a razão de qualquer problema ou intriga em nossas vidas. Desde aquele dia fatídico, quando a trouxemos para nossa casa, até hoje, nunca tivemos do que reclamar de suas ações. Sempre foi muito respeitosa comigo e com todos nós. Naquele tempo, já tínhamos uma filha e um filho com a idade próxima da sua e se deram muito bem à medida que cresciam juntos. Meu filho mais novo, que nasceu depois de sua chegada, também está crescendo sem manifestar qualquer problema de comportamento, como você mesma pode atestar.

— Estou lhe perguntando isso pelas diversas estórias que o povo conta sobre filhos tomados para criar que sempre estiveram metidos em intrigas com a família de criação. Parece ser mais uma coisa que não consigo compreender direito, o fato de correr tudo bem entre mim e sua família.

— Somente me responda uma coisa, você se sente bem convivendo conosco?

— Claro! — A menina espantada respondeu de imediato e com um sorriso alegre no rosto. — Vocês são tudo na minha vida e me sinto muito feliz com todos vocês. Não consigo imaginar como seria difícil se perdesse os seus aconchegos.

— Pois é somente isso que importa. — A mãe concluiu carinhosamente, trazendo a filha de criação para junto do peito e a enlaçando com um abraço forte e aquecido.

•

Mãe e filha gostavam de conversar sobre tudo o que ocorrera. A menina grelada havia sido trazida para ser criada numa família que era muito próxima de sua mãe verdadeira. Quando chegara, a família era composta pela sua mãe atual, seu pai, uma filha e um filho de pouca idade, assim como ela, nascidos com um período muito curto entre os dois. E sua mãe tinha razão quando dizia que a chegada da menina não havia causado nenhuma intriga entre seus filhos ou entre ela e seu marido. As duas meninas e o menino cresceram como irmãos legítimos, tendo somente as brigas normais que surgem entre filhos pequenos. Depois viera o irmão mais novo e, mesmo assim, não surgiu qualquer problema entre eles. E a Grelada também tinha razão em achar estranho esse fato, pois os tabuleiros e capões de mato de Tabuvale estão cheios de estórias sobre filhos tomados para criação que acabam entrando em discórdia com suas novas famílias.

Com todas as agruras que a vida traz às criaturas humanas, muitas vezes um filho ou uma filha pequena necessita ser separado de seus pais para ser criado por outras pessoas. Às vezes, é a morte da mãe durante o parto ou logo posterior a ele, fazendo a criança ficar desamparada e sem o alimento do peito materno ou o pai não poder criá-la. Outras vezes, é a família legítima não ter no momento condições de alimentar o pequeno, sendo obrigada, mesmo sem vontade, a entregá-lo para parentes ou estranhos. Em algumas situações, é a própria mãe que entra em estado de loucura e por isso não consegue ver sentido naquilo tudo e descarta o filho como se não fosse seu.

Seja qual for o motivo que leva uma família a entregar um filho para criação, o que se vê muito sobre Tabuvale é uma não adaptação do criado em relação a seus criadores. Uns crescem obedecendo a todos os mandados que recebem, encarando a situação como inevitável e crendo que seus novos pais estão a lhe fazerem um favor. Outros se tornam rebeldes logo no início, quando percebem que estão sendo explorados e que trabalham mais do que os filhos legítimos. Muitos deles, no entanto, aguentam a labuta que lhes é forçada injustamente enquanto ainda são pequenos, mas se rebelam quando crescem e abandonam a família de criação, voltando, quando possível, ao seio dos pais verdadeiros.

A Grelada, no entanto, foge a todas essas situações, uma vez que se deu bem com seus criadores, nunca foi forçada a trabalhar exaustivamente, cresceu sem se rebelar contra seus pais adotivos ou seus irmãos de criação e não pode voltar para o seio materno verdadeiro por ele não existir mais.

—

A menina tentou esquecer os homens desconhecidos que avistara acampados no pé do paredão depois da nascente, mas não conseguiu. Não podia ser comum a presença deles ali. Quando pegou a cabaça para ir buscar água no olho d'água com os irmãos, a menina e o menino mais velhos, ela não se livrou de pensar no grupo de estranhos. Quando os três chegaram à beira da cacimba, ela não se conteve em pedir aos irmãos:

— Vocês podem encher as cabaças enquanto eu vou ali ver se encontro alguma semente de pau-d'arco? Já volto.

O menino e sua irmã não protestaram, uma vez que já conheciam a fascinação da irmã adotiva pelos matos. Enquanto eles enchiam as vasilhas d'água, a menina se dirigia para o paredão de pedra mais ao longe. Caminhou direto para o topo do penhasco, no mesmo rumo em que havia andado mais cedo, durante a madrugada. Quando chegou em cima da mais alta rocha, ao espiar para baixo, não avistou de imediato o que esperava ver. O espaço lá embaixo, onde os desconhecidos estavam quando o dia ainda estava escuro, encontrava-se vazio, sem nenhum vestígio de pessoas ou animais.

A Grelada ficou um pouco surpresa, mas ao mesmo tempo não se importou com aquilo. Os homens que vira de manhãzinha poderiam já ter ido embora, sendo apenas passageiros que estariam a descansar um pouco. No entanto, quando ela já se preparava para descer o barranco em direção à nascente, avistou os dois irmãos a se aproximarem. Eles vinham agitados e sem fôlego. Poderia ser efeito da subida na pedra, pensou ela.

Não era.

— Vamos embora logo! — A irmã começou chamando, fazendo um gesto com a mão direita e mantendo a voz baixa, como se não quisesse ser ouvida, mas ao mesmo tempo pudesse ser enfática e atendida de imediato.

— O que vocês dois estão fazendo aqui?

— Quando estávamos terminando de encher as cabaças, ouvimos como se fossem vozes para este lado. — O irmão tentou explicar. — Como você estava só, achamos que tivesse encontrado alguém para conversar. Mas quando viemos caminhando para ver com quem você conversava, percebemos que as vozes vinham do outro lado do paredão.

— Então subimos por este lado e vimos a sua silhueta aqui em cima sozinha, enquanto as vozes continuavam lá embaixo. — A outra menina esclareceu. — Quando estávamos no meio da subida, ao olhar bem para o lado norte do pé do paredão, avistei uns homens escondidos dentro daquelas moitas mais fechadas.

— Quais moitas? — A menina Espantada perguntou, surpresa.

— Aquelas lá na frente. — A irmã mostrou, apontando com o indicador direito.

Era verdade, os homens e os animais estavam lá, ocultos pela sombra do paredão somada à das moitas. Eles não eram passageiros, a garota concluiu, apenas haviam mudado o acampamento para um lugar mais escondido, pois o anterior era muito visível com a luz forte do dia.

— Quem são eles? — O menino perguntou sem se dirigir especificamente a nenhuma das meninas.

— É difícil dizer quem são eles. — A irmã legítima respondeu, não tirando o olhar do rumo das moitas.

— Deve ser algum comboieiro que esteja descansando da viagem. — A irmã de criação tentou explicar, mesmo tendo certeza de que não se tratava de viajantes.

— Devemos ir lá perguntar? — O menino indagou novamente.

— De jeito nenhum! — Sua irmã legítima respondeu enfaticamente. — Vamos embora e contar tudo ao pai e à mãe.

— É melhor mesmo. — Completou a Grelada. — Vamos embora e contar aos nossos pais o que vimos aqui. Eles irão saber como descobrir quem é esse pessoal.

Os três meninos voltaram à nascente, descendo a rocha com muito cuidado para que não fossem vistos ou ouvidos pelo bando de homens escondidos no outro lado do paredão de pedra. Quando chegaram à cacimba, tomaram suas vasilhas cheias de água, colocaram-nas sobre a cabeça e voltaram rapidamente para casa.

-

O bando de homens que se acampara no sopé do penhasco durante a madrugada não abandonara a cautela com a vigília sobre o que poderia aparecer ao redor do acampamento. Sempre mantinham um membro do grupo vigiando as redondezas imediatas. Não queriam ser descobertos por bisbilhoteiros que sempre podem aparecer nessas situações. Deveriam ficar o mais escondidos possível de qualquer criatura curiosa que surgisse. Se alguém viesse a dar com o esconderijo deles, com certeza iria querer fazer perguntas sobre o que estavam fazendo por estas bandas e quem eram realmente.

O grupo havia escolhido como local de descanso o pé daquele penhasco por considerar mais inacessível às pessoas que pudessem passar ali por perto. Parecia uma trilha com um tráfego menos intenso, quase abandonado, podendo ser apenas um caminho usado pelos animais e seus donos. Durante o horário escuro da noite fechada, parecia realmente um lugar ideal para um esconderijo, quando não existe luz nenhuma a clarear o espaço. Porém, quando a madrugada começou a mostrar sinais de ressurreição, o vigia em atividade naquele momento moveu o seu perspicaz olhar na direção do topo do penhasco e teve certeza de que avistava algo que não era pedra nem qualquer tronco seco de árvore.

— Não movam seus olhos de forma brusca e denunciadora, mas vejam o que está a nos observar no alto do paredão. — O vigia falou para seus companheiros, baixando a cabeça bem devagar e continuando a olhar para o rumo do penhasco com um rabo de olho.

— Aquilo é uma pessoa a nos observar ou estou com as vistas enganadas? — Um dos homens perguntou com voz muito baixa e também olhando de soslaio.

— É uma menina. — Um outro concluiu, evitando qualquer movimento brusco que pudesse dizer à bisbilhoteira que eles a estavam vendo.

— Continuem como estão, agindo normalmente. — O vigilante pediu. — Fico de olho nela até que vá embora. Vamos permanecer como se não a estivéssemos vendo. Deve ser uma menina que se separou de outros e acabou por nos encontrar. Não pode ser algo que possa nos preocupar, pois, com certeza, não deve estar achando que somos quem realmente somos nem desconfiar do que pretendemos fazer.

— No entanto, pode contar a algum adulto sobre o que viu. — Alguém alertou. — Vamos esperar ela cansar de nos observar e, então, nos esconder melhor. Este ponto pode ficar muito visível quando o sol se levantar de vez.

Todos concordaram sem mais discussão, mantendo a mesma postura e esperando que a pessoa que os observava pudesse ir embora. O que não demorou uma eternidade, como eles haviam desejado. Para pessoas más, desejos se realizam com facilidade. Uma criatura boa espera uma eternidade sem nunca ver se realizarem seus pedidos. Depois de um período a inspecioná-los, a menina se afastou do ponto de observação antes do sol despontar por completo para iluminar cada torrão de terra. Para o bando era chegada a hora de melhorar sua ocultação.

Aquele paredão de pedra era um lugar bom demais para ser abandonado como esconderijo, embora o ponto específico onde se encontravam fosse mais aberto do que eles gostariam. Portanto, mesmo não ficando ali entre aquelas pedras incrustadas no sopé do penhasco, espaço ideal para sentar e planejar, os homens resolveram por mover o acampamento só um pouco para o norte, sob uma formação de moitas crescidas ao pé dos rochedos. Ali, as sombras do despenhadeiro e das plantas ramadas dificultavam a visibilidade, turvando as vistas de quem passasse por perto ou olhasse sem muita atenção do topo do paredão.

Era um lugar ideal para cinco homens e dois jegues se esconderem, mas não impenetrável aos olhos de meninos sem mais nada para fazer. Quando o sol já se levantava muito acima da parede de rocha e sua mais elevada vegetação, o novo vigilante conseguiu divisar novamente três cabeças acima das pedras maiores, uma já conhecida do final da madrugada e mais outras duas que lhe faziam companhia. Duas meninas e um garoto olhavam com curiosidade para o refúgio dos homens. O recanto ensombrado não era tão eficiente quanto eles queriam que fosse. Precisavam melhorar sua ocultação se não quisessem que fossem descobertos por adultos e novamente por meninos.

Mas deveriam mesmo mudar um posto há muito escolhido para planejar o que estavam prestes a fazer, os homens se perguntaram. Aquele ponto era o lugar mais adequado para se concluir seus intentos. Era isolado das habitações do lugarejo, passavam poucas pessoas e ao mesmo tempo se localizava próximo do destino final de suas ações. Talvez não valesse a pena se deslocarem para outra área, pensavam uns. Porém, não poderiam ficar à mercê de vistas curiosas, acreditavam outros. Uma coisa ficou certa: era necessário reunir todo mundo para discutir e se tomar a decisão mais viável, mas também a mais segura para seus planos se concretizarem sem mais problemas.

Os três garotos chegaram em casa e antes mesmo de despejarem a água que traziam nas respectivas vasilhas com destino aos seus devidos usos foram logo dando a notícia sobre o que tinham avistado no sopé do penhasco próximo ao olho d'água.

— Mãe, avistamos uns homens acampados lá no sopé do paredão, perto da nascente. — A filha legítima foi exclamando.

— Que estória é essa que você está contando? — A mãe dos três indagou, surpresa, mas sem demonstrar grande credulidade no que ouvia.

— Eles estavam reunidos embaixo das moitas, como se estivessem se escondendo ou descansando de uma viagem. — O menino explicou.

— Não eram viajantes ou comboieiros que estavam repousando? — A mãe voltou a perguntar, ainda preocupada com o que ouvia, embora conservando a tranquilidade.

— Não sabemos dizer direito do que se trata. — A Grelada entrou na conversa. — Parece ser um grupo de cinco homens e dois jumentos. Não são daqui destas bandas e são completamente desconhecidos. Pelo menos nós três não conseguimos reconhecer ninguém, porque os olhamos de longe, de cima do paredão de pedra.

— Não se preocupem, quando o pai de vocês chegar, peço para ele ir ver quem são. — A mãe tranquilizou os garotos ao mesmo tempo em que tentava se tranquilizar a si mesma. — Com certeza são viajantes, vendedores ou compradores de animais ou quaisquer outros mantimentos. O pai de vocês saberá reconhecer de onde são e quem podem ser.

    Para não encompridar a conversa, a mãe foi cuidar de finalizar o preparo da comida para o almoço, enquanto os meninos foram concluir os afazeres da casa e do quintal. Uma parte da água que haviam trazido deveria ser coada e despejada no pote para eles beberem e cozinhar; outra parte tinha como destino encher o cocho dos bichos menores no quintal e o dos animais maiores no curral; enquanto o resto seria acumulado para o banho e lavar roupa ou os demais objetos. Não se falou mais em bando de homens desconhecidos até a chegada do pai, quando a mulher relatou a ele o que os meninos lhe haviam contado. Nem mesmo a filha de criação tocou no assunto de ter visto o bando de homens durante o fim da madrugada. Fosse por medo de ser repreendida pelos pais por não mencionar o fato logo quando chegara de sua andança matinal, fosse por não se sentir bem em fazer aumentar ainda mais aquela confusão, a Grelada preferiu deixar tudo como estava.

    O marido não se mostrou nem preocupado, nem assustado, nem surpreso com o que escutava de sua mulher. Simplesmente a ouviu com atenção e depois garantiu:

— Depois do almoço vou lá ver do que se trata. Com certeza não será nada para vocês se alarmarem. Deve ser apenas um grupo de passantes que estava a descansar para depois prosseguir viagem novamente.

—

— Eles estavam bem acolá, debaixo daquelas moitas. — A filha legítima explicou ao pai, ainda sem acreditar que agora não estava mais enxergando ninguém, nem homens nem animais.

    O pai e os três garotos subiram o paredão de pedra pelo lado contrário do esconderijo, pelo caminho que os três pequenos haviam subido mais cedo e que a Grelada subira ainda mais cedinho. Após o almoço, como prometido, o pai resolveu verificar o que os filhos tinham visto de verdade. Ele queria ter vindo sozinho, mas os pequenos insistiram em o acompanhar, algo com que a mãe concordara sem pestanejar. Ela não queria que ficasse nenhuma dúvida na cabeça dos filhos sobre o que estava acontecendo. Eles poderiam continuar dizendo bobagens ou considerando malfeitor qualquer passante que viajasse por estas bandas.

 Os quatro haviam tomado o caminho da cacimba e se dirigiram ao dito penhasco. Os meninos também foram categóricos em que deveriam seguir pela subida oposta ao desfiladeiro para não serem vistos de imediato pelos homens, caso não fossem pessoas boas. Chegaram ao topo da pedra mais alta quando a cigarra começava a emitir seu mais intenso tinir. Era meio-dia, o horário predileto da Visagem, o Visão do dia e protetor da luz, criador da Fagulha.

 — Vocês têm realmente certeza de que tinha mesmo alguém acampado lá embaixo? — Foi a pergunta do pai quando os quatro olharam para o sopé do penhasco e não havia nem sinal de gente nem de animais.

 Os três meninos se entreolharam sem entender nada do que estavam a presenciar. Os homens haviam desaparecido como se nunca tivessem ocupado aquele lugar. O acampamento estava vazio e sem nada que pudesse representar um bando desconhecido.

 — Eles podem estar se escondendo em outro lugar. — O filho disse, com a surpresa visível no rosto.

 — É verdade. — A filha legítima acrescentou. — O bando pode ter se deslocado para algum esconderijo melhor aqui por perto.

 — Ou então, simplesmente foram embora, como era o plano deles desde que chegaram por estas terras. — O pai tentou esclarecer a situação e encerrar o assunto de uma vez. — Sem nenhuma dúvida se tratava apenas de um grupo de comboieiros que estavam a descansar à sombra das moitas e do desfiladeiro. É comum bandos de viajantes empreenderem longas viagens por estas varedas desertas e tristonhas. São compradores e vendedores de mercadorias de todo tipo. Quando eles passam em um lugarejo, compram e vendem animais de criação, legumes da safra local e produtos artesanais confeccionados por aqui. Além disso, trocam mantimentos, oferecendo os que possuem e recebendo os que se tem por estas bandas. São comboieiros que trazem umas coisas de muito longe e levam outras para todos os tabuleiros e capões de mato de Tabuvale.

— Comboieiros andam durante a noite? — A filha de criação perguntou, após se manter por um bom tempo calada. — Eles acampam nos matos durante os horários escuros ou procuram casas para se acomodarem ao cair da noite?

— Alguns se hospedam nas residências das pessoas que moram perto das varedas quando a escuridão se abate sobre o mundo. — O pai respondeu, encarando a pergunta da filha como uma simples curiosidade. — No entanto, quando não encontram um lugarejo ou habitação antes do anoitecer, eles são obrigados a armarem seus acampamentos ao relento, à beira das estradas, ou debaixo de moitas e penhascos.

— Avistamos o grupo quando viemos buscar água na nascente, com o sol já levantado acima das árvores. — A filha adotiva insistiu, omitindo ainda o fato de ter visto os homens e os animais antes do dia começar. — Não já era tarde para eles ainda estarem acampados, quando deveriam estar com o pé na estrada?

— Eu compreendo que vocês estão assustados com tudo isso. — O pai tentou desfazer a dúvida na cabeça dos filhos e se desviar do questionamento embaraçoso da Garota Espantada. — No entanto, comboieiros podem se deparar com situações não previstas e serem obrigados a mudarem seus planos. Com certeza, o bando que vocês viram teve que permanecer em um ponto de descanso por mais tempo do que o planejado. Mas podem acreditar, a esta altura do dia, eles devem estar já muito longe daqui. E quanto a nós, vamos voltar para casa porque a mãe de vocês já deve estar muito preocupada e a quentura do dia está cada vez mais ardente. Parece que hoje a Visagem deixou sua cria Fagulha despejar centelhas pelo mundo a torto e a direito.

Nenhum dos meninos teve mais argumentos para não querer voltar para casa. Pelo menos, não os dois filhos legítimos. A Garota de Olhos Grandes, no entanto, não parecia convencida. Alguma coisa na cabeça dela a alertava de que aquele bando não devia ser de comboieiros e que não estava longe, mas que poderia ainda se encontrar sob outro esconderijo. Quando os quatro desciam o paredão de pedra, ela sentiu como se fossem passos lentos sobre folhas secas. Por ainda estar em dúvida, ela tinha sido a derradeira a descer da pedra, o que havia feito somente após lançar um último olhar para o sopé do desfiladeiro. Não avistando realmente nada, ela tentou acompanhar os demais. Quando o som delicado de folha seca se quebrando chegou aos seus ouvidos, ela estacou e se pôs a escutar. O barulho cessou imediatamente, como se tivesse sido interrompido com a parada de seus pés.

— O que foi? — O menino perguntou, também parando e se voltando para a irmã, sendo imitado pela outra menina e pelo pai.

— Pensei ter ouvido algum barulho nas folhas. — Foi a resposta da Grelada. — Como se fossem passos quebrando graveto e folhas secas.

— Estamos no horário da Visagem e de sua cria que aquece o mundo. — O pai explicou. Ao contrário da vinda, agora na volta ele andava à frente dos meninos, na ponta dianteira da fila. — É normal ter pensado que ouvimos algum barulho, mas é somente a Fagulha soltando suas centelhas endiabradas e fazendo a cigarra cantar mais intensamente.

Mesmo sem se convencer totalmente, a Grelada não teve outra opção a não ser acompanhar os outros na volta para casa. Faria uma varredura de todo aquele capão de mato cheio de rochedos na manhã seguinte, pensou ela. Talvez descobrisse do que realmente se tratava tudo aquilo.

As dúvidas eram tantas a fervilhar na cabeça da Menina de Olhos Espantados que ela não conseguia se esquecer do que havia acontecido. O entardecer havia se consumido lentamente, o sol descendo pela abóbada celeste a passos de lesma, rumando muito devagar para os contornos do Morro Moreno. A menina esperava ansiosamente pela noite e mais especialmente pela madrugada, o horário em que ela costumava sair para sua andança pelos arredores. No entanto, para a manhã seguinte, os outros lugares estavam fora de questão, pois sua mente estava concentrada somente nas circunvizinhanças daquele paredão de pedra.

Quando finalmente o sol descambou para o outro lado do Moreno, a Fagulha interrompeu preguiçosamente sua chuva de luz. A noite se adentrou sobre cada torrão de Tabuvale. A Grelada, por sua vez, não pensou em estender por mais tempo sua espera pela madrugada. Precisava sair de casa antes da Grande Lamparina retornar à sua luz tênue de todas as manhãs, pensou a garota. Sairia mais cedo do que nos outros dias, quando o escuro ainda fosse impenetrável às vistas normais, a menina decidiu. Por isso, deitou-se na rede para dormir tão logo os outros também se acomodaram em seus respectivos cantos. Não dormiria tanto para não perder o horário. Apenas esperaria os irmãos e os pais pegarem no sono, uma vez que não queria que eles a enchessem de perguntas sobre a razão dela sair tão cedo da noite.

No final das contas, a menina não dormiu nem muito nem pouco. Os outros membros da família, ao contrário, adormeceram tão logo se deitaram. A garota estava agitada demais para que o sono pousasse de leve sobre sua mente. Mesmo assim, ela ainda se conteve na rede por uns instantes, desejando que ninguém se acordasse e que a escuridão se fechasse de vez.

Quando tudo pareceu um silêncio de pedra, a menina se levantou, caminhou até a porta de fora e saiu para o relento. Não reclamou da frieza da noite, pois já estava há muito acostumada com o frio da madrugada a roçar seus braços nus. Não hesitou por nenhum momento quanto ao seu rumo, uma vez que tinha apenas um objetivo: realizar uma vistoria nas redondezas daquele paredão de pedra e descobrir o que havia acontecido com os homens estranhos que estavam acampados lá mais cedo.

Tentando fazer um mínimo de barulho, para não acordar os animais e as criaturas noturnos, a Grelada passou pela nascente e seguiu a vareda estreita que leva ao despenhadeiro. Não subiu de imediato por onde ela e os outros haviam subido antes. Seguiu para o sopé oposto do penhasco, onde estava o bando quando ela o avistou pela primeira vez. Mesmo com pouca luz, pois a Lua não estava tão brilhante, ela conseguiu perceber que o acampamento estava batido, como era de se esperar. Depois de passar pelas pedras que serviram de banco para os homens, a menina se dirigiu à moiteira. Assim como entre as pedras, o espaço sob as moitas também estava mais limpo do que o normal, embora com pisadas e remexidos mais recentes. Ela olhou ao redor e verificou os matos e as rochas próximas à procura de algo que pudesse lhe esclarecer suas indagações e questionamentos.

Nada encontrando que pudesse indicar alguma resposta, a garota resolveu subir o penhasco outra vez. Fez a volta pela parede de pedra para pegar a trilha que usara mais cedo. Quando subia a ladeira, já no meio do caminho, algo lhe chamou a atenção. A trilha que seguia rumo ao topo do desfiladeiro estava menos batida do que a que virava para a direita, a qual continuava pelo contorno das pedras. O caminho serpenteava pela encosta e estava mais largo, como se tivesse sido roçado ou limpado há pouco tempo. Ela não teve dúvida do que poderia significar uma vareda com galhos cortados recentemente. Por isso, a menina não hesitou em seguir por aquela trilha. Não andou muito para chegar a um pequeno espaço um pouco aplainado e aberto, oculto pelas rochas, as quais se enfileiravam nos rumos norte e oeste, e pela vegetação viçosa pelos outros lados, nas direções sul e leste.

Era o acampamento mais novo dos homens.

Com certeza, a garota concluiu, tinha sido ali que o bando havia se escondido quando ela, os irmãos e o pai vieram inspecionar o local. Agora ela entendia o motivo de parecer ter escutado passos nas folhas secas. O lugar não ficava distante de onde ela havia observado os desconhecidos, sendo perfeitamente possível ouvir pés quebrando gravetos secos no chão. Foi então que ela compreendeu algo ainda mais estarrecedor, como se uma luz intensa tivesse se acendido na sua mente. Não havia nenhuma dúvida de que ela e os outros estavam sendo observados naquele horário fatídico do meio-dia. E mais, agora ficava claro na sua cabeça, em todos os momentos em que ela vira os homens acampados, eles também a estavam observando. Por isso mesmo estavam sempre mudando o local no qual se alojavam. Se retiraram do espaço aberto entre as pedras no sopé do penhasco para debaixo das moitas e depois para o lado oposto do paredão, onde estariam muito mais ocultos pela mata mais fechada.

Definitivamente, a menina entendeu outra vez, aquele bando não era um grupo de viajantes nem de comboieiros. E se não eram compradores nem vendedores de qualquer tipo de produto, não poderiam ser gente de boa índole. Se eram pessoas com o objetivo de fazer qualquer coisa ruim, abandonar o acampamento durante a noite significava que pretendiam agir protegidos pela escuridão. E aquele que utiliza o escuro para esconder suas ações, normalmente é um malfeitor.

— As pessoas devem ser avisadas! — A Grelada pensou em voz alta.

Sem esperar por mais nada, a menina deu meia-volta e saiu em disparada pela vareda. Desceu a encosta de pedra quase aos pulos, mesmo sabendo que poderia se desequilibrar ao pisar em algum pedregulho, o que lhe custaria uma queda desastrosa e muito provavelmente um pescoço quebrado. O escuro da noite dificultava enxergar os galhos mais finos e seguir pela trilha certa. Os cipós se chocavam constantemente contra o rosto nu da garota e os seixos pareciam atravessar o solar de suas alpargatas e penetrar no couro duro dos seus pés. Mesmo assim, ela não parou por nenhum instante, pois sabia que sua família e as outras pessoas precisavam ser avisadas sobre o perigo que agora estavam correndo. Devia soar o alarme o mais rápido possível, antes que fosse tarde demais. Por isso, ela ignorou o cansaço nas pernas, as pedras sob os pés e os cipós na cara. Também não se preocupou com o escuro. Se errasse o rumo de casa, cortaria caminho por dentro dos capões de mato.

—

A porta de fora se achava sem a tramela, estava apenas encostada no caixilho, como ela a havia deixado quando saíra. Era sempre assim que ficava quando a garota saía para sua andança matutina. Por isso, ela não teve dúvida em correr casa adentro. Acordaria os pais e os irmãos e contaria o que estava por acontecer.

No entanto, quando ultrapassou o vão da porta, uma mão escura e fria tapou sua boca como uma mordaça de aço e um braço forte enlaçou sua cintura, prendendo seus braços juntos à sua barriga.

Alguém a segurava.

Ela tentou gritar e se desvencilhar de seu captor, mas tudo foi inútil.

— Boa noite, Menina dos Olhos Grelados. — Alguém no meio da sala coberta de escuridão a saudou com sarcasmo. — Cada um aqui estava esperando ansiosamente por você. Eu já estava pensando que não viria mais.

— Bem que eu disse que estava faltando uma. — Outra pessoa falou mais para o fundo do cômodo, ao mesmo tempo em que acendia uma lamparina cuja luz tênue preencheu aquele espaço da casa.

Quando a lamparina tornou o ambiente visível, embora de forma embaçada pela pouca luz, a Grelada passeou os olhos pela sala e compreendeu o que estava se passando. Seus pais e seus irmãos se encontravam sentados em um canto, todos com os braços amarrados para trás e cada uma das bocas atada com um pedaço de tecido. O homem que a segurava estava acompanhado pelo que acendera a lamparina, pelo que a havia saudado e por mais outros dois que se postavam perto de sua família.

O bando de desconhecidos que ela havia observado estava ali, dentro de sua casa, mantendo seus familiares como reféns. E presa como estava, ela não conseguia fazer nada nem chamar por ninguém.

— Bom, já que estamos todos aqui reunidos, vamos ao que nos interessa. — O homem no meio da sala falou, sua decisão mostrando que parecia liderar os demais. — Não viemos em busca de cascalho. Até porque parece que vocês não têm nenhum. Vamos levar apenas algum pedaço generoso de carne. Ficamos sabendo que nestes quintais tem porco gordo e bode grande.

— Qual deles vai nos mostrar onde fica o chiqueiro? — O homem da lamparina indagou ao chefe. — O pai?

— Não vamos ter todo o trabalho de o desamarrar e o amarrar depois. Além do mais, ele é o mais forte, pode dar algum trabalho extra para vocês. Vamos levar a Grelada mesmo. Ela é muito andeja, com certeza sabe onde fica cada animal de criação. E aliás, já estava me esquecendo... — O homem se voltou um pouco mais para a garota. — Descobrimos seu nome por dois meios: quando você nos observava lá em nosso acampamento e quando meus dois companheiros ali forçaram sua família a nos dizer quem estava faltando e como se chamava. Posso lhe garantir que eles são bons nesse negócio de fazer as pessoas falarem sem vontade própria.

O líder saiu para a frieza da noite acompanhado pela Grelada, segura e amordaçada pelo outro homem. Os dois que guardavam sua família vieram em seguida, tendo aos calcanhares o da lamparina, que saiu por último pela porta. O que liderava deixou que a menina e seu captor passassem à frente. Um dos desconhecidos foi pegar os dois jegues e as demais ferramentas, os quais estavam amarrados e escondidos sob o tronco de uma árvore mais afastada da casa.

A menina prisioneira levou os salteadores até o chiqueiro dos porcos e depois mostrou o curral das cabras e bodes.

— Amarrem três porcos e cinco bodes. — O que liderava ordenou aos demais. — Mas tenham cuidado para não se fazer tanto barulho, pois não quero ter que acordar e amarrar mais gente do que já temos. E se certifiquem de que estejam pegando os maiores animais do chiqueiro.

— Os jumentos vão aguentar tanto peso? — Um dos companheiros indagou. — Estes animais são bem grandes e gordos.

— Em um dos jegues, coloque um porco em cada mala e mais um sobre a cangalha. No outro, vamos levar dois bodes em cada mala e um também no meio da carga. Os jumentos são fortes e não vamos empreender toda uma viagem dessas para levar pouca coisa. Nosso serviço precisa ser muito bem recompensado.

O trabalho com os animais demorou preciosos instantes. Enquanto o chefe do bando orientava e ordenava, seu companheiro segurava a garota, evitando que ela se soltasse ou gritasse. Os outros três homens tiveram que assumir o serviço mais pesado. Eles entravam de mansinho no chiqueiro, encurralavam um animal em um canto e o amordaçavam com as mãos. Amarravam firmemente o bicho e depois o levavam para perto dos jegues. Quando terminaram de prender os oito animais, deram início à organização da carga. Os homens levantavam cada bode e cada porco com muita dificuldade devido ao peso das criações. Uma tarefa realmente árdua para eles.

— Pronto! — O homem com a candeia avisou. — As duas cargas estão concluídas. Todos os animais estão bem acomodados e amarrados firmemente.

Depois de tudo terminado, os homens voltaram para dentro de casa, onde se encontrava a família da menina, todos ainda amarrados feito um bando de animais.

— Amarrem e amordacem a garota da mesma forma que os outros. — O líder do grupo ordenou. — Assim, eles não vão poder sair nem gritar para avisar ninguém. Amanhã alguém irá aparecer para soltá-los. Mas aí já será tarde para nos pegarem ou nos incomodarem, pois estaremos muito longe daqui.

— Não podemos brincar um pouco com a mulher e as duas meninas? — O malfeitor com a lamparina perguntou, já com um sorriso nojento no rosto e um brilho alegre e perverso nos olhos.

— Não podemos nos demorar aqui. A noite avança e temos que fugir o mais cedo possível.

— Não vai demorar tanto. — O homem que segurava a Grelada implorou. — Será somente uma brincadeirinha. Em um instante a gente termina.

— Assim, nosso trabalho estará ainda mais recompensado. — O que segurava a luminária voltou a pedir.

— Está bem. — O chefe aceitou o pedido. — Mas sejam rápidos e tomem cuidado para não fazerem tanto barulho nem soltar ninguém.

Ao ouvir tais palavras, os cinco amarrados no chão começaram a se debater num desespero sem tamanho. Tentavam em vão sacudir os braços e emitir algum grito. As lágrimas nos olhos vieram como cachoeira, molhando os seus rostos sob a claridade amena da sala. O pai se debatia com fúria e movia com violência os lábios numa tentativa inútil de vencer a mordaça e soltar um grito. O som angustiante se anulava dentro da boca, nunca alcançando o espaço ao redor. A mãe se lastimava em silêncio e tinha o rosto todo molhado de choro quando um dos homens a pegou pelos braços e a arrastou com agressividade em direção a outro cômodo da casa. A filha legítima chorava apenas com os olhos, pois não podia usar a boca para soltar seus prantos e sofrimentos. Ao seu lado, o irmão se contorcia sob as amarras e forçava a garganta para liberar um brado de terror que nunca chegava aos ouvidos, por mais perto que estivessem de seus lábios. A criança menor, ainda muito nova para entender tudo aquilo, simplesmente chorava em silêncio.

Sob a prisão dos braços fortes do homem, a Garota de Olhos Espantados também não conseguia controlar o desespero. As lágrimas desciam pelo seu rosto como uma cascata nos dias de enxurrada. Ela se contorcia e buscava um grito que sempre entalava na parte mais alta da garganta e nunca saía da boca devido à obstrução oferecida pela mão do desconhecido. Sua mente era uma miscelânea agitada de impotência, sofrimento e cólera. Ela estava prestes a assistir à sua mãe e sua irmã serem molestadas e não conseguia fazer nada. Sua mãe sofreria como uma condenada e sua irmã, ela tentava não pensar naquilo, com certeza não resistiria a tamanha agressão. Quanto a ela, sabia muito bem que não tinha forças suficientes para escapar ilesa.

Então, quando as vistas da Grelada já começavam a embaçar devido ao desespero agressivo e suas pernas davam sinal de que um desmaio estava a caminho, sua mãe conseguiu soltar um grito lastimoso de dentro do quarto e a chamou. Depois de ouvir seu nome, a garota limpou os ouvidos e escutou com muita clareza os gritos da mulher que a criou com carinho e cuidado desde quando ainda era uma bebê:

— Invoque sua outra mãe, a Fagulha! Olhe para a luz e lhe suplique socorro!

Enquanto o agressor voltava a obstruir a boca de sua mãe no cômodo ao lado, a mente da Grelada era sacudida por uma onda de fúria e determinação. Sem entender muito bem como ou por qual razão, ela sentiu uma ânsia intensa de receber nos olhos grelados alguma luz, como se fosse uma sede exagerada ou uma fome brutal. Quase sem vontade própria, suas vistas foram arrastadas em direção à candeia acomodada na mão do assaltante. Quando mirou a pequena chama bruxuleante, um choque estremeceu os seus pensamentos e uma carga violenta de lembranças clareou sua mente.

•

Era como se ela estivesse vivendo uma outra vida.

Os pensamentos da garota de Olhos Espantados forçaram sua memória a voltar aos tempos passados dos quais ela nem sabia que podia se lembrar. Com os olhos vidrados em direção à chama da lamparina, ela permitiu que seus olhos fossem inundados por um fulgor que invadiu sua mente. Então, a menina se deixou levar por aquela correnteza de instantes que a conduziam ao passado.

As imagens apareciam e desapareciam de sua memória tão rápido quanto um relâmpago rasgando o céu das invernadas, mas eram nítidas e totalmente compreensíveis.

Uma primeira cintilação a fez se ver andando no escuro por entre vegetação fechada, machucando os pés sobre pedras pontiagudas, recebendo cipoadas no rosto, entrando em casa e sendo amordaçada por uma mão desconhecida. Uma segunda lhe mostrava a si mesma, seus dois irmãos de criação e seu pai adotivo a observarem o sopé vazio do penhasco. Uma terceira retirava apenas seu pai de cena. Uma quarta deixava somente ela no alto do desfiladeiro.

As cintilações em seus pensamentos foram surgindo e desaparecendo. Umas revelavam a garota com idade menor, correndo com os dois irmãos, indo buscar água no olho d'água, dando comida aos animais, correndo pelas poças d'água nos regos e barreiros após as chuvas. Em outras, ela estava a andar pelos tabuleiros e capões de mato com o sol quase a aparecer sobre os contornos do Morro Torto.

Quando a próxima luz ofuscante surgiu, a garota era muito pequena e estava sentada no batente da porta de fora, olhando admirada para os matos ao redor. Era meio-dia e a cigarra não parava de emitir seu canto mais intenso e agudo. Estranhamente, a menina sentada à porta compreendia perfeitamente aquele som e ele falava sobre fogo, ardência, labareda, quentura, sol, Visagem e… Fagulha.

A cena se apagou e despontou uma outra. Nela, a garota era uma bebê e assistia à sua família verdadeira agonizar com manchas avermelhadas pelo corpo, febre alta, diarreia e vômito. A doença perversa que levou embora para sempre seus pais e irmãos de sangue tinha lhe poupado daquele fado. Mas a menina também suspeitava que estava, por algum motivo, imune àquela moléstia.

A cintilação seguinte lhe provou que ela estava certa. A garota, bem pequena, agora estava deitada numa rede armada próximo à janela de sua antiga casa, de frente para o nascente. O dia amanhecia, a Visagem trazendo o sol de volta com sua luz a dissipar a escuridão noturna. Então, uma claridade intensa penetrou pela fresta da janela e atingiu seu rosto, as pequenas labaredas de luz banhando suas vistas e sussurrando em seus ouvidos uma voz arrastada:

— *Sou a Fagulha, cria da Visagem, o Visão do dia e guardião da luz. Uma moléstia terrível se abaterá sobre seus pais e seus irmãos. Mas você ficará ilesa, pois sua mãe me deu você como oferenda quando de seu nascimento. Quando ouvir o canto da cigarra, saiba que serei eu a conversar com você. Quando carecer de socorro, não hesite em me convocar.*

Quando a voz se diluiu pelos ares, a claridade do dia suavizou e os olhos da criança estavam mais vivos. Além disso, seu olhar ganhara mais vigor. Quem a viu posteriormente, a chamou de

Grelada, Espantada, Olho Redondo, Filha de Coruja, Olho Grande e tantos outros nomes com os quais ela se acostumaria com o tempo.

Finalmente, ao surgir a outra cena do passado em sua mente, a garota se viu como uma recém-nascida nos braços carinhosos de sua mãe verdadeira a falar baixinho em seus ouvidos ainda sem muito treino em matéria de ouvir:

— *A Visagem lhe concede a luz da existência e a Fagulha lhe oferece o fogo da vida. Quando alguma delas vier lhe reclamar seu prêmio, não hesite em entregá-lo, pois a recompensa será generosa.*

Ao fundo, na imagem lembrada, a cigarra soltava seu tinir mais alto e a quentura crepitava sobre folha, mato e poeira.

Quando a última cintilação de lembrança se desfez, a Espantada sentiu seu corpo estremecer e se sobressaltou, como se estivesse acordando de um sonho perturbador. Ela passeou os olhos pela sala e percebeu que ainda se encontrava no meio de uma situação desesperadora. Sua mãe de criação ainda lutava bravamente contra seu captor no quarto ao lado. Seu pai e seu irmão se lastimavam e se contorciam de raiva e tristeza, amarrados e amordaçados no chão. Um outro assaltante arrastava sua irmã na direção do mesmo cômodo no qual sua mãe resistia com bravura a seu molestador.

Enquanto isso, o homem com a luminária sorria com maldade e esperava sua vez com excessiva ansiedade. No centro da sala, o chefe do grupo se postava sem qualquer tipo de expressão que denunciasse algum remorso no rosto, esperando seus homens se satisfazerem para poderem escapar para outros tabuleiros e capões de mato. E ela, a menina de Olhos Redondos, estava presa e silenciada pelos braços e mãos de um malfeitor sem piedade.

•

A garota não soube como, mas conseguiu mexer um pouco a cabeça, uma quantia ínfima. Apenas o suficiente para mover levemente a boca e cravar os dentes com toda a força que foi possível reunir nos músculos bucais sobre a mão de seu captor. Todos os incisivos penetraram a carne inimiga como garras potentes perfurando uma argila macia. Quando o assaltante sentiu pele, músculo e osso danificados, soltou um urro de dor que estremeceu cada canto da casa. A menina estava liberta para soltar um grito tão alto quanto ameaçador:

— Parem com essa loucura!

O líder do grupo, ao se virar e ver a garota de pé e o seu companheiro se lastimando às costas dela, não se abalou, nem com o grito de dor nem com o brado de ordem. Simplesmente perguntou, de forma sarcástica e impiedosa:

— Senão o quê, anormal?! O que você vai nos dar como castigo?

A Grelada não deu um único passo, nem para a frente nem para trás, apenas se manteve de pé e firme no chão. Depois de um breve instante, com as lágrimas agora controladas e colocando uma expressão serena no rosto, ela falou mansamente, porém enfaticamente enérgica:

— A luz!

Imediatamente, a porta de fora e a janela se escancararam, como se um vento forte as tivesse empurrado. Uma clareza revigorante atravessou o vão de ambos os portais, iluminando nitidamente a casa e seus ocupantes. A madrugada começava a chamar o amanhecer.

A Fagulha estava a caminho, sob o aval da Visagem.

Era chegado o momento de se prestar contas.

E foi então que o fogaréu teve início.

A Espantada, sem saber direito como ou por que, ergueu o braço esquerdo no rumo do chefe do bando e pôs a mão aberta de pé, perpendicularmente ao pulso. Em seguida, dobrou o polegar para o esconder atrás da palma da mão, aproximou o anelar do mindinho e o médio do indicador. Os dois pares de dedos levantados e afastados agora formavam um vê, por meio do qual a menina mirou o malfeitor e vociferou com convicção:

— Queime!

O líder não teve tempo de agir. Tudo foi muito rápido. Quando ele se deu conta, chamas ardentes já se alastravam por todo o seu corpo, carbonizando suas vestes de cima a baixo, fazendo arder pele, cabelo e carne. O que ainda conseguiu fazer foi somente gritar penosamente, aniquilado pela dor infernal, e se debater numa tentativa inútil de se livrar das labaredas escaldantes. Em poucos instantes, ele era apenas um pequeno monte de músculos e ossos calcinados, esfumaçando sobre o piso da sala.

A menina do vê moveu levemente o braço e o apontou para o salteador com a luminária. Nada mais saiu dos lábios dela do que:

— Queime!

O homem se incendiou tão rápido quanto um pestanejar, sendo consumido pelas chamas ardentes como um feixe de lenha seca se inflamando numa fogueira. Seus gritos de lamento saíram sofridamente, porém no mesmo momento foram engolfados pela luz intensa do fogo que engolia sem clemência seu corpo por inteiro. Logo, ele era também um amontoado de cinzas e restos de gente chamuscados. A candeia fora largada no chão, ainda acesa.

Os outros dois homens desconhecidos na sala estavam assustados demais com o que viam para tomarem qualquer tipo de atitude. Simplesmente estacaram, estarrecidos, com a cena macabra de seus companheiros se lastimando ao queimar. A Grelada rumou o seu vê de dedos para o malfeitor que arrastava sua irmã, o qual agora estava postado perto da porta que levava ao outro cômodo, e bradou outra vez:

— Queime!

O criminoso ardeu como brasa, largando a garota cujo corpo pretendia molestar. A menina de Olhos Grandes virou sobre os calcanhares e fez pontaria para seu captor, o qual também não se movia por estar paralisado de puro pavor:

— Queime!

As flamas cáusticas de luz engoliram o homem em um abraço fervente.

Sem hesitar, a Espantada se dirigiu imperturbável para o quarto ao lado. Quando atravessou a porta viu o agressor ainda tentando imobilizar sua mãe, a qual se debatia furiosamente debaixo dele, deitada de costas sobre o chão de terra batida. O assaltante se esforçava em demasia para dominar sua presa e degustar seu prêmio. Com certeza, estivera ansioso demais em busca de sua conquista para ouvir os lamentos dos companheiros e perceber que estava correndo perigo.

— Sai de cima dela, seu imundo! — A menina ainda ordenou antes do ataque.

Ao ouvir tais palavras atrás de si, o molestador se levantou abruptamente e andou na direção de quem lhe dirigia tamanho insulto. A garota manteve o vê da mão em riste e bradou sem perdão:

— Queime!

Antes de concluir o primeiro passo, a camisa surrada do homem se incendiou com chamas ardentes, porém vagarosas no modo de queimar. Ele arregalou os olhos sem poder acreditar no que via. Tentou andar outra vez, mas escutou outra ordem:

— Queime!

Agora as calças do assaltante se acendiam como o pavio inflamável de uma lamparina. A quentura começou a surtir efeito em suas carnes e ele não pôde mais segurar um grito de dor.

— Queime!

E então os cabelos, o rosto, o pescoço e os braços foram tomados por labaredas escaldantes. Entretanto, as chamas que a Grelada invocava nesse momento não destruíam tão rápido quanto as outras. Eram mortais, porém carbonizavam pele e carne vagarosamente, pois a menina desejava uma morte lenta para aquele homem impiedoso.

O malfeitor não conseguiu avançar. Pelo contrário, recuou até o canto do quarto, gritando e se debatendo, em um lastimar agonizante. Rolou algumas vezes pelo chão e se chocou contra as paredes, numa vontade louca de se livrar daquelas labaredas quentes o suficiente para derreter rocha. O incêndio sobre seu corpo, no entanto, não lhe deu nenhuma trégua. Depois de muitos instantes de berros e clamores, o homem ainda se levantou uma última vez, estacou e desabou no chão, seu corpo estorricado e desfalecido.

Quando tudo acabou, a Grelada se sobressaltou bruscamente, como se estivesse saindo de um transe. Porém, um transe do qual ela tinha consciência e domínio. Ela se abaixou para tirar a mordaça de sua mãe de criação e enlaçá-la com um abraço afetuoso. Ficaram as duas unidas como uma pessoa só por alguns instantes. Após libertar a mãe, ambas se dirigiram à sala para prestar ajuda aos demais. Ninguém mais chorou, pois quando o socorro bate à porta, o silêncio revigora a mente com maior rapidez.

O sol subiu pelo céu e Tabuvale se iluminou.

— Não precisa partir, se não quiser. — Foram as palavras da mãe de criação para a Grelada quando esta estacou no terreiro, após se despedir do pai adotivo e dos irmãos, já pronta para iniciar sua viagem.

— Você sabia quem eu era e tudo que aconteceu comigo e minha família, não sabia? — A filha da Fagulha perguntou, sabendo que não se surpreenderia com a resposta que receberia.

Sua mãe de criação simplesmente balançou a cabeça afirmativamente.

— E também compreende que eu devo empreender esta busca, mesmo não sabendo aonde ela me levará, não compreende?

Outro sinal afirmativo com a cabeça e um pedido:

— De vez em quando apareça por aqui. Esta casa estará sempre de porta aberta para você.

A menina da Fagulha sorriu e concordou com um aceno de cabeça. As duas se abraçaram para uma última despedida. Quando se separaram, a filha da Fagulha levou ao ombro a bolsa feita com palha de carnaubeira, dentro da qual estavam seus poucos mantimentos, virou-se e rumou para a vareda que a levaria a outros tabuleiros e capões de mato.

A cigarra alcançava sua cantiga mais aguda e as centelhas da Fagulha crepitavam sobre as folhas secas, iluminando e aquecendo os torrões de Tabuvale.

ESTORIETA VI

Sombra

A Visagem, o Visão do dia e protetor da luz, já elevava o sol até a altura máxima da abóbada celeste. Há muito que o dia havia começado. A sombra que a carnaubeira, despida de vida e dirigida para o céu na vertical como a Sentinela no alto do Morro Torto, projetava sobre o chão poeirento e mirrado já se afigurava com o seu menor tamanho. O meio-dia havia chegado e a claridade resplandecia no auge de seu ardor. Os tabuleiros e capões de mato de Tabuvale ardiam feito brasa incandescente.

A moça de pé, amarrada ao tronco nu da carnaubeira, observava os contornos de sua sombra, unidos aos da palmeira há muito sem palhas, definirem um desenho bizarro na terra esbranquiçada e quente como o chão de uma fornalha. Na altura dos pés, o negrume de sua pele se confundia com o negror da penumbra em volta de sua sombra principal.

Um pouco mais afastada, a turba esfomeada terminava os últimos ajustes para começar o banquete que lhes traria mais alguns dias de vida sobre as costelas de Tabuvale.

A jovem havia sido levada ao tronco ainda no fim da madrugada, após algumas ponderações, não tão bem fundamentadas, ocorridas na noite anterior sobre o que deveria ser feito para se encontrar comida para o dia que se aproximava. Ela não pudera evitar ser acordada com as pressões de mãos grossas de homens fortes em volta de seus braços delicados. Porque no início da noite tinha ido dormir como um membro do grupo de pessoas que andavam juntas desde que abandonaram suas paragens em busca de suprimentos para matar a fome e a sede que lhes castigavam com violência. Havia pegado no sono quase que imediatamente após ter se deitado para descansar. Todos estavam em condições lastimáveis após um dia longo de caminhada desgastante, após o fim do qual tinham conseguido poucos bocados para a barriga de cada um.

Porém, quando o sol ainda nem despontava, e seu sono ainda não havia se esgotado totalmente, ela sentiu toques bruscos e apertos de dedos sobre o corpo. Quando abriu os olhos cansados se deu conta de que estava segura pelas mãos dos dois homens mais fortes que andavam com o grupo. No início, ainda sem entender nada do que acontecia, ela não se mostrou nem assustada nem surpresa. Por isso não resistiu à prisão que lhe decretavam. No entanto, quando finalmente viu a corda que uma outra mulher trazia às mãos, entrou em pânico e, em desespero, começou a se debater freneticamente, puxando bruscamente os braços e o corpo para tentar se libertar.

O esforço foi em vão.

Sua força estava muito aquém da de seus captores.

A moça morena foi arrastada com violência até um pé de carnaúba morto que se projetava na vertical em direção aos ares, como uma estaca fincada ao prumo no solo duro como pedra. Ao ser arrastada para o tronco, ela resistia como um animal puxado para o abate, o choro lhe afogava os olhos com lágrimas em abundância, o desespero apertava seu estômago e os pedidos de misericórdia não paravam de soar pelos céus:

— O que vocês estão fazendo? O que está acontecendo? O que foi que eu fiz? O que vão fazer comigo?

Ninguém do grupo, nem seus captores, nem a mulher da corda, nem mesmo as outras mulheres que apenas observavam o desenrolar de tudo, falava nada nem explicava nada. Todos estavam mudos como árvores moribundas. Não emitiam nenhuma palavra ao vento, mantinham um silêncio profundo e sufocante, fosse pela sonolência da noite passada, pela fome mal combatida no dia anterior ou por qualquer outra coisa. O início da manhã era perturbado apenas por alguns resmungos abafados dos que acordaram mais cedo, pelo alvoroçar dos que dormiram até mais tarde e pelos gritos desesperados da moça a ser levada para o cepo.

Os dois homens não fraquejaram em nenhum momento. Desde o instante em que seguraram a jovem na sua esteira de dormir, feita com palhas secas de carnaubeira, até se aproximarem do tronco desnudo, não deixaram transparecer qualquer vestígio de dó.

O sentimento de piedade para com aquela menina indefesa não tinha se externado no rosto melancólico e duro dos dois rapazes fortes como um par de touros crescidos. Fosse por realmente não existir nenhuma pena em ambos os corações, fosse por não quererem demonstrar alguma fraqueza humana, ninguém sabia dizer com certeza. O homem sempre age segundo a exigência de seus observadores. Seja quando não tem nada por dentro ou quando deseja esconder o que possui nas entranhas, nunca vive como realmente é a sua índole. Pelo contrário, o homem mostra ao mundo somente aquilo que esteja conforme à aprovação de sua plateia.

 A mulher que segurava a corda à medida que encaminhavam a cativa para o tronco também não deixava, ou não era possível por não existir nenhum, escapar qualquer sentimento de piedade pela inocência daquela garota escura que havia sido acordada para a prisão. Quando da reunião na noite anterior, após a decisão dos homens dirigentes do grupo em lhe dar como tarefa a responsabilidade pela corda, ela não havia manifestado nenhuma recusa. Talvez não quisesse confrontar os donos do comando ou realmente estivesse satisfeita em realizar tal trabalho. Quem saberia dizer o que era verdadeiro acerca de tudo aquilo? Ela, pelo menos, não poderia. Por isso, acompanhou silenciosa, e sem nenhuma amargura visível, os dois captores com a moça a ser arrastada.

 Agora o desespero da jovem se resumia ao choro incontrolável. Após compreender o que estava se passando, os gritos por piedade haviam diminuído, talvez por entender que eram inúteis na situação precária em que se encontrava. É preciso se admitir quando a inutilidade bate à porta. O que deixa de ser imprescindível deve ser posto de lado para abrir espaço ao que é indispensável. Ela não tinha como se lastimar mais do que já tinha se lastimado. As lágrimas haviam saído dos olhos como uma torrente desce por uma ribeira na época de chuva intensa. Os pedidos desesperados para que a soltassem não haviam surtido efeito sobre nenhuma das criaturas que a acompanharam durante toda a caminhada. As companheiras mais velhas que andavam juntamente com ela não se compadeceram por sua condição de prisioneira, nem no início nem depois. Os homens que haviam se reunido para levar adiante aquele grupo de gente faminta e sedenta não demonstraram compaixão pela sua pele sob a violência das mãos sujas e calosas que a seguraram com força. Até mesmo as outras mulheres mais novas, com idade parecida com a sua, não quiseram se intrometer naquela ação cheia de agressividade.

Por isso, a moça tentou amenizar seu desalento, embora não conseguisse controlar o choro, o qual subia pela garganta e não se deixava ser sufocado. Quando foi posta de costas no tronco vertical, ainda estava a ser sacudida por soluços intensos e tinha o rosto molhado por gotas salgadas e tristes.

Um dos homens segurou os pulsos finos da jovem esticados para cima da cabeça, paralelos à madeira morta, e fez um gesto, um abaixar silencioso de cabeça, para que a mulher da corda produzisse um nó firme e elegante enlaçando punhos negros e tronco cinza. O segundo rapaz, sem hesitar nem esperar por nada, abaixou-se e manteve seguras as duas pernas da moça, deixando os dois pés unidos, e esperou pelo nó que a mulher daria em seguida, quando terminasse de amarrar a parte de cima. Quando os dois laços foram finalizados e pareceram bem ajustados, os três captores se afastaram, um trio de criaturas divergindo para os lados ainda em silêncio total.

A moça escura estava pronta para o abate.

Enquanto alguns soluços espasmódicos restantes sacolejavam o corpo da jovem presa ao tronco morto da carnaubeira, o restante da turba se aprontava para preparar o banquete. Não seria uma refeição com carne de primeira, mas ainda assim seria carne. Nas circunstâncias precárias atuais, comer a carne de uma moça negra, desde cedo abandonada ao mundo, era como saborear a melhor parte do lombo de um touro.

A fome, sem dúvida, é o melhor tempero.

Alguns homens recolhiam pedaços de madeira seca, prontos para se inflamarem com facilidade, gravetos de todo tipo e talos velhos de carnaubeira com a palha a se transformar em combustível fácil. Um rapaz afiava um machado demoradamente, enquanto outro testava nos dedos se o gume da faca já estava na medida certa. Para o lado, uma mulher aproximava três grandes pedras para formarem um rústico fogão em forma de triângulo equilátero. Remexia na posição de uma, afastava ou aproximava outra e aprumava a terceira, no intuito de construir uma trempe eficiente.

Uma companheira sua, não tão distante, despejava a pouca água de uma cabaça grande dentro de uma panela de barro. Outra ainda aprontava os restos ínfimos de condimentos que haviam sobrado de outras refeições. Algumas moças reuniam diversas vasilhas, algumas feitas de barro, outras de cabaças e cumbucas. Nas andanças que empreenderam, foram se libertando dos objetos de luxúria e acabaram por guardar apenas o que era estritamente necessário à sobrevivência. E ainda tinha umas mulheres que enchiam os alguidares de louça com água para lavar a comida antes de ir ao fogo.

Mas também havia pessoas do grupo que apenas observavam o movimento, sem fazer nenhum trabalho ou procurar alguma tarefa para realizar. Entre estas, umas ficavam sentadas no chão, debaixo de uma parca sombra projetada pela copa de um pé de carnaúba, outras se acomodavam em silêncio sobre palhas ou apoiavam o traseiro sobre um tronco horizontal. E tinha também aqueles que conversavam como se estivesse tudo bem, como se a fome não os perturbasse ou o calor abrasador não os incomodasse. Alguns até sorriam, não se sabe por qual motivo, se pela alegria ou pela tristeza. No homem, as duas sempre costumam aparecer casadas, como num enlaço de dois ramos.

O bando faminto havia entrado pelas entranhas causticantes de um ponto mais deserto do Vale Carnaubeira sem ao menos notar, tamanha era a desorientação de todos que caminhavam num cambalear aleatório.

Carnaúba, essa palmeira resistente a qualquer que seja o tipo de intempérie que os Visões insistem em espalhar por estas terras desoladas, existe por todos os tabuleiros e capões de mato de Tabuvale. Seja à beira de uma grota ou de uma vareda; num descampado solitário; nos sopés dos morros e montes; no meio de uma mata mais fechada; ou sobre um lajedo que não deixa nenhuma outra árvore germinar e frondar. Sempre é possível encontrar uma ou mais dessas palmeiras majestosas a crescerem inexoravelmente, com seu caule reto feito prumo e rígido como rocha, suas palhas na copa alta a se agitarem com o passar do vento buliçoso. Sua madeira resiste às tempestades violentas sem se quebrar e suas palhas suportam até mesmo o fogo devorador de tudo.

E quando os Visões decretam a vinda da escassez extrema, suas raízes são tão firmemente fincadas no chão que conseguem buscar a ínfima água nas profundezas da terra.

Embora consigam se espalhar por todas as bandas, existem duas regiões de Tabuvale em que as carnaúbas predominam, onde são donas supremas do chão sobre o qual cresceram. A mais densa mata de carnaubeiras se estende pelas terras baixas dos sopés do Morro Talhossu, quando este se encontra com a ponta oeste do Morro Jatobá. Naquela região, as carnaúbas cresceram, e continuam a germinar, como erva daninha no monturo. É uma verdadeira selva de palmeiras, muito fechada, como se cada pé de carnaúba não quisesse que mais nenhuma outra planta surgisse em nenhum ponto entre elas. Não é de se admirar que aquela região seja conhecida como Brenha. Por toda sua extensão, dificilmente se encontram espaços abertos, o que dificulta a passagem das varedas, as quais são tão sinuosas quanto cobras a se enrolarem num pau seco retorcido. Além disso, a parte norte da Brenha é atravessada pela Ribeira Juassu na sua grande descida da Furna para as terras mais baixas, o que ajuda na formação de brejos cheios de espinhos próximo às suas margens durante a época de enchente.

A outra região de Tabuvale coberta predominantemente por extensos carnaubais é toda a extensão de tabuleiros e capões de mato que se esparrama para leste do Regato Cavado. É o Vale Carnaubeira, o qual vai desde a Vila Rebento, nas proximidades do Monte Broto, até o Monte Fenda. Uma larga faixa de terras desertas e desoladas que acompanha o Regato Cavado e o Morro Torto, tendo o Riacho Cores serpenteando pelo seu meio.

Na verdade, não é um único grande carnaubal, mas um conjunto de matas compostas por carnaubeiras. Alguns lugares são espaços descampados, pontuados de vez em quando por algumas carnaubeiras solitárias. Em outros lugarejos, a quantidade de pés dessa palmeira é tão grande que o carnaubal se torna tão fechado quanto alguns pontos menos densos da Brenha. Pela desolação extrema, para percorrer os torrões do Vale Carnaubeira é preciso estar preparado para sofrer por cada palmo de suas compridas e desertas varedas.

E tudo piora quando os Visões interrompem o *virente molhado*, a época das chuvaradas, mais cedo do que o esperado, fazem encurtar ainda mais o *interstício medial*, o fim d'águas, e deixam o *cinzento ressequido*, o período mais tórrido, desabar sobre a cabeça dessas criaturas sofridas.

O grupo sedento era composto por algumas pessoas que residiam anteriormente entre o Riacho Cores e o Morro Torto, no rumo da Vila Rebento. Eram todos vizinhos próximos, conhecidos que viviam a se ajudar na labuta diária. Quando as chuvas não caíram com vontade e os córregos não escorreram com enchente normal, logo perceberam que os Visões estavam zangados. O fim d'águas veio mais cedo do que qualquer *sussurrante* pudesse prever e desapareceu tão rápido quanto um relâmpago, dando espaço à sequidão avassaladora. A pouca água sumiu pela terra e pelos ares como se algo estivesse a lhe sugar com violência. As plantas se acinzentaram e se tornaram cadáveres ainda de pé.

Os animais ficaram em situação ainda mais delicada, pois tiveram que disputar a ínfima água barrenta com as criaturas humanas. E na luta contra o homem, um animal sempre sai derrotado, não por falta de força ou inteligência deste, mas por excesso de estupidez e arrogância daquele. Mesmo assim, à medida que os animais morriam de fome e sede, os seus donos também ficavam em situação difícil. No final, não havia mais comida e água nem para animal nem para gente. Os brutos sucumbiram à escassez, enquanto os homens tiveram que abandonar suas moradias e partir, caso não quisessem ver a morte aparecer mais cedo.

No princípio, o grupo que saiu em busca de redenção não era tão grande, pois fazia parte de um lugarejo com poucas famílias, grande parte delas morta por escassez de recursos, os mais velhos, algumas crianças e todos os doentes. Tanto os doentes mentais quanto os físicos, pois quando a foice da morte bate à porta não necessita de diagnóstico. Os sobreviventes perceberam que não poderiam resistir até a chegada do próximo *virente molhado*. Se é que chegaria um próximo. Seria preciso contar com a boa vontade dos Visões. Por isso, decidiram-se pela partida para outras paragens.

No início, alguns pensaram que o bando deveria se dirigir para a Vila Rebento, o lugarejo mais perto. Mas logo souberam que por lá também não estava nada fácil, muitos habitantes abandonando a vila e saindo em direção a outros lugares. Uns sugeriram uma viagem à Vila Cores, pois era a maior e, portanto, poderia sustentar mais gente. Porém, ouviram falar que os recursos deles estavam proporcionalmente muito mais escassos do que nas demais regiões, uma vez que era necessário muito mais comida para sustentar vivas tantas pessoas. Pareceu-lhes que para toda direção os Visões tinham decretado o sofrimento perpétuo.

Foi então que alguém se lembrou do sopé dos morros e montes. Por algum desses lugares, sempre é mais fácil encontrar comida durante os períodos de estiagem. E, dependendo de onde se esteja, há uma ou mais nascentes no pé de um juazeiro verde e frondoso. Caso se encontre um olho d'água, a busca por comida fica menos dificultosa. Por isso, após ponderarem para onde deveriam ir, decidiram-se por se tentar procurar melhorias nas proximidades da ponta norte do Morro Torto, um local conhecido de todos como um refúgio à escassez de recursos, à sombra da Sentinela.

Mas para se conseguir tal intento, seria inevitável ultrapassar pontos dominados pelo império do Vale Carnaubeira.

Tomada a decisão, todos se reuniram e se aprontaram para a partida. Embalaram em trouxas algumas poucas coisas, uma vez que não precisariam de muito na viagem e tinham menos ainda do que necessitavam. Atravancaram e abandonaram suas casas de taipa, jogaram seus animais mortos e em decomposição no aceiro dos capões de mato, enterraram seus velhos, suas crianças e seus doentes moribundos ou sem vida, e partiram para o desconhecido. Caso sobrevivessem ao funesto atual *cinzento ressequido*, poderiam voltar para suas paragens quando os Visões resolvessem mandar chuva novamente para fazer o mundo ressuscitar. Pois quando o *virente molhado* mostra o semblante, Tabuvale renasce.

Na partida, não era um monte grande de gente que desse para fundar uma vila. No entanto, também não era uma equipe minúscula de pessoas que não pudesse encher uma distância boa ao longo do caminho. A caravana era composta por homens adultos e jovens, mulheres mais velhas e outras mais novas; garotos e garotas molambentos; algumas crianças que resistiam à sede, à fome e às doenças. Dessa parcela, muitos não conseguiriam atravessar todo o trajeto que se tinha pela frente, principalmente os menores, mais frágeis e algum idoso à beira do túmulo.

Quando o grupo retirante se afastava um pouco do seu lugarejo, passou pela frente da cabana mais pobre que existia por ali. Não que as outras fossem mais ricas. Dentro da casa, a qual, quando fora iniciada, já aparentava envelhecida e deteriorada, avistaram a garota escura juntando seus poucos pertences numa trouxa improvisada com o resto do que um dia fora um lençol. A velha mulher que lhe servia de mãe havia sucumbido há dias, ela dissera. A partir daquele momento estava realmente sozinha no mundo, se é que algum dia esteve acompanhada. Quando soubera da partida, resolvera deixar sua casa e seguir com o grupo para onde quer que ele rumasse. Ninguém protestou, pois as varedas eram livres para todos os pés que desejassem andar. Portanto, a menina escura aderiu imediatamente à caminhada, juntando-se ao bando espalhado pela grande extensão da vareda sinuosa.

Então, o comboio de gente cheia de tristeza saiu estrada afora.

Andavam ao ritmo da força que suas pernas lhes permitiam. Caminhavam quando o sol abrandava sua luz e descansavam abaixo de alguma árvore frondosa por rebeldia, um juazeiro espinhento, um pé de pereira com pouca copa ou um aversivo pau-mocó. Os homens mais espertos também eram os mais fortes e resistentes, iam à frente, decidindo por onde o bando deveria passar ou procurando alguma caça para ser abatida. Os mais jovens caminhavam no meio, arrastando pelo braço os pequenos que ainda tinham alguma energia extra para não se atrasar tanto. As mulheres, as mais velhas e as mais novas, viajavam mais à traseira da fila, cuidando dos que pareciam mais tristonhos e dos que não conseguiam desenvolver um caminhar mais apressado.

No começo, quando ainda estavam empolgados com a partida, conseguiram capturar um preá a correr inocentemente à beira do caminho, um tejo que, sem aviso, deixava o capão de mato e ficava visível no descampado de um tabuleiro, ou umas rolinhas abatidas com baladeira. Porém, com a sequidão, até mesmo os animais selvagens viram retirantes e somem no oco escuro do mundo, desaparecendo das vistas de qualquer caçador experiente. Então, quando a viagem já estava avançada e muitos já haviam se arrependido da retirada, não mais conseguiam ver qualquer animal para levar ao fogo, nem peba, nem mambira, nem nambu, nem nada. De vez em quando, o grupo se contentava com uma tejubina ou com um calango magro como graveto. Quando os Visões deixam Tabuvale secar, o homem padece.

A água também sumia como um bicho selvagem afugentado. Quando davam por encontrar um pouco acumulado num poço ou barreiro, estava tão suja e barrenta quanto lama num brejo apodrecido. No entanto, sem outras opções, usavam restos rasgados de tecidos para coar a maior quantidade que conseguiam armazenar em suas cabaças e cumbucas, depois de encherem suas barrigas até a garganta.

Tudo ficou mais difícil quando penetraram de vez nos limites do Vale Carnaubeira. Até então, eles caminhavam se desviando como podiam dos lugarejos dominados pelos carnaubais. Viajavam sempre abeirando as fronteiras do Vale, evitando atravessar os espaços onde as carnaúbas são o que resta de vida sobre o chão. Isso levou o grupo para mais perto dos sopés secos do Morro Torto, algo que dificultou o caminhar e a sobrevivência. Num determinado ponto, os homens que dirigiam a retirada foram obrigados a mudar a direção e se adentrar nos domínios do Vale Carnaubeira. A partir daquele ponto desconhecido, a viagem se tornou um desespero, a água se escasseando ainda mais e a comida desaparecendo de vez.

O auge da loucura veio com a desorientação daqueles responsáveis por indicarem os caminhos certos. As varedas se tornaram estranhas e o bando ficou sem rumo, ninguém concordando com ninguém acerca de por onde seguir. Passaram a caminhar para a frente, para a direita, para a esquerda, algumas vezes para trás. Sua trajetória se transformou num amontoado aleatório de rastros.

O homem sempre se perde com facilidade diante do desespero.

—

O bando estava perdido no meio do extenso Vale, pontuado apenas pelas carnaúbas e seus talos cheios de espinhos espalhados por toda parte. A água nas cabaças e cumbucas estava acabando e a comida já estava ausente há muito tempo. Desnorteado, o grupo moribundo seguiu por qualquer vareda, sem saber que estava entrando numa região em que a mata de palmeira espinhenta era densa, tão fechada quanto a selva da Brenha.

Quando se deram conta da realidade causticante, os retirantes se desesperaram ainda mais, cada um se perguntando como faria para matar a fome, evitar a sede e encontrar o rumo certo, onde pudesse se amparar ou ser amparado. A partir de então, os líderes que iam à frente deixaram de liderar e os que vinham atrás perderam a rota. O que antes fora um grupo coeso ganhou o sopro do caos. Quando isso acontece, a balbúrdia toma conta da cabeça fraca de cada um e o que era um grupo de retirantes se converte simplesmente em um bando de pessoas. Apenas um bando. Uma turba.

E uma turba não pensa como gente.

Uma turba só age segundo a necessidade da sobrevivência.

Quando alcançaram o ponto fechado e rodeado por carnaúbas, não conseguindo enxergar nada diferente daquilo até onde a vista alcançava, além dos contornos dos morros mais próximos, os retirantes já estavam entediados de toda aquela longa viagem. Cansados devido ao caminhar desgastante, famintos pela falta de comida, sedentos pela pouca água nas cabaças e rabugentos pela desconfiança que alimentavam uns em relação aos outros.

O entardecer se aproxima, com o sol se encaminhando com toda a sua lentidão para os contornos sinuosos da ponta oeste do Morro Moreno. Não fora preciso nenhum líder para sugerir que deviam baixar as suas burundangas e descansar no meio daquele mundo feito de carnaúbas.

Cansados e abatidos como estavam, os retirantes não conseguiam mais pensar em tomar uma direção que lhes levasse ao objetivo inicial. O que ainda podiam fazer era agir segundo as suas necessidades básicas. A união somente é eficaz quando está tudo bem. Quando tudo o mais anda mal, a individualidade toma conta do pensamento do homem. Por isso, ninguém se manifestou para fazer uma busca por mais água ou por uma pitada de comida para o bando. Uns se acomodavam à sombra rala de uma carnaubeira, outros preparavam uma cama improvisada com palhas para se deitarem quando a noite chegasse. Alguns ainda sentavam como podiam sobre um tronco de palmeira caído, há muito sem vida.

Entre os que se preparavam para a chegada da escuridão fria estava a garota escura, colhendo palhas no chão e edificando um leito num ponto mais afastado do bando principal. Estava tão abatida quanto os demais, porém resistia à caminhada sem reclamar, fosse pelo sofrimento não conseguir abatê-la com força total, fosse por não enxergar utilidade numa lamentação. Parecia estar sempre inteira, enquanto os outros se mostravam tão frágeis e se despedaçando. O homem é fraco em demasia e a vida exige cabeça erguida. A menina de cor fechada, porém, aparentava ser forte e não perdia tempo baixando a cabeça.

Então, alguém percebeu seu vigor e vitalidade.

— A menina escura parece uma novilha. — Uma mulher sentada sobre uma pedra falou para o homem que estava perto, recostado em um toco velho de carnaubeira. Talvez fosse seu marido, irmão, primo ou não tivesse nada de parentesco com ela.

— Ela parece nunca se cansar como as outras moças com a mesma idade. — O homem do lado respondeu, ainda indiferente.

— Poderia ser a nossa salvação, caso não encontremos comida logo. — A mulher da pedra continuou. Objetivava clarear a mente do companheiro ao lado, o qual parecia ainda não ter entendido o primeiro comentário. — Há muito que não forramos o estômago com qualquer fiapo de carne, nem mesmo uma tejubina desnutrida ou um calango-cego cheio de repugnância.

— Está a insinuar que devemos abater a moça para manter o resto do bando alimentado e vivo? — O homem do toco indagou, assustado externamente por aquela ideia partir de uma criatura humana, ao mesmo tempo em que se alegrava interiormente por alguém ter mencionado a palavra carne aos seus ouvidos. O seu pensamento selvagem se acendeu e a saliva aumentou dentro da boca. Não seria de todo ruim, ele pensou.

— Só estou querendo dizer que precisamos comer. Querendo ou não, de alguma forma necessitamos encontrar uma refeição que possa nos manter de pé. Se não aparecer qualquer petisco, logo uns se voltarão contra os outros e, mais cedo ou mais tarde, alguém se tornará o prato principal sobre a mesa.

— Se isso tiver de acontecer, digo, uns querendo comer os outros, então será uma balbúrdia total.

— Será mesmo. Mas o caos maior virá antes disso, se não for encontrada comida para nos livrar da morte. Cada um de nós tem algum parente se arrastando por estes caminhos poeirentos, um filho, um marido, uma esposa, um tio, uma irmã, uma mãe ou um pai. A menina escura é sozinha no mundo. Ninguém que possa chorar sua morte, nenhuma pessoa para sofrer com a sua falta. Além do mais, não é normal como o resto de nós, tem o negror sobre a pele. Também deve ser escura por dentro. As entranhas das pessoas são sempre mais lamacentas do que a pele.

— Não seria um crime terrível levar a pobre menina ao abate?

— Os crimes só existem nos tempos de bonança, quando o homem brinca de bondade e se faz parecer humano. Sacrificar uma pessoa para salvar tantas outras é o que o homem sempre faz para sobreviver. E agora é uma questão de sobrevivência.

— Os Visões talvez não queiram que seja assim. Talvez não estejam querendo abandonar uma de suas criaturas.

— Os Visões já a abandonaram há muito tempo, quando deram a ela a cor das trevas e a jogaram sobre o mundo poeirento de Tabuvale sem ninguém para lhe ter cuidado.

— Teremos o apoio de todos, homens e mulheres, velhos e novos?

— Somente dos que estão com a fome a corroer o estômago.

— Todos estão com a fome a corroer o estômago.

— Então não haverá problema nenhum.

— Não vai ser repugnante?

— A repugnância somente aparece no rosto do homem quando o seu estômago está abarrotado até a garganta. Quando a barriga está vazia, até um verme se torna apetitoso.

— Então, eu vou sondar mais alguém. — O homem disse, apoiando ambas as mãos sobre cada um dos joelhos para se levantar, deixando a mulher sobre a pedra a remoer seus pensamentos canibais.

Não demorou muito para que o homem encontrasse o apoio da maioria, todos famintos e necessitados. Conversou sobre o assunto primeiro com uma dupla de outros homens, depois com uma quantidade maior, tendo cada um deles sempre o cuidado de não levar a conversa aos ouvidos da caça que se almejava.

Quando a noite caiu de vez, os homens que agora pensavam liderar o grupo se reuniram para as deliberações cabíveis. Não discutiram muito, pois todos já tinham suas decisões firmadas na cabeça. Um homem esfomeado toma suas decisões sem pensar. Logo que se falou na possibilidade de se obter comida através do sacrifício da moça de pele escura, ninguém foi contra aquela asquerosa sugestão. Imediatamente se conseguiu uma concordância aprovada de forma unânime. Nenhuma criatura ali na roda a deliberar emitiu qualquer sentimento de repulsa. Os comentários foram breves e carregados de justificativas:

— É uma questão de sobrevivência. — Disse uma mulher mais velha, o corpo seco de carne e sem sentir o gosto azedo do pensamento inumano que vomitava.

— Esta decisão é a salvação de todo mundo. — Um homem mais forte do que os outros emendou, tecendo o comentário hipócrita sem se abalar mentalmente.

— É uma causa muito justa sacrificar uma para socorrer uma maioria. — Um decrépito mais velho meditou, lançando seu falso pensamento a ouvidos que ansiavam em o receber.

— Ela é sozinha no mundo, ninguém vai chorar por sua perda. — A mulher que primeiro iniciara aquele assunto, sentada sobre uma pedra poucos momentos antes, forneceu mais uma ajuda ao debate, indiferente ao seu discurso desprezível.

— Ainda é uma moça e garotas temos muitas. — Um rapaz com pretensos ares de superioridade afirmou, com muita ousadia e excesso de impolidez.

— Ela tem a marca negra sobre toda a pele. — O homem que conversara anteriormente com a mulher da pedra concluiu, as têmporas sem nenhuma marca de remorso ou piedade.

Logo a decisão final estava tomada. Colocariam os pedaços da moça escura para cozinhar no dia seguinte, caso não conseguissem outra coisa para forrar a barriga de todo mundo. Os homens que agora se achavam líderes foram deitar sem nenhum sentimento de mal-estar, a não ser o da barriga vazia, mais alegres até pelo que comeriam quando o sol novamente clareasse as terras desoladas de Tabuvale e iluminasse todo o Vale Carnaubeira.

Quando a noite se fechou de vez, todos se agasalharam para o descanso noturno, incluindo a menina de pele negra, deitada em sua cama pobre de palha de carnaubeira. Até então, continuava ciente de que fazia parte de um bando unido e sem maldade, no meio do qual todos estavam preocupados com todos.

Logo descobriria que estava totalmente enganada.

A garota escura dormiu com sono tranquilo, sem nada para lhe perturbar os sonhos. O Assobiador, o Visão da noite e protetor das trevas, não veio acordá-la durante a noite com seu assobio de enrijecer qualquer corpo vivo. Nem mesmo o Pesadelo, o Visão dos sonhos e protetor da mente, não chegou de mansinho para lhe fazer girar o pensamento. Nada de turbulência noturna. Seus pensamentos estavam calmos, desde o momento em que fechou os olhos.

No entanto, mal a madrugada se despedia do semblante de Tabuvale, a Visagem, o Visão do dia e protetor da luz, acordava a garota escura sob mãos fortes, rudes e insolentes. A Visagem sempre faz isso, acorda os vivos, pois os mortos somente são despertados no mundo do Malino, o Visão dos ares e protetor dos seres mal-assombrados e fantasmagóricos.

Agora ela estava ali, amarrada ao tronco rústico de uma palmeira morta, sentindo o calor que tanto descia do sol como subia da terra. Esperava o momento em que a turba se decidisse por lhe mandar homens fortes e rudes para lhe tirar o resto de vida e servir seus pedaços como almoço. Para alguns, a vida é tosca em demasia. A dela, agora tentava se lembrar, sempre fora feita com excesso de indelicadeza. Sempre foi rejeitada, maltratada, abandonada. No entanto, sempre resistiu com firmeza diante de cada adversidade que lhe surgia à frente, pois possuía algo diferente dos outros, ela podia perceber. Uma coisa misteriosa que somente lhe aparecia quando ela estava solitária e tristonha em algum lugar. Algo que ela nunca sabia dizer o que era, mas sabia que lhe era benéfico.

— Não morra de tristeza, Menina Escura, sou sua companheira e sempre vou protegê-la. — Uma voz sussurrada de uma figura feita de escuridão lhe chegou aos ouvidos em um certo dia, quando ainda nem tinha um entendimento completo sobre o mundo, quando estava em um estado extremo de tristeza e melancolia, quando ainda era muito pequena.

Naquele dia, ela tinha se assustado um pouco, muito, na verdade, por aquilo parecer estranho. Porém, não teve medo em nenhum momento. E foi aquele seu estado de falta de medo que lhe causou o espanto maior. Simplesmente permaneceu onde estava, sem se mexer, sem se alterar, sentada sobre uma tora de madeira de imburana jogada sob a copa de uma ateira.

Sem se notar, a pequena menina aguçou os ouvidos para receber aquela voz baixa que lhe chegava e limpou os olhos para enxergar melhor aquele vulto escuro à sua frente. A forma escura tinha os contornos de uma criatura humana e o formato delineado se parecia com os seus traços, a cabeça, os braços, as pernas, todo o corpo. Não demorou muito para que ela percebesse que aquilo postado em sua frente era a sua própria sombra que agora estava desligada do seu corpo. Ao constatar tal detalhe, com um movimento delicado da cabeça olhou para o chão próximo aos seus pés. Não se surpreendeu ao ver a ausência de seu sombreado na horizontal, antes pregado no chão, o qual deveria estar conectado à sua pessoa.

Ela estava ouvindo a voz de sua própria sombra, agora desconectada de seu corpo.

— Estou ouvindo uma voz ou estou ficando doida? — A garota indagou para a penumbra, com voz normal de quem conversa com uma outra pessoa.

— Se me fez essa pergunta é porque está realmente me ouvindo. — O formato de escuridão respondeu com gentileza. — O que lhe mostra que sou real e posso ouvi-la também.

— O que você é?

— Não se espante, Menina Escura. Estou vindo para lhe fazer companhia. Sua solidão também é minha solidão. Quando você chora, eu também derramo lágrimas. Da mesma forma, quando você se alegra, eu também fico feliz.

— O que está acontecendo comigo? Estou louca?

— Não se inquiete nem se preocupe, você não está louca. Nunca foi louca e nunca será louca. Só está recebendo a companhia que jamais ganhou das pessoas com as quais sempre conviveu.

— Não sei o que você é realmente. — A Menina Escura se sentiu segura o bastante para falar. — Estou ouvindo sua voz, mas temo que seja apenas perturbação no meu juízo, algo que poderia estar enfraquecendo minha cabeça. As pessoas dizem que quando vemos ou ouvimos essas coisas é porque estamos com o pensamento desvirtuado. Por isso, estou confusa. — Uma lágrima ameaçou brotar em cada um dos olhos tristes da garota.

— Não tenha medo, Menina. — A penumbra voltou a pedir, emitindo cada palavra com um tom pleno de delicadeza. — Às vezes, as pessoas dizem asneira, outras vezes se confundem com as próprias palavras. E quase sempre dizem o que não devem. Sou tão real quanto a quentura destes torrões que cobrem toda a extensão de Tabuvale.

— Se o vulto que estou vendo e ouvindo é mesmo real, o que ele pode querer de mim, uma menina desprezada por todo mundo?

— Sou sua mãe, por isso quero lhe garantir a proteção que lhe é de direito.

— Minha mãe morreu, há muito tempo, quando me pôs para viver. É o que todo mundo gosta de me fazer lembrar.

— Sua mãe que lhe pôs no mundo morreu mesmo, é verdade. Mas a mãe que a gerou está aqui, na sua frente. Para não deixá-la fraquejar em nenhum momento.

— Mas sou muito pequena ainda e estou nas mãos de pessoas que me exploram, que me batem por qualquer bobagem que faço, que gritam comigo, que esbravejam ferozmente contra meus ouvidos e sentem prazer em dizer que sou uma anormal, pois tenho a pele marcada pela mancha negra amaldiçoada. Sinto com a força da certeza que eles não são mesmo meus pais verdadeiros, nem meus irmãos, nem nada. Algo aqui dentro de mim me diz que sou mesmo estranha para todos eles.

Enquanto a garota escura falava, as lágrimas rebentando e molhando o rosto delicado, o vulto negro à sua frente escutava com paciência. Quando a menina se calou, interrompida não pela falta de palavras, mas pelo entalo de tristeza obstruindo a garganta, o sombreado em forma de gente deu continuidade:

— Ainda é muito pequena mesmo para tanto sofrimento. Por isso estou aqui para lhe mostrar os caminhos que deve seguir de hoje em diante. Não posso lhe dar tudo, mas posso lhe proporcionar a resistência e sabedoria necessárias para poder enfrentar a dureza da vida. Tudo para você foi, é e será sempre mais difícil do que para os outros, mas é justamente isso que a fará ser forte. Agora levante a cabeça, enxugue as lágrimas e mostre o quanto é resiliente. Quando precisar de mim, é só me chamar. Não tenha medo. Apenas chame.

Ao ouvir aquelas últimas palavras, a Menina Escura aprumou a cabeça, como se tivesse sido tocada por algo a chamá-la na mente, e buscou com os olhos a forma feita de escuridão. Ela não estava mais lá. Havia sumido tão rápido e misteriosamente quanto havia aparecido. A garota baixou as vistas para o chão e viu que sua sombra estava colada aos pés, como deveria estar. No entanto, deu-se conta de que não estava mais entalada com o choro e as lágrimas não mais lhe brotavam. Levantou-se e voltou para fazer o que lhe mandavam aos gritos.

 A partir daquele dia, a garota escura passou a ignorar os desagravos que recebia e realizava suas tarefas sem se abalar com qualquer que fosse a palavra rude que lhe era dita. Aprendia a ser forte, como a tal penumbra havia lhe dito. Não sabia como acontecia, mas toda vez que ela chegava a declinar emocionalmente, quando era jogada bruscamente para um estado profundo de melancolia, a forma escura lhe aparecia para conversar. E em cada aparição, ela aprendia mais sobre o mundo e sobre ela mesma. Agora conversava sem rodeios com o seu sombreado fora do corpo, como se estivesse falando com uma outra menina do seu tamanho, como se conversasse com uma garota tão real quanto ela. Gostava daquela conversa, de cada palavra que ouvia, de como era salva da tristeza quando aquela criatura de negrume aparecia. Estava se adaptando àquele companheirismo. Deixava-se ser amparada por aquela névoa negra em forma de gente. Adquiria força e segurança na mente quando a tinha por perto.

 — Não sei como vou continuar vivendo no mundo se sou anormal para os outros. — A garota de pele fechada um dia se lamentou para a criatura feita de penumbra.

 — A anormalidade é apenas a feiura da maioria. — A penumbra havia respondido sem se mover, sem hesitação. — Quando alguém é diferente, os outros descobrem que não são plenos de beleza. Sua anomalia não é um defeito, mas a evidência de que é mais forte do que os demais.

 — Como fui posta no mundo? Como fui gerada? Como fui cair no seio de uma família que não me trata como gente? O que você realmente é?

 — Não se avexe, Menina Escura. Uma pergunta de cada vez. Quando se tem respostas em demasia, perde-se o rumo que leva ao entendimento do mundo. Que tal se a gente começar pelo final, o que eu sou de verdade?

— Tenho muitas dúvidas, pois sou sozinha no mundo e não tenho ninguém que queira me dizer nada sobre mim nem sobre qualquer coisa, a não ser os insultos que vomitam sobre mim para diminuir a minha pessoa. Portanto, qualquer resposta vai me deixar contente. E, independentemente do que você realmente seja, sou grata por me fazer companhia e me mostrar como seguir por esta longa e sinuosa vareda que é a vida.

— Eu sou a Sombra, uma cria da Visagem, o Visão que todo dia faz o sol espalhar sua luz sobre as costas de Tabuvale. — A forma de penumbra à sua frente se identificou, com palavras claras e objetivas.

— Como pode o Visão da luz ter uma cria feita de sombra? — A Menina Escura interrompeu, confusa com aquela informação.

— Somente há sombra quando há luz. — A penumbra continuou, sem se abalar com a confusão mental da garota. — Para haver o escuro é preciso haver o claro. E até mesmo a claridade depende da escuridão para ser definida de forma rigorosa. Portanto, as duas coisas são interdependentes, como quase todos os pares de opostos que teimam em aparecer no mundo. Os entes que se opõem são tão dependentes um do outro que acabam por se odiarem amargamente.

— Agora faz mais sentido. — A pequena se pegou dizendo; parecia entender a explicação que ouvia.

— Fui criada para acompanhar durante todo o dia cada ente que existe sobre a pele de Tabuvale, animado ou inanimado, estático ou rastejante, pequeno ou grande. Todo dia, desde o nascer até o pôr do sol, faço companhia a cada objeto e a cada criatura, nunca os largando, indo aonde quer que vão, atravessando campos, tabuleiros e capões de mato. Quando a grande lamparina diária surge sobre os contornos do Morro Torto, a Visagem me faz se atrelar aos pés dos homens, dos bichos, dos morros e montes, das árvores e pedras. Ela me faz surgir inicialmente em tamanho grande, como se fosse um punhado de energia a ser gasta no decorrer do dia, para depois ir diminuindo à medida que o sol sobe pela superfície azul da abóbada celeste. Ao meio-dia, quando a vela no céu se encontra sobre a cabeça de todo mundo, eu estou amiudada, como se estivesse esgotada, cansada e com pouca força. Imediatamente após atingir meu menor tamanho, quando o sol vira para descer o arco celestial oposto, também mudo de direção e passo a aumentar minha estatura, como se a Visagem me abastecesse com adubo fértil. Quando a labareda circular some atrás das curvas do Morro Moreno, logo após eu alcançar meu comprimento máximo pela segunda vez ao dia, sou extinta por completo e abandono os seres ou corpos aos quais estava ligada. Nasço grande, vivo diminuindo e aumentando, até morrer comprida novamente.

— Mas a quantidade de coisas no mundo é imensamente gigantesca e cada um tem uma sombra a lhe acompanhar durante todo o dia, em todos os dias que têm sol.

— Por isso que também fui feita aos montes, em quantidade suficiente, para cada ser vivo ou objeto material poder ter a companhia de sua própria parcela de penumbra. Sou maior para os projetores mais altos e menor para os que têm pouca estatura. Algumas vezes tenho a forma parecida com o delinear de quem me projeta. Outras vezes, a penumbra que formo no chão não se parece em nada com o contorno do dono. Às vezes, confundo a quem me olha com desatenção. Em outros momentos, deixo-me ser reconhecida com facilidade. Em muitas situações, sou querida por alguém que deseja um aliviar da quentura. No entanto, em outros instantes, sou execrada por ficar a atrapalhar as vistas de alguém. Apareço quando o sol nasce e morro quando a luz se extingue. Acompanho os corpos por toda a vida útil deles, largando os objetos sem vida quando eles desaparecem se decompondo em pequenas partículas e os vivos somente os deixo quando se vão embora para debaixo da terra.

— Mas e a escuridão noturna, também é você se espalhando pelo mundo?

— Não. O escuro da noite é de outra estirpe. No horário noturno, a Visagem não tem o domínio destes tabuleiros e capões de mato. Somente em raras ocasiões, dou-me a aparecer muito timidamente durante a noite, quando a outra grande vela circular percorre o céu com seu brilho máximo. Nesses momentos, sou frágil como uma casa feita de poeira, não demorando muito para ser engolida pelo escuro mais denso e pesado.

— Tudo isso é muito esclarecedor, mas ainda não consegui compreender por qual razão tenho sua estima, nem por qual motivo recebo seus conselhos. Apenas sei que me sinto melhor sempre que tenho a dádiva de sua visita.

A garota ainda era um manancial de dúvida e preocupação, embora já compreendesse grande parte de tudo que lhe vinha acontecendo. Pelo menos achava que entendia tais explicações que recebia da Sombra, mesmo que as outras pessoas pensassem que ela estivesse ficando maluca. Então, tinha resolvido ser paciente e esperar o que estaria ainda por vir.

— Minha Menina Escura, o parto que a trouxe ao mundo teve minha companhia. — A Sombra voltou a falar, para o sossego do pensamento da garota. — As leis naturais de Tabuvale, ao contrário daquelas inventadas pelo homem, são rígidas como a pedra que brota no alto dos morros. Naquela manhã em que seus olhos se abriram e viram a claridade, estes torrões desolados estavam sob o véu tenebroso de um conflito brutal que acontecia no céu.

A Sombra falava sobre o encontro entre as duas grandes velas circulares que percorrem o céu em horários opostos, o sol durante o dia, a lua durante a noite. Tabuvale sempre se acostumou a ver o primeiro percorrer a abóbada celeste enquanto a segunda se esconde e, depois, quando o sol se cansa de alumiar o mundo, a lua toma conta dos ares. Assim, quando o sol surge sobre o Torto, a lua se apaga; quando ele se esconde além do Moreno, ela surge para brilhar no firmamento. Tudo muito bem sincronizado, como deveriam funcionar as engrenagens destes tabuleiros e capões de mato.

No entanto, até mesmo o mais preciso e exato marcador de tempo, às vezes, perde a sincronia e acaba por desfazer a elegância do movimentar das rodas do cosmos. E assim, em ocasiões de extrema raridade, a lua cruza importunamente a vareda do sol traçada no céu claro do dia. Quando tal incidente vem a acontecer, os dois corpos travam um conflito no céu e Tabuvale fica sob fogo cruzado. Segundo as estórias do povo mais velho, a peleja travada entre as duas chamas circulares, ambas reivindicando o domínio dos ares, é um sinal agourento, uma inundação de mau presságio. É a certeza de que os Visões estão furiosos com suas criaturas.

Não há nada mais estranho para estes indivíduos que se arrastam pela sequidão destas terras do que o sol, postado no alto do céu, de repente ser engolido pela lua e o fulgor do dia se transformar repentinamente em noite fechada. Num momento incomum como esse, não é aconselhável para qualquer que seja a criatura ficar exposta ao relento, garante o povo mais entendido. Por isso, os homens param o que estão fazendo e se abrigam nas suas casas. Os animais abandonam suas andanças e se recolhem em suas tocas. As plantas desmaiam suas folhas e esquecem de respirar, caindo em sono profundo. E os seres que anseiam por vir ao mundo se deparam com um lençol de brumas densas e são banhados pela penumbra mais poderosa projetada pela lua sobre as costas de Tabuvale.

— Então, conheci o mundo em um dia escuro como noite? — A garota indagou, intrigada com tudo que ouvia. A estória do seu nascimento parecia mais misteriosa do que ela poderia imaginar.

— Sua chegada coincidiu com o encontro fortuito entre as duas labaredas que iluminam a abóbada celeste, cada uma em horário diferente quando tudo funciona dentro da normalidade. No momento em que devia estar saindo para o palco da vida, no céu a lua engolia o sol por completo, devorando cada raio de luz que ele tentava flechar sobre estes torrões. Por se encontrarem sob o poder daquele evento macabro, todos que estavam por perto assistindo ao seu parto não esperavam que você saísse com vida das entranhas de sua mãe. Nem seu pai, seus irmãos e irmãs, a *sussurrante*, ninguém. Até mesmo a coitada de sua mãe, vítima fúnebre dos espasmos que a sacudiam nos últimos suspiros, tentava acalentar a certeza de que não a veria crescer.

— Fui a razão da morte de minha mãe? — A menina perguntou, desconsolada e cabisbaixa.

— Sua mãe morreu por já não mais resistir a outra gestação, pois já era uma pessoa de corpo alquebrado pelos diversos partos que tivera de suportar durante toda a sua vida de mulher geradora de família. Ela desejava que você fosse a sua última semente a andar por estas varedas. Havia decidido que não mais teria qualquer outro filho. Por ser a derradeira, ela já tinha por tua pessoa o mais intenso carinho, mesmo ainda se encontrando dentro de sua barriga. Como ela queria usufruir de tua existência! Não, você não foi a razão da morte dela, nunca deve carregar nas costas esse peso inexistente.

— Não havia mesmo jeito de ela ter sobrevivido?

— De forma alguma. Além do mais, naquele dia fatídico em que a Visagem era desafiada pela penumbra em seu horário de dominância, a foice ceifadeira de vidas estava com esperança de levar consigo não uma mulher somente, mas também uma criança recém-nascida.

— Então, eu também estava marcada para morrer com minha mãe?

— Instantes depois de você ser arrastada com violência das entranhas de sua mãe, a vida dela se apagou como uma vela no ventoso relento. A pobre mulher que lhe puxara com supetões, ao lhe ver o estado em que se encontrava, simplesmente balançou a cabeça num gesto de negatividade e desilusão. "Podem arrumar dois caixões, um grande para a mãe e um menor para a filha, pois esta criança nasceu com vida efêmera. Portanto, não demora muito para fazer companhia à pessoa que a trouxe ao mundo na escura vareda dos mortos." Foi simplesmente isso o que a *sussurrante* encarregada de seu parto disse quando a pegou nos braços, ainda com o corpo sujo de sangue.

— Nasci mesmo escura, como as pessoas não se cansam de me fazer lembrar?

— O escuro de sua pele é a marca do seu vigor. Nunca se esqueça disso. Seu nascimento a trouxe com a clareza de seus pais, de seus avós, dos pais deles e de todos os ramos familiares mais arcaicos que são seus ascendentes. A mulher que a tirou das entranhas de sua mãe, e todos os outros ali por perto, condenou-lhe à morte por ter visto em seus olhos a ausência de qualquer energia vital. Então, comovida com a certeza de uma criaturinha tão delicada e meiga não poder usufruir de viver uma vida como tantos outros, fui autorizada a tomá-la como filha e ser sua outra mãe. Aproveitando o momento oportuno, o instante em que a penumbra projetada pela lua estava no seu mais intenso vigor, compartilhei com o seu ser um pouco de minha força. Foi quando todas aquelas pessoas puderam ver a Sombra se aproximar e cobrir o seu corpo débil, percorrer cada veia e artéria em suas carnes debilitadas, e permitir que sua mente ganhasse uma revitalização, uma outra chance de ter uma vida. Todos ficaram boquiabertos quando tiveram de presenciar a sobrevivência de uma criança que nascera com a ânsia da morte nos lábios. No entanto, todos também se sentiram enojados quando viram sua pele passar de um claro ancestral e cultuado a um escuro delicado, até mesmo quase imperceptível a olhos destreinados.

— A criança reviveu, renasceu dos mortos, pois não tinha vida quando saiu das entranhas da mãe. — A *sussurrante* havia afirmado quando viu que a pequena criatura poderia sobreviver, contra todas as derradeiras expectativas.

— Renasceu, mas com sangue de outra cor. — O pai tinha afirmado, desconsolado e rabugento. — Então, não deve pertencer ao nosso sangue. Não deve ser minha filha nem da mãe dela. Só pode ser filha da Sombra, pois tem a marca do escuro cravada na pele.

—

Desde sempre a menina fora excluída de qualquer bem-estar simplesmente por ter uma pele mais escura do que a dos outros.

— Nasceu numa família de pessoas claras, então devia ser clara também. — As outras pessoas afirmavam. — Só pode ser mesmo filha da Sombra, pois veio à luz do dia exatamente quando a lua tragava o sol por inteiro e banhava o mundo com sua sombra mais intensa.

Agora ela estava ali, amarrada num tronco velho e carcomido de carnaubeira, sob o olhar faminto da turba da qual fizera parte desde quando saíram de torrões longínquos dos quais vieram. Entre todos ali presentes, ela tinha sido a escolhida para servir de prato principal. Ela, a Menina Escura. Novamente lhe mostravam que a cor de sua pele a deixaria em desvantagem, em maus lençóis.

—

Naquele dia em que a Sombra lhe aparecera para lhe esclarecer tudo sobre como tinha vindo ao mundo, também lhe dissera como tinha sido o seu destino após o nascimento. Quando ouviu as palavras da Sombra, suspeitou imediatamente de que a maldade do homem é algo comum e descarada. Quando reviveu com a pele escura, sua verdadeira família, aquela que deveria tê-la recebido com afeto e carinho, a desprezou sem mais delonga. Seus irmãos e irmãs a olharam com escárnio, embriagados pelo desejo e esperança de terem mais um membro de sangue claro em casa. Como se a cor da pele de uma pessoa fosse uma marca inviolável e que deveria dizer tudo sobre ela. O homem somente vê o que há por fora.

Até mesmo o pai, o gerador daquela semente, vomitou seu veredicto sobre a criança com menosprezo e de forma categórica. Não criaria uma filha com o sangue manchado pelos caprichos de uma penumbra, ele havia dito. Não seria o pai de uma criatura que trazia no corpo a marca da Sombra, uma cria da Visagem, o Visão do dia e protetor da luz. Sua família era antiga demais para se permitir no seu seio uma anormalidade tingindo a clareza nobre que lhes fazia uma gente decente.

Porém, não querendo cometer um infanticídio inescrupuloso, o pai ordenou que a recém-nascida fosse dada para ser criada por outra pessoa. Foi assim que a Menina Escura caiu sob as mãos de uma família desequilibrada, um pai perverso, uma mãe tresloucada, um filho rapaz que agia com crueldade contra qualquer tipo de criatura que tivesse vida e uma filha desregrada querendo ser tão má quanto o resto de seus parentes juntos. O pai da garota não teria conseguido imaginar um inferno mais brutal do que aquele lar doentio, para onde havia sido levada sua filha renegada.

Rasgada quase sem vida de um ventre moribundo, obrigada a ser tocada pela névoa da Sombra e expulsa da família pelo pai insensível, a Menina Escura fora despejada no meio de pessoas desprovidas de humanidade. E foi então que o seu sofrimento mais tétrico teve início. Não fazia diferença se cumpria suas obrigações e as dos outros, seu padrasto sempre lhe agradecia alguma coisa com um tapa violento na cara. Estivesse ela acordada ou dormindo, todas as vezes em que sua madrasta a mandava fazer algo era com gritos e berros que lhe doíam no fundo do seu ser. Precisava estar sempre alerta aos delírios de crueldade a que seu irmão de criação costumava submetê-la, tentando se desvencilhar de suas mãos severas, mesmo não conseguindo ficar ilesa todas as vezes. E nunca tinha como escapar das difamações, enredos e mentiras que sua irmã de criação levava aos pais apenas por má-fé.

— Não sei se vou poder viver nesta situação miserável por muito tempo. — A Menina Escura se queixou um dia para sua companheira e segunda mãe, a Sombra. — Não posso mais suportar ser humilhada nem castigada todas as vezes em que alguém se dá conta de que eu mereço sofrer um pouco mais. O que devo fazer para me livrar das amarras desta família cheia de perversidade?

— Muita coisa pode ser feita em relação a isso. — A Sombra respondeu de forma enigmática. — No entanto, não faça com eles o mesmo que eles lhe fizeram. Para que não se torne uma parte da mesma substância deles.

No outro dia apareceu uma mulher muito idosa, residente solitária da redondeza, dizendo que estava desejosa de criar a Menina Escura. A família não se recusou a entregar a criada à mulher, o marido esbravejando que seria uma boca a menos, a esposa gritando que já ia embora tarde e os filhos se gabando de que se livravam de uma falsa irmã.

— Leve esta morta de fome embora. — Dissera o pai adotivo, com os olhos vermelhos de raiva.

— Já devia ter ido embora há muito tempo. — A esposa despachou, com os lábios cuspindo saliva enraivecida.

— Nem do nosso sangue ela é. — Os dois irmãos garantiram de uma só vez, mantendo na boca um sorriso de escárnio.

Assim, a Menina Escura se mudou com seus trapos para a cabana da velha, uma choça muito simples situada à beira da vareda que saía do lugarejo. Foi quando começou uma parceria mútua entre as duas, a velha ajudando-a a crescer com saúde mental e ela auxiliando nas tarefas a mulher que a havia adotado com carinho.

Contudo, não demorou muito para que se abatesse sobre Tabuvale a sequidão que devastara tudo sobre cada tabuleiro e capão de mato, levando a vida de planta, animal e gente. Inclusive da pobre velha que fora sua mãe por curta temporada. Também foi quando a multidão de retirantes passou em frente à cabana e ela a acompanhou, esperando encontrar consolo naqueles corações sofridos de fome e sede.

Agora, esperando o momento em que a turba se decidiria por fatiar seu corpo em pequenos pedaços, a Menina Escura se ocupava em lembrar como tinha sido bom o período que passara com a pobre velha. Em toda a sua vida, aquela mulher idosa, doente e decrépita, fora a única pessoa que a tratara com respeito e carinho. Tinha um coração do tamanho do Vale Carnaubeira, aquela velhinha. E quando a sequidão veio com força total e a levara embora, tinha sido um golpe muito doloroso. Mas àquela altura, a garota já aprendera o bastante para poder seguir em frente.

E agora também lhe vinha à cabeça uma certeza que não tinha percebido antes. Uma mulher idosa aparecendo de repente para lhe salvar a vida dos calabouços de uma família desequilibrada só poderia ser algo articulado pela sua mãe escura, a Sombra. Então se deu conta de que passara muito tempo sem receber aquela visita que um dia havia sido costumeira. Desde que se mudara para a cabana da velha, diminuíra seu sofrimento e a Sombra não mais viera ter com ela para escutá-la e orientá-la.

Uma luz se acendeu no seu pensamento. A Sombra sempre aparecia quando ela estava com problemas ou tristonha. Como uma mãe atenciosa. E nunca esteve em tão maus bocados quanto agora, presa firmemente a um tronco seco de carnaúba, prestes a ser devorada até o seu último pedaço de pele. Mas em todas as vezes em que apareceu, a Sombra veio sem avisar e sem que precisasse ser chamada. Do nada, de repente ela surgia à sua frente.

Pensando bem, a Menina Escura nunca chegou a se interessar em saber como deveria chamar sua mãe quando estivesse precisando. *Quando precisar de mim, é só me chamar. Não tenha medo. Apenas chame.* Era isso o que a Sombra havia dito. Mas como seria esse chamado? O que devia dizer? Gritar? Falar alguma palavra misteriosa? Esperar sem dizer nada? Ela não sabia o que deveria fazer. E aquilo a deixou apreensiva, o medo lhe subindo pelo corpo assim como o calor do chão lhe queimava a pele de baixo para cima.

— A água na panela já está quente o suficiente, podem sangrar a moça. — Uma mulher que cuidava dos preparativos para o almoço gritou para os homens.

Nesse momento, a turba faminta se agitou, todos ansiosos para forrar a barriga seca, e um vozerio abafado teve início. Percebendo que o instante crucial havia chegado, o desespero da Menina Escura lhe sacudiu o corpo como um ribombar de trovão sacoleja os montes e morros de Tabuvale. Não há maior aflição do que quando se enxerga a própria morte se aproximar. A garota não suportou tamanho martírio, entregou-se às fraquezas mentais e gritou com soluços desesperados.

A turba havia tardado em sangrar a moça não por piedade, mas por estratégia comestível. A prisão tinha acontecido cedo da manhã para que ninguém desse com a língua nos dentes e ela acabasse por ouvir algo relacionado ao que lhe fariam e pudesse fugir, acabando com os sonhos de uma gorda refeição. Porém, o abate só deveria ocorrer tarde do dia, estando o sol já alto, para que ganhassem mais momentos de vida com a carne que acumulariam. Por isso, os preparativos haviam sido realizados com calma e paciência.

Mas agora chegava o momento de levar carne humana à panela.

Dois homens fortes se levantaram de onde estavam sentados e se encaminharam para o tronco seco de carnaubeira. Um deles tinha, seguro à mão direita, um machado, pesado como rocha e afiado como a língua de um relâmpago a cortar os ares durante uma tempestade. O outro, sujo e com um pé-duro a esfumar por entre os lábios, portava, à mão esquerda, uma faca de ponta fina e gume amolado feito os raios de sol que cortam qualquer escuridão. Depois mudaria a navalha para a outra mão, pois agora ele usava a direita para segurar o cigarro de palha e o lançar para longe, uma vez que precisava trabalhar a sangria.

Quando avistou os dois carrascos a se aproximarem, a Menina Escura alcançou o auge da sofreguidão, o choro desatou sem controle e os pedidos por socorro se intensificaram:

— Alguém me ajuda, por favor! Não deixem fazer isso comigo! Tenham misericórdia de mim!

Apesar dos gritos serem altos e estridentes, ninguém manifestou qualquer reação. Nenhuma criatura que estava por ali pareceu se importar o mínimo com todo aquele seu lastimar. Como se todos estivessem surdos. E cegos. O homem é como os deuses, perito na indiferença para com o sofrimento alheio. Parecia que a moça gritava e implorava por ajuda no meio do nada. Ela não conseguiu enxergar qualquer pessoa no meio da turba que lhe mostrasse sequer um gesto de "sinto muito". Como antigamente, estava sozinha, sem ninguém para lhe fazer companhia.

O machado e a faca se aproximaram inexoráveis, esta a se despir da bainha, abandonando a mão esquerda e se acomodando na direita, aquele a subir e descer ameaçadoramente. Esgotada daquele suplício, a Menina Escura fechou os olhos molhados de lágrimas, esqueceu tudo que estava ao seu redor e soltou no ar o seu último grito por misericórdia:

— Sombra, minha mãe, venha me ajudar!

O som se espalhou violentamente pelo Vale Carnaubeira adentro, como as águas invadem um canavial numa croa durante uma enchente da Ribeira Juassu. A vibração sacudiu o medo no corpo de cada homem e mulher no meio da turba, causando-lhes arrepios horripilantes, como se todos de repente tivessem limpado os ouvidos e visto uma assombração.

    De forma súbita, imediatamente uma penumbra densa se abateu sobre todo o vale, rasgando a claridade do dia, assim como um facho de luz corta uma escuridão. Era como se o dia tivesse se convertido em noite. Bruscamente, a faca se imobilizou no ar, o machado estacou nas alturas e correu pela multidão um resmungar de pavor e apreensão. À distância, algo chamou a atenção de todos, inclusive da moça cativa.

    Afastado da concentração de gente e do poste executório, um vulto muito escuro se apresentou aos olhos arregalados de espanto. A multidão, como se embriagada coletivamente por uma substância alucinógena, avistava uma mula gorda e apetitosa, de fazer minar água na boca. A Menina Escura, pelo contrário, enxergava dois vultos, uma mula esguia e graciosa e, ao lado dela, para onde toda a turba olhava, a sombra muito escura da mula, separada desta como se fosse alguma criatura independente dela.

    Então, o animal híbrido se encaminhou para a moça, abandonando de vez no chão sua projeção escura, e a multidão se dirigiu para a sombra, que lhe parecia muito real, esquecendo a Menina Escura amarrada ao poste. Entre duas carnes enegrecidas, uma mula deve ser mais saborosa do que uma mulher, pensou a turba. Eles correram e cercaram a presa, a amarraram com cordas fortes, desceram sobre sua cabeça um golpe de machado, sangraram-lhe a garganta e a retalharam em pedaços miúdos para serem levados ao fogo.

    Nesse mesmo ínterim, enquanto o bando se ocupava de abater o que para aquela gente parecia um animal de carne e osso, a Menina Escura observava sua própria sombra se levantar do chão poeirento e escalar o tronco de carnaubeira, fazendo-se em fiapos escuros e se entrançando entre cordames e madeira. Em poucos instantes, os nós se desfizeram e a garota estava livre, embora assustada, boquiaberta e sem acreditar no que via e testemunhava. Quando se deu conta, como se acordasse de um sonho perturbador, a mula, que há pouco a avistara ao longe a caminhar no seu rumo, já estava ao seu lado.

    — A sua salvação está aí, é chegado o momento de sua partida. — Sua mãe, a Sombra, falou, chamando-lhe a atenção. — Monte na mula e galope rápido por caminhos e varedas tortuosas, pois a ilusão na cabeça dessa gente não vai demorar para sempre.

— Para onde devo seguir? — A Menina Escura indagou, ainda um pouco agitada e confusa com tudo que acontecia.

— Não mire tanto uma única direção específica, por enquanto. Apenas galope com o intuito de se afastar o máximo possível de seus perseguidores. Depois a mula saberá conduzi-la para um rumo certo. Agora vá, não perca nenhum momento esperando por ninguém.

A moça saltou sobre o espinhaço do animal, fez-lhe um carinho no pescoço e sentiu um leve impulso quando seu transporte iniciou o caminhar, primeiro devagar, depois apressando o passo e, por fim, um galopar suave. Antes de se afastar muito, porém, ela ainda conseguiu perguntar:

— Ainda vamos nos ver outras vezes?

— Sou sua mãe e você, minha filha. De hoje em diante, vamos estar juntas sempre, lado a lado, percorrendo cada canto destas terras desoladas que compõem Tabuvale.

Foi a resposta da Sombra.

-

Enquanto a moça se afastava depressa, a multidão esfomeada se apressava em cozinhar aqueles pedaços gordos de mula. Por longos momentos, embriagados pela penumbra que os cobria, nenhum deles conseguiu perceber do que aquilo se tratava realmente. Estavam tão apressados, tanta era a fome que lhes afligia e enorme a ânsia por um pedaço de carne, que começaram a mastigar a comida mesmo antes de completar o cozimento.

Todos comeram com apetite redobrado, queimando a boca com a comida ainda quente e esfumaçando, engolindo sem mastigar os nacos de músculos e roendo ossos até o tutano, com uma gula inimaginável. Só findaram a refeição depois de raspar o fundo da panela e terem ao lado os ossos e pelancas não degustáveis. Pelo menos ainda não, embora fossem precisar de todo o resto depois.

Satisfeitos e de barriga cheia, cada um foi se deitar para um descanso abençoado. Nesse instante, a penumbra se retirou do céu tão rápido quanto havia aparecido e a claridade escaldante se abateu novamente sobre o vale e a cabeça da multidão.

Subitamente, todos os membros da turba, homem e mulher, velho e criança, começaram a sentir tremendo desconforto nas entranhas do estômago. A dor era tão intensa que parecia estar a rasgar cada pedaço de couro da barriga. Não demorou para que uma lamúria geral tivesse início. Crianças choravam com as mãos apoiadas sobre o ventre. Mulheres e moças rolavam pelo chão e se contorciam de dor. Homens e velhos sentavam sobre a poeira quente por não suportarem a desavença estomacal.

Em seguida, todos começaram uma tosse rouca, como se estivessem com algum engasgo na garganta. De repente, o vômito veio sem avisar e de forma inevitável. Primeiro, apenas um jorro de caldo cheio de azedume, depois pequenos bocados de carne não digeridos, tão escurecidos quanto um pedaço de escuridão da noite. E tudo virou uma confusão intragável de choro, grito, tosse e vômito. Logo, a turba inteira estava jogada ao chão, nenhuma criatura escapando àquele desastre sinistro.

Há pouco eram somente retirantes, famintos e sedentos, ansiosos por degustarem a carne de uma moça. Agora, resumiam-se apenas a seres sem vida, à espera dos carcarás, tingas e camirangas para furarem e estraçalharem suas barrigas inchadas.

—

Enquanto homens, mulheres, velhos e crianças caíam moribundos, sufocados pelos próprios vômitos, a Sombra observava tudo, postada próximo ao tronco morto de carnaubeira. Quando viu que a carnificina estava concluída, uma multidão envenenada com carne feita de penumbra, a cria da Visagem girou e se afastou vagarosamente. Aquela parte do Vale Carnaubeira era agora um cemitério a céu aberto e os primeiros camirangas começavam a sobrevoar o local.

Não demorou muito para que a Menina Escura estivesse a uma longa distância da turba, viajando no lombo da mula, percorrendo varedas no meio do Vale Carnaubeira, buscando tabuleiros e capões de mato longínquos. Enquanto galopava, ela virou o pescoço para trás e conseguiu divisar alguns camirangas ao longe, voando em círculos, como se estivessem farejando alguma carniça.

A Menina Escura virou novamente o olhar e continuou seguindo em frente, ao sabor do galope da mula.

MALINO

*O rosto dos ares se agita
E o mundo fica em tristeza.
O Malino então vomita
Seus seres, com destreza.
Quem vive, padeja e grita,
Implorando por firmeza.*

ESTORIETA VII

Soturno

Quando o Soturno aparece, Tabuvale se rompe em melancolia.

Sendo uma cria de confiança do Malino, o Visão dos ares, estejam eles úmidos ou secos, adensados ou rarefeitos, e protetor dos seres mal-assombrados e fantasmagóricos, o Soturno somente aparece quando vem buscar o *fulgor* prometido por uma criatura humana. Entre todos os animais, somente o homem é capaz de vender a vida por uma posse momentânea. Mas quem deve, cedo ou tarde deve pagar. E quem deve ao Malino nunca escapa de quitar devidamente sua dívida.

Os Visões, os deuses imponentes das criaturas que pululam por estes tabuleiros e capões de mato, forneceram aos seres destas terras o *fulgor*, munindo cada um deles com o fenômeno da vida. O povo de Tabuvale acredita, sem pestanejar, que nenhum corpo pode se tornar vivo se não receber o calor soprado pela boca dos Visões. Segundo os mais entendidos, qualquer substância antes de receber a ardência que o poder dos Visões proporciona, por mais bem organizada e complexa que seja, é apenas um amontoado confuso de partículas de matéria. Seja uma minhoca se rastejando pelo solo de um monturo, uma fera faminta dilacerando uma presa ou uma criatura humana que produz ferramentas sofisticadas.

Tudo é somente um naco disforme de massa até que o sopro calorífico o faz ganhar vida.

Assim, ao nascer, cada criatura traz consigo o *fulgor*, a fumaça que lhe confere toda a essência da vida. É o que lhe permite se movimentar, comer, dormir, chorar, sentir, sofrer, amar e gerar outros seres. Esse vapor vital que o corpo carrega para onde vai é o que distingue uma matéria animada de uma inanimada. É o que torna, inclusive, o homem consciente de si mesmo. É por ela que muitas criaturas humanas se abstêm de tomar o caminho errado durante toda a existência. E pela redenção do *fulgor*, o homem se tornou um temeroso subserviente dos Visões. Como de costume, os deuses impõem seu domínio pelo medo na cabeça de cada seguidor crédulo.

Quando morre, porém, cada ser vivo perde o *fulgor*, voltando ao que era antes, um acúmulo de corpúsculos de matéria amorfa, sem movimento, sem dor, sem vida. Morrer é perder o *fulgor*. Perder o *fulgor* é morrer. As demais criaturas entregam o próprio *fulgor* aos Visões com dignidade e gratidão, convictas de que estão concluindo a missão que lhes coube durante a vida. Alguns homens, no entanto, supervalorizam o *fulgor* que receberam gratuitamente e o comercializam como se fosse uma joia. Uns vendem sua vida a outros homens, às vezes por necessidade de sobrevivência, às vezes por indiferença ou desprezo ao corpo, às vezes pelo prazer de usufruir o que recebe em troca. Outros, no entanto, negociam o seu *fulgor* diretamente com o Malino, até onde se sabe, o único Visão que compactua com tal tipo de atividade vergonhosa.

Alguns homens cobram suas dívidas atrasadas, não desperdiçando qualquer que seja a migalha envolvida. Outros as esquecem e continuam vivendo sem as receber, carregando um prejuízo oculto que não é levado em consideração. Uns até negociam e entram em acordo com seus devedores, postergando o pagamento ou parcelando o débito.

O Malino, por outro lado, não aceita perder nada do que lhe foi prometido. Cada um de seus devedores nunca pode nem mesmo sonhar com qualquer tipo de velhacaria. A prestação de contas pode até demorar ou ser adiada, mas nunca é esquecida nem perdoada. Quem vende o *fulgor* ao Malino nunca escapa de um encontro desagradável com o Soturno.

Todo mundo diz que o Soturno foi criado pelo Malino para outras tarefas, uma cria agressiva e sombria, assim como seu criador. Mas o povo mais velho declara categoricamente que o Soturno tem uma ocupação mais específica, catar e cobrar cada devedor que prometeu sua ardência ao Visão protetor dos seres mal-assombrados. Quando ele é mandado aos tabuleiros e capões de mato de Tabuvale, traz consigo a melancolia e a tristeza, pois carrega nas costas o recado de um Visão tenebroso e severo. Como bom cobrador de dívida, o Soturno transfere o medo e o desespero a quem vem tomar o *fulgor*. Quando ele vem, não vale a pena se esconder.

O povo de Tabuvale não sabe dizer com certeza qual a forma verdadeira do Soturno. Diante de tal situação por demais embaraçosa, com a ausência do que é verdadeiro, tudo pode ser dito e todos podem dizer o que querem, seja algo visto ou somente imaginado. Para a mentira reinar, basta a verdade não aparecer no trono. No entanto, no meio de toda a cacofonia de depoimentos enviesados sobre o formato real do Soturno, uma estória se sobressai sobre as demais. A partir de diversas declarações, umas alegando serem testemunhas oculares, outras dizendo que ouviram de pessoas confiáveis, conclui-se apressadamente que essa criatura se parece com um cachorro-do-mato. O povo é péssimo em inventar novos seres mal-assombrados que sejam diferentes às suas vistas. Ele sempre necessita de um modelo que já existe. O homem é um imitador medíocre da natureza.

Entretanto, segundo o que se conta, o Soturno não é exatamente parecido com um cachorro-do-mato nem com um cachorro domesticado. A semelhança predomina somente por falta de uma descrição mais detalhada e refinada. Às vezes, o medo de quem viu ou diz ter visto o bicho também pode alterar o relato. O medo pode enganar os olhos. Quem foi visitado pela criatura muito provavelmente não sobreviveu para a descrever com fidedignidade. Os que ouviram outros narrarem acontecimentos tanto podem distorcer o que escutaram como não ter o ouvido sensível o bastante para discernir a verdade. E quem tem que sobreviver a partir das migalhas narrativas de terceiros passa a vida inteira pisando no lamaçal da dúvida.

Mas como os fatos verídicos são sempre ariscos e vivem se esquivando da mente do homem, o que predomina é o que continua sendo descrito mais vezes e por mais bocas. Assim, muitos estão convictos de que o Soturno aparece como um cachorro-do-mato ou como um cachorro de casa, principalmente aqueles que não têm a capacidade de distinguir esses dois animais. Às vezes, ele vem muito antes da dívida se vencer, quando o Malino se acha ansioso demais para esperar que se finde o período combinado. Outras vezes, porém, ele se demora e surge do nada, muito depois do prazo estipulado. Mas em alguns casos, o Soturno vem e logo se vai, aparece e depois some, assusta chegando de repente e desaparece mais tarde. Assim, ele fica cozinhando em fogo baixo quem prometeu o *fulgor*, em um momento deixando a vítima assustada e melancólica e, no instante seguinte, proporcionando ao devedor uma alegria momentânea e ilusória. Porque depois a criatura surge com determinação inabalável para levar o que veio buscar. Um cachorro grande como um potro, negro como a noite cerrada, com orelhas estreitas, pontudas e levantadas, e sem sinal de pelos no corpo.

Mas, claro, isso nada mais é do que estória contada pelo povo mais velho.

—

O homem não achava que as estórias que o povo mais velho contava eram verdadeiras. Não inteiramente. A maneira como se contava sobre coisas e especulados fatos acontecidos há muito tempo atrás não lhe acendia a crença. As estórias sobre os poderes inimagináveis dos Visões eram descritas com o objetivo único de amedrontar e convencer as pessoas, ele pensava. Principalmente, imprimir disciplina na meninada. Ele mesmo ouvira diversas estórias quando ainda era pequeno e também depois de grande, nas farinhadas, na capina do roçado, na labuta com os bichos de criação e na roda de conversa no terreiro após o anoitecer. Entretanto, sempre encarara todos aqueles relatos como produto da imaginação do povo. Pareciam fantásticas demais para serem verdadeiras.

Entre as estórias que ouvira nas farinhadas quando era pequeno, e nos terreiros dos vizinhos sob a luz tênue da lua, dizia algo sobre se prometer a própria vida ao Malino, o senhor de todos os ares e protetor dos seres mal-assombrados e fantasmagóricos. Eram relatos sobre pessoas que, por estarem a passar por tamanho aperto na vida, financeiro ou mental, selavam um acordo mortal com o Malino. Em tal pacto, o Visão resolveria a pendência e, em troca, o indivíduo ficava em dívida, prometendo àquele o próprio *fulgor*. Sem dúvida nenhuma, diziam as pessoas, um tratado de alto risco, a ser feito apenas como último recurso, quando qualquer outra tentativa de solucionar o problema em questão tivesse sido considerada, posta em prática e fracassada. Não se tratava de um acordo a ser combinado por causa de pouca coisa.

Tudo aquilo parecia ao homem se tratar de um relato devaneado e sem concretude nenhuma. Jamais ele conseguira se imaginar suplicando a ajuda do Malino para obter algo e lhe oferecendo seu *fulgor* como pagamento. Ele nunca tinha ficado numa situação precária o suficiente para pensar com seriedade nas estórias antigas. Nem mesmo quando perdera seu pai ainda jovem e entrara em um estado de quase colapso mental. Talvez por ainda ser muito novo, conseguira se reerguer daqueles momentos sofridos transferindo seu pensamento para a chefia de sua casa, trabalhando mais do que devia e cuidando de sua mãe e de seus irmãos e irmãs. Fora um período difícil, mas, ainda assim, não necessitara vender sua vida a um Visão. Conseguira, daquela vez, poupar a integridade de seu *fulgor*.

Mas agora a situação era diferente, pois seu segundo filho repousava adoentado no fundo de uma rede. A terrível moléstia começara quando aparecera uma simples e minúscula bolha amarelada, como se estivesse cheia de pus, na barriga do menino, logo acima do umbigo. A pequena ferida purulenta tinha aspecto insignificante e naquele momento não pareceu causar qualquer preocupação. Quando o garotinho se lamentou daquilo, o pai olhou a minúscula chaga e simplesmente afirmou:

— Não é nada, não. Deve ter sido somente uma picada de algum inseto. Talvez um mosquito ou qualquer bichinho do mato.

O menino, diante de tais palavras, não pretendia deixar uma coisa tão desprezível incomodar sua pele. Ele fechou ambas as mãos, juntou as unhas dos dois polegares ao redor do pequeno tumor e a apertou. Um ínfimo jato de substância amarela saiu do tecido vivo como um projétil sai de uma arma ao ser detonado o gatilho. A ferida se esvaziou, deixando no local apenas uma pequenina mancha avermelhada na pele. Em poucos instantes, tudo aquilo estava esquecido.

No dia seguinte, no entanto, quando o menino sentiu um pouco de coceira acima do umbigo, logo ao acordar, levou imediatamente os dedos àquela região. Quando apalpou o couro sentiu duas protuberâncias, minúsculas, mas duras como um par de pedregulhos. Suas vistas se moveram e ele avistou duas feridas na barriga, uma era aquela do dia anterior, rejuvenescida como se nunca houvesse sido estourada. A outra era idêntica à primeira, pequena, arredondada, endurecida e cheia de pus. Outra vez, o garoto não se fez de desentendido. Usou novamente as unhas e estourou as duas chagas, as quais emitiram dois insignificantes jatos de pus, deixando duas manchinhas na pele acima do umbigo.

Quando acordou no outro dia, o menino coçou a barriga outra vez e novamente detectou com os dedos três caroços amarelados na pele. As duas feridas haviam se renovado e uma terceira havia nascido. Outra vez, as unhas dos polegares foram colocadas a trabalhar. Na manhã seguinte, não havia três, mas quatro feridas de pus. Foram quatro fracos estalos quando as unhas espremeram as chagas e a substância amarela foi expulsa. Quando a noite foi embora e o sol apareceu outra vez, a barriga do menino continha cinco tumores, quatro renovados e um outro recente.

E aquela luta continuou ainda por muitos dias. O menino estourava os tumores de pus, mas na manhã seguinte eles apareciam cheios e sempre um ou outros nasciam ao lado dos anteriores. Então eles foram aumentando, tanto em quantidade quanto em tamanho. A cada dia tomavam uma região maior da pele e ficavam mais achatados. Os mais velhos, inclusive, não conseguiam mais fechar por completo, as bordas se mantinham purulentas, mas a parte central já estava se afundando ao corroer o tecido vivo. Os mais antigos apresentavam um aspecto repugnante, como se fossem pequenas crateras envelhecidas. Crateras cheias de moléstia degradante. A parte necrosada se ampliava sem que sofresse nenhuma contenção.

E passaram a coçar cada vez mais e arder como fogo num braseiro.

— O que tanto coça nessa tua barriga? — O homem um dia perguntou ao filho, ao perceber que o coitado algumas vezes esfregava a roupa contra a pele e outras vezes levantava discretamente as vestes para coçar diretamente o abdômen.

— São aquelas feridas, pai. — O filho respondeu cabisbaixo, talvez com medo de ser repreendido por alguma coisa. — Eu espremi a primeira, mas ela voltou a aparecer.

— Está falando daquela pequena ferida que nos mostrou há não sei quantos dias? — O pai indagou, visivelmente surpreso e admirado com o que ouvia.

— Não é somente aquela. Nasceram muitas outras perto dela. Agora tem um monte, espalhadas por toda a minha barriga. Muitas estão cheias de pus e outras tantas em carne viva, sem sarar. E estão coçando e ardendo. Sem falar nas mais velhas, que doem como se estivessem cortando minhas carnes com dentes afiados.

— Levanta a roupa! — O homem ordenou de imediato, com o rosto cheio de preocupação. — Quero ver o que é.

Quando o filho levantou a roupa, o pai ficou boquiaberto com o que estava vendo. Uma constelação horrorosa de feridas de todo tamanho e aspecto cobria uma faixa com largura de três dedos sobre a barriga do menino. Começava na parte superior direita acima do umbigo, atravessava horizontalmente toda a protuberância frontal do abdômen, contornava a curva da cintura e terminava nas costas, sobre o meio da espinha. Era como se as chagas formassem um caminho pelo corpo do filho. Um caminho repleto de bolhas amareladas, feridas germinando pus e tumores avermelhados corroendo a carne do garoto. Uma vareda de moléstia repulsiva. Uma estrada de doença degradante.

O homem chamou a esposa para ver o estado em que o filho se encontrava apenas para disfarçar a luta que travava consigo mesmo, tentando reprimir um vômito que subia furiosamente pela garganta. A mãe não se permitia acreditar no que via. Olhando todas aquelas feridas, umas aprisionando substância purulenta e outras abertas em carne viva, ela não conseguia segurar o choro e o desespero.

Sem saber o que era aquilo e sem nenhuma noção do que poderia fazer para tratar tão agressiva doença, a mãe simplesmente se lastimou:

— Ó Visões! O que vocês cuspiram no corpo do meu filhinho?

Após se restabelecer um pouco da ânsia de vômito, o marido veio ao amparo da mulher. Ver a barriga do filho assolada pelas chagas era algo terrível. Porém, o pior poderia ser depois, se a sua suspeita acerca daqueles tumores degradantes estivesse correta. Por isso, ele não tardou em perguntar ao filho:

— Qual delas nasceu primeiro?

Já havia se passado tanto tempo desde que o menino havia se queixado de uma ferida na barriga que o homem não conseguia se lembrar qual era a bolha pioneira. Até mesmo porque, quando daquela vez, ele nem mesmo se interessara em saber onde realmente a ferida nascera no filho. Tinha apenas ouvido algo como sendo na barriga.

— Foi esta, aqui na direita. — O menino respondeu, apontando com o indicador direito e sem entender por qual motivo o pai lhe estava a fazer uma pergunta tão sem importância.

A resposta dada pelo filho levou embora cada dúvida do pai e incendiou ainda mais sua suspeita anterior. A primeira chaga a nascer era a da extrema direita da barriga, significando que a doença avançava numa direção preferencial, começando na direita e seguindo para a esquerda do corpo do menino. Por se limitar a uma faixa estreita, também sugeria que os tumores aumentavam para formar uma linha de infecção contornando o corpo, uma vez que já avançara até depois da curvatura esquerda da cintura, as feridas mais novas então nascendo no meio do espinhaço.

— As feridas estão aumentando para formar uma faixa ao redor do corpo dele. — O pai explicou, afastando as vistas do filho e se voltando para a esposa. — Infelizmente, é o que eu estava suspeitando que fosse. Caso cresça até fazer uma volta completa sobre o corpo, não haverá mais jeito.

— Você tem certeza de que é realmente a *cinta*? — A mulher perguntou ainda mais preocupada, em voz baixa, as lágrimas já brotando como indício do desespero batendo à porta. As criaturas humanas se desesperam antes mesmo da dor chegar.

— Claro que somente um bom *sussurrante* pode diagnosticar e dizer com certeza se se trata ou não de um caso de *cinta*. Mas pelas características, as bolhas purulentas, as feridas formando uma faixa e o rumo em que as novas chagas nascem, tudo indica que seja aquela terrível doença. — O homem disse para a mulher, não conseguindo esconder uma fisionomia que denunciava sua falta de esperança, ao passo que ela se entregava de vez ao desalento e se desmanchava em prantos.

Era um caso terrível de *cinta*, a doença que, segundo conta o povo mais velho, os Visões guardam no corpo das pessoas durante um tempo indeterminado, fruto de outra moléstia mal curada. De acordo com as velhas estórias, o gérmen da *cinta* é o resquício de uma chaga que foi tratada sem o devido cuidado. Quando os Visões mandam uma doença para uma criatura, eles esperam que o indivíduo seja cuidado com cautela e eficiência. Ao contrário, quando uma pessoa se medica com desatenção e sem os devidos remédios, os sintomas desaparecem, mas o cerne da moléstia continua dentro do corpo. Depois de certo tempo, esse resíduo, até então mantido em estado latente, pode ressurgir com fúria ainda maior, causando feridas e tumores. Uma imensidão de bolhas purulentas brota da pele e se desenvolve rapidamente, formando uma estreita faixa necrosada em volta do corpo do indivíduo. Se não for tratada logo ou não se seguir o regime correto de descanso, o caminho tumoral cresce e completa toda uma volta ao redor do corpo. É como se houvesse um colar de tumores, um anel formado por feridas amareladas e corroendo a carne, uma cinta de doença. No clímax da moléstia, a criatura se torna um moribundo incapaz de se mover, sofrendo com a dor, a ardência e o fedor das chagas. Sofrimento que dura tempo suficiente para que tanto a pessoa doente como seus familiares e todos que convivam por perto enfastiem-se com os lamentos, sujeira infecciosa e odores nauseantes.

Apesar da suspeita dos pais sobre a gravidade da doença já beirar o lago desolador da certeza, o problema do filho não recebeu o devido cuidado. A labuta da vida diária afastou a atenção dos dois para outras prioridades, dedicando apenas poucos momentos ao tratamento das chagas. Para tratar a moléstia, pai e mãe se voltaram para uma medicação fácil de ser encontrada e que pudesse ser feita com rapidez. Quanto à eficiência, facilmente se deixaram ludibriar pela boca alheia e que ela lhe indicasse a possibilidade curativa.

Não poderia ter dado certo. Quando se ouve toda e qualquer boca, o desastre não tarda em aparecer no terreiro.

Os pais fizeram o filho tomar bebida de todo tipo, cada uma feita com folha, com casca, com raiz, com óleo animal e vegetal. Usaram, mesmo por meio de má indicação, substância degradante e corrosiva. Chamaram, sem se certificarem direito, falsos homens dos sussurros para fazerem serviços de cura dos quais não sabiam nada. Deixaram o menino trabalhar sem descanso, em contato com planta urticante, lama quente e poeira asfixiante. Chegaram a afirmar que se tratava de ferida passageira e que se curaria com o passar dos dias.

Não se curou.

A chaga simplesmente aumentou a cada dia, em quantidade, tamanho e nojeira. A faixa de doença avançara pelas costas do garoto sem um ínfimo sinal de melhora. Em pouco tempo, o caminho tumoral já atingia a curvatura direita da cintura e rumava para a parte frontal do corpo, retornando aos domínios da barriga pelo lado oposto. O falso resmungo dos fingidos *sussurrantes* e o ineficaz remédio indicado pelas diversas bocas não haviam surtido efeito algum. A doença se alastrava em volta do corpo e passava a cobrar mais força do paciente, o qual emagrecia e se tornava mais fraco.

Quando os pais se aperceberam, quando acordaram finalmente para a realidade, as bolhas purulentas mais recentes já nasciam muito próximo das mais antigas. A *cinta* estava se fechando. O anel doentio se completava. O colar de feridas cheias de pus estava prestes a emendar as suas duas extremidades. Era chegado o momento de procurar uma medicação verdadeira ou perder o filho de vez.

—

Há muito que a família do homem era ocupada no trabalho dos canaviais do Lagoão, situado próximo ao encontro entre o Regato Grotão e a Ribeira Juassu. O Regato Grotão é um dos maiores de Tabuvale, sua nascente se localizando nos sopés do Morro Moreno. Ele desce no sentido sul, passando pelo Pote, o lugarejo situado perto da abertura formada pelos dois montes que, juntos, recebem o nome de Monte Gêmeo, margeia a ponta leste do Monte Perdido e deságua no Juassu. O Lagoão, lugarejo que recebeu seu nome devido à grande lagoa que fica próximo à margem leste do Grotão e à margem norte do Juassu, desde muito tempo se voltou para o cultivo de cana. Toda a região circunvizinha ao encontro desses dois córregos é muito fértil, pois a água barrenta do Grotão, no período da chuva, arrasta todo tipo de material orgânico das suas margens. Tal material, uma mistura de argila e vegetação morta, à medida que se deposita sobre as vazantes do Lagoão, vai formando uma camada espessa escura, a qual se descobriu ser um torrão excepcionalmente fertilizante. Provavelmente, segundo a opinião de muita gente, os canaviais do Lagoão têm as canas mais doces de Tabuvale.

O homem nasceu, cresceu e criou sua família nas redondezas do Lagoão, plantando e capinando as grandes extensões de cana. Assim também vivera seu pai, avô e todos os ascendentes de sua árvore genealógica. Pelo menos todos dos quais algum dia havia ouvido falar. Foi ali que ele, seus outros dois irmãos e suas duas irmãs haviam nascido e crescido. Na labuta dos canaviais, ele aprendeu as diversas formas de trabalhar, fosse cuidar de animais de criação, caçar, cultivar ou levar a cana para ser espremida e transformada em rapadura. Estava tão acostumado com aquela vida que não pensou duas vezes antes de se estabelecer na mesma região, quando se uniu à sua esposa para formar sua própria família. Por isso, construiu seu casebre nas proximidades da margem meridional do Juassu, na beira da vareda que sai para a Brenha, a mata de carnaubeira que se estende até os sopés do Morro Talhossu.

Por ter continuado a trabalhar para o mesmo proprietário que seu falecido pai, não foi difícil conseguir um período de folga no trabalho para cuidar do filho. Algo que não seria tão fácil caso se tratasse de outro morador das proximidades.

— Cuide do menino e volte quando puder. — O seu empregador o havia garantido, o que demonstrava o alto nível de confiança entre eles, uma herança boa da vivência com a sua família.

Então o homem se voltou para os cuidados do filho. Pediu para seu primogênito substituí-lo no trabalho, enquanto se reunia à esposa para traçar um plano de tratamento sério para a chaga do pequeno. Começou por suspender todos os falsos remédios que estavam sendo usados, bebidas e óleos. Depois, com determinação e muita vontade, investigou onde poderia encontrar um *sussurrante* que fosse digno de confiança e que pudesse receitar uma medicação verdadeira. Com a ajuda dos amigos e conhecidos, além do auxílio prestado por seu patrão, o pai conseguiu a referência de um *sussurrante* autêntico. Entretanto, quando o homem que resmunga para os Visões chegou para diagnosticar o paciente, o veredicto não foi nada animador.

— É realmente um caso de terrível *cinta*, mas a doença já está em estado muito avançado. — O *sussurrante* falou de forma categórica, ao mesmo tempo em que lamentava pela situação desastrosa do menino e dos pais. — No estágio em que se encontra, não é mais possível fazer a moléstia retroceder.

— Mas a *cinta* ainda não se fechou completamente. — O pai tentou argumentar, não querendo aceitar o que ouvia da boca do *sussurrante*. — A *cinta* não é mortal somente se a doença fizer a volta completa ao redor do corpo?

— Até onde se sabe, sim.

— Mas a de meu filho ainda está aberta.

— Mas somente por fora.

— Como é que é? — O pai não conseguia entender o que o homem que fala com os Visões estava a lhe dizer.

— A *cinta* na barriga de seu filho está aberta apenas na parte de fora do corpo. No entanto, as feridas já estão inflamadas no lado de dentro. Amanhã elas aparecerão cheias de pus sobre a pele. O ciclo se completou. Eu sinto muito.

No dia seguinte, as feridas que faltavam para completar o anel de inflamação nasceram sobre a barriga do menino. O *sussurrante* realmente sabia o que estava dizendo. Quando o pai havia perguntado sobre o que deveria ser feito, o homem dos sussurros havia recomendado apenas que o garoto fosse mantido em repouso e indicou alguns remédios que poderiam aliviar a intensa dor que, com certeza, ainda iria aparecer.

E realmente a dor apareceu.

Ela vinha como uma onda de choque, mas sem sincronização, em intervalos imprecisos. Quando surgia, de súbito, sacudia o corpo adoentado do menino como um molambo estendido ao sol para secar. Os tumores ardiam como brasa acesa e deixavam a pele dolorida como se uma faca tivesse cortado cada músculo e cartilagem. Às vezes, a dor passava alguns instantes sem aparecer, o que permitia ao garoto descansar, tomar um pouco de água, engolir algum bocado ínfimo de comida e dormir um sono apressado. Outras vezes, porém, antes mesmo de ter se recuperado do surto anterior, a turbulência dorida chegava de repente e em alto grau. Nesses momentos, o menino tremia e se sacudia involuntariamente, não conseguindo evitar os gritos e lamentos de partir qualquer coração humano. Eram os instantes em que o filho sofria com a dor física e os pais padeciam de tristeza por terem que assistir impotentes àquelas cenas.

O filho agora passava a maior parte do tempo deitado numa rede. Não tinha força suficiente nem para se levantar. As pernas eram fracas demais para se manterem de pé ou dar um único passo. Estava magro como um graveto seco. Não tinha apetite e o pouco que comia colocava para fora em poucos instantes, numa onda intensa de vômito. Estava vivendo só com água e cuspe, a mãe dizia. Era um moribundo no último estágio da existência.

Os vizinhos vinham à casa do homem todos os dias para visitas ao enfermo. O povo espalhava a conversa de que o menino estava apenas esperando a hora da morte, pois sua doença era incurável e que nem mesmo um *sussurrante* conseguiu encontrar uma forma de mitigar o avanço da ferida. À noite, os pais acendiam velas e lamparinas para que as visitas pudessem acompanhar a chegada da morte, quando os Visões mandassem buscar o filho que parecia já não mais pertencer ao mundo dos vivos.

Foi numa noite de vigília ao moribundo que o pai ouviu uma sugestão estranha, embora um tanto tentadora. Ele não esperava por algo do tipo. Não costumava encomprirdar conversa que levasse ao domínio dos Visões, pois achava tal assunto muito distante do que ele poderia compreender. Tudo que fazia e pensava se resumia em considerar sua vida mundana e totalmente voltada à labuta diária. Para ele, os Visões eram seres poderosos e inquestionáveis, porém não estavam preocupados em interferir na vida de nenhuma criatura humana.

No entanto, o homem agora se encontrava numa situação muito delicada, da qual não sabia como sair. Havia deixado de trabalhar para cuidar do filho, mas não havia obtido sucesso algum no processo de cura. O filho se tornou um simples amontoado de osso e pele no fundo de uma rede, gritando constantemente em resposta à dor intensa que vinha de vez em quando para lhe sacudir o corpo frágil. A esposa tinha os olhos vermelhos a todo momento, produto do choro que lhe vinha a cada vez que o menino se lastimava. O filho mais velho estava ocupado demais no trabalho, tentando repor o serviço de seu pai. Tudo estava se dirigindo para um desfecho cheio de agruras e sofrimentos cada vez maiores. Até ele mesmo parecia se encaminhar para o fundo do poço em termos de saúde mental. Não eram poucas as vezes em que, a alto horário da noite, quando o som dos urros do filho batia em seus ouvidos, ele simplesmente colocava as mãos sobre ambas as orelhas para não ouvir o barulho da dor. Então, chorava copiosamente e somente parava quando a mulher lhe vinha pedir que a ajudasse a administrar um remédio ao menino que sofria inerte na rede.

Então, numa noite como todas as outras em sua casa nos últimos tempos, fria e monótona, após uma longa vigília no fim da qual o povo tinha praticamente certeza de que seria a última do menino moribundo, a proposta foi esclarecida. Um conhecido do homem, quando se levantava para se despedir e ir embora, o chamou de lado, para um canto afastado do terreiro. Após se certificar de que ninguém mais os ouvia, o amigo começou por indagar:

— Você ainda tem esperança de que seu filho poderia, de alguma forma, resistir à *cinta*? — Havia sido, obviamente, uma pergunta retórica, uma vez que todos já esperavam o fim próximo do adoentado.

— Não, não espero. — O pai respondeu enfaticamente, e a resposta o corroeu por dentro, dilacerando sua estrutura emocional. A dor na mente é mais afiada do que na carne. — Até algum tempo atrás, eu tinha esperança de que ele pudesse resistir à moléstia. Porém, depois que o *sussurrante* veio aqui e o diagnosticou, passei a tentar aceitar o fim. É difícil, mas é melhor do que alimentar ilusões. Só não acho certo um pai ter que enterrar um filho, quando deveria ser o contrário.

— Talvez haja uma chance. — O conhecido falou num tom o mais baixo possível, como se estivesse contando um segredo.

— Acho muito difícil. Já administrei todo tipo de remédio ao meu filho, os conhecidos e os enigmáticos; ele já tomou bebida feita com a mais diversa coletânea de casca, folha e raiz; eu trouxe o melhor *sussurrante* que encontrei para o examinar. Nada foi o bastante para derrotar esta doença maldita.

— Não me refiro às coisas mundanas. O que se conhece neste mundo às vezes não é o suficiente.

— O que pertence aos Visões é melhor deixar somente com os Visões. Não quero ir além do que me é permitido alcançar.

— Você pode não gostar desse tipo de coisa simplesmente porque nunca a experimentou. Mas o extraordinário existe exatamente para uma ocasião excepcional. Os Visões não nos oferecem nada. Se queremos algo deles, precisamos pedir. Os deuses são orgulhosos, gostam de ver nossa humilhação.

— A que tipo de pedido você se refere?

— Quando se está à beira da morte, somente o Malino, o Visão dos ares e protetor dos seres mal-assombrados e fantasmagóricos, pode evitar a viagem final. Faça o pedido a ele.

— Sou um homem simples, não posso oferecer nada como pagamento de tal pedido. E como você mesmo deve saber, os Visões querem sempre algo muito valioso em troca daquilo que nos fornecem. Os deuses nunca nos dão nada gratuitamente.

— Você não seria capaz de oferecer qualquer coisa pela vida de seu filho?

O conhecido fez o questionamento, mas não esperou pela resposta. Aquela também era uma pergunta retórica. Ele não tinha dúvida do que o homem responderia. Ninguém duvida do que um pai é capaz de fazer para salvar um filho. O conhecido sabia que aquela pergunta não precisava ser respondida e que o recado estava dado. Sabia também que sua proposta seria aceita e que o homem não esperaria muito para tomar uma atitude. Este, por sua vez, tinha uma resposta formulada na mente, porém sem necessidade de expressá-la em palavras. E mais, tinha plena certeza sobre qual pedido o seu conhecido estava a comentar.

No entanto, quando a casa já havia se esvaziado, restando apenas sua própria família, ele percebeu algo muito estranho: aquele homem que lhe falara não era seu conhecido e ele nunca o havia visto pelos tabuleiros e capões de mato do Lagoão.

—

O restante da noite, já muito reduzida pela vigília ao filho, o homem gastou não para dormir e descansar, mas para considerar o que havia ouvido mais cedo. Se seu filho pudesse viver, ele não hesitaria em oferecer o que tivesse em troca do extraordinário. Tudo que possuía não era mais valioso do que a saúde do seu pequeno.

Quando o sol se levantou acima dos contornos do Morro Torto, o homem já tinha se decidido pelo que deveria fazer em seguida.

Logo ao se levantar, o homem tentou lembrar das estórias do povo mais velho. Por mais esquisitas que elas pudessem parecer, agora tinham um significado mais palpável para ele. Ele poderia, desta vez, fazer um teste. Veria se elas eram verdadeiras ou não. Se eram mentirosas ou faltavam com a verdade. Lembrou também do que deveria ser feito e como se fazia o pedido que estava prestes a realizar. Não contou nada a ninguém, nem à esposa, aos filhos ou a qualquer outro conhecido. Se as estórias fossem autênticas, ele relataria posteriormente. Se, pelo contrário, fossem falsas, o homem não correria o risco de ser ridicularizado.

Tudo correu normalmente durante a manhã inteira. Quando o filho acordou se lastimando com a dor terrível, pai e mãe correram ao pé do fogão à lenha para esquentar um preparado medicinal, ainda uma indicação feita pelo *sussurrante*. Após administrar o remédio ao enfermo, o qual fez a dor se afastar por um breve instante, o pai tentou colocar um pouco d'água na boca do filho, enquanto a mãe preparava uma porção de caldo de farinha de mandioca e gordura. Depois de beber o líquido, o que foi seguido por duas árduas tossidas, o filho voltou a se deitar, a fraqueza corporal o puxando para o fundo da rede. Quando a mãe se aproximou com a comida, o homem se afastou, decidido a não esperar para ver o menino colocar tudo para fora em um ou dois jorros aguados de vômito.

— Preciso sair, mas volto logo. — O homem apenas avisou à mulher.

— Está bem. — A esposa respondeu, compreensiva e ciente do desgaste emocional do marido, assim como do dela também. Ela sabia que o homem é forte contra a dor física, mas fraco quando o pensamento se desgasta. — Volte a tempo de me ajudar a dar um banho nele.

O homem concordou com um aceno afirmativo da cabeça e saiu pelo terreiro de fora, mantendo um caminhar lento, mas firme. Na cintura levava uma faca e no ombro uma foice. A roupa ainda era a mesma do dia e noite anteriores e um chapéu de palha de carnaubeira protegia a cabeça contra os raios alegres do sol da manhã. No bolso esquerdo da camisa se alojava uma cabacinha miúda completamente cheia com o óleo apurado e necessário. Uma súplica aos Visões, principalmente ao Malino, demanda o maior grau possível de pureza. Os deuses sempre exigem o melhor dos homens.

Caminhando na direção sul, o homem atravessou alguns tabuleiros e capões de mato. Ele precisava não apenas de um espaço descampado, mas também de caminhos desolados e que se interceptassem num formato específico, um entroncamento. Não poderia realizar o pedido em qualquer lugar onde corresse o risco de ser visto ou interrompido. Além disso, as varedas necessárias à prática ritual deveriam se atravessar de tal modo a formarem uma forquilha, ou dois caminhos se encontrando para se tornarem um só, ou um único se dividindo em dois. Caso contrário, a súplica não seria atendida. Tudo isso ele havia ouvido falar no decorrer da vida, à medida que crescia junto aos conhecidos de seus pais e vizinhos. Era o que diziam as estórias do povo mais velho. E agora, tentando satisfazer todas essas exigências, o homem se sentia quase um simplório escarnecido. No entanto, nada mais poderia fazê-lo voltar atrás de tal empreitada. Estava ali pelo seu filho, o qual se encontrava no fundo de uma rede, em casa, esperando a vinda da morte certa.

Após caminhar por mais algum tempo, o sol já se levantava num ângulo considerável, o homem chegou a uma interceptação desértica e aberta de trilhas estreitas. Pelo que já havia andado, ele calculou que deveria se encontrar muito distante de qualquer moradia. As duas varedas que se interceptavam e se afunilavam numa única não tinham nenhum sinal de rastro, nem de gente nem de animal. Ele andava pouco por aquelas paragens e tinha certeza de que aqueles caminhos eram pouco utilizados por pessoas dos lugarejos que se localizavam próximo ao Lagoão. Talvez apenas comboieiros e viajantes as utilizassem de vez em quando. Uma vareda vinda do rumo sudeste-noroeste se encontrava com outra na direção nordeste-sudoeste exatamente numa várzea descampada, tendo o chão coberto apenas com capim rasteiro e algumas moitas pequenas. Depois de se juntarem num entroncamento, a trilha única resultante se projetava no rumo leste-oeste. Era uma forquilha perfeita. Não poderia ter por ali lugar mais ideal, pensou o homem.

Da forquilha formada pelas três varedas, o homem só necessitava do ponto de encontro, o nó, e do vê desenhado pelos dois caminhos que se ligavam. A terceira estrada, a solitária, não entrava na conta da súplica. Por isso, o homem caminhou até o nó, estacou, girou sobre os calcanhares e virou as costas para a trilha única. A partir daquele momento, cada detalhe era importante para obter êxito no seu intento. O homem sabia que não podia esquecer nada, caso quisesse obrar o extraordinário. Dali em diante, ele entrava no jogo do tudo ou nada. Mas a vida é assim mesmo, um jogo de tudo ou nada, raciocinou ele. Só pode haver a vida ou a morte. Quando uma chega, a outra se vai. Quando uma volta, a outra se retira. O meio-termo não existe em tal jogo. E em casa estava um garoto no fundo de uma rede, ainda com vida.

— É tudo por meu filho. — O homem se permitiu dizer baixinho para si mesmo.

Ainda de pé sobre o nó das varedas, movendo bruscamente o braço direito, ele arremessou a foice para o lado, a qual foi cair a algumas braças de distância. Com a mão esquerda, sacou a cabacinha do bolso da camisa e, com a direita, puxou a faca da cintura. Ao se abaixar, acomodou ambos os objetos no chão, perto dos pés, um à esquerda, o outro à direita. Quando se levantou novamente, começou a se despir, primeiro o chapéu, depois a camisa e, em seguida, as roupas de baixo e as alpargatas. Juntou tudo, vestes, chapéu e chinelos, em um amontoado único e outra vez o arremessou para longe. Sobre o nó das trilhas restou apenas a cabacinha, a faca e o homem. Esse último completamente nu.

Meio hesitante, meio determinado, o homem tomou a navalha com a mão direita e encostou a sua ponta sobre o mamilo esquerdo. Pressionou o metal frio sobre a pele e sentiu um espasmo quando a carne foi perfurada e o sangue jorrou. Mantendo a pressão necessária, ele fez a faca se mover numa diagonal e só parou quando ela desceu até o umbigo, deixando um rastro de sangue por onde passava. Em seguida, afastou um pouco a lâmina da barriga e deslocou a sua ponta até a altura do mamilo direito. Pressionou novamente o bisturi e desceu outra vez até o umbigo. Quando terminou, um enorme vê desenhado a sangue estava escrito sobre o busto do homem. Então, ele esqueceu a dor e jogou também a faca fora.

Agora, já mais decidido, como se entendesse que voltar atrás não seria uma boa decisão, o homem nu se abaixou e se ajoelhou. Tomou a cabacinha, a destampou e despejou seu líquido no chão, à sua frente. Quando terminou, um vê feito a óleo estava escrito próximo aos seus pés, os dois lados começando à esquerda e à direita e convergindo no seu rumo. O vértice do vê se localizava no ponto de encontro entre os dois dedões dos pés. Então, sem muita demora, o homem do vê se acocorou, mantendo os braços enlaçando as pernas e o queixo sobre os joelhos. No final, só restou fechar os olhos e mover delicadamente os lábios.

O *resmungo* teve início.

Mesmo que alguém estivesse por perto não conseguiria entender o que saía da boca do homem. Seus lábios mal se moviam, soltando sons muito baixos através de palavras incomuns. Segundo as estórias do povo mais velho, para que os Visões ouçam é necessário se usar um linguajar diferente. Mas o homem nu sabia pronunciar as palavras essenciais ao suplício que estava a realizar, pois, de tanto as ouvir da boca dos mais velhos, acabara por guardar cada uma delas na cabeça. Então, ele as proferiu com vigor e esperou com paciência.

Momentos após iniciar o rogo, o homem sentiu um arrepio percorrer sua pele, descendo da nuca até o calcanhar. O sol já estava quente, mas era como se uma brisa gélida estivesse atingindo constantemente seu corpo nu. Um redemoinho de violento ar frio se aproximou do nó das varedas e se demorou por um momento, o bastante para realizar alguns giros em volta da figura humana acocorada e sacudida por uma incontrolável trepidação. O homem se encolheu ainda mais, aumentando o aperto com os braços ao redor das pernas. Mesmo assim não foi possível evitar que cada pelo seu se eriçasse nem impedir que o queixo tremesse sem controle. No entanto, ele resistiu e manteve a calma. Quando se acostumou ao tremor, levantou as pálpebras e ofereceu os olhos à luz.

Num primeiro momento, não era possível acreditar no que estava vendo à sua frente. A pouco mais de um palmo do seu rosto, ele enxergava a face de um animal negro como a noite. Quando moveu levemente os olhos, conseguiu visualizar o resto da criatura. Ao redor, a claridade era tão intensa que suas vistas ardiam como brasa. Era como se o sol estivesse a poucas braças do chão. Misteriosamente, o homem não teve medo nem se assustou com o que estava vendo. Obviamente que ficou admirado, muito admirado. E logo notou que se sentia extremamente melancólico, como se uma tristeza rasgasse suas entranhas, retirando e levando embora cada pedaço de alegria ou contentamento seu. Ausência de medo, demasiada admiração e melancolia extrema, uma mistura estranha e entorpecente.

O animal que estava parado à sua frente realmente parecia com um cachorro. Mas era diferente, muito diferente. Era completamente preto, os olhos se destacando apenas pelo brilho e reflexo. Tinha o tamanho de um cão enorme, anormalmente crescido, as pernas, a boca, a cabeça e o tronco. As orelhas eram afiladas e retas. Entretanto, não possuía qualquer vestígio de um rabo, um coto ou outra estrutura que lembrasse uma cauda. E o mais perceptível: não tinha nenhum pelo, nem longo nem curto. A pele negra era totalmente desprovida de penugem. Era tão lisa que espelhava.

    O homem não teve dúvida do que seria a criatura que o estava encarando. O Soturno viera ouvi-lo. O Malino não apareceu, mas mandou uma de suas crias. Os Visões não descem ao mundo do homem por qualquer necessidade trivial. Ele deveria saber disso. Os deuses são criaturas soberbas. Eles sempre relutam em descer do pedestal em cima do qual o homem, seu criador, os colocou. E agora o homem sabia que o Soturno podia até ser um cachorro como as estórias relatavam. No entanto, era um cachorro muito peculiar. A analogia devia ser mesmo somente a incapacidade humana de descrever com autenticidade a estranheza daquela cria do Malino. Mas isso não tinha importância nenhuma para o que ele viera fazer ali, longe de casa e tudo mais.

    A criatura não abriu a boca nem se moveu de onde estava. Mesmo assim, o homem ouviu uma voz na cabeça que parecia ser emitida da face que o olhava fixamente, como se o Soturno estivesse falando:

    — O que tens a oferecer?

    — Na verdade, eu estou aqui porque preciso fazer um pedido. — O homem de cócoras respondeu, não entendendo a pergunta que lhe fora feita.

    — É mais do que sabido que vieste fazer um pedido, pois acabou de declarar as palavras suplicantes. E quem realiza um *resmungo* deseja uma coisa muito importante, algo extraordinário. No entanto, é necessário ter algo também extraordinário para dar em troca do que obtiver.

    — Sou capaz de ofertar o que eu tiver de mais importante. — O homem acocorado garantiu, agora já compreendendo do que se tratava. — Não me preocupo se vou ficar na extrema pobreza.

    — O pagamento deve ser proporcional à compra. Como pediu uma vida, deve pagar com uma vida. Está ciente do que tudo isso significa?

— Sim, estou. — O homem não estava disposto a hesitar.

— Seu filho vai crescer e a morte o levará somente quando já estiver velho.

— Obrigado! Muito obrigado! — O homem agradeceu, uma lágrima úmida e carregada de emoção descendo de cada olho.

— Em compensação, você não será mais dono do seu próprio *fulgor*.

O homem nu piscou os olhos num gesto demonstrativo de que não esperava por aquilo. Ele ficou visivelmente surpreso. Contudo, manteve a posição.

— É o preço a pagar. — A voz que vinha da criatura esclareceu.

— Está bem. — O homem concordou, tentando se manter firme em suas decisões. — Mas é necessário que seja logo, sem demora!

— Pode ser ainda hoje à noite, amanhã à tarde ou demorar um longo período. Não se preocupe quanto a essa questão. Vá para casa, faça o que tem que ser feito, cuide de seu filho e de sua família. Quando o momento certo chegar, você ficará sabendo.

O homem fechou os olhos por um breve instante. Quando os abriu novamente, a criatura não estava mais no seu campo de visão. O Soturno havia ido embora. Não sabendo com certeza se tudo aquilo tinha sido real ou somente uma ilusão da sua cabeça, o homem se levantou, pegou suas vestes e seus apetrechos, certificou-se de que não estava sendo observado por olhos curiosos e tomou o rumo da vareda que o levaria de volta para casa.

Ao deixar a várzea e penetrar num capão de mato mais frondoso, ao olhar casualmente para o lado, deu com as vistas numa árvore crescida se destacando no meio das demais. Lembrou que o *sussurrante* havia indicado ao seu filho um preparado daquela planta e que ainda não a havia encontrado. Sem esperar por mais nada, sacou sua faca e começou a retirar pedaços generosos de casca. Quando terminou, usou sua foice para cortar um galho que pudesse levar para casa.

—

O sol já forçava os objetos a formarem suas menores sombras quando o homem apareceu em casa. Na sua mente, não tinha demorado tanto fora. Sua esposa, no entanto, já estava preocupada e pensava ter acontecido algo mais grave. Na sala, no fundo da rede, com moscas a roerem suas feridas fétidas, o filho esperava por um banho e algum remédio para aliviar sua dor.

Enquanto a mãe colocava numa vasilha água suficiente para um banho demorado, o pai preparava um remédio receitado pelo homem dos sussurros utilizando como ingrediente principal a entrecasca da árvore que trouxera do mato. Depois de banhar e administrar o medicamento ao enfermo, pai e mãe foram cuidar de outras coisas. Esta, contente por ter o marido de volta ileso. Aquele, satisfeito por a esposa não ter exigido que ele contasse o que teria feito ou visto na sua andança pelos caminhos desertos. Se o ritual que realizara resultaria em algo concreto, ele só poderia verificar depois. Resolveu então esperar.

Em termos de labuta diária, os dias seguintes se passaram normalmente para pai e mãe. Os gritos aflitivos do filho, seu corpo moribundo jazendo no fundo da rede, os dias a demandarem muito esforço por parte dos pais e noites mal dormidas por todos dentro de casa. Entretanto, mesmo com tanto trabalho, o filho não deixou de receber o cuidado necessário. O horário do banho era regular e a medicação indicada pelo *sussurrante* não fora interrompida em nenhum momento, pois os pais concordavam que aquele cuidado rigoroso aliviava a dor intensa do filho.

E foi com muita surpresa que o homem ouviu a esposa lhe chamar a atenção para o estado da moléstia do filho.

— Olhe, tem umas feridas cicatrizando aqui! — A mulher falou para o marido, a voz alegre e admirada ao apontar para a barriga do filho.

— Será que estão realmente cicatrizando? — O homem duvidou do que ouvia, passando o dedo sobres os tumores para se certificar de que estavam formando verdadeiras cicatrizes.

— Não estão mais tão umedecidas de pus como estavam há alguns dias. Está nascendo pele nova no meio delas e o tecido velho está se ressecando como cascão.

— Parece que estão sarando mesmo. — O homem concordou, comparando o estado em que se encontravam as feridas mais velhas e as que haviam nascido por último.

Os tumores putrefatos saravam, o homem não tinha dúvida. Tal constatação ficou ainda mais evidente nos dias seguintes. A cada manhã havia sumido uma ou duas feridas da barriga do garoto. Elas saravam na mesma direção em que haviam surgido, como se estivessem morrendo de velhice. A primeira bolha de pus que aparecera agora não passava de uma minúscula mancha avermelhada sobre a barriga do filho. Sinal de cicatrização com tecido rejuvenescido. A faixa de doença perdia uma pequena parte a cada dia. Além do mais, não estavam nascendo novas feridas, como se uma erva parasse de se espalhar ao encontrar um terreno infértil. E ainda melhor, a cada noite o menino gritava menos, pois a dor também estava a diminuir.

A *cinta* se rompia.

Após longa angústia e tanta espera pela morte certa, a moléstia abandonou o corpo do filho. Quando a última ferida cicatrizou, o menino já brincava nos terreiros e o pai já voltava a trabalhar nos canaviais. A dor não incomodava mais nem o pus fazia mais parte da sujeira a ser limpa em cada banho. A medicação indicada pelo *sussurrante* fora interrompida por falta de necessidade. Sobre a cintura do garoto restou somente uma faixa de pele recente, manchas vermelhas circulares, uma para cada tumor que uma vez infestara seu corpo enfermo. A *cinta* perdeu força, minguou e se desativou, restando apenas seu estado latente, que não oferecia nenhum perigo maior. Contudo, fez com que o corpo de seu paciente ficasse marcado, talvez pelo resto da vida, com um anel de feridas cicatrizadas acima do umbigo.

Um anel sobre a cintura para lembrar de quando quase fora chamado pela morte.

Moléstia sarada, vida normalizada. Depois de quase perder um filho para os tumores pútridos da *cinta*, o homem passou a ter um pouco de sossego. Voltou a trabalhar alegremente, contente pela saúde do filho; dormia em paz, pois não precisava mais ouvir um lamento de dor ao longo da noite; e tinha mais tempo disponível para realizar outras coisas, uma vez que não era mais necessário aprontar medicação ou velar um moribundo no fundo de uma rede, noite e dia.

O resto de sua família também voltou a sorrir com mais naturalidade, sua esposa com um peso extra a menos nas costas e seu filho mais velho diminuindo a carga pesada de trabalho que havia sido obrigado a carregar. O seu segundo filho, agora totalmente recuperado, readquiriu a força necessária para poder realizar as diversas tarefas da labuta diária. Depois de um tempo, tudo havia sido esquecido, as feridas, as dores, os gritos, a *cinta*, o *sussurrante*, o *resmungo*, o Soturno.

Tudo não era mais do que lembrança angustiante. Lembrança de coisas terríveis que não desejariam mais reviver.

O homem e sua família esqueceram tudo, mas o Soturno não.

Vivendo uma vida feliz após o período em que a *cinta* atormentara sua casa, o homem esqueceu até mesmo que um dia havia falado com um *sussurrante* ou que realizara um *resmungo*. Não acessava mais a parte da memória na qual guardou os diversos preparados indicados pelo homem dos sussurros nem a promessa que firmara quando esteve nu e cara a cara com a cria do Malino na forquilha das varedas distantes. Tudo parecia ter acontecido há tanto tempo que até mesmo a palavra *Soturno* passou a ser algo distante e sombrio no seu pensamento.

No entanto, depois da água limpa da chuva sempre vem a lama. Da mesma forma, a alegria do homem foi seguida pela melancolia em forma de uma criatura negra, sem rabo e sem penugem pelo corpo.

A primeira reaparição do Soturno ocorreu quando o homem estava na capina, em meio aos demais trabalhadores e touceiras de cana por todo lado. Ele arremetia a enxada com vigor para a frente e a puxava de volta, cortando cada pé de erva daninha com vontade voraz. Subitamente, ele sentiu que seu ânimo se esvaía com rapidez extrema, como se fosse uma água fugindo por um buraco largo de um vasilhame danificado. Sem entender o que lhe acontecia, parou por um breve momento e se escorou no cabo da ferramenta de trabalho. Quando levantou as vistas, seus olhos se encontraram com um vulto parado à beira do capão de mato mais próximo da roça.

O Soturno o observava ao longe, quieto e paciente, assim como um predador espreita uma presa suculenta.

Como se fosse apenas um aviso, o Soturno não demorou onde estava. Quando o homem mudou o olhar para os lados, verificando se os outros colegas de trabalho também avistavam a criatura, o ser mal-assombrado desapareceu capão de mato adentro. Embora rápida, a aparição da cria do Malino foi o bastante para reacender a memória do homem, há muito sumida na vastidão de sua mente. Então, ele se lembrou de tudo, da doença degradante, do ritual desesperado de súplica e da dívida pesada que havia assumido num momento desalentado. Lembrou que havia prometido seu *fulgor* e que a cobrança de seu débito poderia chegar cedo ou demorar um longo período. Ficou contente por tudo ter sido retardado, mas triste por finalmente ter chegado o momento de prestar conta. Sem falar nada para ninguém, o homem voltou a manejar a enxada na sua luta contra o mato bravo como se nada houvesse acontecido. Porém, o resto do dia não teve mais o mesmo sabor dos anteriores e seria gasto somente com pensamentos perturbados.

A melancolia começava seu reinado.

O segundo ressurgimento do Soturno aconteceu dias depois, em um trecho desolado de uma vareda, quando o homem voltava do trabalho à tardinha. Caminhando cabisbaixo, ele não percebeu a criatura surgir ao longe, numa parte reta do caminho. A poucas braças de distância, porém, suas vistas bateram na forma peculiar do bicho. A cria do Malino estava novamente parada, quieta e paciente, à beira da estrada, os olhos negros espelhando a imagem do homem e aguardando sua aproximação. Quando humano e cria se emparelharam, esta não moveu nem mesmo os olhos, enquanto aquele se derreteu em esmorecimento.

Mesmo quase se desfalecendo em desalento, o homem seguiu seu caminho, evitando encarar a criatura por um longo tempo. Quando voltou a olhar para trás, o Soturno, por sua vez, já havia desaparecido.

A cobrança ganhava força.

A terceira vinda do Soturno se deu no terreiro extenso da casa do homem, antes mesmo dele se recuperar completamente do encontro na vareda. Ele estava deitado numa rede, armada no alpendre de fora, quando sua atenção se dirigiu para o rumo do nascente. O sol já estava alto no céu e a quentura do dia forçava o ar atmosférico a tremer sob a claridade intensa. A criatura estava parada outra vez no fim do terreiro a observar o homem se balançar levemente em sua rede. Sua imagem tremulava ao longe como um pedaço de molambo em frangalhos a se agitar sob a força de uma leve brisa. A falta de ânimo aumentou vertiginosamente, fazendo o corpo do homem vibrar como uma folha numa tempestade e seus pelos se eriçarem sem controle.

Sem mais ninguém por perto, ele simplesmente se encolheu no fundo da rede, seu corpo se desmoronando com a tristeza e sua mente se inundando de pensamentos perturbados.

A promessa se encarecia.

•

Não foi difícil para a esposa, e seus filhos mais velhos, agora num total de quatro homens e três mulheres, perceber que a estrutura emocional do patriarca estava abalada. A mulher notara que o marido, antes feliz e cheio de energia, amanhecia cada vez mais desanimado. Falava pouco e comia precariamente. Parecia que havia sempre algo a preocupá-lo, sugando sua vontade de realizar até mesmo a tarefa mais simples de casa. Ia para o trabalho cheio de desânimo e voltava ainda mais cabisbaixo, como se houvesse levado uma grande surra. À noite, dormia de forma agitada, como se estivesse sendo perturbado por alguma coisa maligna. Levantava ainda com o escuro e caminhava tristemente pelos terreiros até o sol despontar sobre os contornos irregulares do Morro Torto. Algo terrível estava abalando seu marido, a mulher pensou com convicção.

Conhecedora de estórias de homens e mulheres que se desestabilizaram emocionalmente, a esposa passou a acompanhar as ações de seu marido com mais atenção e cuidado. O povo mais velho sempre conta que algumas pessoas podem chegar a um estado de desequilíbrio extremo, quando algo as afeta drasticamente a mente, que passam a buscar a morte de forma determinada. Ela não sabia o que estava a perturbar os pensamentos do pai de seus filhos. Porém, também não ousaria fazer tal pergunta, pois sabia que não receberia uma resposta. O homem de Tabuvale é pedra sólida ao extremo, não libera sequer uma módica gota de seus segredos. Contudo, a mulher sabia que poderia tomar medidas para amenizar as possibilidades de um desgaste ainda maior na cabeça do homem da casa. E foi o que passou a fazer.

Sem que o marido soubesse, a mãe recomendou a todos os filhos, grandes e pequenos, que não deixassem nada perigoso ao alcance do pai. Pediu que cada um deles ficasse de olhos bem abertos sobre qualquer coisa que ele tentasse fazer que pudesse machucar seu próprio corpo. Quando ele saía, um dos filhos seguia com ele, podendo, assim, monitorar seus passos. No trabalho, o homem era vigiado pelos filhos mais velhos; em casa, a esposa realizava o serviço de vigilância; e quando a mulher saía para resolver algum problema, os filhos mais novos tomavam o cuidado necessário de observar o pai.

Enquanto o marido estivesse mergulhado naquela sonolência de angústia, sua família faria de tudo para evitar uma piora em sua vida.

No entanto, quando um homem deve aos Visões, ele somente tem sossego quando finalmente quita a dívida.

Os deuses são implacáveis quando cobram do homem.

—

A quarta reaparição do Soturno tardou, mas não faltou e, afinal, consumou-se.

O homem estava deitado outra vez numa rede. Ultimamente, ele passava a maior parte do tempo livre deitado, viajando em pensamentos conturbados. Os filhos haviam saído para lidar com tarefas cotidianas, talvez cuidando de algum animal no pasto. As três filhas tinham acompanhado a mãe ao poço para ajudá-la na lavagem da roupa. Ele havia ficado em casa sozinho, descansando antes de voltar ao trabalho.

Antes de sair, a esposa havia tomado o cuidado de esconder tudo que fosse perigoso à vida de uma pessoa. Cautelosamente, desapareceu com enxada, foice, espingarda, faca e corda; apagou todas as brasas do fogão e retirou de vista todo tipo de substância que tivesse um mínimo de concentração de produto venenoso. Como levava pouca roupa e teria a ajuda das filhas, a mulher presumiu que voltaria logo e que o marido poderia tirar um cochilo durante o período em que ela estivesse fora.

Ele realmente tirou um cochilo. No entanto, foi um sono rápido e agitado, trazendo sua mente ao mundo dos acordados o mais rápido possível. Quando abriu os olhos, percebeu que estava tremendo, os pelos do corpo eriçados e uma melancolia apertando-o por dentro, do peito à garganta. Um nó subindo pelo canal acima. Quando pensou em fechar os olhos para voltar a dormir, teve um sobressalto que o fez se levantar e sentar escanchado na rede. Seus olhos se arredondaram de susto.

A poucas braças dele, parado quieto no vão da porta de fora, o Soturno o mirava com fome na língua e sede nos lábios. Sem saber bem como, o homem teve certeza de que o bicho não voltaria outra vez e que o seu momento final havia chegado.

A dívida deveria ser paga.

O Soturno não moveu os lábios, mas o homem conseguiu ouvir na cabeça uma voz a atormentá-lo:

— Chegou o momento de quitar a dívida.

O homem não soube o que fazer ou dizer de imediato. Sentiu-se tão abalado que não conseguiu reagir ao que ouvia. Suas pernas pareceram desaparecer, pois não as sentia mais. A barriga foi tomada por um frio inexplicável, como se ele estivesse caindo em queda livre. O peito sufocou com violência, parecendo que os ossos do tórax estivessem se fechando sobre o coração arrítmico. A mente foi invadida pelo medo, assim como se sua cabeça acabasse de visualizar algo demasiadamente terrível. Os olhos se umedeceram, as lágrimas dispostas a saírem para molhar o rosto. A garganta se fechou, como se um nó estivesse produzindo um entalo e bloqueando a passagem da voz. Foi com muita dificuldade que o homem forçou para baixo um gole de saliva e trouxe para cima umas minguadas palavras:

— Tem que ser hoje mesmo?

— É preciso.

— Ainda sou um homem jovem, com muitas coisas para serem vividas. O pagamento não poderia ser adiado mais um pouco?

— Recebeu o que pediu no seu *resmungo* e viveu bastante tempo com o resultado da súplica. Adiar o pagamento somente aumentará o que deve.

— E se negociasse a dívida? Eu poderia pagar minha promessa oferecendo o *fulgor* de outra pessoa.

— Quem promete é quem deve pagar. No momento, não tens a posse nem mesmo de teu próprio *fulgor*, quanto mais de outro vivente.

— E para que serviu o meu pedido durante aquele *resmungo*, se não posso curtir a vida de meu filho até ele ficar mais velho, construir uma família e gerar filhos, agraciando o meu peito com os carinhos de um neto?

— Nunca peça aquilo que não quer.

— E como vai ser? — O homem conseguiu perguntar com tristeza, esperando não receber resposta nenhuma.

— Você escolhe a forma. — A criatura pareceu responder.

— Tenho direito a me despedir da minha família?

— Todos os seus direitos foram anulados com a realização do *resmungo*. Além do mais, a despedida somente faz aumentar o sofrimento.

— Nem mesmo do filho por cuja vida prometi meu *fulgor*?

— Dele muito menos, uma vez que nem era para estar ainda vivo.

— Como posso escolher a forma, gostaria que me fosse tirada a vida da maneira mais rápida possível. Assim, não irei agonizar com dor por um período longo. A quantidade de dor não importa, contanto que seja rápida. A queda de um penhasco ou de uma árvore, com um pescoço quebrado no final; o chifre de um touro no lado esquerdo do peito, parando o coração instantaneamente; uma queda de um jumento, levando a cabeça de encontro a uma pedra e esfacelando o juízo por completo e anulando todos os pensamentos e sentimentos de uma única vez; ou mais simples ainda: um tiro de espingarda de um inimigo cheio de zanga, atingindo um ponto mortal. São tantas as formas de me levarem a vida. Creio que não será difícil selecionar uma que ocorra tão rápida quanto um piscar de olhos.

— Ainda não compreendeu do que se trata. — A criatura não moveu sequer os lábios, mas pareceu se aborrecer.

Realmente o homem não estava compreendendo. Não é fácil pensar sobre a morte anunciada. O medo se torna maior do que a capacidade de se pensar com razão. Sem entender direito o que estava por vir, ele se calou e esperou uma explicação.

— Nada virá buscar sua vida. — A voz que parecia vir do Soturno chegou à mente do homem. — Quem promete o *fulgor* também deve fazer a entrega.

— Há dias que minha família esconde de mim qualquer instrumento mortal. — O homem balbuciou tristonho, tentando se agarrar a qualquer possibilidade de prolongar sua existência, por mais improvável que fosse. — Todos eles estão empenhados em evitar que eu perca o controle emocional e venha a lesionar meu próprio corpo de maneira fatal.

— Existem infinitas formas de se estragar uma vida. Olhe ao seu redor e veja o que o mantém vivo. Vai descobrir que qualquer coisa, por mais simples que seja, é útil para tirar-lhe a vida. Quando a morte bate à porta, não há pretexto que evite sua entrada.

Foi o golpe de misericórdia. A tristeza soterrou o homem como uma enchente cobre um canavial numa vazante. Por dentro, estraçalhando as entranhas, a melancolia invadiu cada sítio vital do devedor. Onde o Soturno se encontra não resta espaço para a alegria. Fica apenas a dor na mente.

— Faça logo o que tem que ser feito. — A criatura deu a impressão de ordenar. — Quanto mais demorar, mais difícil será. Por isso, seja breve. Na minha próxima visita, trago o selo para sua cova.

Então, como um relâmpago, o Soturno foi embora. Na rede, o homem ficou a lamentar sua situação, a tristeza lhe corroendo o peito. Talvez a criatura tivesse mesmo razão, pensou ele. Qualquer coisa poderia servir para separar um *fulgor* de sua respectiva carcaça orgânica. Até mesmo porque a vida não está tão firmemente ligada ao corpo. Qualquer bisturi toscamente construído pode separar os dois. Não seria difícil encontrar uma maneira de lhe rasgar fora a essência do que ele fora um dia.

O homem se levantou com uma determinação voraz, inexplicável, para encontrar algo na casa que lhe fosse mortal. Pensou numa corda, mas não achou nenhuma. Correu aos potes de substância medicamentosa. Não havia nada além de óleo e bebida curativa. Foi ao ponto específico das ferramentas de trabalho à procura de faca, foice, machado ou espingarda. Todas elas estavam ausentes. Sua família tinha sido eficiente no modo de esconder cada coisa. Voltou desanimado à rede.

Então, a ideia brilhante lhe veio de imediato. Ter corrido em busca de outras formas fora somente desperdício de tempo. Às vezes, o mais importante está bem atrás das costas, pertinho, sendo necessário apenas um virar de olhos. Aquele modo seria rápido e não precisaria de tanta coisa. Sentiria dor sim, mas a simplicidade do mecanismo era de impressionar qualquer pessoa. Então, ele se entregou ao abismo. Sempre fora um homem honesto. Se tinha mesmo uma dívida, chegara o momento de quitá-la.

Quando a mulher chegou em casa, o corpo do homem ainda recendia um último fiapo de vapor exalado pelo suor que derramara, talvez no momento final de sua existência. Ou poderia ser o derradeiro resquício de sua melancolia a abandonar um corpo sem vida. Ele estava de joelhos no chão, ambos os braços estendidos para baixo e o pescoço preso entre os punhos da rede. Não fora preciso arma nenhuma, nem corda nem veneno. A rede na qual descansara fora o bastante.

A vida exige muito para vir, mas se vai com facilidade.

O velório não demorou, uma vez que poucas pessoas apareceram além dos familiares e amigos. A entrega espontânea de um *fulgor* não é bem-vista pelo povo de Tabuvale. É sinal de trapaça com os Visões.

Quando estavam a caminho do enterro, algumas pessoas notaram um vulto escuro parecendo trotar ao lado do caixão feito de madeira rústica. Quando o ataúde desceu ao fundo da cova, o ser fantasmagórico o observava à beira do buraco. Se era algo real ou apenas fruto da imaginação fértil do povo, não foi possível confirmar com certeza. Contudo, pelo que afirmaram, o vulto somente abandonou o defunto quando o último grão de terra foi colocado sobre o esquife e a forquilha foi fincada no lado dos pés do homem enterrado.

Para os mais entendidos, o vulto negro mal-assombrado era o Soturno acompanhando o homem em débito. Para ter certeza de que a dívida seria realmente paga e o *fulgor* fosse entregue conforme a lei rígida dos Visões. Um *resmungo* salvara uma vida, mas levava outra.

Se passaram dias para que a melancolia abandonasse o povo do Lagoão. Um caso violento de *cinta* fora vencido naquela parte de Tabuvale. Porém, aqueles tabuleiros e capões de mato tinham agora a vida de um homem a menos.

O Soturno nunca esquece um devedor sequer. Ele sempre aparece para cobrar uma dívida. O Malino não abre mão de um *fulgor* por nada.

PAULO SOUZA

ESTORIETA VIII

Funesto

O horário do almoço havia acabado quando a cena macabra teve início.

A velha já havia visto, por inúmeras vezes, uma grande vespa negra assediar uma aranha enorme. Por tanto tempo vivido, vezes sem conta, ela vira o inseto escuro como o breu, a *besta*, como o povo de Tabuvale costuma chamar, voar ao redor da toca de uma caranguejeira. O bicho esvoaçante, usando não se sabe que método ou ardil, atrai o aracnídeo para fora, como um bandoleiro na calada da noite chama um animal de criação para fora do chiqueiro com o único intuito de levá-lo consigo num roubo descarado. Quando a aranha sai do buraco, a vespa aplica-lhe uma ferroada, conseguindo que sua presa entre em estado de paralisia instantânea.

Com o ferrão avantajado da *besta*, capaz de produzir uma dor dilacerante até mesmo em um homem adulto, a pobre aranha não pode ter nenhuma chance contra seu inimigo. Como resultado da ferroada, um ovo simplesmente se infiltra no corpo da caranguejeira. Tudo isso para, ao nascer, a larva do rei das vespas já poder se encontrar no meio do alimento necessário para a sua sobrevivência. É o fim de uma aranha e o início de uma nova *besta*. Tabuvale sempre paga uma vida com uma morte.

A velha também sempre soube que a vespa caçadora de aranha possui realmente uma vantagem quando se fala em ferroada. Ser picado por um maribondo, por uma abelha, por um besouro qualquer? Nada comparado à picada da vespa escura como a noite. Quando uma pessoa tem a má sorte de a receber em qualquer parte do corpo, é inevitável um grito involuntário, um urro de presa ferida por dilaceração. Por toda sua longa vida, a velha sabia que não era recomendado entrar no caminho desse inseto com um ferrão cheio de toxina. Embora ela nunca houvesse sido picada por uma dessas vespas, inexplicavelmente gostava de observar a luta da *besta* contra uma aranha robusta.

Mas desta vez a luta que a macróbia começava a observar tinha algo de estranho e sinistro. Uma pitada de atitude macabra adicionava maior expectativa à cena a ser acompanhada. Não era simplesmente uma aranha grande que entrava na lista de presa de uma vespa qualquer. Era a maior aranha que ela já avistou perto de casa e talvez a mais enorme que já teve no espaço de suas vistas. Por isso, mesmo sentada à distância, sobre o banco feito de tronco de pau-d'arco que sempre esteve no alpendre de fora, a velha conseguiu avistar o aracnídeo sair do buraco no qual estivera escondido, à beira do terreiro da casa.

Quando o bicho saiu lentamente da sua toca, a impressão que ficou foi de que não seria realmente uma caranguejeira, mas outro inseto ou mesmo um animal de pequeno porte. Contudo, após ficar completamente visível fora do buraco, suas muitas pernas longas e peludas denunciaram sua verdadeira identidade. Com os olhos nitidamente arregalados, a mulher idosa presumiu que a aranha não caberia na palma da sua própria mão ou na palma da mão de qualquer outra criatura humana.

Por outro lado, a vespa que estava a encenar para atrair sua presa para fora do esconderijo também não era uma simples *besta*. Era a *besta*. As pernas longas e flexíveis eram maiores do que as de uma *besta* normal. As asas implacáveis à resistência do ar, como se feitas de um material de propriedade desconhecida, moviam-se delicadamente e com rapidez incalculável. Tensão e elasticidade combinando numa sincronização perfeita. O corpo tinha as proporções maiores do que as de qualquer outro maribondo conhecido por estes tabuleiros e capões de mato de Tabuvale. Uma boa parte do corpo era de um negro intenso, tão espelhada quanto uma rocha polida após ser forjada de minério escuro. No entanto, principalmente a parte superior da asa e todo o abdômen, a cor não era realmente negra, mas um azul-escuro metálico tão intenso que parecia aos olhos ser a grande vespa pintada de preto espelhado. A mesma estranha impressão que se tem quando se olha para um gorgoró.

A cabeça e os olhos da *besta* eram do formato já conhecido da velha, sendo apenas um pouco maiores do que o normal. Ela também tinha duas antenas, como todas as outras *bestas*. No entanto, havia algo ainda mais estranho. E isso fez a vetusta se levantar do banco, mesmo com dificuldade e apoiada sobre uma bengala de mofumbo, para tentar uma maior aproximação dos insetos e melhor os observar. Ela notou que saía do pé de cada uma das duas antenas uma cauda extra, ausente em qualquer outra vespa daquele tipo que a velha havia visto em toda a sua esticada vida. Eram como se fossem dois rabos compridos, delgados e flexíveis a qualquer movimento. As duas caudas se iniciavam no pé das antenas, curvavam-se para trás por sobre o pescoço e se estendiam até depois do ponto de conexão das asas.

Quando chegou perto o suficiente para enxergar com clareza as duas finas caudas, as quais, num primeiro momento, pareciam não fazer parte do corpo do inseto, a mulher idosa não conseguiu evitar um gracejo de pleno espanto:

— Mas que troço esquisito é esse?!

No entanto, o que mais a deixou perturbada foi o que avistou na ponta das caudas. Como se estivesse a segurar os dois rabos da *besta*, uma mosca anormalmente crescida tinha as duas finas pernas dianteiras conectadas às extremidades de ambas as caudas do inseto maior. Cada uma das pontas destas se enrolavam nas patas dianteiras da mosca. Esta, por sua vez, assentada sobre as costas da vespa, agitava as patas freneticamente, fazendo os dois delgados filamentos se moverem, como se estivesse a segurar o cabresto de um cavalo. Cada movimento da mosca parecia estar sincronizado aos da vespa. Para a esquerda, para a direita, para cima, para a frente, recuar, avançar. O grande maribondo respondia prontamente a cada comando dado pela mosca através das caudas.

A mosca estava a cavalgar a vespa.

Aquela *besta* era realmente uma besta, pelo que aparentava.

Era a montaria da mosca.

Embora muito inusitado, era o que a velha estava a observar. Durante uma longa vida ela tinha visto tudo que pensava ser estranho no mundo. Muita coisa esquisita acontecia e era presenciada ou relatada sobre as costelas de Tabuvale. Entretanto, o que estava a presenciar não tinha comparação com qualquer outra coisa que pudesse lhe tirar um suspiro de espanto.

Quando a mulher idosa olhou com mais atenção para a mosca, a cor, os olhos, as asas, não a reconheceu de imediato como aquelas que estavam constantemente a perturbá-la todos os dias dentro de casa. Embora tivesse o mesmo aspecto das demais, ao contrário daquelas, esta tinha um tamanho maior, era um pouco mais corpulenta. Uma mosca diferente das comuns montava uma *besta*, incitando-a a atrair uma aranha para fora do buraco e, em seguida, entrar numa briga da qual a caranguejeira não poderia sonhar com uma vitória.

Quando a aranha se aproximou o bastante, a *besta*, guiada pelos comandos da mosca, projetou uma estocada ágil, tão rápida quanto o bote de uma cascavel. O longo e fino ferrão se moveu como uma flecha no ar e num ínfimo correr de instantes ele penetrou o corpo mole da caranguejeira, como uma agulha certeira e afiada. Outro efêmero momento se passou antes que o imenso aracnídeo caísse por terra, paralisado, inerte como uma rocha. Então, a mosca balançou os dois cabrestos da *besta* com um movimento sublime. A vespa obediente respondeu sem hesitação. Tomou a aranha de assalto e a arrastou com sua pouca força de volta ao seu covil. Após acomodar o corpo da caranguejeira no fundo da brecha no chão, a *besta* usou as pernas de trás para jogar um punhado de solo ressecado sobre sua presa, da mesma maneira como um cachorro ou um gato cobre suas fezes arremessando terra seca com as patas traseiras.

A semente macabra foi plantada.

O ovo da *besta*, e da mosca, havia sido inoculado. Ali, enxertadas no interior do corpo sem vida da aranha, a larva da grande vespa e da mosca cavaleira pode se desenvolver sem falta de nutrientes, crescendo em meio ao alimento fácil. Posteriormente, quando brotarem do vespeiro como insetos adultos, uma enorme bestaria e um mosqueiro sem tamanho já poderão se iniciar. Então, os tabuleiros e capões de mato de Tabuvale serão tomados por uma praga incontrolável, uma flagelação que corrói como ácido agressivo.

Foi exatamente o pensamento da mulher de corpo carcomido pela idade. Após inocular seus ovos nas entranhas da caranguejeira, a *besta*, com a mosca em suas costas, alçou voo para longe, ficando fora do alcance das vistas da observadora humana. Foram em busca de outras furnas e de outras aranhas para servirem de depósito para seus ovos infestados de infinitas larvas predecessoras de insetos voadores.

A macróbia, por sua vez, voltou ao seu banco, pensativa e preocupada com a cena a que acabara de assistir. Tudo parecia muito estranho e sinistro, principalmente aquela mosca enorme segurando as duas caudas de uma *besta* maior do que qualquer outra com que estava acostumada a se deparar. E quando se vê algo incomum, o pensamento também se torna anormal.

Sentada sobre o banco, a velha começou a lembrar das estórias que o povo mais velho sempre gosta de contar. Os Visões, as suas crias, os seres que não são nem animal nem humano, as mortes inexplicáveis, as pragas de lagarta e outros insetos nos legumes, os animais morrendo do nada, as doenças que não aceitam cura. Tudo isso lhe acendeu a memória e lhe fez recordar os relatos que ouvira quando era menina, muito tempo atrás.

Desde pequena, quando ainda nem tinha força física suficiente para lidar com a labuta diária, a vetusta havia ouvido falar nas coisas que estavam relacionadas ao suposto poder dos Visões e de suas crias, os seus enviados para tratar dos assuntos humanos. E ao observar aquela *besta* montada por uma mosca, sua lembrança clareou nitidamente em um ponto específico: a cria do Malino, o Visão dos ares e protetor das criaturas mal-assombradas e fantasmagóricas, que traz consigo todo tipo de moléstia mortal. Ela nunca imaginou ver algo do tipo, mas nada poderia explicar tudo aquilo. A não ser a presença do Funesto, *a mosca*, a espalhar sua semente maligna por todos estes torrões.

Claro, isso segundo as estórias do povo mais velho de Tabuvale.

Com o cansaço a lhe alquebrar o corpo e a mente, o primeiro pela idade avançada, a segunda pela visita da *besta*, a velha se ergueu outra vez do grande banco de pau-d'arco, fez força sobre o rústico cajado e se dirigiu para o interior da casa. Sua suspeita estivesse certa ou não, ela precisava avisar ao resto do pessoal de casa sobre o que havia visto e sobre o que pensava significar tudo aquilo. Caso os demais lhe dessem um voto de confiança, a ouviriam com atenção e seriedade ao descrever seu relato, podendo assim alertar o povo da redondeza sobre o que possivelmente estaria por acontecer. Dessa forma, seria possível se prevenir da melhor maneira possível, racionando e estocando alimento em boas condições, preparando remédios antecipadamente, procurando encontrar um bom *sussurrante*, não sair a andar por todo lugar.

Pelo contrário, caso a vissem somente como uma mulher velha e imprestável a se iniciar no mundo da caduquice, o que ela lhes dissesse não faria diferença. Seria apenas uma voz distante que entraria em um ouvido e sairia pelo outro. No entanto, independentemente de que fosse ouvida ou ignorada, seu aviso deveria ser comunicado. Um recado não precisa obrigatoriamente ser seguido, mas deve ser dado.

Se o Funesto desceu dos ares, a nojeira purulenta não tardará a aparecer.

—

Após uma longa vida trabalhando duro para ajudar o marido a sustentar a família, depois de gerar uma quantidade considerável de filhos e filhas, a velha um dia se percebeu só. Fora quando o esposo, ele também um homem envelhecido pela idade e acabado pela dura labuta diária, não resistira a uma queda no terreiro e viera a falecer, após dias a sofrer no fundo de uma rede com a bacia e o fêmur direito fraturados. Os dois moravam sozinhos, uma vez que os filhos, com exceção do mais novo, haviam crescido, se casado, construído família e partido para residir em outros tabuleiros e capões de mato de outras paragens. Apenas o mais moço permaneceu pela redondeza, mantendo uma ligação íntima com os pais. Quando da morte do pai, o filho se achegou à mãe e falou com brandura:

— Se for da sua vontade, posso levá-la para morar conosco em nossa casa.

— Se for da sua vontade, posso ter você, minha nora e meus netos morando aqui comigo. — A velha respondeu sem pestanejar. — Agradeço pelo convite de ir morar lá com você, mas não consigo abandonar minha casa. Vivi aqui desde quando ainda nem me entendia no mundo. Meu pai morou nela também desde que nasceu e minha avó ainda era muito pequena quando o pai dela construiu estas paredes hoje esburacadas. Não, não tenho força para sair daqui. Mas também se não for da vontade de vocês, eu vou entender. Sou uma pessoa no fim da vida, logo estarei partindo para junto de seu pai. Não vou durar mais tanto tempo, de modo que os Visões não tardarão a me chamar também.

O filho não teve dúvida ao se mudar de volta para a casa da mãe. Juntou suas coisas, a esposa, os quatro filhos e as cinco filhas, e veio residir na casa velha que acomodou a mãe, os irmãos, os tios e os avós em tempos passados. Não era uma casa tão grande, mas sempre foi resistente às agruras da chuva e dos ventos de tempestade. Construída com tijolo de barro cru, sustentada por colunas de aroeira, era um casebre capaz de durar ainda um período muito longo. Sua localização fora ajustada para que aproveitasse o alto de uma pequena colina, sendo possível as vistas alcançarem os tabuleiros e capões de mato dos sopés do Morro Talhossu e do Morro Moreno. Mais especificamente onde os dois se encontram, numa formação que nunca ninguém consegue dizer onde termina o primeiro ou começa o segundo.

Toda a região que abrange esses lugarejos próximos desse encontro indeciso passou a ser denominada Teima. É uma referência à insistência de uma parte do povo local em não querer fazer parte de Tabuvale. Há muito que se iniciou um conflito de interesses, quando uma parte das pessoas, por motivo ainda desconhecido, passou a falar sobre separação, dissidência, independência. Desde então, mesmo não se sabendo onde começa ou termina a fronteira de reivindicação, os tabuleiros e capões de mato que formam a Teima se estendem por longas distâncias. Ela começa nos sopés dos morros Talhossu e Moreno, ao norte e oeste, desce quase até próximo do Monte Gêmeo e se espalha pelas proximidades da margem oeste do Regato Grotão. Até mesmo a nascente desse grande córrego o povo da Teima diz ser de sua posse. Portanto, é uma região ampla de litígio, onde as brigas e cismas podem se iniciar por qualquer razão tola ou mesmo sem sentido.

Levantada já quase nos limites da área de litígio da Teima, a casa ficou próxima da vareda que vem do Talhossu e se dirige no rumo do Monte Gêmeo. No final das contas, após concluída, não foi fácil dizer se ela se localizava dentro ou fora da Teima. Nem mesmo os próprios habitantes locais sabem dizer onde fica a linha fronteiriça, uma vez que as contendas por terras vivem constantemente dificultando a separação de cada posse pela fixação e remoção de marcos. Até mesmo aqueles feitos com pedra grande e pesada. Talvez a Teima seja apenas resultado da indecisão de quem vive nesses lugarejos litigiosos. Se existem dois morros brigando por um ponto, nunca se decidindo sobre qual deles se localiza uma árvore ou rocha, não é de se admirar que os moradores também venham a ter suas intrigas banais.

Quando o pai da avó paterna da velha resolveu levantar uma moradia, com certeza não prestou atenção ao problema de fronteira. Ou simplesmente tinha outras coisas mais urgentes com as quais se preocupar. Talvez não tivesse posses suficientes para adquirir um torrão maior, ficando obrigado a construir e morar numa área sem um dono legítimo. Ou talvez fosse ele também um dissidente no meio dos dissidentes, querendo fixar residência numa linha demarcatória e evitar que sua moradia viesse a ser reivindicada por outra pessoa. Em terra de ninguém, o primeiro a chegar se torna dono.

Fosse o que fosse, brigasse quem brigasse, o fato é que a casa foi levantada e nada veio a derrubá-la nem ninguém querer tomá-la do verdadeiro dono. Quando o primeiro proprietário veio a falecer, sua filha mais nova a tomou como parte da herança e passou a usar como sua moradia. Quando ela chegou ao fim de sua vida, seu filho do meio, o único mais ligado à mãe, não permitiu que ninguém mais ficasse com a casa, naquela época já bem deteriorada. Esse último, entre tantos outros filhos desapegados ao seio da família, gerou uma caçula feliz em trabalhar no mesmo ramo que seu pai. Era a mulher que se tornou a velha que agora era a dona da velha casa. Ela a recebeu também como herança e nada a fez se afastar da moradia de sua antiga família.

Por isso, agora, mesmo em idade muito avançada e sem mais marido, ela não conseguia abandonar seu lar. Uma velha árvore prefere cair do que deixar suas raízes.

Quando o filho mais novo trouxe a família, a velha se sentiu renovada outra vez, pois sabia que a casa não seria ainda deixada a virar tapera, depois que ela morresse também. Após tanto tempo vendo os cômodos vazios, a sala, a cozinha, os quartos, os alpendres, todos vagamente preenchidos apenas pelos seus próprios passos e os de seu velho, ela passou a ver novamente o movimento de muita gente. Gente adulta e com vigor no corpo, como o filho que conseguia trabalhar com vontade; gente nova, como as netas em idade distante do casamento, mas que faziam uma comida decente e saborosa; gente mais nova ainda, como a neta recém-nascida, enchendo a casa com gritos de menina esfomeada e saudável; e gente envelhecida em todos os sentidos, como ela que dera agora em ver mosca montando *besta*. E sem vigor suficiente para fazer mais nada pesado dentro de casa, dera em ver o Funesto aparecer à luz do dia como se fosse um inseto qualquer.

Desde o dia em que o filho veio morar com ela, nunca tiveram nenhum atrito, nada que fosse dito que deixasse um ou outro magoado. O relacionamento com a nora e os netos também não era diferente. Aquela, sempre mantinha a roupa surrada da sogra lavada e a comida preparada. Estes, não hesitavam em atender a qualquer chamado da avó, fosse para lhe levar um copo d'água ou para ajudá-la a se levantar quando suas pernas fracas não respondiam aos comandos da mente e os braços flácidos não conseguiam firmar direito as mãos na bengala. O filho, com responsabilidade e afeto, cuidava dos pertences da mãe sem reclamar de nada, informando à velha a situação de cada animal que nascia, vivia ou morria. Tudo era um sinal de que todos se respeitavam e tentavam fazer o que era melhor para todos.

Agora, porém, seria o teste final para ela e para seus descendentes. Contar para eles que vira o Funesto, a *mosca* montada na *besta*, testaria se ela era ouvida por respeito, por ser mais velha ou por somente a considerarem indefesa. Por isso, quando chegou à cozinha naquele fatídico dia não titubeou em relatar suas suspeitas.

·

Segundo as estórias mais antigas que desde muito tempo correm pelos ares de Tabuvale, o Funesto é a cria do Malino responsável por disseminar as pragas de todo tipo. O povo mais velho conta que ele aparece como uma mosca mais robusta do que as comuns, cor preta metálica, quase pendendo para um azul-escuro, montada sobre o lombo de uma *besta*, a vespa que coloca medo em qualquer outra ou em qualquer aranha, não importando o tamanho desta. Muitas outras moscas podem acompanhar uma *besta* qualquer, numa espécie de parceria cujo resultado é a alimentação da mosca e a limpeza dos restos de comida deixados pela *besta*. No entanto, quando se trata de uma mosca preta metálica, a *mosca*, e de uma *besta* pintada de um azul-escuro metálico, a *besta*, não é algo que se vê todo dia. Quando isso acontece, segundo o povo mais entendido nos assuntos dos Visões, trata-se da visita do Funesto, o mensageiro sujo do Malino e o almocreve das doenças contagiosas.

O Funesto, conta-se, quando mandado pelo Malino aos torrões de Tabuvale, conduz sua *besta* pelo cabresto, fazendo-a injetar suas sementes sórdidas nas entranhas de uma caranguejeira para serem germinadas. Quando crescem e se desenvolvem, comendo a aranha de dentro para fora, como um peba abrindo caminho pela terra em busca de ar quando sua toca é obstruída pela água, as larvas da *mosca* e da *besta* vão em busca de outro aracnídeo. Quando encontram outra presa, realizam também nela uma inoculação, fazendo a cadeia de nojeira se espalhar como fogo num balceiro seco no período de estiagem. Em poucos dias, os tabuleiros e capões de mato de Tabuvale estão infestados de todo tipo de doença e peste. Ferida purulenta desabrocha no corpo das pessoas e dos animais. Comida, até então sadia, passa a se estragar com maior rapidez e provoca diarreia e vômito incessante. Coceira, mancha e tumor surgem sem explicação sobre a pele de homem, mulher e criança. A chuva se demora para chegar, permitindo que ondas de lagarta e inseto devorem os legumes, comendo a palha do milho e sugando a seiva do feijão. Doença respiratória e intestinal se abate com violência sobre as gentes, tragando jovem, adulto e velho. O corpo dos viventes arde como brasa, tomado pela febre escaldante, diluindo-se numa sezão interminável.

É quando a soberania da morbidade se instala em cada casebre ou chiqueiro que encontra pela frente. Viver sob o domínio do Funesto é existir sobre uma linha tênue que separa indefinidamente a vida da morte. Hoje vivendo perturbado pela sezão, amanhã talvez estirado dentro de um caixão.

Os netos e netas, com exceção da recém-nascida acalentada nos braços da mãe, já haviam todos terminado de almoçar e se acomodavam nos demais cômodos da casa. A nora estava terminando de alimentar a pequena e o filho ainda se encontrava sentado à cabeceira da velha mesa de imburana, degustando uma caneca de café. A vetusta, matriarca da casa, aproximou-se da porta da cozinha com lentidão, a mão direita segurando o cajado encardido e a esquerda apoiada na parede coberta de fuligem e teias de aranha. Há muito que o fogão à lenha da cozinha cobria a casa inteira de picumã, todos os dias e também em algumas noites, quando era preciso acendê-lo para fazer um chá para algum doente. Não valia a pena se fazer uma limpeza, pois no dia seguinte a fumaça voltava a lamber a superfície nua do tijolo envelhecido. Não se limpa os pés de quem sempre pisa na sujeira.

Ao levantar o rosto, o filho olhou para a mãe com leve surpresa, uma vez que ela costumava descansar no banco do alpendre de fora por um período mais longo após o almoço. No entanto, ali estava ela, na cozinha. Estaria doente ou sentindo alguma coisa? Esquecera de tomar água depois de comer? Antes que ele perguntasse o motivo de ela estar ali, sua mãe puxou uma das cadeiras da mesa, apoiou-se com mais força sobre a bengala, sentou-se com cautela e pediu:

— Chame os meninos e as meninas para que todos eles ouçam o que tenho a dizer.

— Aconteceu alguma coisa séria, mãe? — O filho perguntou após chamar pelos meninos. — Você está com algum problema ou com alguma dor?

— Não tenho mais uma saúde tão boa, mas não é sobre nada disso que quero falar. Apenas preciso relatar o que acabei de presenciar ali fora, há poucos instantes, quando acabei de almoçar. Vai parecer caduquice, mas não posso dormir hoje à noite se não lhes passar minha suspeita.

Todos à sua volta se entreolharam com um pouco de espanto estampado no rosto. A velha sempre tinha algo a falar para eles, fosse na hora do café da manhã, no momento do almoço ou ao cair da noite, quando cada um se acomodava para dormir. Eles sempre a ouviam, tanto por respeito quanto pelo interesse em saber o que ela tinha a dizer. A mulher idosa falava para o filho, a nora e os netos coisas comuns do dia a dia. Era o modo melhor de preparar uma comida, a maneira mais apropriada de abater um bicho de criação, o jeito mais adequado de secar um milho, as estórias que sua mais remota geração transmitira. Coisas triviais que lhes faziam aprender cada vez mais.

Mas agora era diferente. A matriarca não conseguia esconder um tantinho de preocupação, fosse pela urgência de contar o que tinha em mente, fosse por exigir que estivesse toda a família presente.

— Acho que não custa muito para que Tabuvale seja assolado por peste e doença. — A matriarca falou calmamente, sem olhar para ninguém, apenas mirando o chão à sua frente, onde o cajado de ponta desgastada tocava o solo.

— Por qual motivo você diz isso, mãe? — O filho indagou, surpreso e preocupado.

— Agora há pouco, quando acabava de sentar no banco lá fora, avistei uma *besta* paralisando uma caranguejeira bem na beira do terreiro.

— Ora, mãe! — O caçula retrucou, fazendo sumir do rosto toda a preocupação que havia adquirido há poucos instantes. — Não é difícil se avistar uma *besta* ferroando uma caranguejeira.

— No entanto, a *besta* não estava sozinha. — A mãe já começava a achar que ninguém lhe daria atenção pelo que ela estava a relatar. — Uma mosca a acompanhava como uma sombra segue grudada numa pessoa.

— Uma mosca andar junto de uma *besta* também não é normal por estes tabuleiros e capões de mato? — A nora questionou, olhando da sogra envelhecida para o marido, o qual voltava de repente a mudar a fisionomia tranquila outra vez.

— Uma mosca qualquer seguir no rastro de uma vespa é realmente normal. — A velha voltou a falar, sabendo que agora tinha conseguido para si a atenção dos demais. — Porém, uma mosca escura metálica cavalgando uma *besta* negra como a noite não tem nada de costumeiro. O que eu vi, tirando a parte de que eu posso estar ficando louca ou caduca de vez, foi a *mosca* segurando o cabresto da *besta*. Portanto, não tenho dúvida de que seja o...

— Funesto! — O filho completou antes da mãe. — A cria enviada pelo Malino para grassar um caos de moléstia pelos ares que respiramos.

Um silêncio de pavor percorreu pela cozinha, alcançando a mente dos adultos e das crianças. Até mesmo a bebê, como se também soubesse sobre o que se estava a conversar, parou de morder o seio da mãe. Dificilmente a palavra Funesto fazia parte de qualquer assunto numa casa, mas quando era pronunciada por alguém tinha o poder de causar assombro. Pela nojeira a que ela remetia, não era algo para ser comentado em momento algum do dia. Todo mundo preferia que o Funesto fosse tema somente para a estória de um forneiro durante uma noite de farinhada.

No entanto, ali estava a velha a contar ao resto da família que avistara a cria do Malino que provoca repugnância nas pessoas. Ela se manteve firme sobre a cadeira quando passou a encarar o filho sentado do outro lado da mesa. Se o que ela ouvira quando ainda era menina era verdade, poucos tinham o corpo forte o bastante para escapar à enfermidade causada pela visita da *mosca*. Quanto a ela, envelhecida e já beirando ao chamado dos Visões, não poderia ter esperança de vencer a afecção que viesse a aparecer, principalmente o *morbo*, a doença misteriosa e mortal.

    Diz-se que, quando o Funesto aparece, muita gente cai adoentado com essa moléstia temida por todos, cujos sintomas são onda intensa de vômito, febre muito alta e incontrolável, diarreia e manchas avermelhadas pelo corpo. Quando o *morbo* se abate sobre um vivente, o indivíduo perde o apetite e enfraquece no fundo de uma rede. Mesmo sem comer nada, as golfadas de vômito sobem pela goela acima como uma cachoeira correndo no sentido contrário. Da mesma forma, as fezes se transformam em um caldo aguado e com uma cor indefinível, forçando o corpo da pessoa a se desidratar ao extremo pelo aumento exagerado do fluxo diarreico. As manchas avermelhadas se espalham pela pele como erva daninha em solo fértil, obrigando as unhas a coçarem o couro incontrolavelmente por toda parte. A febre se eleva e faz a pessoa arder como brasa acesa. Quando o vômito ou a substância fecal vira sangue, a esperança de melhora chega ao fim. Na grande maioria dos casos, o indivíduo vai para o buraco no espaço de poucos dias.

    — Se realmente se trata do Funesto, o que podemos fazer? — A nora indagou, não sabendo se dirigia a pergunta ao marido ou à sogra.

    — Não há muito o que fazer, uma vez que não se pode prever como as pragas hão de aparecer. — A macróbia respondeu com ar de desânimo. — Além disso, caso a desgraça venha acompanhada pelo *morbo*, não pode haver escapatória para muita gente, incluindo as crianças, que ainda não têm uma resistência completa a micróbios, e os idosos, que já estão há muito inválidos pelo desgaste da vida. E esta casa tem duas criaturas nesse grupo vulnerável, eu e minha neta mais nova.

    — Você não teria nos reunido aqui se não tivesse um conselho a nos dar. — O filho disse, confiante e esperançoso de que estivesse certo.

    — Apesar de já estar velha e sem poder fazer mais nada de significativo, nem dentro de casa nem fora, não significa que eu não possa contribuir com algo. — A mulher idosa continuou, sem deixar de encarar o filho sentado à sua frente. — Se o Funesto nos quer castigar com a ruína do *morbo* ou com qualquer outra infecção, não podemos permitir que ele nos leve de graça.

— Se você sabe de algo que possa mitigar os efeitos da futura calamidade, estamos todos dispostos a agir conforme o que nos recomende. — A nora garantiu, consciente de que o marido e os filhos estavam do seu lado.

— Isso mesmo, mãe. — O filho continuou, empolgado e confirmando que sua esposa tinha razão. — Cada um aqui pode fazer algo para que a gente consiga enfrentar o que quer que esteja para acontecer. Basta você nos dizer o que precisamos realizar.

O teste de provação estava concluído, pensou a vetusta. Ela ainda era ouvida por ter com o que contribuir, não somente por já ser idosa. Estar ali cercada pela família e ser atendida conforme o que tinha a dizer deixou-a feliz e satisfeita. Uma emoção lhe tomou o corpo através de um nó subindo pela garganta e uma umidade querendo molhar os cantos dos olhos. Sentiu, então, que precisava dar tudo que tinha para salvar aquela sua gente. Mesmo que ela já estivesse à beira do precipício, prestes a cair, valeria a pena um esforço maior para possibilitar que seus netos, filho e nora tivessem um maior tempo de vida pela frente. Portanto, ela não se permitiu que a emoção lhe estrangulasse o peito, travou os nervos e disse o que tinha que dizer:

— Precaução não é desperdício. Mesmo que não estejamos sob o domínio do Funesto, algumas ações podem nos livrar de coisas que não desejamos encontrar mais adiante. Por isso, devemos agir prevendo o pior. No final, se ele não vier, não perdemos nada por nos precavermos. Ao contrário, caso sejamos atacados pelo que esperamos, vamos estar mais preparados e evitar uma catástrofe maior. E mesmo sendo dizimados após nos prevenirmos, ainda assim teremos feito o correto.

A mulher idosa deu uma pausa para ver a reação de seus entes queridos. Todos eles estavam atentos ao seu discurso, do mais velho ao mais novo. Ela não hesitaria em confortar qualquer um deles com um abraço naquele momento. Entretanto, ela reprimiu tal desejo e os confortou com palavras:

— A esta altura não podemos correr em busca de um *sussurrante*. Ele poderia nos indicar o melhor remédio a ser produzido, a melhor maneira de estocar a comida ou até mesmo resmungar para os Visões em nosso nome. No entanto, sair por aí é correr um risco maior de adquirir e trazer para casa a semente maligna do Funesto que possa estar já espalhada por toda parte. Além disso, os *sussurrantes* já devem estar atendendo outras pessoas mais necessitadas por outras paragens longínquas. Achar um disponível que possa chegar até nós pode custar um longo tempo, energia e desperdício de gente. Vamos tentar agir com o que temos. Se, por um feliz acaso, aparecer um pelas nossas redondezas, não vamos perder a oportunidade de usar seus serviços. Mas não vamos contar com essa difícil bondade dos Visões. Os deuses nunca são generosos.

— Você sugere que tentemos nos manter em casa e isolados? — O filho perguntou, retoricamente.

— Isso mesmo. — A mãe respondeu de imediato. — Quando esta casa foi construída, sua localização foi escolhida a dedo. Colocar ela estacionada no cume desta colina não tinha como objetivo apenas ter uma visão privilegiada destes tabuleiros e capões de mato ao nosso redor. Objetivava-se também que ela ficasse isolada das demais, para casos como este em que se necessita manter uma distância das outras pessoas. Para isso, ela deveria ser autossustentável em produção de comida, criação de animais, cultivo de legumes e estocar de água. Foi assim que ela sobreviveu por tanto tempo, permitindo que várias gerações de uma única família vivessem sob seu teto. Além disso, ela facilitou a resistência de nossa gente nas várias ocasiões em que não quisemos entrar em conflito durante as brigas por terra nesta região de litígio. Por diversas vezes, nossos antepassados se isolaram entre estas paredes para não tomar parte de discussões infundadas por marcos mal colocados sobre o chão. Fomos neutros quando foi preciso. Agora vamos tentar uma neutralidade contra as adversidades trazidas pelo Funesto.

— Podemos fazer isso. — O filho caçula voltou a falar, concordando com a mãe através de um balançar vertical da cabeça, mas parecendo um tanto receoso com algo. — Mas uma coisa está me deixando preocupado. Talvez não tenhamos o suficiente para nos manter tanto tempo isolados, nem em comida nem em remédio.

— Nunca estamos totalmente preparados para uma catástrofe. — A mulher segurando o cajado falou, pensativa. — Vamos precisar de muita coisa que não temos aqui em casa, mais água, mais comida, mais erva e casca para remédio, entre outros mantimentos.

Por isso, será preciso alguém de nós se arriscar durante uma ou outra saída em busca dessas coisas. Mas, quando for necessário, que seja uma só pessoa a sair, que não se distancie muito e não entre em contato com muita gente. O importante é andar somente até encontrar o que precisa, evitar muita conversa e voltar para casa. Quando alguém necessitar de nós, a mesma coisa. Não poderá haver demora no encontro que se realizar.

Todos em volta da mesa balançaram a cabeça afirmativamente, mostrando que tinham entendido e que concordavam com o que acabavam de ouvir. Satisfeita, a matriarca continuou:

— É preciso estocar a comida dentro de potes e vedar a boca o melhor possível, evitando a entrada de ar contaminado. Os remédios devem ser feitos em grande quantidade e com uma maior concentração, para que seu efeito também seja mais satisfatório. O curral dos animais, além dos chiqueiros e poleiros, precisa ser limpo constantemente, o esterco queimado e o resto de comida retirado. Esses locais são ótimos para larvas de mosca se propagarem. A plantação deve ser capinada e borrifada contra lagarta e inseto. Se o Funesto realmente estiver entre nós, a chuva também poderá se demorar a vir. E a estiagem é um cenário propício para a peste de lagarta se disseminar e os insetos se reproduzirem fartamente. Quanto à água, qualquer sujeira que ela contenha pode ser um covil de larvas infestadas de doença. Vamos ter que nos acostumar a beber água fervida após ter sido decantada no pote. — A velha deu uma pausa para observar a reação de seus ouvintes para depois continuar e concluir. — Vai ser uma rotina pesada e cansativa, mais do que a que tivemos até agora. Mas vamos resistir. Não eu, por já estar bastante velha. Porém, cada um de vocês precisa continuar a viver e cuidar destes torrões e desta casa velha.

Quando a matriarca terminou, ninguém se mostrou resistente aos seus conselhos e pedidos. Todos haviam entendido o recado. A nora se levantou para levar a criança pequena à rede estendida no quarto próximo da cozinha, a camarinha da recém-nascida. A bebê ficaria dormindo enquanto ela iria começar a fazer parte do que lhe cabia naquela que pareceria uma árdua tarefa. Os netos e netas também arredaram o pé de onde estavam, cada um procurando o que estivesse ao seu alcance para exercerem uma função na luta que se aproximava, enfrentar as moléstias do Funesto.

Ao se levantar, o caçula da velha não se afastou de imediato. O que ele tinha a fazer poderia demorar mais um pouco. Ele ouvira tudo que sua mãe tinha a dizer, porém também precisava falar algo para ela. Por isso, o filho não perdeu a oportunidade:

— Mãe, sei que você se acha velha demais e que não deveria se preocupar com sua saúde. — Ele deu uma pausa, mais devido a um nó na garganta do que para chamar a atenção da mulher que estava sentada à sua frente. Quando ela levantou o rosto enrugado, resultado da ação inexorável do tempo e da vida, ele deu prosseguimento. — Todos os cuidados que vamos ter você também terá. Estaremos lutando pela nossa sobrevivência e também pela sua. Por isso, não saia de dentro de casa e evite se aproximar de qualquer um de nós quando da volta de uma estadia fora dos arredores desta colina. Vamos mantê-la informada sobre cada pedaço de terra desta redondeza. Assim, quando o pior tiver passado, vamos estar todos vivos, inclusive você.

— Não se preocupe comigo. — A velha disse com tranquilidade. — Vou me cuidar da mesma forma como quero que vocês se cuidem.

— Preciso que me prometa que não vai teimar quando qualquer um de nós estiver lhe pedindo para não se arriscar com nada, seja saindo para conversar com alguém na beira do caminho, seja visitando um chiqueiro ou um curral para ver como estão os animais.

— Meu filho, não me chame de teimosa, porque não sou. No entanto, se quer realmente uma garantia, eu prometo que vou seguir todas as recomendações que fiz a cada um de vocês.

— Fico tranquilo ouvindo isso. — O caçula sorriu e deixou a mãe sozinha na mesa.

Solitária na cozinha, a velha ainda se demorou um pouco sentada, pensando que talvez não sobrasse ninguém ali após o estrago da cria nojenta do Malino. Tudo que ela dissera eram apenas recomendações, nada muito concreto. Poderia funcionar, mas também poderia não evitar nada. Pelas estórias que o povo mais velho conta, o resultado da onda do Funesto é uma desolação total, tudo se acaba e todos morrem. Sobram somente os animais e as pessoas mais resistentes. Contudo, o que sua família tinha eram apenas seus conselhos. E não custava nada esperar que eles fossem suficientes. Quando ela se levantou, colocando uma força extrema sobre a bengala, estava alegre e contente, pois sabia que seus parentes estavam mesmo determinados a colocar em prática cada uma de suas palavras. A prevenção poderia ser eficiente, pensou ela.

Não foi.

Talvez por terem esquecido algo nas recomendações da matriarca, talvez por relaxarem em algum ponto ou porque o Funesto já tivesse espalhado sua semente muito antes daquele dia fatídico. O fato é que, poucos dias depois, tudo era desânimo total para todos eles. A chuva realmente demorou a chegar, fazendo o milharal ainda pequeno virar uma várzea infestada de lagarta e a plantação de feijão se colorir com os mais diversos tipos de insetos sugadores de seiva. Os animais no curral estavam todos cobertos de moscas e carrapatos. Esses últimos sorvendo o resto de sangue daqueles viventes magros e morrendo às quedas. Os chiqueiros estavam cheios de bichos se derretendo em diarreia, os vermes saindo de suas entranhas como a água jorrando de uma nascente. Já não se sabia onde encontrar água potável ou que não estivesse contaminada por larva e micróbio. A terra era um lamaçal de sujeira, o ar se tornava uma névoa purulenta e a casa estava repleta de pessoas doentes.

A neta pequena tinha sido a primeira a ser atacada pelos sintomas do *morbo*. As manchas avermelhadas apareceram por todo o seu minúsculo corpo numa manhã de sol quente. Quando a noite chegou, o vômito e a diarreia vieram lhe tirar o sossego. No dia seguinte, ela já ardia em febre no fundo de sua rede, a qual precisava ser trocada a todo instante, colocando uma limpa e levando a suja de vômito e fezes para ser lavada. Os remédios que sua mãe e seu pai faziam não surtiam nenhum efeito. Comia pouco e só molhava os lábios com o peito materno. Um vivente que já era miúdo tornou-se menor ainda. Seus soluços não eram mais de criança esfomeada ou sadia, mas de um indivíduo enfermo ao extremo.

Na mesma noite em que a recém-nascida havia começado o vômito e a diarreia, seus outros irmãos e irmãs também iniciaram uma coceira insuportável por toda a pele. As manchas avermelhadas desabrochavam e os outros sintomas faziam fileira. Não demorou muito para que todos também caíssem doentes e incapazes de realizar qualquer tarefa. Então, todo o trabalho ficou somente para o pai e a mãe, cujos corpos também estavam infectados. Mesmo assim, os dois precisavam se esforçar para cuidar dos filhos doentes, apesar dos sintomas já lhes limitarem suas forças e energias. Aquela casa velha agora comportava doze redes armadas durante todo o dia, nove para os filhos e filhas que não conseguiam nem mesmo se levantar; uma para o pai e outra para a mãe, que precisavam descansar de vez em quando porque as pernas fracas às vezes não queriam responder aos mandos e desejos da mente; e uma para a velha, que não estava doente, mas sempre tinha uma rede armada para ela descansar o corpo quebrado pela idade.

Era inacreditável que a vetusta não tivesse contraído a doença, mesmo vivendo em contato direto com os demais. Ela mesma achou estranha aquela situação. O filho e a nora disseram que era porque ela tinha um corpo fechado e imune a algumas doenças. Já havia passado por muita coisa durante a vida e havia resistido a todas. O corpo poderia ter se acostumado com as adversidades que se abatiam sobre ela. A velha, ao contrário, pensava de outra forma:

— Não estou livre desse troço todo. O *morbo* está apenas me reservando para depois, quando os Visões quiserem que eu vá de vez. Em poucos dias vou estar no fundo da rede, não para descansar o corpo, mas por não suportar mais a moléstia. Porém, enquanto ele não me pega, vou tentando digerir a tristeza ao ver vocês todos acamados.

A mulher idosa agora ficava um tempo mais longo deitada ou sentada na rede do alpendre de fora. Levantava pouco porque suas pernas doíam quando caminhava e não podia contar com a ajuda de um neto, da nora ou do filho para se erguer. Os netos não tinham força suficiente nem mesmo para se levantarem sozinhos, muito menos para ajudar alguém. O filho e a nora estavam, além de doentes também, ocupados demais cuidando dos filhos e de todo o resto das tarefas necessárias, cuidar dos animais doentes, fazer a comida, buscar água, preparar e administrar remédios, sair para adquirir determinado mantimento. Não podia lhes sobrar tempo para os cuidados com a macróbia. Ela, por sua vez, compreendia aquela situação. Por isso, não reclamava. Apenas lamentava que estivesse passando por tudo aquilo. Enquanto estava sentada em sua rede, sentindo a luz do dia cair sobre seus olhos ressecados, dentro de casa os netos vomitavam e se tremiam de febre, a neta mais nova choramingava, o filho e a nora se ocupavam de tudo, inclusive limpar vômito no chão e lavar roupa e rede suja de fezes contaminadas.

    Pensasse o Malino o que quisesse sobre ela, mas o Funesto não era cria que se devia mandar para perturbar a vida do homem. O cenário que ele deixava era realmente lamentável e desolador. Quando o filho ou a nora saíam à procura de algo pela redondeza, traziam consigo as mais tristes notícias. Pessoas que estavam morrendo por não terem o que comer, gente arquejando à míngua pelas varedas, animal morto por todos os pastos e até mesmo nos currais, pragas de inseto e lagarta destruindo tudo que era legume. Não se via casa nenhuma em que todos não estivessem doentes e moribundos. O *morbo* devastava tudo por onde passava; como uma grande rocha descendo um penhasco amassa o que encontra pela frente.

    O Funesto contava vitória e ninguém conseguia evitar suas mazelas.

    A matriarca sempre gostava de acordar mais cedo do que os demais, desde quando era pequena, quando o pai chamava todos dentro de casa para começar as tarefas do dia com o sol a se levantar sobre os contornos distantes do Morro Torto. O costume a seguiu pela vida até a idade avançada. Quando seu velho ainda era vivo, os dois acordavam com o primeiro cantar do galo, antes mesmo da luz do sol banhar estes tabuleiros e capões de mato. O vetusto morreu, porém ela continuou com o hábito de se levantar com a última penumbra da madrugada. Deixava sua rede muito cedo, fazia suas necessidades, dirigia-se para o alpendre de fora e caminhava um pouco pelos terreiros até que o resto do pessoal acordava também.

    Agora, sob o domínio do Funesto, nem tudo acontecia como antes.

    Há dias que a sezão cozinhava os netos no fundo da rede. Quanto ao filho caçula e à nora, esses dois cozinhavam de febre mesmo de pé, cumprindo a labuta diária e atendendo ao chamado dos próprios filhos.

    Quando a madrugada se despediu, a velha há muito tinha acordado. Não dormira quase nada durante a noite. Aliás, pelo bem da verdade, há dias que ninguém naquela casa velha dormia um sono normal.

Uns não dormiam por conta do vômito, outros devido ao tremor da febre. Ela não conseguia dormir direito por saber que seus parentes não estavam bem. Por isso, agradeceu aos Visões pelo dia já se aproximar. E como havia perdido quase todo o horário do sono, achou que seria melhor se levantar.

  A velha se sentou na beira da rede, apalpou sua bengala com os pés e a tomou com ambas as mãos. Com dificuldade, apoiada sobre o pedaço de madeira, ela se ergueu e iniciou sua longa jornada pela casa. Fez o que tinha de fazer e caminhou para o alpendre de fora. Com passadas lentas e auxiliadas pelo cajado, ela andou um pouco pelo extenso terreiro, o qual ficava de frente para o lado do nascente, aproveitando para observar os torrões ao redor da casa sobre a colina. Olhando dali não era possível enxergar o tamanho do estrago causado pelas doenças que a *besta* e a *mosca* haviam trazido.

  Após a luz do dia ficar mais intensa, a velha retornou para o alpendre e sentou na rede, que sempre estava de prontidão a esperar seu corpo castigado pela idade. Então, esperou que o sol esquentasse por completo e a nora ou o filho viesse lhe trazer uma caneca de café, como acontecia todos os dias.

  Porém, a espera se prolongou além do normal. E isso a preocupou.

  A mulher idosa olhou para o interior da casa, mas não avistou movimento algum, nem na sala de fora, nos quartos, nem na cozinha. Tudo o que ela viu foram os cômodos ainda enegrecidos, pois as portas e janelas, com exceção da que ela mesma abrira, continuavam todas fechadas. O filho ou a nora haviam esquecido de abri-las? A macróbia chamou pelos dois, primeiro o filho, depois a nora. Recebeu como resposta somente um gemido tênue que parecia vir de dentro do quarto do casal. Ela chamou outra vez, uma, duas, três vezes. Porém, continuou ouvindo apenas o mesmo gemido sofrido. A velha não tinha mais idade para se preocupar por demasia, mas agora começava a temer pelo que pudesse estar acontecendo.

  Se ninguém dentro de casa respondia, falava algo ou fazia qualquer barulho, do lado de fora o silêncio parecia um manto negro. O Funesto parecia silenciar o mundo. Sem receber resposta ao seu chamado, a vetusta resolveu averiguar o que estava acontecendo ou onde todos haviam se metido. Tomou novamente do seu cajado e forçou as pernas a se retesarem. Segurando a bengala com a mão direita e apoiando a esquerda na parede próxima, ela iniciou os primeiros passos em direção ao interior da casa. Após as primeiras passadas, talvez por já estar quase acostumada a andar sem o auxílio de alguém ou pela mente lhe tentar apressar o passo, a velha começou a esquecer que suas pernas doíam ao caminhar. Desta vez, a casa pareceu menor, pelo menos no seu pensamento.

A matriarca foi diretamente ao quarto em que o filho e a nora dormiam. Era de lá que os gemidos pareciam sair, os quais continuavam e se tornavam mais pronunciados. A mulher idosa se acercou da porta, a qual permanecia sempre aberta naqueles dias, e olhou para o interior do quarto. As duas redes estavam armadas e seus donos estavam dentro. Preocupada, ela se aproximou primeiro da rede do filho, cuja posição se localizava mais perto da saída daquele cômodo. Quando puxou a beira da rede para ver por dentro, encontrou o filho caçula a tremer como um peixe fisgado por um anzol. Ela tocou sua testa e percebeu que ele estava ardendo em febre. A mãe o chamou outra vez, mas ele apenas lhe respondeu com um gemido, mantendo os olhos cerrados. A rede estava manchada de vômito e a roupa do homem suja de fezes.

Ao virar o rosto para verificar a rede da nora, a velha quase foi ao chão de tanto susto. A beira da rede tremia como se estivesse sendo açoitada por uma rajada forte e contínua de vento. A febre vestia a pobre mulher e a sacudia como um molambo. Ao se aproximar e chamar por ela, a sogra não recebeu sequer um gemido de sofrimento. A fraqueza da nora não lhe permitia nem mesmo mover os lábios, os quais estavam rachados como o barro na beira de uma lagoa durante uma estiagem feroz. O estado das duas pessoas que ainda estavam mantendo a casa de pé havia piorado bastante. A doença os tinha pegado com violência, deixando os dois sem condições nem mesmo de se levantar.

A macróbia se preocupou ainda mais. No entanto, não entrou em pânico nem se deu como derrotada. Algo deveria ser feito com urgência e a única pessoa que restava para isso era uma mulher envelhecida e que não tinha força para realizar a mais simples tarefa. Ela voltou outra vez e se dirigiu à cozinha. Primeiro, fez um esforço para sentar, pois precisava pensar sobre o que deveria fazer naquela situação calamitosa. Mas não poderia se demorar, uma vez que a ocasião demandava dela uma atitude inadiável. Não era certo deixar toda a sua família morrer à míngua, sem tentar pelo menos mitigar o sofrimento deles.

Então, a velha tentou esquecer que era velha e que ainda era dona de casa, uma mãe que cuidava dos filhos. Ela sabia o que tinha que ser feito, pois nunca havia esquecido como lutara contra outras doenças que tentaram devastar o povo dentro de sua casa. Mas para colocar em prática o que desejava realizar, ela precisava de uma pequena ajuda. Ou melhor, toda a ajuda que estivesse à sua disposição. Então, a mulher carcomida se preparou para se levantar, buscando se aprumar o melhor que pudesse. Era o momento de deixar o cansaço das pernas escondido em algum lugar em sua mente. Doessem o quanto quisessem, ela não ia se importar. Não agora.

A matriarca se afastou da cadeira e caminhou no rumo da porta do terreiro de trás. As pernas tentaram resistir ao movimento, mas ela também resistiu à moleza das pernas. Quando chegou ao quintal, não hesitou em olhar ao redor em busca do que queria. Logo percebeu que a nora havia cuidado de todas as suas plantas, tanto as ornamentais como as medicamentosas, mantendo-as vivas e vistosas. Os legumes deveriam ser como as plantas de jardim, resistentes e fáceis de se cultivar. A mulher do cajado não se demorou a pensar sobre as plantas. Ela deixou a bengala encostada na parede da cozinha, tomou uma cuia que estava sobre o jirau externo e percorreu vagarosamente o terreiro esverdeado. Quando terminou uma volta completa, estava com a cuia abarrotada de folhas e flores de todo tipo. Satisfeita, ela voltou à bengala e entrou na cozinha.

Mesmo caminhando lentamente, embora sem parar, a mulher acendeu a lenha no fogão e começou a preparar bebidas e infusões. Ao mesmo tempo, numa outra trempe, colocava uma panela com água e voltava a preparar uma comida, coisa que há muito já não fazia, pois sua nora e netas haviam tomado conta de tal tarefa. Quando terminou o primeiro remédio, após deixá-lo apurar bem, e o colocou numa caneca estacionada em cima da mesa, um vulto sonolento e ainda febril surgiu no vão da porta. Era um dos netos, o mais velho de seu filho caçula, um rapazote já tomando forma de homem. Antes que ela falasse algo, ele indagou:

— A vó está querendo alguma ajuda?

— Sim, estou. — A avó respondeu, satisfeita. — Eu tinha preparado esta bebida forte para seu pai e sua mãe, mas como você conseguiu chegar primeiro, posso mudar meu plano. Venha, sente-se aqui e a tome até a última gota.

O jovem não hesitou e fez o que sua avó pedia e mandava. Quando ele terminou, após fazer uma careta de repugnância devido ao gosto estranho da bebida, ela lhe incumbiu de outra tarefa:

— Sei que você ainda não está tão bem, mas leve isto para seus pais e seus irmãos, inclusive para a menor. Faça com que eles a bebam em boa quantidade. Depois volte, quando terminar. Preciso da sua ajuda.

— Nós todos não já tomamos este remédio? — O neto indagou, ainda com uma fisionomia alterada, sem saber se era pelo sabor da infusão ou se devido à doença que ainda o corroía por dentro e por fora. — Desde que caímos doente, mamãe e papai nos deram todo tipo de remédio, inclusive este que acabei de tomar.

— Sim, é o mesmo medicamento. — A avô respondeu sem se sentir ofendida. — Mas vocês tomaram a versão fraca. Essa aí tem dosagem extra.

— E por que é diferente, se tem o mesmo sabor ruim?

— Os ingredientes são os mesmos, mas a quantidade, a proporção e o modo como foram adicionados e cozinhados são distintos. Posso lhe garantir que você nunca precisou colocar na boca esta versão. Quando se trata de substância medicamentosa ou venenosa, não é importante o que se tem, mas como cada ingrediente reage. Agora, sem perder tempo com mais pergunta, faça o que estou lhe pedindo.

O jovem se levantou e voltou para os quartos para administrar o remédio aos irmãos e aos pais. Instantes depois ele retornou para junto da avó, a qual já o esperava como se estivesse pronta para realizar alguma viagem: uma bolsa de palha de carnaubeira dependurada sobre o ombro esquerdo, o cajado firmemente seguro pela mão esquerda, um chapéu também de palha de carnaubeira sobre a cabeça e uma faca grande na mão direita.

— Aonde você vai, vó? — O menino perguntou, parecendo assustado e preocupado.

— Preciso sair. — A mulher idosa disse, parecendo apressada e sem tempo para explicação.

— Mas o papai disse que era para você ficar em casa e...

— Eu sei o que seu pai me disse e o que ele me pediu. — A avó falou antes do menino terminar seu discurso. — Mas ele está agora no fundo de uma rede, tremendo em febre e sem poder se levantar.

Preciso ir a um capão de mato e talvez um pouco mais longe. Fique aqui cuidando do que você puder.

— Mas ainda não estou bem, vó. — O rapaz tentou argumentar, com desânimo visivelmente estampado no rosto. — Você não prefere que eu vá também, para ajudá-la com algo?

— Não, fique aqui. — A velha disse, ríspida, porém, sem arrogância. — Eu sei que você ainda está doente, mas daqui a pouco vai melhorar. A bebida que tomou vai agir mais rápido em você do que nos outros, por estar menos abatido. Quando se sentir melhor, procure fazer as coisas mais urgentes, a comida, a limpeza dos vômitos e fezes, a administração do remédio outras vezes, inclusive em você mesmo.

A matriarca falava ao mesmo tempo em que caminhava lentamente para a porta. Preocupado em ouvir a avó, o neto a acompanhava pela casa afora, tentando memorizar cada recado que ela lhe emitia. Quando ela chegou à porta de fora e a transpôs, ainda faltava uma recomendação:

— Posso demorar, mas também posso ser breve. Cuide de seus pais e de seus irmãos enquanto eu estiver fora. Estamos em guerra contra o Funesto, a *mosca*. Por isso, você precisa ser forte. Todos nós precisamos, inclusive aqueles moribundos ali nas redes. A sua melhora e a deles depende desta minha saída.

A vetusta iniciou sua caminhada pelo terreiro, buscando a direção da vareda principal que desce a colina. Antes dela chegar ao fim do terreiro, porém, o neto ainda perguntou da porta:

— Vó, você vai buscar algo?

— Sempre se busca algo numa jornada. — A macróbia respondeu pensativa, estacando por um momento. — Vou tentar encontrar casca, folha e raiz com maior poder curativo. Uma planta medicamentosa quando domesticada perde muito de sua essência. A linhagem selvagem é sempre mais eficiente. Mas também pretendo algo mais além disso.

— E o que é?

— Preciso acordar o lagarto.

A velha voltou ao seu caminhar lento, esquecendo que o neto ficava para trás. Este, mais animado, embora um tanto preocupado com a avó, retornou para o interior da casa. Algo em sua mente dizia que a mãe de seu pai sabia o que estava fazendo. Ele, por sua vez, tinha muito o que fazer dentro de casa. E sim, parecia já se sentir melhor, como sua avó havia dito instantes atrás. Depois de dias, ele se permitiu um leve sorriso.

A vetusta caminhava lentamente, mas sem pausa. Desde que desceu a colina onde ficava sua velha casa, tomou sempre o rumo do sul, buscando os capões de mato maiores, com árvores mais frondosas. Pelas varedas que passava, via apenas parco sinal de gente e de animais grandes. Se aproximou de umas casas isoladas, porém não teve vontade de entrar devido ao odor forte que emanava de dentro. Odor de morte. Como aquele que estava impregnando as paredes de sua própria casa. As poucas pessoas que encontrou pelos caminhos não quiseram se demorar para conversar e nem mesmo se encontrar com ela. Talvez fossem indivíduos doentes demais para uma troca de informação ou apenas a encaravam como uma criatura fantasmagórica. Nos currais por onde passou, alguns animais mortos servindo de comida para carcarás, tingas e camirangas, enquanto outros eram somente couro dependurado sobre os ossos. Comida anunciada para as aves que já se banqueteavam fartamente. Nos plantios de legumes, não conseguiu ver palha de milho que não estivesse riscada pelas lagartas, nem folha de feijão que não tivesse sido sugada pelos insetos.

O Funesto não tinha poupado nem mesmo um único casebre de beira de estrada.

Após revirar o estômago inúmeras vezes pelas cenas macabras de morte e decadência, a velha buscou o interior fechado de um capão de mato. O que ela buscava estava longe e os parentes que ficaram em casa em agonia tinham pressa. Era preciso ser breve na sua caçada. À medida que se adentrava na mata, seus olhos perspicazes observavam atentamente cada pé de pau, arbusto ou planta rasteira. Não demorou para realizar a primeira coleta, a segunda, a terceira, e tantas outras. Quando encontrava a árvore certa, colocava a faca para trabalhar, raspando a pele da casca, suja e áspera, e depois cortando uma tira vertical, comprida e estreita, da entrecasca. Cada pedaço retirado, ela o acomodava dentro da bolsa. Em seguida, voltava a caminhar com lentidão. Depois de andar uma pequena distância, dava de cara com um arbusto especial, cujas folhas ela recolhia e as jogava junto com as cascas. Outra volta pelo mato e, então, ela precisava se abaixar para arrancar uma planta rasteira e guardar suas raízes. Levantava com dificuldade e retomava sua procura. Quando percebeu que já tinha ingrediente suficiente dentro da bolsa, sua busca terminou.

No entanto, ainda lhe faltava algo.

A velha pôs a mão direita na bolsa de palha para guardar sua faca, acomodada verticalmente com a ponta para baixo e o cabo para cima, e retirar de lá uma cabacinha de água. Escorada sobre a bengala, ela retirou o pedaço de sabugo do buraco, virou a cabaça na boca e sorveu duas generosas goladas de água. Quando terminou, olhou ao redor com bastante atenção, como se procurasse algo que sabia estar por ali, mas que estivesse de alguma forma invisível. Ao olhar para um galho de pau acinzentado, percebeu que ele tinha um trecho um tanto mais grosso do que a parte mais próxima do ponto de broto. Então, ela não teve dúvida. Caminhou para lá, com sua marcha cadenciada. Quando chegou perto, viu que estava certa. Ele estava lá.

Camuflado sobre o galho cinzento, para um olho destreinado o lagarto parecia uma extensão da própria madeira. Mas para as vistas da velha, embora já desgastadas pela idade, a camuflagem não funcionava. Quando chegou muito próximo, o calango esbranquiçado se moveu infimamente, como se a cumprimentasse com um balançar de cabeça. A vetusta, alegremente, abiu um leve sorriso e derramou uma pequena quantidade de água na cabeça do calango, suficiente para o acordar de vez. Ela trocou a cabacinha de mão, juntando-a à mão da bengala, pegou o lagarto pelo tronco e o colocou dentro da bolsa, no lado oposto ao da faca. Em seguida, retomou a cabaça d'água com a mão direita e procurou cuidadosamente pontos específicos no chão coberto de folhas secas. Quando encontrava um lugar que denunciava ser um ninho, a mulher idosa derramava um pouco de água sobre ele, ao mesmo tempo em que exclamava algumas palavras:

— O sono acabou. É chegado o momento de acordar.

O ritual de molhar o chão demorou até que a cabaça ficasse completamente vazia. Então, a macróbia se deu por satisfeita, sabendo que poderia retornar para casa. A luta contra o Funesto ainda não acabara, mas ganhava reforço. Sem hesitar, a velha começou seu caminho de volta, agora de forma mais lenta ainda, pois sua bolsa estava atopetada de casca, folha, raiz e, não menos importante, um calango. Não qualquer calango, mas o *calango*. Ou o *parvo*, como aquele tipo esbranquiçado sempre foi conhecido pelo povo de Tabuvale.

A maior parte das pessoas, quase todo mundo, imagina que o *parvo* seja cego, por isso tem movimento vagaroso e tolo, o povo costuma dizer. Não há nada mais longe da verdade do que pensar tal coisa. Também não é verdade que ele seja venenoso, como é comum se dizer por aí.

A velha sempre soube de tudo isso. E sabe também que o *parvo* tem uma dieta bastante variada. Além de vegetação e semente, ele se alimenta de gafanhoto, larva de inseto e, isso mesmo, de vespa. Se o inimigo levar uma cavalaria para a batalha, então leve um comedor de cavalo. Uma vez que o ciclo de vida do *parvo* se inicia no começo das chuvas, agora se encontra em atraso devido à tardança das águas. Molhar o ninho, a vetusta sabia, deve interromper imediatamente o sono dos lagartinhos. Em breve, eles podem estar percorrendo estes tabuleiros e capões de mato e devorando insetos de todo tipo, lagartas, *bestas* e *moscas*.

Quando a matriarca terminou de subir os vários patamares da colina que levavam ao terreiro da casa, o neto já a esperava, aliviado por vê-la de volta e ansioso para lhe contar as novidades. Ele removeu a bolsa do ombro da avó, que lhe agradeceu, e colocou a carga sobre as próprias costas. Antes mesmo da mulher idosa falar algo, o rapaz começou a informar:

— A febre se amainou um pouco. Só está mais agressiva no papai e na mamãe. Mas consegui fazer com que eles comessem um pouco e bebessem cada gota do remédio. Pelo menos se interromperam os calafrios. — Ele deu uma pausa antes de continuar. — Por onde você andou, vó?

— Andei pelo vômito do Funesto. — A velha respondeu, alegre por chegar em casa, porém se sentindo abatida e cansada. — A *mosca* e a *besta* devastaram estes torrões como uma avalanche violenta. Cada casebre por onde passei não tinha mais vida do que um cemitério.

— Mas pelo peso de sua bolsa, a vó conseguiu encontrar algo.

— Sim, é verdade. Vamos para dentro. Quero que você me ajude com as infusões e outras coisas. Aí na bolsa tem um *parvo*. Solte ele sobre a parede da casa.

— Um *parvo*?! — O rapazote indagou, preocupado e assustado. — Ele não é perigoso? Não é venenoso?

— Venenoso somente para os tolos. E perigoso também, mas contra inseto e vespa. Ele vai fazer uma limpeza em nossa casa. Comer cada larva ou filhote da *mosca* e da *besta*. Quanto aos filhos dele, em breve irão higienizar os arredores. O fim do Funesto se aproxima.

Os dois, avô e neto, entraram em casa, ambos na marcha da velha. Esta tinha alguns remédios a serem preparados. Quanto ao *parvo*, podia se empanturrar com cada inseto que encontrasse por entre as paredes da velha e resistente casa.

-

O *parvo* estava pousado sobre a mesa da cozinha. Já fazia parte da casa, um novo membro da família. Há dias que ele percorria as paredes sujas de picumã e casas de aranha. Andou pelas linhas de pau-d'arco, pelos caibros e ripas de pereira. Se arrastou vagarosamente pelos quartos, pela sala, pelos alpendres e diversas vezes pela cozinha. Seus parentes mais domesticados, há dias desaparecidos das paredes com medo do Funesto, retornaram ao lar, fazendo reaparecerem também outros tipos de lagartixa. A devastação que abalara os pilares da casa parecia controlada. O *parvo* e seus companheiros foram parte fundamental na luta.

A outra parte responsável pela vitória foram as infusões e preparados da velha, feitos com casca, folha e raiz. Suas bebidas levaram a uma recuperação lenta de cada enfermo, mas gradual e significativa. O vômito e a diarreia ainda fizeram parte da sujeira purulenta por alguns dias e noites. No entanto, foram escasseando conforme os doentes se medicavam e voltavam a comer melhor. A febre também se estendeu por um período mais longo, embora já não surgisse com tanta agressividade e não fosse mais intermitente. As manchas avermelhadas, atacadas pelas bebidas medicamentosas, converteram-se em manchas marrons e depois desapareceram de vez. A velha vencera aquele combate, usando as armas que ela conhecia desde ainda muito jovem.

Porém, agora a vetusta estava no fundo da rede e não era mais madrugada, mas dia claro. Quando ela acordou, o escuro já havia abandonado o interior da casa. Desorientada com aquilo, ela forçou um movimento para se levantar, mas não conseguiu. Seus netos, o filho e a nora estavam ao redor da sua rede. A matriarca ardia em febre e estava atacada por tonturas. Quando se orientou melhor, dirigiu o olhar ao filho caçula:

— O Funesto me pegou?

— Provavelmente não, vó. — A resposta veio do outro lado da rede e era seu neto a acalmá-la, aquele que a auxiliara com as infusões. — Você tem febre alta e tontura, mas nada de manchas avermelhadas e, pelo que pudemos constatar, sem ânsia de vômito ou diarreia. Deve ter sido um choque pela carga de esforço que você fez nos últimos dias. Lutar contra o Funesto não é tarefa fácil.

— De qualquer forma, estive delirando durante toda a noite. — A matriarca contou, com um leve desânimo a lhe estrangular a mente. — E quando uma velha como eu delira com febre, não há muita esperança de recuperação.

— Vó, você é mais forte do que qualquer um de nós. — O neto continuou, com convicção. — Só preciso que me fale como se prepara um remédio para você.

A vetusta descreveu detalhadamente a infusão e agora o neto estava na cozinha, sendo observado pelo *parvo*, lavando, cozinhando e apurando cascas e raízes. Os demais parentes ainda estavam ao redor da rede da matriarca, a observá-la e preparados para lhe atender a qualquer pedido. Mas ela tinha apenas um no momento.

Quando o neto lhe trouxe o remédio, uma caneca de bebida fumegante de tanta quentura, ela a sorveu sem repugnância e sem querer deixar resto no fundo da vasilha. Depois de engolir tudo, a mulher acamada deu uma respirada profunda e pediu aos que estavam ao seu redor:

— Quero ajuda para ir me deitar na rede do alpendre.

— Você não prefere ficar aqui por mais tempo? — O filho perguntou, tentando convencer a mãe a continuar na mesma rede. — Tente se recuperar antes de ir lá para fora.

— Não. Quero que a luz do sol ajude a queimar esta febre e aquecer minha tontura.

Todos ali sabiam que não adiantava discutir. Então, eles a ajudaram a se levantar e a caminhar até o alpendre de fora. Quando se sentou na rede, a velha ordenou:

— Quero ficar sozinha, como sempre fico. Todos vocês têm mais o que fazer, limpar a casa, preparar comida, cuidar dos animais que sobreviveram, capinar os legumes que a lagarta e os insetos deixaram. E ainda têm que me trazer uma bebida de casca e raiz de vez em quando.

Filho, nora e netos se retiraram para dentro de casa, satisfeitos pelo que ouviam da matriarca. Sabiam que ela estava bem, pois suas palavras eram altivas. Foram cada um cuidar de uma tarefa na luta de reconstrução da vida após a passagem do Funesto, que quase os levara embora pela onda de moléstia e *morbo*. Quanto à vetusta, ficou sentada na sua rede a observar o mundo ao redor daquela colina, os arredores de sua casa velha. O *parvo* se aproximou do alpendre com seu movimento lento e veio pousar sobre a beira da rede, disposto a fazer companhia para a mulher idosa, a qual aceitou sem reclamar.

Poucos instantes depois, a velha percebeu um inseto sobrevoando ao redor de um pequeno buraco à beira do terreiro. Era uma *besta*. Não a *besta* com a *mosca* nas costas a cavalgá-la, mas uma *besta* comum. Uma vespa estava a fazer malabarismo para atrair uma caranguejeira para fora da sua toca. Antes mesmo da aranha sair por completo do seu covil, um calango se aproximou e flechou sua língua em direção à vespa. A *besta* era enorme, porém se tornou apenas um petisco para o lagarto. A caranguejeira voltou para a sua toca e o calango se afastou em busca de mais comida. Dentro de casa, a neta menor chorava alto, mas agora pedindo comida.

A velha sorriu, contente e satisfeita. Sabia que um dia iria ser chamada pelos Visões. Era um fato e sobre isso ela não tinha dúvida. Mas não agora. E quando isso viesse a acontecer, ela tinha certeza de que lá dentro de casa havia um neto para apurar preparados contra o *morbo*, quando o Funesto ousasse voltar. E também tinha uma neta que poderia dar prosseguimento à sua linhagem e permanecer entre as paredes da sua casa velha, plotada no cume da colina.